血戀

文革愛情故事

趙旭·著

第一回

江華嘴裏流著血，頭髮散亂地披在身上，發了瘋般地向河邊奔去，雖然夜幕遮住了她那被藤條鞭子抽打得青一條紫一條的臉，但她仍然執拗地一遍又一遍重複著同一句話：「我不是反革命，我不是右派學生……。」

然而，她的聲音太小了，在這茫茫的黑夜好似一個蚊蟲在鳴叫，是那樣的微弱，是那樣的無力。河面足有二里多寬，昏沉沉的黑暗籠罩在那黑魆魆的水面上，水面上鬼影晃動，淫雨綿綿，只能遠遠聽見浪頭跳躍的澎湃和河流在打旋時發出的呻吟。霎時間，遠處天邊劃過一道電閃，緊接著她的頭頂上一聲炸響，穹蒼似乎要完全裂開了。整個天空，都是炸雷的轟鳴，在茫茫的天空中滾動著，敲打著奔騰的黃河，搖撼著逶迤的皋蘭山。

她奔跑著，呼喊著，淚水和雨水攪拌到了一起，赤裸的雙腳踩在碎石路上，她根本沒有覺出一點疼痛。她的聲音被波濤洶湧的黃河完全吞沒了，她多麼希望敬愛的毛主席能夠聽到她的呼喊。

那是一個陽光明媚的早上，天很藍，一輪紅日從東面山上像一個紅色的火球冉冉地升了起來，天上飄浮的幾朵白雲還來不及躲閃，就被陽光在它的周沿繡上了黃色的金邊。遠遠望去，金色的彩綢托著一輪朝陽，使整個天空顯得那麼絢麗多彩。空氣是清冷而甜蜜的，江華在這爽朗的晨光下甩著兩條小辮，走一走，跳一跳，就像一隻歡快的小鳥，陽光灑在她的身上，使她越發顯得英姿颯爽，那白裏透紅的臉蛋好似綻放的玫瑰，是那樣的嬌豔。

有人說，青春就是美麗，而江華則讓十九歲的妙齡把她蘊藏的鮮靚完全表現了出來。她穿了一件淡藍色的上衣，下邊是細條絨的長褲。鬢髮垂在兩條小辮的旁邊，把她的瓜子臉盤襯托的越發生動。她的眉毛又黑又細長，兩個眼睛活潑靈動，一張小嘴更顯出了她的頑皮可愛。媽媽經常說她，你這是天生的舞蹈演員的身材，可她只是抿著嘴笑笑，那笑讓媽媽心裏為女兒的天生麗質而感到驕傲，同時也有了一分隱隱的擔憂。江華這天起得很早，她和幾個同學將昨晚起草的〈給全校師生員工的呼籲書〉抄好，一張一張往辦公大樓門前貼。自從去年姚文元的〈評新編歷史劇《海瑞罷官》〉開始，到今年的〈千萬不要忘記階級鬥爭〉、〈評「三家村」——《燕山夜話》、《三家札記》的反動本質〉和《人民日報》上的〈橫掃一切牛鬼蛇神〉，江華沸騰的心再也抑制不住了。她感到敵人磨刀霍霍，亡我之心不死，資產階級始終沒有停止向我們偉大的社會主義進攻，全國上下都在念念不忘階級鬥爭，念念不忘無產階級專政，念念不忘突出政治，念念不忘高舉毛澤東思想偉大紅旗，而我們師大附中卻仍然是死水一潭，她想，我們是毛澤東思想哺育下的一代青年，再不能無動於衷了，必須緊跟毛主席黨中央的戰略部署，把師大附中修正主義黑幫封了的鐵蓋子揭開。

這時，穿著藍中山制服的張繼東老師走了過來。他一米八左右的個頭，是一個四十歲剛過的男人，他長著一個蒜頭鼻子，兩個鼻孔很大，雙眼皮，一對發亮有神的眼睛上架著一副黃邊眼鏡。

張繼東是第一個看見大字報的。他本來是一個從來不多說一句話的人。他始終認為禍從口出，一九五七年的大鳴大放開門整風讓他再也不敢說話了。他走過來不看還好，一看真把他給嚇壞了。這些學生娃娃們真是吃上豹子膽了，怎麼還敢給學校黨委書記寫大字報，還敢給省委派來的工作組寫大字報。五七年反右運動時給領導提個意見都是反黨。當時共產黨信誓旦旦說的是「知無不言，言無不盡；言者無罪，聞者足戒」，切切實實地幫助共產黨反對主觀主義、宗派主義和官僚主義，可到了最後沒有一個說了實話的人不被一網打盡的。他看見大字報上說，學校黨委書記兼校長薛飛堅持的是資產階級的反動路線，不是真共產黨，而是假共產黨，是修正主義的黨委書記。薛飛所說的紀律，就是對無產階級革命派施行殘酷無情的打擊。大字報上號召全校師生要造以薛飛為首學校黨委的反。說薛飛推行的修正主義教育路線，片面追求升學率，讓學生只鑽書本，不問政治，把大批優秀的工農革命幹部子女排斥在了學校大門之外。大字報還說工作組壓制群眾，打擊革命，與黑幫薛飛暗中勾結，共同壓制師大附中的無產階級革命。並引用了毛主席的一段話：「馬克思主義的道理千條萬緒，歸根結柢，就是一句話造反有理！」

張繼東看著看著臉色就變了，他戰戰兢兢地走到江華身邊，拉住江華的手說：「同學們，使不得，使不得呀！想當年我就是回應黨的開門整風給領導提了意見被打成了右派分子，不管誰煽動你們，千萬不能這麼做啊！趁現在還沒人看見，趕快撕了。」

江華沒想到這個右派分子這麼大的膽子，膽敢說把大字報撕了。然而，她與張繼東一對視，這人的眼裏似乎有一種慈父般懇求的目光。這目光不僅是一種膽怯、無奈，更多的則是一種關愛和憐憫。

「撕了。說了個好，我看你是不想活了。」一個男同學過來把張繼東一把搡到了一邊，厲聲喝道：「老右派，你們害怕了，說明革命的大字報，是暴露一切牛鬼蛇神的照妖鏡。害怕大字報，就是害怕群眾，害怕革命，害怕人民民主，害怕無產階級專政。你害怕，說明你和薛飛之流都是一個藤上的瓜，毛主席教導我們說：『凡是敵人反對的，我們就要擁護；凡是敵人擁護的，我們就要反對。』你反對我們寫這個大字報，說明這些大字報刺到了你們這些階級敵人的心尖上了，讓你們心痛了。」說著他舉起右手喊道：「革命的大字報萬歲！」並將沾滿漿糊的笤帚取出來往張繼東的臉上甩去，又狠狠地在張繼東身上刷了兩下。

張繼東用手一抹臉，滿臉的漿糊一下糊住了他的眼睛。幾個同學一看這個樣子都笑了起來，可張繼東掏出手絹把眼睛擦了擦，仍然用乞求的眼神盯著江華，喃喃地說：「孩子，使不得，使不得啊！」

江華把手一甩，氣呼呼地說：「誰是你老右派的孩子。」

這時的同學們都唱了起來：

右派，

右派，

是個老妖怪，

……

同學們望著眼前這個渾身漿糊右派的狼狽樣，個個怒目而視。

此時的江華他們，造資產階級和修正主義反的使命感讓他們無所畏懼了，他們又貼出了《揭穿一個大陰謀》的大字報。這張大字報言辭更為激烈，主要是揭穿薛飛等幾個學校走資本主義道路的當權派和工作組自運動以來壓制群眾運動，壓制群眾鳴放，破壞無產階級文化大革命的罪惡活動。

果然一石激起千層浪，江華他們的這兩張大字報讓整個師大附中炸了鍋，兩天之內，全校上下貼出了上千張大字報。這些大字報有支持他們觀點的，也有與他們針鋒相對的。總之，死水一潭的師大附中的文化大革命之火讓他們幾個青年學生給點燃起來了。

就在他們興奮不已為勝利而慶幸的時候，工作組呼啦一下子往師大附中開進了十六輛大卡車，卡車上全是拿著槍的工人民兵隊伍。在工人民兵的武裝威懾下，工作組在全校緊急召開師生大會。大會上，工作組長劉向陽兩手叉著腰，對著麥克風大聲喊道：「把反革命右派學生江華揪出來！」隨著喊聲，兩個工人把江華的胳膊扭到身後，其中一個工人揪住她的頭髮，把她押到了批判臺上。接著，「揪出來！」「揪出來！」臺上台下吼聲震天，把這幾天給學校黨委和領導貼了大字報的學生和老師統統押到了臺上。

工作組長劉向陽說道：「反革命、右派跳出來，好得很！什麼叫階級鬥爭？哈哈，這就是階級鬥爭，反革命分子、右派分子，他們的階級本性決定他們總會跳出來的。」

劉向陽個子不大，可人長得精瘦麻利，全臉鬍刮得很淨，使鐵青的臉顯得更黑。

江華的兩隻手被細鐵絲捆在身後，戴著「反革命右派學生」的大牌子。他們這些反革命、右派共計二百多人，頭上全都戴著高帽子，脖子上掛著的牌子將每個人的姓名都用紅筆打了叉，一個個低著頭跪在地上。

江華把頭一甩昂了起來，她掃了一眼台下，周圍是荷槍實彈的糾察隊員，會場上吼聲震天。

打倒現行反革命右派學生江華！

……

打倒右派分子張繼東！

反革命不投降，就叫他滅亡！

江華被扭到身後的胳膊有些麻木，用鐵絲紮著的手指頭此時鑽心的疼痛。她看見那個張繼東不時地側過臉來朝她望上一眼，她感覺到這個老右派怎麼這樣奇怪，此時此刻他自己都自身難保還有閒心不斷地來看她。

江華跪在地上，瞪了一眼張繼東，把頭扭了過去。

江華他們被沒收了褲帶、鞋帶和刀剪類物品，在這二十多天裏，晚上睡在學校的地下室裏，白天被罰跪批鬥，還要抽時間寫檢查，互相揭發。

江華今天是趁著上廁所逃了出來的，她認為她沒有錯。黨的《五・一六》通知中不是寫得很清楚嘛，要求全國人民「高舉無產階級文化革命的大旗，徹底揭露那批反黨反社會主義的所謂『學術權威』的資產階級反動立場，徹底批判學術界、教育界、新聞界、文藝界、出版界的資產階級反動思想，奪取在這些文化領域中的領導權。」《通知》並告誡全黨，「混進黨裏、政府裏、軍隊裏和各種文化界的資產階級代表人物，是一批反革命的修正主義分子，一旦時機成熟，他們就會要奪取政權，由無產階級專政變為資產階級專政。這些人物，有些已被我們識破了，有些則還沒有被識破，有些則正在受到我們重用，被培養成我們的接班人，例如赫魯雪夫那樣的人物，他們現在正睡在我們的身旁，各級黨委必須充分注意這一點。」

但是，她沒有想到與自己一塊貼大字報的幾個最要好的同學卻反戈一擊，帶頭揭發批判了她，她覺得這幾個同學對她的批判鬥爭，比那些打她罵她的人更加卑鄙殘忍。打她罵她的那些同學，只是讓她皮肉疼痛，而這些過去與自己親密無間的同學揭發她，卻讓她心裏流淌著鮮血。當那些同學喊出「打倒反革命右派學生江華！」「打倒三家村頭子江華！」的時候，她迷惘、困惑，心上如扎了一把刀子，忽然她又聽到學校宣布開除她的共青團籍之後，她的精神一下垮了，她無話可說，誰也不會聽她的爭辯，她只有用她的死來證明她是正確的。

她看到電光消失了，天地合成了一體，震耳的雷聲和大雨滂沱的聲音伴隨著河裏的浪花。閃電中一個浪頭追逐著一個浪頭，咆哮著一直撲奔到她的身下。

江華搖搖晃晃地往黃河鐵橋中央走去，燈光迷離恍惚，到處鬼影綽綽，她感覺到腳下有點飄，她攀住橋的欄杆把右腳跨了過去，她吸了一口氣，緊緊地閉上了眼睛。

這時，她突然又看到了張繼東那雙乞求的眼睛，「孩子，使不得，使不得啊！」她想，這個老右派對世事怎麼看得如此清晰。張繼東那天在同學們的打罵下，還不想離開，他差不多要跪下來求她趕快去撕了那些大字報。她想到了楊永革，這是媽媽同學的兒子，雖然比她還要小半歲，可人長得壯實，足有一米七八的個頭。永革是師大附中高一二班的學生，比江華低一個年級，他肩寬腰細，大腦袋上的頭髮很硬很黑，直立著，他的長條臉上濃眉下有一雙烏黑的眼睛，嘴唇上有黑黑的毛茸茸的鬍子，他穿著一身發白的黃軍裝，在江華跟前時，經常故意把頭高高揚起。

她瞭解永革的性格，天不怕，地不怕。那天工作組進校後，把她揪出來，用鐵絲綁著他們跪在批鬥臺上的時候，她看見永革的眼睛裏冒著火，她害怕永革萬一不冷靜做出衝動的事情來。劉向陽那天唾沫飛濺，揮著拳頭說道，反工作組就是反黨，因為工作組是省委派來的，是根據黨中央的指示派來的，並說現在一些反革命、黑幫、保皇派，資產階級的權威及其擁護者，右派學生全都跳了出來，利用文化大革命趁機來製造混亂，渾水摸魚。他說，反革命、右派打著紅旗反紅旗，名義上搞革命，實際上是反革命。劉向陽說著，說著，就有些剎不住車了，他繼續說道，啊，告訴你們，我是抱著原子彈來的，反對我，就是反對革命。什麼是反革命？這就是反革命。什麼是階級鬥爭？啊，這就是階級鬥爭。與工作組爭奪領導權，這是打著紅旗反紅旗，利用群眾的革命積極性和對黑幫的仇恨，企圖反對無產階級專政。江華聽到這些話再也忍不住了，她抬起頭來高聲喊道：「毛主席萬歲！打倒鎮壓學生運動的工作組！」

當時，幾個人走了過來，一個人拽住她的頭髮前後搖了起來，因為她的兩隻手被鐵絲反綁在身後，她被一把拉著跪了下去，但她卻咬住了那個人的手。

這時，一陣亂拳擊打在了她的頭上和臉上。她委屈地哭了，她大聲喊道：「你們迫害烈士子女，你們是反革命！」

想到這裏她的鼻子一陣酸楚，她望了一眼滾滾而下的黃河水，嘴裏輕輕地說道：「媽媽，對不起您，我要走了。」說著，她閉上眼睛就往河中跳去。

突然，一隻大手把她攬到了懷裏。她蹬著雙腳說道：「你為什麼不讓我死，不讓我死啊！」可那人還是死死抱著她。

「江華，不要這樣！」她聽到這是永革的聲音。永革從小就這樣叫她，他好像這樣叫才能顯示出他男子漢的氣概。

江華在永革的懷裏哭了，她哭得聲淚俱下。她的眼淚、鼻涕和口水全都流了出來，她用手不斷地擦著臉上的淚水，過了好長時間她的嘴唇開始顫抖，一下一下地抽咽著。

永革輕輕拍了幾下江華，把臉貼在江華的臉上說道：「江華，勇敢地活著，我們還要與他們鬥爭。假如我們死了，這些反革命修正主義分子才會高興，他們巴不得我們全死完呢。挺起胸膛來與他們鬥爭，只要我們還有一口氣，就不能放過這些王八蛋。走，井岡山紅衛兵戰鬥隊的同學們都在我那裏。一個人死都不怕了，還有啥可怕的，明天早上我們要讓全城各大街小巷都要有我們的標語口號。」

江華望著永革的臉。剛毅，果斷，略顯瘦削的長條臉上稚氣未脫的一雙大眼睛是那麼明亮。她與他一起上小學，上中學，一起戴紅領巾，一起沐浴在黨的溫暖春風裏。她緊緊地摟著永革的脖子哭了，失聲斷氣地抽泣著。她說：「永革——，我實在受不了他們這種打罵和折磨了。」她哭得樣子像個孩子，淚水像從決了口的泉眼裏噴了出來。忽然，她把永革一下推了開來，臉上火辣辣的燒，自從上了學之後她與永革從來沒有這麼近距離接觸過。

江華和永革到了他們的那個祕密房間，這是省委大院裏的一間小屋，裏面擺著兩張桌子和幾個板凳。她看到裏面已經寫好了很多標語，這些標語上的字並不十分好看，但透露出一種強烈的憤怒。「打倒薛飛！」「打倒劉向陽！」「工作組從師大附中滾出去！」「誓死保衛以毛主席為代表的無產階級革命路線！」「偉大的無產階級文化大革命萬歲！」「偉大的無產階級革命造反精神萬歲！」

她看到這一切笑了，她笑得那麼甜，把手一拍手說道：「太好了！」

她被永革他們的激情感染了，她和他們一起輕輕地唱起了《國際歌》。

江華說：「我給你們寫。」

永革知道江華有一手清秀的好字，學校裏很多大字報都是出自於她的手。他看到她的情緒也好了起來，就說道：「好，大家歡迎。」

幾個人看到這個樣子，都拍起了巴掌。

江華學著大人的口氣說道：「我永遠是你們中的一員。別把你我劃分得這麼清，我們還要解放全人類呢，全世界無產者都是一家人。」

江華的母親鄒靜和永革的母親田恬在大學裏都是音樂系的學生。鄒靜是學聲樂的，田恬是學作曲的，兩個人不但在事業愛好上互相配合，而且，她們兩個在學校裏就是最要好的朋友。

鄒靜在剛邁入大學門不久就加入了中國共產黨，介紹她入黨的就是當時任市地下黨書記的江少波。她當時把入黨的事情沒告訴過任何人，包括她的朋友田恬和田恬的好朋友張繼東。

田恬那時在學校裏作曲已小有名氣，她作的曲調悠揚、動聽，且有一種淡淡的憂傷。每當田恬作好曲，鄒靜首先為她試唱，當鄒靜的試唱完全進入角色時，她們兩人一同喜，一同憂，引得張繼東和她們一起放開歌喉唱了起來。張繼東的加入經常使歌唱達到一種高潮，一會兒歌聲似萬馬奔騰，踏出了邊塞的雄威；一會兒歌聲又像小橋流水，淌出了無限的纏綿；一會兒歌聲又似風雪怒吼，席捲著千里牧場；一會兒歌聲又像綿綿細雨，與麥苗兒一起歡唱。張繼東不但人長得帥氣，文章也寫得好，且有一付很好的男中音的歌喉，但張繼東是田恬的好朋友，鄒靜就始終與他保持著一定的距離。然而，張繼東和鄒靜交往頻繁了，且他們兩人有一種共同的追求和愛好，所以，慢慢地兩個人幾天不見就有一種說不出來的思念。張繼東那時還在南京金陵大學農學系學習，他經常往來於上海和南京之間，由於唱歌他與鄒靜的關係更深了一層，可他們三個人始終保持著朋友關係。

那時候，抗日戰爭剛剛結束，國民黨罵共產黨是游而不擊的共匪，共產黨罵國民黨是消極抗戰的蔣匪，兩支軍隊打打停停，停停打打，江少波這時候就讓鄒靜在學校裏發動學生鬧學潮，把國民黨的後方搞得雞犬不寧。

有一次，張繼東和鄒靜正在臺上唱田恬作的新曲《冬天美麗的雪花》，田恬急急忙忙衝上臺說國民黨特務在校園裏開始搜捕激進的學生了。

鄒靜那晚就躲到了江少波的家裏。不知是那晚鄒靜在領導跟前的無奈，還是江少波的蓄意和瘋狂，總之，他們兩個人從那晚起就住到了一起。後來的日子裏，鄒靜被轉移到了解放區，在中華人民共和國成立後的一個晚上鄒靜生下了江華，而江少波則在國統區被國民黨特務逮捕，活埋在了荒郊野外的一個山溝裏。

鄒靜心裏的痛苦就是從這個時候開始的，她愛張繼東，可她已與江少波結了婚，她知道這女兒是她和張繼東的，是她與江少波住在一起時他倆早已有了的愛情結晶，可她瞞著張繼東，她不能告訴他，人們只知道她的女兒叫江華，是烈士的後代。解放後，她在事業上更是一帆風順，先在一個歌劇團當了團長，後來就被調到省廣播電臺任副臺長、臺長，總之，官不算大，但那是共產黨的喉舌機關，必須要政治上的絕對可靠。她也想重新建立家庭，可張繼東的陰影總在她的腦海裏徘徊。她知道五七年反右運動裏張繼東被打成右派分子，純粹是一個陷阱，她知道張繼東的思想比她還要激進，他怎麼會反黨反社會主義呢？可是通過觀察，她發現那麼多才華橫溢的人都被打成了右派分子，張繼東他那麼聰明，那樣書生意氣，而且還有一付天生的傲骨，他不當右派誰當？

鄒靜沒事時就去找田恬一起閒聊。從唱歌、作曲、上大學，到上班、孩子、搞家務，兩人無話不說。田恬也特別喜歡往日的同學和朋友到她這裏來。雖然因為張繼東的事，她與鄒靜曾有過一段不愉快的經歷，可她心灰了，意冷了，她想男人們都長著個花花腸子，張繼東也不例外。張繼東後來去了美國，鄒靜以後又嫁給了江少波，於是她與張繼東鄒靜的恩恩怨怨隨著時間的流失，都化為了過眼的煙雲。解放後，她找了一個老紅軍，這個比她大十多歲的楊毅，不僅和她年齡懸殊，而且楊毅頂多有個小學文化程度，她總感覺她與楊毅在興趣愛好上的距離太大了。可她沒有辦法，嫁雞隨雞，嫁狗隨狗，她變得越來越實際了，雖然楊毅年紀大了點，可他滿足她吃的，滿足她穿的，還可以讓她在同學們面前以司令員的夫人自居，於是她也慢慢地心安理得了。

自從田恬生了楊永革之後，她把自己的全部身心都放到了兒子的身上。她和鄒靜在一起閒談時，很多時間說的都是孩子。她對鄒靜說：「鄒靜，你發現了沒有，永革和江華我看越長越般配了。這兩個孩子，不僅年齡、性格、長相很合適，就連血液裏流的都是革命者的血。」

鄒靜說：「江華比永革大。」

「大個半歲那有啥，女大三，抱金磚。我若有江華這麼好的姑娘給我做兒媳婦，那可是我和永革的福啊！」田恬是山東人，山東人講究女的要大一點，所以，她說這話時是那麼的滿意和自信。

「不知兩個孩子以後會怎麼想？」鄒靜因為在婚姻上受過挫折，所以，她把話說得總不是那麼絕對，但她打心眼裏是非常喜歡永革這孩子的。

記得江華在小的時候，鄒靜經常把永革接到她們家來住。她看到兩個孩子一塊玩，一塊睡，一塊打鬧嬉戲慢慢地長大，此時她就會想到她和張繼東。那年她大病初癒，待在家裏百無聊賴，寂寞之間繼東給她送來了一隻相思鳥。她每日倚在床頭傾聽鳥鳴，欣賞鳥姿，寂寞的小屋自此充滿了生機，病中的煩惱也就隨著鳥鳴而到了九霄雲外。但三五天後，她發現相思鳥一聽見窗外有鳥鳴之聲，便煩躁不安，有時在籠中亂撲亂撞，以致把頭骨都撞破了，流出了血來。

繼東有一天到了她的房裏，她對繼東說了這件事情，繼東聽後哈哈笑道：「這是一隻相思鳥，那個鳥就是你，必須趕快找一隻雄鳥，否則她會孤獨憂鬱而死去的。」

鄒靜聽後臉紅了一下，用手打著繼東的肩膀說道：「你真壞，你真壞。」

翌晨，繼東去花鳥市場為此鳥擇偶。鳥市上，他發現了一隻相思雄鳥。當他把這隻雄鳥又送給她的時候，她趕快將兩隻鳥兒放到了一起。說也奇怪，雄鳥躍入，那隻雌鳥歡騰鳴叫，互相對唱，好不喜悅。兩隻鳥棲於一根木上，雌鳥此時安閒自若，雄鳥為她梳理羽毛。過了一會兒，兩隻鳥兒又相互依偎，十分恩愛，鄒靜看到這種情景好像看到了她和繼東的明天，心裏邊又甜蜜又羨慕。一個星期後，撞傷的雌鳥痊癒了，重新長出了漂亮的羽毛，半個月後，雄鳥發福了，而雌鳥卻消瘦了許多。

原來，雄鳥吃食快，胃口大，鄒靜每天餵它們十條麵包蟲，雄鳥至少要搶著吃掉七八條，有一次，雌鳥吃多了，雄鳥居然大發脾氣，張嘴去啄雌鳥，嚇得可憐的雌鳥連棲木也不敢停留了。

鄒靜看到這個樣子，決心要抱打不平，她找來一隻新鳥籠，把雌鳥放了進去。然後在食缸裏添了五條麵包蟲。她想，這下雌鳥可以美食一頓了。沒想到雄鳥在對面幾聲輕鳴，雌鳥居然煩躁不安，不吃麵包蟲，在籠中撲飛，對雄鳥叫個不停。無奈之下，鄒靜只得把兩隻鳥兒又合於一籠，於是一切又安定下來了。

鄒靜想到這裏，不知不覺眼淚流了下來，她想鳥兒都是這樣，何況我們人怎能不相思呢？她現在是省廣播電臺的臺長，而張繼東則成了人民的敵人，一個在天上，一個在地下，而她的心裏卻始終有一種不安。那是一個雨天的下午，她悄悄去了繼東住的那間小屋。那是師大附中家屬樓前邊的一排平房，這裏的平房是樓上家屬們裝煤放破爛的倉庫，而張繼東就住在這裏。

她悄悄走了進去，張繼東聽見腳步聲，猛然抬起頭來。當他看見是她時，驚得半天合不攏嘴來。張繼東穿著一身黑棉襖，袖著手站了起來，說道：「你怎麼來了？」

她看到這麼冷的天氣，房裏連個爐子都沒有。她說：「我來看你。」

此時的張繼東感覺到她是那麼的高，高得讓他不知所措。他結結巴巴地說：「請坐，請坐。」

鄒靜沒有坐，而是掏出了身上的五十元錢。

張繼東愣了一下，他自言自語地說：「這麼多錢？」他真不敢相信自己的眼睛，自己每月十六元的生活費，給鄉下的老母親寄去五元，自己每月只有十一元，而鄒靜竟放下了他一年也積攢不下的這麼多錢。

他的臉由紅變白，又由白變紫，他突然把臉一板，說道：「鄒局長，謝謝你的好意，請把你的錢拿走。」

鄒靜說：「繼東，你收下我的一點心意，買點書吧。」

他一下從桌子上把錢抓到手裏，跑到她的前面硬塞進了她的挎包裏，說道：「請你以後不要到我這裏來。」

鄒靜看到他這個樣子，愣了一下，然後轉過身，瘋了般地往家中跑去，她知道繼東害怕影響了她和江華，可她不明白他為什麼會這樣，為什麼會這般的絕情。

她此時才感到繼東已不是原先的繼東了，他冷漠、孤僻，是那樣的現實，臉上已沒有了一絲笑容，他好像已與她完全生活在了兩個不同的世界裏。她多麼想找回當年那個年輕英俊、才華橫溢的繼東，可已經完全不可能了。她感覺到他那呆滯、無神、冷漠、自卑的眼神裏，有一種讓她不寒而慄的東西在裏邊閃動。

第二回

滾滾的雷聲過後，皋蘭山頭突然一陣令人毛骨悚然的咆哮，狂風大作，霎那間，昏天黑地，飛砂走石。風席捲了黃河兩岸的房屋之後，忽然掉轉頭來直向人群撲去。它揚起砂土，翻滾著，扭曲著，跳躍著，吼叫著，刮得街上的行人全都背過了身子，一些站立不穩的人則用衣裳將頭裹著蹲了下去。風繼續打著尖厲的呼哨，搖撼著街道兩邊的白楊樹，使整個樹身側向了一邊。

就在江華和永革頂著巨大的壓力與工作組和薛飛鬥爭的時候，毛主席在中南海大院裏貼出了《炮打司令部——我的一張大字報》。

大字報上寫道：全國第一張馬列主義大字報和人民日報評論員的評論，寫得何等好啊！請同志們重讀一遍這張大字報和這個評論。可是五十多天裏，從中央到地方的某些領導同志，卻反其道而行之，站在反動的資產階級立場上，實行資產階級專政，將無產階級轟轟烈烈的文化大革命打下去，顛倒是非，混淆黑白，圍剿革命派，壓制不同意見，實行白色恐怖，自以為得意，長資產階級的威風，滅無產階級的志氣，又何其毒也！聯繫到一九六二年的右傾和一九六四年形「左」而實右的錯誤傾向，豈不是可以發人深省嗎？

緊接著報紙上登出了中共北京市委下達的《關於撤銷各大專學校工作組的決定》。這個文件決定說道，工作組集體整訓，聽取革命師生的揭發、批判。再後來省委也發出了《關於撤出大、中學校工作組的通知》，要求各學校工作組於最近兩三天內全部撤出。

江華和永革聽到這個消息之後，和同學們一起連夜冒著風雨，敲鑼打鼓在師大附中校園裏進行了聲勢浩大的遊行。他們歡呼著，跳躍著，震天的鑼鼓波濤洶湧，心臟急遽地跳動著，血管裏的血液也沸騰了起來。有毛主席給他們撐腰，他們無所畏懼了，他們兵分三路向工作組所在的大樓進發，高聲呼喊著口號：

打倒薛飛！

打倒劉向陽！

踢開絆腳石，徹底鬧革命！

誓死捍衛無產階級專政！

這股澎湃的洪流越來越大，原先的觀潮派和一些跟著工作組走的教師和學生都匯集到了他們的這個隊伍裏。

江華的身上被突然砸去了鎖鏈，她全身上下舒展了，放鬆了，火山一樣的激情像岩漿一樣噴發了出來，她那個興奮啊！她不知道用什麼語言來表達自己此時此刻的心情。委屈，憤怒，壓抑，突然隨著滾滾的淚水流了出來，多少個不眠之夜，多少天肉體和精神的摧殘，此時只化作一個語言，她一個勁地呼喊著：「毛主席萬歲！毛主席萬萬歲！」

滾滾的人流在風雨中湧動著，騰躍著。鑼鼓聲，鞭炮聲，在黑暗的夜空裏此起彼伏。江華的眼睛裏飽含著淚水，揮舞著拳頭，大聲喊道：

打倒薛飛！

打倒劉向陽！

無產階級文化大革命萬歲！

當隊伍來到工作組大樓門前之後，各班的同學齊聲唱起了《造反有理》：

馬克思主義的道理千條萬緒，
歸根結柢，
就是一句話造反有理。
……

「造反有理，造反有理！」人們喊著，唱著，唱著，唱完《造反有理》之後，他們又唱起了《大海航行靠航手》。一首接一首歌，一聲接著一聲吼，江華和同學們好像是一把乾柴，一下被點著了。她想，有毛主席為我們撐腰，就是刀山我也敢上，火海我也要闖。這些日子來，她被揪頭髮、罰跪，被掛牌子、戴高帽子，幾個彪形大漢每天擰著她的胳膊，雙手扭到後面批判、鬥爭。她每天以淚洗面，天天想著何日才是個盡頭。除過批判鬥爭會上，平時連她的褲腰帶都要被搜了去，她真是呼天天不應，叫地地不靈，她時時想著趕快去死，可她根本沒有辦法結束自己的生命。

工作組住的大樓門前，同學們此時情緒越來越激動，他們開始往裏面衝了。幾個門衛過來要把樓門關上，這下更惹惱了同學們。

江華跳到一個石臺階上大聲說道：「同學們，毛主席親自發動並領導的無產階級文化革命正以摧枯拉朽之勢，引起了黨內走資派的極度恐慌，他們耍陰謀，放暗箭，極力混淆革命和反革命的界限，挑動群眾鬥群眾，妄圖混戰一場，把水攪渾，以圖蒙混過關。以劉向陽為首的工作組充當薛飛之流的打手，打擊迫害造反派，並調來幾百名不明真相的工人，對廣大革命師生殘酷鎮壓，在師大附中出現了四十多天的白色恐怖。親不親，線上分，薛飛、劉向陽之流利用的是沒有改造好的地主資本家等黑七類分子及其狗崽子，他們專的是無產階級的政，專的是紅五類的政。同學們，在黨和國家生死存亡的今天，決不能讓薛飛、劉向陽之流得逞，他們得逞了，勞動人民將會吃二遍苦，受二茬罪。讓我們乘勝追擊，把薛飛、劉向陽及工作組的打手們揪出來！」

江華說到最後把拳頭舉起大聲喊起了口號。

臺階下黑壓壓的人群也喊道：「把薛飛和劉向陽揪出來！」

江華一講完，激動的學生像爆發了的火山，「轟」地一下衝進了大樓，他們在工作組的辦公室裏抓住了劉向陽，令他們興奮不已的是在辦公室跟前的廁所裏他們也抓住了校黨委書記兼校長薛飛。學生們衝了上去，把兩人的胳膊扭到身後，用剃頭刀給他們刮了個陰陽頭，然後用竹條和報紙很快給他們每人糊了一頂一米多高的高帽子。

江華見到薛飛和劉向陽，她的眼睛裏開始噴火，她抽出腰上繫的皮帶沒頭沒臉地朝兩人打去，皮帶的銅環子很鋒利，割破了薛飛的頭，劃破了劉向陽的臉，憤怒的學生們把兩人推過來搡過去，他們用拳頭打，用腳踹，他們覺得還不解氣，抽出兩人的褲腰帶，拴在兩人的脖子上，幾個學生則像牽狗一樣把他們牽著，而他們兩人則提著褲子，邁著碎步往禮堂裏奔去。

走進禮堂，江華看見張繼東也被押了進來，她有些慌張，忽然間她對這人產生了一種憐憫。這些日子她被關在地下室裏，多虧了這個老右派對她精心的關心和照料。

她被關在地下室的時候，和她關在一起的有八個女生和六個女教師。除了一個女教師在大學裏集體參加過國民黨，是歷史反革命外，其他幾個女教師和女生和她一樣都是現行反革命和右派。可是，這些人都害怕連累自己，不敢接近她，因為她是那一天給學校領導和工作組貼大字報反革命事件的主謀。這樣，給她打飯，送水，包括找大夫給她治病，都是住在她隔壁房間的張繼東給做的。剛開始，那些看押他們的人不讓張繼東一個大男人進江華她們那個房間，後來覺得江華躺在地上沒法起來，還得讓他們侍候，於是就讓張繼東去做這些事情。有一次江華被打昏了過去，還是張繼東把她背到了地下室，打來開水用熱毛巾為她擦去了臉上的血漬。張繼東那天一邊為她擦血，嘴裏還一個勁地說：「孩子，快醒醒啊！」

江華就是在這個時候看見了張繼東眼鏡後面的眼睛裏盈滿了淚水，疼愛地用手撫摩著她的頭髮。

江華的父親江少波在她出生以後已經死了，她沒有見過她的爸爸，當她看到張繼東那慈祥的眼睛時，她在恍惚中差點兒喊出了「爸爸」。

此時的張繼東彎著腰就站在她的眼前，她的心軟了，真想過去扶他一把，可她馬上又自言自語地背起了毛主席語錄：「革命不是請客吃飯，不是做文章，不是繪畫繡花，不能那樣雅緻，那樣從客不迫，文質彬彬，那樣溫良恭儉讓，革命是暴動，是一個階級推翻一個階級的暴烈的行動。」

江華站在這些牛鬼蛇神面前，感到無比的興奮和自豪，是毛主席支持他們造這些修正主義分子和資產階級的反。毛主席不是告訴我們，不破不立。破，就是批判，就是革命。破，就要講道理，講道理就是立，破字當頭，立也就在其中了。她想，毛主席說的破和立是什麼呢？也就是要砸爛怎樣一個舊世界，又要建立怎樣一個新世界呢？此時她才意識到砸爛的就是封資修在教育、文化各個領域的反動思想和資產階級的東西。而薛飛和劉向陽就是師大附中的修正主義分子，就是睡在師大附中的赫魯雪夫一樣的人物。於是，她對這些人越來越充滿了仇恨，她抽出皮帶又對薛飛和劉向陽抽打了起來。她像一頭髮了瘋的母狼，眼睛裏發著綠光，揮舞著寬厚的皮帶，皮帶的風聲發出尖利的嘯叫。薛飛和劉向陽抱著頭往後面躲閃著，她此時才感到一種從來沒有過的痛快。她不知道她為什麼有這麼大的狠勁，「呼呼」的風聲和牛鬼們的哭叫，皮帶上帶血的銅環更加刺激了她的兇猛。

這時，禮堂裏又喊起了口號：

打倒反革命修正主義分子薛飛！

打倒劊子手劉向陽！

血債要用血來還！

薛飛和劉向陽被剃了陰陽頭，一邊頭髮被剃光了。此時的薛飛被剃光了的一半頭上流出了血，血從他的臉上流了下來，進入他的眼睛，淌在了地上，一滴一滴往下流。然而，他執拗地把頭高高昂起，把血「呸」地一下吐到了地上，輕蔑地瞪著江華和打他的那些學生。

張繼東看到薛飛的這個舉動，臉一下白了，他不敢相信自己的眼睛，真是此一時彼一時呀。一九五七年時只要誰對領導稍微有點不尊重，就要被扣上反黨反社會主義右派分子的帽子，今日裏這些學生還敢打共產黨的領導。記得學校有個男教師悄悄告訴過他，反右運動時，有一天這個男教師走在路上尿憋了，就到路邊的樹林裏去撒了泡尿，正在這時薛飛走了過來，他本想給領導打個招呼的，可又害怕小便時打招呼對領導不尊重，就沒有吭聲，就因為這個原因，薛飛心想這個年輕人太目中無領導了，正好上邊又給了一個補充右派的名額，右派名額自然就落到了這個男教師的頭上。

張繼東正這麼想著，他突然驚異地發現，薛飛頭上流下的血在地上變成了紅豔豔的一朵蓮花。這蓮花紅得讓他心悸，它是那麼絢麗，那麼耀眼，那樣的驚心動魄。

薛飛這人說著一口四川話，一年四季都穿著一身中式便裝，大頭，矮個子，略微有點白胖，小眼睛，塌鼻樑，腿有些羅圈，走起路來一搖一擺的。本來是四十年代的延安幹部，就因為解放前夕他被國民黨特務抓進了監獄，別的抓進監獄的人都被槍斃了，可他沒死，原因是他當資本家的舅舅用三百塊大洋將他給贖了出來。這一點不明不白怎麼說也說不清楚的歷史問題，整整糾纏了他快二十年，再加上他不會迎合形勢，和他一起的戰友有的都進了中央，可他還在這麼一個不起眼的中學裏當著個中學校長。

一九五七年反右運動時，他被抽到師大附中擔任反右運動辦公室的主任。剛開始大鳴大放的時候，共產黨讓黨內黨外的人幫助共產黨整風，這時候他反覆宣傳黨的政策，知無不言言無不盡，言者無罪聞者足戒，動員老師們幫助黨開門整風，他當時確實是誠心的。在他的懇切勸導下，人們開始給黨提起了意見。沒想到還有一些人還言未盡，意未窮，而另外一些觀察風向的人才準備要給黨提意見時，突然風向大轉，反右運動的號角就吹響了。於是，他又按照中央的部署，開始分化敵人，採取各個擊破，讓老師們互相檢舉揭發。那時候人們的覺悟真高，每天到他辦公室來的人絡繹不絕。有學生揭發老師的，有老子舉報兒子的，就連夫妻之間、朋友之間也相互揭發，互相抖摟家醜。有些夫妻之間還把床上的隱私也說了出來，運動搞得異常順利，不上兩百個教職工的師大附中就劃了四十多個右派分子，超額完成了上級給定的指標任務，而且這些被劃了右派分子的人都沒什麼話可說，因為有人證物證俱在，況且檢舉他們的大多數人就是他們的親朋好友。

記得有一個中年男教師，教化學的，當時他看了報上登的一些大右派的言論，因為有同感，產生了共鳴，回到家中就發表了一些自己的觀點。他老婆當時和他同一個教研組，共產黨員，也是教化學的。當薛飛發動黨團員積極投入運動，反擊右派分子的倡狂反撲的時候，這個男老師的老婆第一個敲開了薛飛辦公室的房門，說你們用不著引蛇出洞了，她的身邊就睡著一條毒蛇，並且，把二十幾頁的揭發材料也交到了薛飛的手裏。但是，這個男化學老師說，當時他老婆和他在一起散佈右派言論，給薛飛也放下了十幾頁的揭發材料。總之，一個巴掌拍不響，話要兩個人說才能說起來，儘管女化學老師說她是共產黨員，在誘敵深入等等，但沒辦法，只要是右派分子，黨內黨外的都要抓。這樣，五八年上面定下指標，帽子一下來，兩個人就都成了右派分子。

因為薛飛有反右派運動的經驗，所以，文化大革命一開始，他仍然用放長線釣大魚的辦法。表面上他放手發動群眾，批判的是吳晗、鄧拓、廖沫沙，暗地裏他早已安排好了黨員骨幹，密切觀察校園裏每一個人的一舉一動。他想，不管任何時候，階級敵人反對黨反對社會主義的本質是不會變的，他們總會尋求一種方式跳出來。當江華他們給他和工作組寫了大字報以後，他為他的精確判斷而興奮不已，後來，他又讓貼大字報的這些反革命、右派互相檢舉揭發，並當場釋放了有功者，所以，才最大限度地孤立了江華這樣一些極端反動的反黨反社會主義的反革命右派學生。

薛飛被關入牛棚以後，他想，這一次是不是毛主席用的更大的誘敵深入的策略，毛主席諳熟兵書，有豐富的軍事、政治經驗，一九五七年的引蛇出洞使那麼多右派自投羅網，這一次肯定不會讓反革命分子輕易逃脫的。他老人家這一次先使用苦肉計，讓我們這些老革命先被關進來，然後等待時機再把天下的牛鬼蛇神一網打盡。所以，他進來後並沒有沮喪，照樣吃，照樣唱，早上還要伸展伸展筋骨，但他牢牢地在記住跳出來的每一個學生和老師，看他們誰跳得最凶，誰跳得最高。

薛飛是非常清楚張繼東的，一九五七年張繼東在省農業局被劃為右派分子後，下放到他們學校勞動改造，他當時是不願意要這個右派分子的。他說，我們學校已經有四十多個右派分子了，還給我們分。上面領導說，這可是美國康乃爾大學的一個高材生博士呀，你們學校是個文化單位，這裏是需要文化人的，以後你可不要後悔呀。

張繼東是一九四九年解放前夕到美國留學去的。從金陵大學農學專業獲學士學位後，由於受實業救國思想的影響，他又到美國康乃爾大學學習了農業，獲得了碩士、博士學位，當時美國有多個部門和農場要他去為他們服務，有個美國姑娘也愛著他，可他已經感到了新中國的氣息，他放棄了美國的優厚待遇，拒絕了這個姑娘的一片真情，毅然回到了祖國。他是為了報效新中國，響應周總理的號召回國來的，另外，他的心裏始終有一個捨不下的女人。回來後他就被安排到了省農業局當了副局長。

那段日子裏，張繼東可謂春風得意，盡顯才華，在整個農業局無人不知無人不曉他是能寫會畫的，且在農業方面是一個業務非常精熟的專家。這時候人們紛紛來給這個高大清秀，且戴著近視眼鏡的副局長介紹對象。可是，張繼東誰也不看，因為他的心裏早已有個人了，這個人就是讓他茶飯不思，徹夜難眠，天天折磨著他那顆孤獨心靈的鄒靜。這是一個讓他天天想，日日思的女人，是他在異鄉他國割捨不掉的心肝花兒。他想，我要在事業上先幹出一番成就來，到那時候我再張開雙臂去找她。

然而，命途多舛，風雲多變。一九五七年大鳴大放的時候，他把心裏的話一股腦兒全倒了出來。因為他相信只有共產黨才能讓人民幸福，國家富強。他那時躊躇滿志，意氣風發，大會小會無話不說，從農業局的人事安排到長期的遠景規劃發展，從國家的建設到民主自由的推行，他有會必說，不說則已，要說就說個痛痛快快。他說，我無牽無掛獨身一個，中國的知識分子必須要有強烈的愛國意識和責任感，這樣才能把國家的事情辦好。他以農業局為例，說上上下下的幹部都是上級部門委任的，這些幹部的眼睛只會盯著他們的頂頭上司，這些人怎麼會為群眾著想，怎麼會為人民服務呢？群眾對這些幹部起不到一點監督制約，權利產生腐敗，長此下去腐敗就會蔓延，就會產生官僚主義。所以他說，首先要讓群眾選出他們的領導來，這樣就不是群眾怕幹部，而是幹部怕群眾，幹部就會自覺地把群眾的事情辦好。他還說道，這些年運動太多，帽子太多，讓人們都不敢說話了。可悲啊！可悲！代表中國主流的知識分子已經被閹割了，已經沒了一點精氣。

張繼東的這些話成了典型的右派言論，要不是當時省農業局的局長看重他的才華，他早被送到甘肅河西走廊的農場裏勞動教養去了。

薛飛了解張繼東，他感覺這人雖是反動透頂了，可是個美國貨，師大附中正缺乏數學、物理和生物老師，可這人調到師大附中後，他覺得美國留學生怎麼了，學的越精反動起來就越厲害，讓這個人上講臺上課，讓他站在講臺上胡說八道，會害了我們師大附中多少學生娃娃啊！所以，張繼東到師大附中來後，薛飛就讓他打掃學校衛生，讓他去掏廁所，讓他在艱苦的勞動中改造思想，但絕對不允許他上講臺講課。當薛飛給剛報到的張繼東談了他今後的工作後，張繼東的眼睛裏轉著淚花花，「哈哈哈」地笑了起來，他哽咽著說道：「謝謝校長的關心和愛護，我會盡力把工作做好的。」

張繼東此時才後悔了。他要離開美國時，愛他的那個美國女同學對他說：「繼東，我愛你！我希望你留在我的身邊。只要你留下來我會像中國的女人一樣給你做飯，給你縫衣，全力支持你的事業，我想，只要你我共同努力，我們的事業和生活都會很好的。」可他沒有聽她的話，他那時恨不得趕快飛到祖國的懷抱裏。他記得她在最後時又對他說：「你如果堅決要走，我勸你不要去大陸，你到臺灣去。」他當時想，是不是他給她告訴了鄒靜之後，這女人心裏面產生了嫉妒。

此時的張繼東就和薛飛關在一起，他並沒有因為薛飛的落難而幸災樂禍。他想，薛飛被關被鬥，不過是共產黨內部的爭鬥，共產黨鬥共產黨這是他們夥子裏的事，就和一個家裏弟兄們之間的是是非非，哪怕他們爭得死去活來，打得頭破血流，到頭來他們還是一家人。可我不一樣，我不過是一個外人，在他們的眼裏，我永遠是一個資產階級，不管他們弟兄們誰勝誰負，我這個右派分子都是共產黨的敵人。所以，張繼東雖然和薛飛一起挨批挨鬥，一起寫檢查，他總是把薛飛稱為薛校長，不敢對他有半點不敬。但薛飛卻在張繼東跟前始終表現得趾高氣揚，就是他被學生打得頭破血流，張繼東為他包紮傷口時，他仍然以領導和革命者自居，瞅準時機要說一句，「張繼東，你不管任何時候都要相信群眾相信黨，都要好好加強思想改造。」張繼東聽到這話就笑笑，他說：「謝謝領導的關心，我會加強自己思想改造的。」薛飛聽到這話卻不以為然，他知道像張繼東這樣被美帝國主義培養出來的資產階級知識分子，渾身上下早已深深地打上了階級的烙印，已經定型了，根本不可能改造好的。

第三回

這是八月，被暴風雨濯洗過的城市顯得格外明麗清爽。天上起初只是輕輕的一片白雲，襯在蒼翠的山後，在碧藍的天空中，一道七色的彩虹，從天宇上跨過，弧形的半透明的拱橋頂著一塊青天，一頭搭在翠綠的皋蘭山上，另一頭插在柳絮兒般漂浮的白雲裏，它的顏色是那樣的鮮豔，赤、橙、黃、綠、青、藍、紫分外絢麗，好似水洗過後倒掛的一條彩帶。渾濁的黃河翻滾著，跳躍著，發出悶騰騰的聲音往東面奔去。河面上跳躍著從上游流下來的殘枝敗葉，還有幾根木頭和零零星星的麥草。

楊永革拿著刊載毛主席給清華附中紅衛兵組織的覆信和《中國共產黨第八屆中央委員會第十一次全體會議公報》的報紙，和江華一起站在波濤洶湧的黃河岸邊，他們兩人的手緊緊握在一起，激動的心情久久不能平靜。是毛主席把他們從苦海裏救了出來，給了他們第二次生命，是毛主席給了他們勇氣和力量。他們好似聽到了毛主席他老人家意味深長的話語，「你們要關心國家大事，要把無產階級文化大革命進行到底。」他們一遍又一遍地讀著毛主席給清華附中紅衛兵組織的信。他們兩人一起讀中共八屆十一中全會通過的《中共中央關於無產階級文化大革命的決定》：「一大批本不出名的革命青少年成了勇敢的闖將。他們有魄力、有智慧。他們用大字報、大辯論的形式，大鳴大放、大揭露、大批判，堅決地向那些公開的、隱蔽的資產階級代表人物舉行了進攻。在這樣大的革命運動中，他們難免有缺點，但是，他們的革命大方向始終是正確的。這是無產階級文化大革命的主流。」

江華和永革看到這裏，激動的心情再也無法控制了。他倆舉起右手說道：「毛主席啊，毛主席，您是我們的紅司令，您指到哪裏，我們就殺向哪裏，刀山我們敢闖，火海我們敢衝。」他們感覺到天將降大任於斯人也，胸中激蕩著洶湧的岩漿，在不斷地積蓄著能量，他們好像接過了毛主席親手交給他們的尚方寶劍，膽壯了，力大了，去要完成歷史賦予他們的崇高使命。

太陽從雲彩中出來了，將陽光灑在翠綠的草地上，皋蘭山上萬木蔥綠，花團錦簇。永革和江華望著眼前的美好景色，輕輕地唱起了「東方紅，太陽升，中國出了個毛澤東……。」

永革望著江華微微泛著紅暈的臉龐，用手把她黃軍帽下面的頭髮捋了捋。他仔細端詳了一下這個與自己一起玩大的姐姐和同學。她上身穿著寬大的黃軍裝，黃軍裝下面透出一件粉紅色的襯衣，下身也穿著黃色的長褲，黃軍鞋。她的腰間紮著一條寬大的皮帶，使兩個奶子將胸脯頂得很高。她的髮鬢垂在耳邊，把那不胖不瘦的瓜子臉龐搭配得更加端莊秀麗。

永革看了一眼江華的胸脯，女人的馨香撲鼻而來，他的心裏不由得跳了一下，她怎麼越來越美了，他的心裏情不自禁地有了一種衝動。他將眼睛看著遠方，說道：「你再跳不跳黃河了？」

江華的臉紅了一下，她用手捶打著永革寬厚的臂膀說道：「你真壞！」

永革望著江華細條的身材，他從她烏黑的眼睛裏看到了一個女孩子心裏綿綿的柔情。他伸開雙臂，江華把頭靠在了他的胸前。他將厚厚的嘴唇放到了那個小嘴上，大膽地去吻那玫瑰的香味，他們相吸相吮，緊緊地擁在一起，天與地完全進入了他們的胸懷。江華的一隻手任永革使勁地握著，她感覺到他們的心在砰砰跳動，兩顆心在一塊兒交流，多麼強烈，多麼新奇，又多麼驚心動魄。時間在輕輕地流淌著，滾滾而下的黃河在無休無止地流向遠方，他們把報紙上的紅太陽毛主席畫像緊緊地貼在胸前，輕輕唱起了那悠揚的歌曲：

毛主席啊，

您是燦爛的太陽，
我們是葵花，
在您的陽光下幸福地開放。
您是光輝的北斗，
我們是群星，
緊緊地圍繞在您的身旁。
您的思想是春天的雨露，
我們在您的哺育下，
茁壯地成長，
您親手點燃的文化大革命烈火，
把我們百煉成鋼。
……

江華此時感到多麼的幸福啊！她與永革青梅竹馬，而且有共同的理想和追求，今天歷史已把接力棒交到了他們這一代年輕人的手上，他們要在毛主席的領導下，把這個世界鬧它個地覆天翻。

江華望著永革濃眉下的一雙眼睛說道：「永革，在形勢大好的時候，千萬不能麻痹大意，我們的敵人還很強大，領導權還在他們手裏。他們的心不會死，總想著要進行反撲，我們師大附中要把薛飛之流打垮，要把劉向陽這些工作組批臭，要讓他們永世不得翻身，還要付出很大的努力。」

江華好像在對永革說，也好像在自言自語。

永革此時想得更遠，他胸中的火已被毛主席他老人家點燃了，他要造反，要鬥爭，要把這個舊世界打個落花流水，再跟著毛主席去創造一個紅彤彤的新世界。可是，他的意識是模糊的，他不清楚理想中的新世界到底是個什麼樣子，它是不是就是毛主席在《五・七指示》中描繪的那個藍圖？

此時的黃河翻滾著，持續不斷地往下游流去。西邊天上的黑雲團開始扭成了一頭張牙舞爪的怪獸，緩慢地朝江華和永革這裏蠕動。這頭怪獸的眼睛很大，身體一會兒長，一會兒又蜷縮在一起，慢慢地往這裏移動。

江華說：「永革，走吧，那雲團怎麼那麼可怕。」

永革說：「有什麼怕的，那又不是狼。」

說到狼，江華更害怕了。江華小時候就聽媽媽講過狼外婆的故事，後來又聽了永革的爸爸講遭遇狼的經歷，所以，在她的印象裏，狼是兇殘的、可怕的。

永革的爸爸說，他那年在西藏帶兵，有一次坐著吉普車去下連隊。他們去的時候在車上帶了一條驢子般大的藏獒。這藏獒四肢較短，一身黃褐色的毛，它一路上都安靜地臥在後排座上。

翻過尼馬山口，沿碎石遍布的公路前行，吉普車顛簸搖擺地走著。這時，遠處的雪山透迤起伏，在夕陽的餘輝下，雪山被染成了桔紅色，它和天上的紅雲把整個世界染得一片通紅。

當吉普車走到晚上，附近山坡上傳來了狼的長嗥。一陣接一陣，一聲連一聲，把人的神經一下繃得緊緊的。

永革的爸爸說，夜晚的狼，尤其是群狼是不能輕易招惹的，狼畢竟是一種極為兇殘和狡猾的動物，而且耐力極好，一晝夜可以跑上百十里路。他說，當時那曲曾發生過這樣一齣慘劇：一個年輕的汽車兵掉隊了，被一群惡狼追趕著，他毫不猶豫地抽出衝鋒槍掃射，也打死了幾隻狼，但沒有用，其他惡狼呼喚著，奔跳著，像接力賽一樣繼續從四面八方潮水般湧了上來。一直到最後，汽車兵的子彈打完了，軍車跑得沒了油，狼群撲上來，用鐵一般的腦袋撞碎了玻璃窗，把那個戰士撕得粉碎給吃了。

永革的爸爸接著說道，當時吉普車在黑暗中行進，車燈照著凹凸不平的路面。昏暗中，我發現有四隻狼就蹲在前方五六十米的地方。它們的毛是棕灰色的，身上有不少地方掉了毛，像補滿了一塊塊補丁。我很快發現，有一隻與眾不同的母狼，踱著碎步，兩排鬆弛的乳頭搖曳著，陰鬱的眼神裏，裸露出兇殘的目光。它支稜著耳朵，瞇縫起貪婪的眼睛，不斷從鼻孔裏噴出團團霧氣，凝結在臉上。從它那瘦骨嶙峋的身架看，它是一隻饑餓的狼。但是，它始終保持著饑餓者的尊嚴，沒有垂涎和咂嘴巴。我知道這就是狼群中的頭狼。當時，藏獒渾身抖動著，發出低沉的咆哮。

永革的爸爸說到這裏略停了一下，然後說道，擒賊要擒王。當時我對藏獒下了命令，先咬母狼。藏獒聽到我的呼喚，像出膛的炮彈一樣向母狼一頭撞去，趁母狼在地上翻滾的時候，照準它的肚子就是一口，這一口就把那條母狼撕了個開膛剖肚再也爬不起來了，其餘三隻狼看到這個情景嚇得魂飛天外落荒而去。

永革爸爸的這個故事給江華留下了深刻的印象。她想，擒賊要擒王，就是要抓住事物的關鍵，在今天階級鬥爭尖銳複雜的時候，首先就要找準母狼，然後再給它以致命的一擊。而薛飛就是師大附中的母狼，這頭狼兇殘狡猾，而且有很深的背景，我們千萬不能掉以輕心，必須像打落水狗一樣不能讓他們有任何喘息的機會

江華想起她與永革小時候的情景時，經常一個人偷偷在笑。記得有一次他們在一個山坡上和泥做小泥人，挖好土了，可沒有水，永革說：「我們用尿來和。」說著他就掏出小雞雞尿了起來，江華見到此情此景又羞又好奇，把頭歪到了一邊。永革尿完尿，望著她的臉說：「你也尿點，還不夠。」江華聽到這話不知如何是好，她羞得臉紅紅的，說道：「你壞，我不跟你玩了。」

隨著年齡的增長，當時的這一幕讓她又留戀又好笑。她想，我們那時候真是天真無邪，無憂無慮。可是，隨著時間的推移，他們都已長大了，這樣的日子已經一去不復返了。

她記得永革那時很調皮，整日裏上牆揭瓦，東竄西跳，老師和周圍的鄰居們經常到他媽媽跟前來告狀。他那

個時候是娃娃頭，江華那時經常看到他戴著柳條圈，手裏拿著一根棍指揮娃娃們和其他的孩子們打土塊仗，不是他的頭被打破，就是別人家的孩子被打得頭破血流。田恬對鄒靜說：「永革這孩子跟了他爸了，看你的江華多乖，文文靜靜的，女孩就是女孩，不一樣啊。」永革的爸爸楊毅聽到這話就很高興，他希望他的兒子和他一樣，帶兵打仗，成為一個叱吒風雲的將軍。他想，這江山是老子們提著腦袋打下來的，我們不坐江山誰坐？過去的日子裏，他的戰友們一個個把娃娃送到了名牌大學去上學，他們革幹的子女就有這個特權，可他更想把兒子送到部隊裏去，乘他在位的時候，把兒子提攜起來，讓他在人生的歷程上有個好的開頭。

永革在這樣一個革命幹部的家庭裏生活，從小就有一種自來紅的思想，他始終認為他們這些人打從娘胎裏血液就是紅的和別人不一樣，他無拘無束，天不怕地不怕，任何時候都覺得自己就是真理的化身。

江華記得那時候永革經常赤著腳在鞦韆架頂上跑來跑去。那鞦韆架頂只有一尺多寬，在十幾米的高空，江華在下面看著他走來走去，心裏就咚咚直跳，很害怕，剛開始她大聲地喊他下來，可她不喊還好，這一喊他乾脆在上面又跑又跳，她這時就嚇得乾脆低著頭不敢看他。而永革在這個時候，故意用兩隻腳勾在最上面鐵梯上，把頭垂下來，這就讓江華更加提心吊膽了。

那是一個中午，天上沒有一絲雲彩，太陽在藍天上高懸著，火辣辣地烤著大地上乾枯的蒿枝和挺著脖子稀疏的麥苗。鞦韆架的東面是一望無垠的荒草灘，藍色的野花在一片片焦黃的疙瘩地裏探著頭隨風搖曳著，送來泥土的芳香。田壟上有幾棵瘦弱的桃樹，十幾朵粉紅色的桃花在上面點綴著，微風吹來讓人心中有了一點寬慰。江華和永革又來到了鞦韆架下，他們先是打鞦韆，後來江華一個人到跟前的荒灘裏去抓蝴蝶。這時，她突然聽到永革「哎喲」地叫了一聲，她趕快跑過去一看，鞦韆架上的鐵勾掛在了永革的襠下。

永革這時無法自己脫開，疼得齜牙咧嘴，頭上直冒著汗珠子。江華當時急得哭了起來，她不知道如何是好。

永革強忍著疼痛說：「快去叫大人。」

江華於是就大聲喊：「來人啊，快來人啊。」

人們跑過來一看說：「這不是楊司令員的永革嘛。」

幾個人輕輕地解開永革的褲子，然後把鐵勾從永革的身上脫了開來，原來鐵勾子戳破了他的褲子，插進了永革的陰囊，無怪乎永革自己根本無法從鞦韆上下來的。

江華記得很清楚，當時永革襠下血糊糊的一片，永革只是皺了皺眉頭，還在安慰周圍驚慌失措的人們。永革的媽媽田恬則大哭著跑了過來，扒住抬永革的擔架抽噎著，一會兒又慌慌張張地問大夫：「這孩子以後會不會留下後遺症？」

當時周圍的人都很緊張，屏著呼吸聽大夫說：「還好。不要緊的，只是把陰囊穿了個窟窿，沒傷到睾丸上。」

這件事情對江華印象很深，使得她對男人有了初步的瞭解，也在她朦朦朧朧的心裏有了第一個男人，這就是在生理和心理上與她不同的永革。

田恬每次見到鄒靜就說：「鄒靜啊，把江華嫁給我們的永革吧，我的永革可是個有心有肺的人啊，你看他多疼你的江華，一天沒事就往你的江華跟前跑，他以後不會虧待了你的江華的。我們當大人的可要成全了孩子們的大事，這可是郎才女貌天生的一對呀。」

鄒靜聽到這話就笑著說：「你看你說到哪裏去了，永革是我看著長大的，他是你的兒子，也是我的孩子，我們江華若有了永革，可就有了依靠了，等於我也有了一個好兒子。」

這句話對江華幼小的心靈影響很大，她有時覺得她就是永革的妻子，所以，她看到永革和其他女孩子說話，一種莫名的嫉妒就會油然而生。

張繼東與鄒靜的相識，還是通過田恬認識的。張繼東那時經常到田恬那裏來，本來是要追田恬的，沒想到他在田恬的房間裏認識了鄒靜。鄒靜舉止文雅，不似田恬開朗活潑，這與張繼東追求古典美的愛好是很相投的。張繼東曾經對別人說過，男人與女人組成一個家庭，關鍵是要看兩個人是否合適，有些鞋子看起來很好看，但穿上不合適就不能穿，不合適的鞋子穿在腳上就要夾腳。所以，他義無反顧地去追求鄒靜。

田恬當時想，張繼東這個人簡直是個花癡，見一個愛一個，這樣的男人能靠得住嗎？怎麼能將自己的一身託付給他呢。她也對鄒靜有了想法，還是自己的好朋友呢，沒兩天就把我的男朋友給勾了去。不是鄒靜後來嫁給了江少波，兩個人的朋友關係還真發生了危機。

張繼東自從見了江華，並且知道她就是鄒靜的女兒後，一種莫名的感覺經常讓他心神不寧。那天，他和江華一起被工作組押到了禮堂，跪在地板上的時候，多少次他想衝過去，讓江華跪在自己的身上，不要讓她小小的年紀落下一身病來。而當江華他們這些孩子被從牛棚解放以後，把他與薛飛、劉向陽一起鬥爭時，他又想去勸勸江華，政治是殘酷的、無情的，充滿了血腥和刀光劍影，千萬不要這麼衝動，成了某些人所利用的工具。

張繼東這天一早起來，他又看到了一個非常新鮮明朗的早晨，太陽照耀著門前的槐樹，鳥兒在樹上跳來跳去的鳴唱。然而他想，這美麗耀眼的早晨不是屬於我的，我成了人民的敵人，我是右派分子，我在這世界上是一個人們心目中的另類，是一個妖魔鬼怪式的人物，憂愁和痛苦將會伴隨我的一生。他看了看他這身補丁落著補丁的衣裳，望著他厚厚老繭的手掌，然後把裝滿糞尿的馬桶提上往廁所走去，他已經習慣了，十年的改造生涯讓他與過去的張繼東完全不一樣了。他走到窗戶前面活動了一下腰肢，然後把胳膊前後左右甩了起來。他害怕被揪頭髮，已刮了光頭，但必須把胳膊活動靈活，紅衛兵小將們的噴氣式飛機他還是有點害怕。九十度的彎腰，兩隻胳膊像燕子展翅伸在身後，頭還要往上揚起，一場鬥爭會下來，他的胳膊像針扎一般疼痛，腰半天直不起來。

吃了早飯，張繼東和其他牛鬼們在操場上排成了一個橫排，報完數，自己把自己的牌子掛在脖子上。張繼東的牌子是他自己用半個小黑板大的木板做成的，上面糊了白紙，然後用墨汁寫上「右派分子張繼東」，再用紅筆在張繼東三個字上打上叉。

張繼東做這牌子時很用心，他先選了松木板子，松木板堅韌且比較輕巧，然後把它刨光。張繼東感到，這十年的右派生涯最大的收穫就是自己什麼都會做了。除了簡單的木工、瓦工、電工技術以外，還學了不少中醫知識。

此時的張繼東低著頭，先自己喊了一聲「打倒右派分子張繼東」，這口號都得喊，自己喊自己，把自己先劃到敵人一方面去，然後，他們按順序一個跟著一個排成長隊，唱著歌往禮堂走去：

老老實實，
低頭認罪，
拒不交待，死路一條。
坦白從寬，
抗拒從嚴，
拒不交待，死路一條。

唱完歌後，牛鬼們齊聲喊：「坦白從寬，抗拒從嚴。坦白從寬，抗拒從嚴。拒不交待，死路一條。」

張繼東的聲音很宏亮。他是標準的男中音，寬厚，低沉，且加著男人的一種陽剛。

張繼東原來以為階級敵人就他們這麼幾個，沒想到隨著時間的流逝，以馬列主義毛澤東思想武裝起來的革命群眾把敵人一個個都給揪了出來。這些日子，解放了一批被工作組迫害的學生和老師，又進來了更多的學生和老師，連那個從省委派來的心紅眼亮的工作組長劉向陽也和他們關到了一起。

劉向陽剛進來時，還不和張繼東一塊住，他堅決要求給他重新調個房間。然而，這原來裝桌椅板凳的地下室，整個兒是一個鋪上草的睡百十來人的大房間，便於管理，便於互相監督。這裏有學校裏的學術權威，有薛飛之流走資本主義道路的當權派，還有教師和學生裏面的歷史和現行反革命分子。所以，當劉向陽向專政組裏的人一提出這個要求，專政組的人馬上把他狠狠地臭罵了一頓。

張繼東望著劉向陽說：「老劉，你也把你別看得那麼大，到這裏面進來，就像烏鴉落到了豬身上，大家都一樣黑，沒一個好東西了。」

「王八蛋！你是什麼東西，反革命右派分子，我是革命幹部，是共產黨員。」劉向陽跳起來說道。不是有專政組的人在場，他真想去揍扁這個老右派。

張繼東並沒有生氣，十多年的右派分子帽子已磨得他沒了一點脾氣。他說：「你還要吃人呢，你以為你還是個什麼了不起的人物呢，你若是個真共產黨員到這裏幹啥來了。」

劉向陽聽到這話就抱住頭大哭了起來。

張繼東此時站了起來，把腳一跺，突然大喝一聲：「別哭了！你還算個男人嘛。」

人們看到平時軟弱老實的張繼東還能吼出這麼大的聲音，都嚇了一跳。

此時的劉向陽就走在張繼東前面，勾著頭往學校禮堂門口走去。禮堂門口站著兩排穿著黃軍裝的紅衛兵，過來一個牛鬼，就被兩個人一面一個將胳膊扭到身後，左面一個力氣大的用左手扭著牛鬼的胳膊，用右手還要揪住牛鬼的頭髮。

張繼東剛被扭進禮堂，就聽見一個破鑼嗓子高聲喊道：

打倒薛飛！

打倒劉向陽！

打倒張繼東！

無產階級專政萬歲！

此時，張繼東感到有點尿憋。他想，臨出門時還上了廁所，怎麼這尿來得這麼不是時候。他朝左右兩個人望了一眼，其中一個厲聲喝道：「放老實一點，低下狗頭！」

話音沒落，他的頭上重重地挨了一巴掌。他的頭已經讓人打習慣了，半個頭一直疼痛且有些麻木，可他實在夾不住了，還是想給人說一下他的尿太憋了。

這時，他聽見廣播裏的破鑼嗓子念道：「毛主席他老人家教導我們說：敵人是不會自行消滅的。無論是中國的反動派，或是美國帝國主義在中國的侵略勢力，都不會自行退出歷史舞臺。」破鑼嗓子停了片刻又念道：「有些單位是被一些混進黨內的走資本主義道路的當權派把持著。這些當權派極端害怕群眾揭露他們，因而找各種藉口壓制群眾運動。他們採用轉移目標、顛倒黑白的手段，企圖把運動引向邪路。當他們感到非常孤立，真混不下去的時候，還進一步要陰謀，放暗箭，造謠言，極力混淆革命和反革命的界限，打擊革命派。」

破鑼嗓子念完毛主席語錄，一個女高音又領著喊起了口號，於是此起彼伏的口號聲又在禮堂裏迴響了起來。

喊完口號，一個女學生跳上講臺開始發言。

張繼東想說一聲他的尿夾不住了，可擰著他的胳膊的人壓低聲音說：「狗日的，放老實一點！」

這時候，他聽見講臺上的女學生大聲念著發言稿：

廣大的革命師生員工們：

在我們最最敬愛的偉大領袖毛主席和偉大光榮的黨中央領導下，這場觸及人們靈魂的無產階級文化大革命，正以雷霆萬鈞之力、排山倒海之勢迅猛地在中國大地深入開展。勝利的捷報頻頻傳來，無產階級的鐵掃帚正在無情地橫掃著歷史的殘渣餘孽。

我們無產階級革命青少年是這場運動的主力軍，成了勇敢的闖將，我們要揮起毛澤東思想的千鈞棒，把舊世界打個天翻地覆，土崩瓦解；要把資產階級、修正主義的「老爺」、「權威」和狗崽子們殺個人仰馬翻，打他個身敗名裂。

現在，革命的形勢一天比一天好，好得很！但是，我們必須牢記偉大領袖毛主席的教導，「在拿槍的敵人被消滅以後，不拿槍的敵人依然存在，他們必然地要和我們作拼死的鬥爭，我們決不可以輕視這些敵人。」在我們師大附中，誰是不拿槍的敵人呢？是走資本主義道路的當權派薛飛，是殺人魔王劉向陽，是張繼東這些地、富、反、壞、右黑五類分子，他們人還在，心不死，他們正在尋找一切機會想重新奪取他們失去的天堂。

所以，我們必須時刻牢記毛主席的教導，千萬不能忘記階級鬥爭。對敵人的溫情，就是對革命的殘忍。在當前運動中，只許無產階級左派造反，不許資產階級右派翻天！這一點千萬不能忘記。

這時，廣播裏又喊起了口號：「只許左派造反！不許右派翻天！」震耳欲聾的口號聲像隆隆的炸雷，讓會場上每一個人都感覺到這疾風暴雨的可怕。

張繼東的尿再也夾不住了，他的臉憋得通紅，身體一會兒扭向左面，一會兒又倒向右邊，他仍然在堅持著。

這時，張繼東看見一個學生手裏拿著一把火鉗走了上來，這學生火鉗上夾著一個正在燃燒紅色的煤塊，他是在禮堂中間大油桶做的爐子裏揀出來的。張繼東嚇得趕快把頭往脖子裏縮了回去，尿一下子就尿了出來。他想，既然已經這樣，就乾脆尿個痛痛快快。

張繼東的尿從褲腿裏流了出來，慢慢地往前邊流去。

但是，此時沒有一個人發現這個祕密。因為，提著紅煤塊的學生徑直走到了劉向陽的身邊。

「劉向陽，你聽著，你把多少革命師生打成了反革命？你是不是說了，反對工作組就是反革命，跳出來多少抓多少。你老實交待，你搞白色恐怖後，鎮壓打擊了多少紅五類子女？」提著紅煤塊的學生問道。

這時，幾個人過去把劉向陽的頭使勁壓了下去。

打倒劉向陽！

打倒反動的工作組！

劉向陽不投降就叫他滅亡！

兩個學生上來壓住了劉向陽的脖子，提著紅煤塊的學生就把煤塊往劉向陽的頭上一敲，火紅的煤渣子就冒著淡淡的青煙慢慢地往劉向陽的脖子裏滑了進去。

劉向陽神經質的一下跳了起來，身子往前掙扎著。

「啊——！啊——！」劉向陽殺豬般的喊叫讓人毛骨悚然，他的聲音在整個禮堂裏迴響，台下面的人們都被這種聲音驚得目瞪口呆。

兩邊抓他胳膊的人，使勁將他的胳膊往後扭。

劉向陽大聲吼道：「王八蛋，你們這是反革命行為，毛主席共產黨是饒不了你們的。」

提著火鉗的學生並沒有罷手，因為又上來了幾個人把劉向陽的手死死地抓住了。

一塊紅彤彤的煤塊整個兒碎到了劉向陽的衣裳裏，火將衣裳從裏面點著，煙霧在劉向陽的身上瀰漫了開來，一團嗆人的煙霧悄然飄到了張繼東的眼前，它模模糊糊地運動著，讓張繼東的腿不停地打著哆嗦。

此時的劉向陽聲音反而小了下來，他咬著牙說：「殺了我吧，燙死我了。」

然而，誰也沒有聽到他的聲音，台下臺上的學生整個兒瘋狂了。他們齊聲喊著：「打死劉向陽！燒死劉向陽！」

主持人看到會場要亂了，趕快宣布：「把牛鬼蛇神統統押下去！」

張繼東此時才感到他的褲腿裏整個兒濕了，但他卻走的非常自然，他有一種兔死狐悲的感覺。他想，解放以後一次接一次的運動，哪一次運動都比不上這次運動的激烈。

劉向陽被煤塊燒了之後，不但沒有老實交待，人卻整個兒躺倒了，他渾身發燒，背部和脖子黑糊糊的一片，全被燒焦了。

張繼東於是把自己的清涼油拿了出來，走到劉向陽的鋪前說：「劉組長，趕快抹上，不然要化膿的。」

劉向陽光著身子爬在鋪上，他睜開眼睛望了一眼張繼東。他握住張繼東的手，「嗷，嗷，嗷——」地哭了起來，發出的聲音好似狼在嚎叫。

過了一會兒，他突然說：「張老師，謝謝你了。我對不起你呀！沒到這裏進來以前，我真不知道被冤枉的滋味，這十幾天時間裏，我什麼都明白了，你是好人，你是被冤枉的，這裏所有的人都是被冤枉的，你可要想開些啊。我帶過兵打過仗，打過日本鬼子和美國大鼻子，日本鬼子和美國大鼻子沒有把我打死，可我要死在這幫兔崽子的手裏了。我不知道你這十年的帽子是怎麼戴過來的，我這十幾天好像就過了一百年。」

張繼東看到劉向陽果然頭髮鬍子全白了。他說：「劉組長，你可不能想不開呀，你要相信群眾相信黨，過了這段時間就會好的。」

劉向陽點了點頭，一股渾濁的淚水又從他的眼裏流了出來。

第四回

劉向陽在來師大附中以前是省教育廳副廳長。師大附中是全省重點中學，當時往下面派工作組，劉向陽自告奮勇要求到了這裏，他是要通過師大附中樹立全省教育戰線文化大革命的一塊樣板到這裏來的。

劉向陽在沒到地方上工作以前是空軍的一個團長。他最早駕著飛機打仗是在日本飛機轟炸蘭州的一個下午。那天，碧藍的天空萬里無雲，劉向陽接到命令架著飛機是那樣的興奮，他期盼著戰鬥，期盼著山那邊飄過來一朵白雲。啊，他看見飄過來了，一朵潔白的雲。白雲飄到了他的腳下，他的思緒也隨著雲兒飄向很遠很遠的地方。這裏是他的家鄉。這裏有陽光照耀下的山野，綠草茸茸，百花芬芳，蜜蜂蝴蝶飛舞其間。這裏有滾滾而下的黃河，黃河上有一架橫空飛躍的鐵橋。突然，轟，轟，轟，轟，沉悶的聲音令人心悸，十四架敵機像黑糊糊的烏鴉飛了過來，他們正準備轟炸這座百年黃河第一大橋。蘭州南北兩山上高射炮往天上打了起來，劉向陽當時心裏有點緊張，這畢竟是他第一次參加戰鬥。可是，當他看到其他戰友們和蘇聯的飛機一起在大隊長的率領下，都往前衝上去的時候，他馬上恢復了平靜，咬住了一架飛機緊追猛打，笨重的轟炸機往下滑去，他用機關槍向敵機猛打猛掃，擊斃了射擊手和駕駛員後，又擊中敵機油箱，只見敵機上閃過一股火光，屁股上冒著濃煙，一頭向黃河中心栽去。這一天，他們第四大隊在短短的三十分鐘激戰中，一次就打落了三架日本飛機。這年他二十二歲。

後來的日子裏他參加了很多次戰鬥，但他再也沒有打下飛機。

一九四九年他隨部隊起義後，參加了中國人民解放軍，接著他加入了中國共產黨。抗美援朝戰爭中，他又飛到了朝鮮戰場，然而，打下飛機的輝煌再也沒有光臨於他。

抗美援朝結束後，他轉業到了地方，雖說進步的不是很快，但也算比較順利。沒想到，這次到師大附中才短短一個多月，卻讓他陷入了非常尷尬的境地。

劉向陽到了牛棚裏，有天晚上他夢見了奶奶和家鄉河州二月二扭秧歌。

奶奶在夢中告訴他秧歌比賽時要耍龍燈，耍龍燈預兆好年景：龍抬頭，看金秋，龍擺尾，看風水。

接著他夢見了小時候和自己一起玩耍的那些小夥伴們。耍龍燈這一夜，村中心的那座古老的土樓上，紅燈、綠燈、白燈，像星星一樣密集。村周圍的路上一片火光，鞭炮聲，鑼鼓聲，還夾雜扯著嗓子吼的歌聲震驚著沉睡的大地、山林。夢中的冬花妹紮著兩條小辮耍著龍頭，而後脖子上吊著長命毛的山娃子耍著龍尾，男女老幼舉著燈籠火把站在路兩旁或尾隨在後面。長長的龍燈靈活得像條蚯蚓，彎彎曲曲地朝前遊去……。

咚嗆嗆！咚嗆嗆！鑼鼓忽然改變了調兒。忽然，冬花妹的歌聲飛來了：

正月裏來是新年，
紙糊的燈籠掛高杆；
風吹燈籠嘟嚕嚕轉，
風調雨順的太平年。

咚嗆嗆！咚嗆嗆！山娃子隨著冬花妹的歌聲和搖擺的龍頭，忙得手舞足蹈，眼花繚亂。冬花妹繼續唱道：

我唱的秧歌不扯謊，

牛蹄的窩兒裏蓋樓房；
蚱蚤跳的地板響，
兔娃兒過來把狼吃上。
……

山娃子聽到冬花妹的歌聲，對著她的背影唱了一首：

燈盞兒照上兩點紅，
照著我家的炕兒土裝成；
鴛鴦的枕頭顛倒顛，
牡丹花的被兒緊抱攏。

夢裏的冬花妹手捂住嘴巴甜甜地一笑，樂滋滋地回了他一首：

朱漆桌子三點紅，
照著我家的酒壺酒裝成；
烏木的筷子顛倒顛，
碟碟層層緊抱攏。
……

正在此時，劉向陽被一聲大喝驚了醒來。他想，這是怎麼了，自從在鬥爭會上被學生們用燃燒的煤塊燒了脊背之後，他每天晚上都要做夢，而且都是小時候河州家鄉的一些美好的回憶。山娃子就是劉向陽。劉向陽在河州老家十八歲時娶了冬花妹後就出來當兵，且被選為飛行員，後來由於時局動盪，他回老家的次數越來越少。解放後，他在城裏工作又與一個高中生結了婚，然而，冬花妹一直在家鄉侍候著他年老的父母。過去的日子裏他對這些已經逐漸習慣了，是革命的需要讓他想找一個有文化的女人重新結婚，還是為了以後的革命工作，他說不清道不明，但他確實喜新厭舊了。可他的心裏對冬花妹始終有一種說不出來的內疚，沒想到這種對冬花妹的懷念，怎麼在夢裏重現了小時候的情景。

劉向陽想，當年的山娃子多麼純樸，無憂無慮。家鄉有美麗的山，家鄉有美麗的水，家鄉的人情深意重。他記得當年從家鄉出來到部隊後，冬花妹給他寄來了她親手紮的襪子和做的鞋。冬花妹雖然大字不識一個，可她襪子上紮著戲水的鴛鴦卻活靈活現。

劉向陽記得他的家鄉在河灘邊的太子山腳下。他小時候就聽奶奶說，不知多少年以前，村裏住著一對年輕的夫妻，男的叫劉春，女的叫四月花，男耕女織，勤勤儉儉，日子過得蠻甜蜜的。結了親快五年了，四月花才懷了孕，兩個人喜滋滋地好歡喜。前村後村的鄉親們都誇他們，真是一對好夫妻呵。

有一天早晨，東方出現一片朝霞，通紅通紅的太陽升起來了。劉春背著鋤頭下田去幹活；四月花也把羊毛彈鬆，手提著陀螺撚毛線。這時候，忽地刮起一陣狂風，滿天黑雲滾滾，剛升起的太陽忽然一下不見了。

從此，太陽就不再升起來了。沒有了太陽，處處都是又黑又冷，樹葉不綠了，花朵不紅了，莊稼不長了，所有的妖魔鬼怪趁著黑暗，都跑到人世間來行兇作惡了。

太陽哪裏去了呢？只有住在太子山腳下的一百八十歲的老公公才知道。他說：「東海底下有個魔王，魔王領著許多小妖，這些妖魔鬼怪呀，最怕太陽，最恨太陽，太陽一定被這個魔王搶去啦。」

於是，劉春和四月花商量後，劉春就去找太陽，經過千辛萬苦死在了路上。四月花生下兒子三姓保後，她精心撫養，讓他從小拜師學了武藝，三姓保長大後，在她的支持和鼓勵下又去找太陽，最後殺死了魔王，在東海底下找到了太陽，在金鳳凰的幫助下托著太陽飛出了海面。

從此，太陽每天從東方升起，到西方落下，人們重新過著光明幸福的生活。

奶奶告訴他，劉春和四月花就是劉家的先人，我們劉家人世世代代都要做個像先人一樣的好人。劉向陽記得家鄉的那一道嶺，是他小時候的搖籃，家鄉的小河是那日夜哼著的搖籃曲。冬花妹和劉向陽的家隔著那一道嶺，因為有冬花妹在那一邊，所以，那時的劉向陽閒了沒事就去翻那道嶺，在嶺尖上去唱花兒，他就是在嶺上的一道山溝裏對冬花妹說的：「我要娶你。」

這樣美好的日子就像那日夜不停流淌的小河，流去了他的童年，流走了他和冬花妹的記憶。他想，要不是打下那一架飛機，他不會成名，他不會那麼驕傲和顛狂，他也不會把冬花妹一個人扔在家鄉的土房裏。然而，在每一個人的潛意識裏誰不想成名，但此時他才感到成功是自己的事，成名是他人的事，由於這一次偶然的成功，他開始看不起過去結髮的冬花妹，而找了一個貌若天仙的女人。但是，他的骨子裏卻一直愛著冬花妹，愛著這個和自己光著屁股在小河裏游泳，和自己滿山滿窪瘋跑的假小子。他想，此時若要冬花妹在，只要人們打不死他，她知道後肯定會跑來給他治療燙傷，也會用她的真情撫慰他過去心靈的隱痛。

可是，一切都晚了，一切都無法挽回了。當冬花妹知道他找了城裏的姑娘後，沒有對他說半個不字，只是讓他和她有個孩子。但他沒有答應冬花妹的要求，他已經看不慣冬花妹的粗腰和曬得發黑的臉盤。後來他就聽說冬花妹死了，但此時他的心也完全死了，他那天聽到這個消息後只是皺了皺眉頭，他已經完全麻木了，他把冬花妹的死只當是陽間世上人們的來來往往。

江華和永革永遠也忘不了毛主席在天安門城樓上接見他們的那一時刻。

那天早上，天剛濛濛亮。在東方，人們看見一道亮光，上邊發出淡藍，下邊由粉紅變成大紅，最後成為一道金紅色的彩霞。

江華和永革突然接到通知，讓他們這些被推選出來的紅衛兵代表，登上觀禮台去參加大會，毛主席要接見他們。

江華聽到這個消息，一下跳了起來，興奮地好像一個歡快的蝴蝶展開了翅膀。她穿上了她那一身洗得發白的黃軍裝，腰間紮上一條寬皮帶，然後從牆上取下草綠色的軍帽，折了折帽檐端端正正地戴在了頭上。

七點三十分，慶祝大會開始了。在《東方紅》的樂曲聲中，毛主席、林副主席和其他黨和國家的領導人一個一個地出現在了天安門城樓上。

江華聽到《東方紅》美妙的音樂，心兒被揪了起來，她屏住聲息往毛主席出來的方向望去。然而，她站的位置還需毛主席繞著城樓過來才能看見。她想走過去，可是和她一樣急不可耐的紅衛兵們，興奮地都往前面擁擠著，她根本沒有辦法向前邁過去一步。

紅衛兵們面向天安門城樓，傾斜著身子，他們不斷揮動拿有語錄本的手，有節奏地高聲喊著：「我──們──要──見──毛──主──席！」「我──們──要──見──毛──主──席！」

此時的時間一分一秒地過著，時間的距離被拉得越來越長，江華和永革感到所有的時間好像停止了，他們急切的心都快要從喉嚨眼裏跳出來了。

不知過了多少時間，突然有人喊：「毛主席出來了，毛主席出來了。」

江華個子小，她是讓永革抱著看到這激動人心一刻的。

毛主席穿著一身綠軍裝，胖胖的臉，揮著手還朝他們笑了一下。江華看到此情此景，一下子哭了，她和所有的紅衛兵都哭了。

當毛主席帶頭在天安門城樓上由東向西，又由西向東，不停地揮動手中的軍帽，向觀禮臺上的紅衛兵們致意的時候，觀禮臺上整個兒沸騰了。

毛主席萬歲！

毛主席萬歲！

人們有節奏地喊著。江華的喊聲完全被淹沒在了其他人的叫喊之中。

此時的人們像大海中的波濤，把江華一會兒擠到東邊，一會兒又把她擠向西邊。她不知道永革現在哪裏，她如水面上的一片黃葉，已經身不由己了，隨風飄蕩，上下沉浮。當毛主席在天安門城樓上走到欄杆跟前往這面眺望的時候，人們一下子全部擠了過來，把江華壓在了一處低矮的邊沿。

江華「哎喲」一聲就爬了下去。此時，她聽到有人在喊：「再別擠了，把人踩壞了。」

江華聽清了，這是永革的聲音。只見永革用兩隻手撥著人群，往她跟前擠了過來。

可是，此時的人們瘋狂了，永革使了好大勁才擠到了江華的身邊，他將江華使勁拉著，跟前一個人幫著他把江華扶了起來。

「江華，不要緊吧？」永革大聲喊著。

江華忍著疼痛說：「沒關係。」

「沒關係就好。」他說著用寬大的臂膀將她攬到了懷裏。

江華抱著永革的脖子抬起了頭。她已經顧不上了身上的疼痛，繼續大聲喊：「毛主席萬歲！毛主席萬歲！」

此時的天安門城樓，紅旗像呼啦啦的森林在周圍迎風招展，震天的口號和嘹亮的歌聲響徹雲霄。毛主席從天安門城樓上下來，走過了天安門前的金水橋，到了等待接見的群眾當中。廣場上立時也沸騰起來了，人們喊啊，跳啊，把雙手高舉過頭頂，向著毛主席跳躍歡呼。人們拍紅了手掌，喊啞了嗓子，流下了激動的淚水。

當毛主席又走上天安門城樓以後，人們的聲音才慢慢安靜了下來。

接下來林彪副主席和周恩來副主席分別講了話。江華清晰地聽見林副主席講道：「要打倒走資本主義道路的當權派，要打倒資產階級反動權威，要打倒一切資產階級保皇派，要反對形形色色的壓制革命的行動，要打倒一切牛鬼蛇神。」「我們要大破一切剝削階級的舊思想、舊文化、舊風俗、舊習慣，要改革一切不適應社會主義經濟基礎的上層建築，我們要掃除一切害人蟲，搬掉一切絆腳石。」林副主席在最後說道：「我們要在毛主席領導下，向資產階級意識形態、舊風俗、舊習慣勢力，展開猛烈的進攻！」

江華此時感到無比的自豪和幸福，一種崇高的使命感油然而生。她想，紅司令毛主席是我們偉大的領袖、偉大的導師、偉大的統帥、偉大的航手，自己回去以後一定要把毛主席和林副主席的期望帶回去。她此時好像又聽到了偉大領袖毛主席的聲音：「世界是你們的，也是我們的，但是歸根結柢是你們的。你們青年人朝氣蓬勃，正在興旺時期，好像早晨八、九點鐘的太陽。希望寄託在你們身上。……世界是屬於你們的。中國的前途是屬於你們的。」

江華暗暗下定決心，回去後一定要把舊世界殺它個人仰馬翻，打它個落花流水。今後，毛主席指到哪裏，我們就一定要殺向哪裏，決不辜負他老人家的期望。

江華緊緊地握著永革的手，她的心又回到了師大附中，回到了那充滿了血腥的戰場。她說：「永革，我們回去後千萬不要辜負了毛主席的期望，去造一切舊世界的反。」

永革點了點頭，此時的他臉紅撲撲的。他說：「我們太幸福了，我們終於見到了我們心中的紅太陽毛主席。」他說此話時臉微微有點紅，神情中流露出了無限的喜悅。

江華看到永革那濃眉大眼的長條臉上刻下了男子漢的勇敢和堅毅，他雖然話不是很多，可她知道他現在想著什麼。她知道他會在毛主席的指引下，去做他認為對的事情。

江華和永革輕輕地隨著廣播唱了起來，他們都有他們母親的音樂天賦，把歌唱得很準，唱得很悠揚，唱得充滿了深情。

敬愛的毛主席，
我們心中的紅太陽，
敬愛的毛主席，
我們心中的紅太陽。
我們有多少熱情的歌兒要給您唱，
我們有多少貼心的話兒要對您講，
……
千萬顆紅心在激烈地跳動，
千萬張笑臉迎著紅太陽，
我們衷心祝福您老人家，
萬壽無疆！
萬壽無疆！

萬壽無疆！

……

這時，列成方隊的群眾遊行隊伍開始經過天安門廣場。紅衛兵們全都穿著草綠色軍裝，腰間紮著皮帶，不分男女都戴著軍帽。他們手裏揮動著紅皮子的毛主席語錄本，挺著胸膛，邁著整齊的步伐，高聲喊道：「毛主席萬歲！毛主席萬歲！」

毛主席則望著紅衛兵們笑了，不時揮起手來喊道：「人民萬歲！人民萬歲！」

在廣播把毛主席的聲音播向四面八方的時候，紅衛兵們橫抬著一塊很長的木牌過來了，上面寫著「你們要關心國家大事，要把無產階級文化大革命進行到底。」

江華看見毛主席看到這塊標語高興的笑了，她想，毛主席心中想的是全世界，他要用文化大革命鞏固中國這塊世界革命的中心根據地，然後再把革命之火燃向全世界。我們是毛主席的紅衛兵，毛主席把文化大革命的火點起來了，他寄希望在我們這一代青年人身上，我們決不能辜負他老人家的希望，一定要敢想、敢說、敢做、敢闖、敢革命，一句話，就是要敢於造反。這時，在江華的意識裏，革命就是造反，造反就是革命，毛澤東思想的靈魂就是造反，她要用毛澤東思想這根千鈞棒把這個世界掀它個底朝天。

第五回

楊毅與田恬的婚姻，完全是由黨組織給包辦做成的。

那時候全國還沒有完全解放，然而，組織上已開始考慮革了快半輩子命，現在還單身一人領導幹部的婚姻大事。因為，家庭是社會的細胞，革命家庭則是革命隊伍的一個分子。組織上一排隊，第一個想到的就是四十歲已過還單身一人的楊毅軍長。楊毅爬過雪山，走過草地，打過日本鬼子和蔣介石，戎馬一生卻沒有享受過家庭的溫暖。可是，徵求楊毅本人的意見，楊毅卻說：「你們是不是閒著沒事幹了，皇上沒急，把太監還急壞了。」組織上於是就先給革命隊伍中的其他男男女女牽線搭橋，而派人注意觀察楊毅對哪個女人更上心有意。

組織上通過觀察瞭解，發現楊毅對哪個女同志都沒有興趣。若是男同志找他彙報工作，他倒茶點煙，細心聆聽，而女同志找他，他總是把門敞開，進來後讓人家立在地上，三言兩語，說完話馬上讓人家走人。

人們於是在下面議論紛紛，說楊軍長是不是在男女問題上受過刺激，或是生理上有什麼毛病，不然的話他怎麼對女同志如此的冷漠，簡直有點不近情理。

那是全國解放後秋日的一個下午，太陽慢慢從天空中央向西面滑去，一片紅光罩住了半邊天際，把藍藍的天空塗抹得絢麗多彩，讓人產生了一種欲癡欲醉的幻覺。

楊毅正準備出門，突然接到市教育主管部門的邀請，讓他去參加女中的開學典禮。那時候萬事待興，城市的大大小小的事情都要讓軍管會出面，楊毅就顯得很忙。可他對學校的事還是感到非常新鮮，他就坐著車按時去了。

女中的開學典禮開得很隆重，廣播裏面放著歡快的歌曲：

解放區的天是明朗的天，
解放區的人民好喜歡，
解放區的太陽永遠不會落，
解放區的歌兒永遠唱不完。
……

當時女中的教師和學生與全國人民一樣對共產黨充滿了信心和希望，都顯得那麼興奮，那麼歡快，因為這首歌充分表達了中國人民當時的心情，所以，人們情不自禁地都大聲唱了起來。

開學典禮開始了，先是首長楊毅發言，接著是學校領導、教師代表和學生代表發言。那天，教師代表就是田恬。田恬那天穿著一件粉紅色毛衣，下面穿著一條淺藍色裙子，橙黃色的絲襪子上套著一雙平底黑皮鞋。頭髮剪得短短的，面帶微笑走上台去。她一張口兩排細白的牙齒就露在了外邊，稜稜的鼻樑彷彿襯托著那一雙攝人心魄的眼睛。

楊毅不知怎麼當看到田恬的第一眼，就被田恬那種質樸、大方的氣質吸引了過去。他眼睛睜得很大，目不轉睛地一直聽完了田恬的發言。田恬走下臺後，他還問周圍的人，這位老師叫什麼名字？教的什麼課？當他聽到人們說田恬只有二十四歲的時候，臉上顯出一種無奈，一種欲近不能的表情。

和楊毅一起參加會議的人看到此情此景，顯得非常激動，回來後馬上向領導進行了彙報，領導於是趕快派人到女中瞭解田恬的現實表現和家庭背景。調來檔案一查，田恬家庭成分是城市貧民，家中親戚中也無人有歷史問題，而且，本人也還沒有對象。人們就顯得很興奮，真是「踏破鐵鞋無覓處，得來全不費功夫」。組織上就讓女中校長先找田恬談話。

女中的校長接到這個艱鉅的任務後，覺得這是他們女中的驕傲，這麼多單位首長就盯準了女中，說明女中有人，女中是藏龍臥虎之地，他無論如何也要完成黨交給的光榮而神聖使命。於是，他就把田恬叫到了他的辦公室。

校長那天穿了一身筆挺的中山裝，中山裝的上衣口袋裏別了一枝金光耀眼的鋼筆。他笑吟吟地說道：「田恬同志，你覺得那天開學典禮會開得怎麼樣？」

「很好啊！」田恬笑著說道。

「你說具體一些，哪些地方好呢？」校長問道。

「一是學校領導重視；二是全校師生感到解放了，當家做主了，心情舒暢啊。」

「你覺得那位首長發言怎麼樣？」

「你說得是剛開始發言的那個禿頂老頭啊，不怎麼樣，沒水平。滿嘴的官腔，胡拉八扯都說了些廢話。」田恬心直口快，一下子把肚子裏的感覺都倒了出來。

「嗯，話怎麼能這樣說呢，要注意尊重領導。」校長想田恬若成了楊軍長的夫人，那就是首長的太太了，是首長的太太就成了半個首長，自己一個小小中學校長以後用她的地方多著呢。所以校長沒有說什麼，換個別人可能早讓他罵個狗血噴頭了。

校長接著說：「田恬同志，首長他才四十二歲的人，可人家已經成為軍長了，這不簡單啊。你看他說話多乾脆，從不拖泥帶水，完全是軍人的作風。」

「校長，你再別說了，我才二十四歲。」田恬一進門就猜出了校長的用意，一聽校長開口，就知道他要說啥。

「二十四歲怎麼了，人家也不過大你個十來歲。你沒聽說過嘛，男大十歲不算大，女大一歲叫媽媽。男人大一點好，老成點的男人疼愛女人。」

田恬還想說什麼，可校長不讓她插嘴，校長繼續說：「別人打著燈籠也找不見這麼一個好事。人家是軍長，屁股後面的女人多得很，關鍵是人家看上了你，不然你找人家，人家還有個要不要，組織上還有個同不同意呢。」

田恬說：「校長，你再別說了，我回去考慮一下了再說。」

「沒什麼考慮的，這是組織上對你的信任。你寫了入黨申請，你就是組織裏的人了，是組織裏的人就要遵守黨組織的紀律。田恬同志，我正式通知你，組織上讓你完成這個革命任務，嫁給楊毅軍長。」校長感覺到他這話說得很有水平，另外，他也有私心，希望自己學校的老師裏，能有人嫁個大幹部，這對他以後的進步肯定會大有好處的。

田恬聽了校長的一番話，再沒什麼好說的了，自己寫了入黨申請書，準備加入中國共產黨，所以必須聽從黨組織的安排，再說楊毅這個人她早聽人們說過，在作風上百分之百的可靠。

組織上安排楊毅與田恬見面是在田恬的辦公室裏。本來組織上準備放到楊毅的辦公室，但是楊毅堅決不同意，他說：「新社會了，再不能大男子主義，讓人家姑娘到我的辦公室來，我就有點居高臨下了，我看就放到田恬老師的辦公室吧，而且辦公室裏一切都照原樣，不要讓她感到緊張。」

說完，他馬上叫上司機開車去了女中。

楊毅去後，田恬還在上課，辦公室裏坐著一個中年女教師。這位女教師是教語文的，楊毅進去後因為換了一身藍色的舊中山服，也沒讓警衛員和其他人進去，女教師還以為他是學生家長，就讓他先坐下等著，她則在那裏批改作文。

楊毅就在辦公室裏轉著看了一下。這是一排低矮平房中的一間，辦公室裏牆面沒有刷，黑糊糊的，磚縫裏還有草泥往外吊著。辦公室本來就小，桌子挨桌子，加之窗戶上糊著紙，裏面就很黑暗。

女教師低著頭問：「你的孫子還是孫女在田老師的班上？」

楊毅想，我就那麼老嘛，別人把自己看成有孫子的人了。他支支吾吾地說道：「兒子、孫子……。」

正在這時就見田恬夾著課本走了進來。田恬剛進來也沒認出楊毅來。

女教師就說：「田老師，這位家長要找你。」

田恬定睛一看，哎呀，原來是那天發了言的軍區首長楊毅呀。

田恬就說：「首長請坐。」她說著話，自己卻緊張的不知怎麼辦才好了。

那位女教師抬起頭，定了定神才看清是那天在畢業典禮上發了言的楊毅軍長。

楊毅就坐在田恬的對面。女教師說：「楊軍長，請坐！你和小田先坐，我到教室去一下。」

女教師一看這樣已猜出了八九分，趕快走出了辦公室。她一出去就被校長叫了過去。校長問她：「首長和田老師談得怎麼樣？」

女教師說：「我還沒聽他們說話呢，首長就把我打發了出來。」

校長和全校的老師屏聲靜氣的在外面等著消息，但田恬和楊毅那天根本沒有談他們兩人的事，楊毅只是一個勁地問學校裏的一些情況。

果然，楊毅走後沒過幾天，市裏一方面撥款蓋新校舍，另一方面開始改善老師們的生活待遇。

田恬和楊毅的婚事，就是在組織的關心下辦成的，所以，田恬經常在楊毅的跟前笑著說：「我的婚姻是在楊毅的槍桿子下促成的。」

楊毅則說：「毛主席不是說，槍桿子裏面出政權嘛，家庭也是最小的一種政權形式呀，我這還是向毛主席他老人家請教過的。」

然而，說歸說，笑歸笑，楊毅卻對這件婚姻非常滿意，他是很喜歡田恬的。

江華和永革他們這些紅衛兵代表，從北京一回來馬上走上街頭投入了戰鬥。他們走上街頭，張貼傳單和大字報，到處集會演說，開始了轟轟烈烈的破除舊思想、舊文化、舊風俗、舊習慣的破四舊運動。

這天，天空中撒滿了白色羽毛般的浮雲。白雲之間是湛藍色的天空，太陽就從那裏把金輝灑在高樓、大地和樹梢上面。師大附中井岡山紅衛兵戰鬥隊首先在市內主要街道貼出了《橫掃一切牛鬼蛇神》的大字報。他們兵分三路，一路由江華帶領，拿著剪刀和理髮的推子；一路由永革帶領，拿著斧頭和砍刀，去砸一切封、資、修的各種招牌。另一路則拿著紙和筆，提著漿糊，把大字報和標語鋪天蓋地貼滿了大街小巷。

江華他們一邊走一邊唱著歌：

拿起筆桿做刀槍，
集中火力打黑幫，
誰要膽敢搞復辟，
我們就叫他滅亡。
……

他們知道，一切革命的運動，首先要搞好革命的宣傳。他們把一張張傳單塞到人們的懷裏，往牆上刷寫著：

向舊世界宣戰！向一切牛鬼蛇神開火！

《橫掃一切牛鬼蛇神》的大字報，實際上是一九六六年六月一日《人民日報》社論的摘抄。大字報上寫道：

「一個無產階級文化大革命的高潮，正在占世界人口四分之一的社會主義中國興起。

在短短的幾個月內，在黨中央和毛主席的戰鬥號召下，億萬工農兵群眾、廣大革命幹部和革命的知識分子，以毛澤東思想為武器，橫掃盤距在思想文化陣地上的大量牛鬼蛇神。其勢如暴風驟雨，迅猛異常，打碎了多少年來剝削階級強加在他們身上的精神枷鎖，把所謂資產階級的「專家」、「學者」、「權威」、「祖師爺」打得落花流水，使他們威風掃地。

……

無產階級文化革命，是要徹底破除幾千年來一切剝削階級所造成的毒害人民的舊思想、舊文化、舊風俗、舊習慣，在廣大人民群眾中，創造和形成嶄新的無產階級的新思想、新文化、新風俗、新習慣。這是人類歷史上空前未有的移風易俗的偉大事業……」

江華他們把桌子擺在馬路旁邊，桌子上方拉開一道橫幅，橫幅上寫著：大破四舊，大立四新。

這時，就看見一個留著燙髮頭的年輕婦女走了過來。

江華走過去，把那婦女一把拉了過來，指著他們身後牆上貼得一張紙。這是一張紅紙，上面用黑字寫道：立即取締燙髮頭、飛機頭、螺旋寶塔頭、牛仔褲、牛仔衫、高跟鞋等怪髮型和奇裝異服，消滅培育修正主義、資產階級的溫床。

那婦女望著自己的高跟鞋說道：「放了我吧，我回去後一定改正。」

可是，不待那婦女說完，幾個女生抓住那個婦女，押住頭，「刷，刷，刷」幾剪刀，把頭推了個豁口。然後扒掉她的鞋，用斧頭幾下就將兩隻鞋的後跟剁了下來。

開了這個頭，後面的事情進行的很順利。有一個留著兩根大辮子的姑娘，跑過來還要看熱鬧，被江華他們抓住，剪掉了一根辮子，然後對她進行教育，讓她回去後務必要留革命的短髮頭。

一連三天，從早到晚，沒有一個人敢逆歷史潮流而動。他們每剪掉一個奇裝異服，就對這些人進行耐心的思想教育。到了第四天的早上，江華他們剛把桌子擺上坐下，就見一個穿著喇叭褲的小夥子大搖大擺地走了過來。幾個女生上去先給他念了一段毛主席語錄，然後，指著牆上的紅紙讓他看。那小夥子一看是幾個女生，根本把她們不放在眼裏，打了一聲口哨，轉身就要離開。

江華一看小夥子要走，大喝一聲：「不許走，把褲子脫下。」

那小夥子朝江華看了一眼，嬉皮笑臉地笑著說道：「我沒穿褲衩。」

江華一看這個樣子，臉紅了一下，然後對其他人說道：「上。」

周圍幾個紅衛兵一看江華喊他們，跑上去把小夥子摁倒，然後用剪刀從褲腿一下剪到了襠裏。

小夥子果然沒穿褲衩，把手護著襠，趕快往家中跑去。

這天，永革他們一組戰果更為輝煌。他們一邊走一邊唱著歌，太陽這天也格外的燦爛。天藍藍的，只有幾絲白色的雲絮在天上掛著，太陽灑在他們的臉上暖融融的，是那樣的愜意。

他們舉著「打碎舊世界，建立新世界」的紅色橫幅，直奔友誼飯店。這個飯店是五十年代中蘇關係同志加兄弟的時候建的，這裏住過蘇聯的專家，也住過捷克的學者，它是中國與世界各國人民友誼的紐帶。

永革他們一來，上去陽臺先將友誼飯店的牌子砸掉，用一張紅紙先寫上改了的新名「反修飯店」，然後給友誼飯店的造反派們說，讓他們馬上製了新的牌子後掛上，隨後他們將永樂劇院改成長征劇院，人民歌舞劇院改成東方紅歌舞團，悅賓樓改成工農兵樓，就連一條條街道也改為向陽街、革命街、反帝街等等，把全市最大的廣場改為東方紅廣場。一時間，革命之風刮遍了大街小巷，紅色浪潮席捲了整個城市。學校也改了名，師大附中被改名為紅衛中學。

紅色風暴被一種強大的力量掀起來了，霎時間捲起黃塵，向大江南北鋪天蓋地刮了過去。永革他們將道路、店鋪、醫院、學校、工廠、體育場等設施統統都改了新名換上了革命的標誌。

幾天下來，勢如破竹的破四舊運動讓人們膽寒了，人們感覺到了紅衛兵的強大力量和雷厲風行的作風。不管你願意還是不願意，順我者昌，逆我者亡，一個個全新的名稱和全新的世界一下子展現在了人們的面前。

同學們幹了幾天之後覺得有點累了，但每個人都是那麼精神抖擻，個個都因為初戰告捷的喜悅而興奮不已。江華把井岡山的幾個領導叫到一起說：「永革，初戰告捷我們該開個會了，該好好總結一下了，讓大家議一議我們下一步該怎麼辦。」

永革笑著說：「好。我也感到我們應該好好總結一下了，這兩天我們走學校下工廠，串街走巷到店鋪，可我們破的都是小四舊，是些小打小鬧，而大四舊還在山上，還藏在廟宇裏呢，我們要把火燒到那裏去，把那些封建迷信的東西，把那些帝王將相、牛鬼蛇神統統砸它個稀巴爛。」

江華說：「那是國家保護的文物。」

「什麼國家保護的文物？是誰保護的？那都是過去的修正主義、走資本主義的當權派保護的封、資、修的東西。他們就是要讓那些牛鬼蛇神留下來，等待時機去復辟資本主義。不信你們去看一下，他們供得是什麼？城裏面現在是祖國山河一片紅，山裏面還香煙繚繞、念經拜佛，你們覺得這正常嗎？」永革不知怎麼了，他第一次與江華頂了起來，他說：「你們幹不幹？」

大家都沒吭聲，永革站起來說道：「你們不幹，我幹。」

在坐的幾個井岡山的紅衛兵領導，有同意江華意見的，也有同意永革想法的，最後大家表決是少數服從多數，按永革的意見去辦，砸掉神像，燒了老廟，把那些念經拜佛的和尚趕下山來，讓他們成為自食其力的勞動者。

第二天早上天還沒亮，永革他們就向嶽秀山進發。灰濛濛的霧氣籠罩著整個嶽秀山，山嶺上挺拔的青松，聳立的白塔在恍惚迷離中輕輕飄搖。抬眼望去，滿山蒼黑的岩石，和幾叢粗大的古樹裏的寺觀僧房。有些地方，岩石突出，好像要崩下來一樣，有些地方，又凹了進去，如同有望不見低的深淵。岩石上下的縫隙裏，冒出一根根彎曲的雜木，像嶽秀山這個巨人身上的粗毛一樣。

永革此時透過晨曦的微光，看到高聳入雲的頂峰上，有一座依稀可辨的廟宇，此時被靜悄悄密層層的一片模糊包了起來。

井岡山的紅衛兵是抄小路上山的，他們在太陽快升上來時，悄悄地從佛殿的牆上跳了進去。永革一看寺中殿塔壯麗，霞光縹緲，朱欄玉戶，畫棟雕樑。進入院中，白石甬路，兩邊皆是蒼松翠柏，殿堂裏神佛在忽明忽暗的油燈中端坐大堂，一個個金剛武士則怒目圓睜瞪著他們。

永革進入大雄寶殿先跳上佛座，手起斧頭落，那佛像的頭如一個石頭重重地落在了地上，然後破損了的佛頭則骨碌碌地滾到了佛殿中央。接著，二十多個紅衛兵揮斧揚鋤，用棍棒在泥菩薩身上猛敲。有人將棍棒塞進釋迦牟尼的蓮花座，用力地撬。大家興致很高，不一會兒泥塑的神像東倒西歪變成了沒頭斷臂的怪物。

紅衛兵們到和尚住的寮房去查抄，將寺內的經書一一撕碎，又點火焚燒，霎時間寺院裏飄飛著零散的經卷和灰燼，風一吹如黑色的蝴蝶般飛舞翩遷……

有人提了墨汁桶，在牆壁上刷標語，將彩繪的壁畫塗黑。

永革事先分工明確，這一切都是在短時間內完成的。然而，轟隆隆的聲響還是把沉睡在後院的和尚驚了起來。他們每人手裏提著一根棒，大聲吆喝著，來對付這些不知從哪裏來的天兵天將。

和尚們個個身強力壯，從來還沒見過有這麼放肆大膽的狂徒敢到殿堂裏來砸佛像毀廟宇。因為在他們的意識裏，就是在廟宇隨便動一點土都會給人家帶來天大的不幸。他們震驚了，他們憤怒了，他們揮舞著手中的木棒沒頭沒腦地就往永革他們打去。永革他們這些紅衛兵早有準備，拿出彈簧鞭、大刀立刻迎了上去。

雖說和尚們比這些青年學生們要力氣大，可是永革他們手中有斧有刀，混戰了一會兒雙方都有被打傷的人了。

這時，寺廟的主持良卿法師再也坐不住了，他強忍著悲憤說道：「阿彌陀佛，住手吧，再別打了……」

永革走上前去，叉著腰說：「我們是毛主席派來的的紅衛兵，毛主席讓我們造反來了。是革命的，和我們一起造反，把這些封資修的東西統統砸個稀巴爛，把這些藏垢納污的寺廟一把火燒掉；如果不革命，就放下手中的武器爬在地下；若要反革命，我們就讓他先嘗一嘗這斧頭的滋味。」

紅衛兵們於是又拿著钁鍬在滿院子挖了起來，其中幾個人就在地宮通道上面亂挖亂掘。

良卿法師知道地宮裏有歷朝歷代達官貴人們送的無數珍寶，還有前世的舍利和佛骨。良卿法師急了，顧不得年邁體弱，撲通一聲跳下深坑，想用自己的身體阻止他們。但他的舉動卻惹怒了永革，他將良卿法師拖上來後，幾個紅衛兵一擁而上，將良卿法師拳打腳踢，呵斥怒罵後又繼續開挖。眼看地宮通道就要被挖開，良卿法師掙扎著回到禪房，取出了自己五色木棉袈裟，穿戴停當了，雙膝跪到佛位前，頂禮膜拜了一番，出了禪房，抱來一捆劈柴，堆放在大殿前用磚鋪成的通道上，澆上煤油，然後邁上劈柴堆，面向寶塔，端正打坐。在前面院子又砸又挖的紅衛兵此時已完全瘋狂了，他們不知道老和尚已經坐上柴堆，劃著了火柴。只聽「轟」的一聲，當人們跑到後院時，一個個驚得目瞪口呆。剎時間烈焰熊熊，劈柴嗶嗶剝剝爆響不絕。烈火中老和尚端然打坐，石雕似的紋絲不動。片刻功夫，陣陣焦臭向紅衛兵們襲去。

和尚們見此情景，個個咬牙切齒，他們一面將法師救了下來，一面又提起棍棒舉了起來。這時，嶽秀山文物保護負責人也跑了進來，他對永革說：「我們支持紅衛兵的革命行動，但是，寺廟是絕對不能燒的，燒了寺廟引起山火，這個責任誰也負不起。趕快救人！趕快救火！」然後他轉過頭來對和尚們說：「把棍棒全放下來！把法師趕快往醫院送。」

永革看到寺廟裏的牛鬼蛇神已被砸得差不多了，再說自己的隊伍裏也有兩三個戰友被打得躺在那裏，於是他說：「老和尚想用死來威脅我們辦不到！廟可以不燒，但希望你們拿起武器自己革命，橫掃一切牛鬼蛇神。限你們三天之內，讓山上的和尚、道士全部還俗，否則，我們將進一步採取更加果斷的革命行動！」

和尚們此時個個氣得鼻孔朝天，可是，在這轟轟烈烈的大革命中，他們不敢逆歷史潮流而動，只有放下手中的棍棒。

良卿法師此時被燒得焦頭爛額，幾個和尚用繩子綁了個擔架，抬著他往山下醫院跑去。

紅衛兵們迅速從鄰近的生產隊裏牽來了十多條牛，將石碑套在牛上，一個個昂著頭趕著牛將一塊塊石碑拖出廟門。

嶽秀山的造反雖然有了這樣一個插曲，但以後進行的卻很是順利。雖然，良卿法師沒等送到醫院就死了，但上面說那是紅衛兵造反的必然結果，矯枉必定過正，死一兩個人有什麼了不起的。由於永革他們得到嶽秀山造反派們的支持，尤其這些造反派裏有一些和尚參加，他們隨後又砸了八十多尊佛像，挖倒了一座白塔，拆掉了所有的廟宇，讓和尚們全部脫去了袈裟換上了制服，編入了嶽秀山的護林造林大隊。但是，人們始終沒有發現地宮，那裏的珍寶被永久埋藏在了地下。

永革通過這件事情，總結出幹任何事情都必須大膽、堅定，但具體做的時候可以迂迴曲折，要有一定的靈活性，只要最後達到目的就可以不擇手段。然而，他卻為良卿法師的死，心中有一種莫名的不安，他看到了信仰的力量，人有了信仰就是赴湯蹈火也會面不改色，勇往直前。

第六回

薛飛是在西南聯大時瞭解共產黨的，那時候國統區國民黨貪污腐敗，很多知識分子都把拯救民族的希望寄託在了共產黨的身上。當時給薛飛上歷史課的一位老師在課堂上說：「中國的希望在延安。」說者無心，然而聽者有意，就是因為這句話，薛飛大學還沒有畢業就和同班的一個叫竇爽的同學一起跑到了延安。

那時候要到延安去，是要冒著生命危險的，但是一種強烈的信念，一種對理想的追求，促使薛飛和他的同學竇爽去了。

到了延安，他們聽到那洪亮的歌曲，看到這裏的人們與國統區完全不一樣的精神面貌，他們興奮地晚上連覺也睡不著。他被分到了中央研究院工作。可是時間不長延安就開始了整風運動。一天，他和竇爽去參加整風學習大會，會開到中間，臺上一個人突然宣布：「把反革命特務分子薛飛和竇爽押上來！」

薛飛當時以為聽錯了，還沒反映過來就被幾個人五花大綁了。接下來的日子他們被關到了整風班，接受別人對他們無休無止的批判鬥爭，並且開始了他與竇爽的互相檢舉揭發。剛開始他不願意揭發竇爽，竇爽是在大學裏與自己最要好的朋友。可是，不揭發不行，不揭發就過不了關。他和竇爽都是四川地下黨給介紹來的，此時連四川地下黨都成偽黨了，他們很自然地就成了國民黨派到延安來的特務。

當時，整風班的領導找他談話，說竇爽都揭發你了，你要再頑固不化就沒有好下場。那些日子，為了節省子彈，每天都有從革命隊伍中挖出來拉出去被石頭砸死的所謂國民黨特務，薛飛於是就說，他怎麼動員竇爽到延安來，竇爽是怎麼瞞著他爸爸媽媽來的。但是，整風班的領導又用同樣的方法去讓竇爽揭發薛飛。竇爽說，到延安來和薛飛沒有關係，我是自願來的。那位領導說，你來的目的是什麼？竇爽說道，我的目的很清楚，就是嚮往革命，追求理想。於是，薛飛和竇爽就被分開關了起來，整整關了半年多，在這半年裏車轂轆般的輪番鬥爭揭發，使薛飛身心憔悴，但薛飛和竇爽兩人始終沒有違心地說一句假話。竇爽後來在無休無止的威逼下，精神整個兒錯亂了，而薛飛在革命的熔爐裏得到了考驗，其後被放了出來派往國統區繼續革命。

薛飛被關到牛棚裏以後，經常把牛棚和延安的整風班連到一起。他想，真金不怕火來煉，革命的還是反革命的總有一天會大白於天下的。但是，他這一次卻將形勢估計錯了，他原本以為這次運動和反右運動一樣是毛主席布下的天羅地網，其目的是誘敵深入要將階級敵人一網打盡。沒想到這一次毛主席真是要在黨內開刀了，而且動的是大手術，要整黨內走資本主義道路的當權派了。

但是，讓薛飛迷惑不解的是，同是共產黨的領導，同是偉大領袖毛主席，怎麼突然間說解放以後的十七年是黑線專政的十七年，沒一點成績了；難道我們這些人辛辛苦苦為黨為人民工作幾十年，都成了反革命修正主義分子了？都是在為資產階級服務？他長歎一聲說道：「洪洞縣裏沒有好人了——。」

薛飛的這一聲長歎，很快被同室的牛鬼們給揭發了。

於是，專政組的人們將薛飛叫到了他們的辦公室。

「薛飛，你說洪洞縣裏沒有好人了是什麼意思？」

「沒什麼意思，唱了一句戲解了個悶唄。」

「唱了個戲，啥戲？」這些人們並不知道這句話的出處。

「這你還不知道，《玉堂春》戲裏『蘇三起解』中蘇三唱的一句話嘛。」薛飛說道。

「薛飛，你這個人反動了一輩子，到這裏來還不老實。」

薛飛想到，這娃娃們恰好說錯了，我這人自從延安整風以後，確實學聰明了，每次運動來，我都是寧左勿右。別的運動不說，在反右運動中，光一個小小的師大附中我就在教師當中劃了四十多個右派分子。那時候要求百分之五的比例，一百個人中要劃五個右派，而我在師大附中百分之二十都超過了。

「你老實交待，你這句話是什麼意思？」

薛飛一看，周圍的人個個提著鋼鞭鐵棍，他害怕這些娃娃們再對自己下毒手。因為，自從學生們給劉向陽的脖子裏放了燒紅的煤塊以後，這裏的牛鬼們個個提心吊膽，知道這些學生娃們什麼事情都能做得出來。

薛飛說道：「我老實交待，我老實交待。我想，過去為黨為人民工作一輩子的幹部，怎麼一夜之間都成壞人了呢？這些事情我真是想不通。這說明我的頭腦裏修正主義的毒中的太深了，對毛主席發動的這場文化大革命還沒有完全理解，這實際上暴露出我的骨子裏是對這場運動是不滿的。」

薛飛趕快對自己上綱上線地批判了起來，他知道只有把自己說成一堆臭狗屎，別人也就沒話可說了。

沒想到他剛說到這裏，一個人大喝一聲說道：「暴露出來的不僅僅是你對文化大革命的不滿，暴露出來的主要是你對毛主席、共產黨的刻骨仇恨。」

薛飛沒啥說的了。雖然他在延安整風中挨過整，但要說他仇恨毛主席、共產黨，他根本不能接受。但他再沒有解釋，他記得有一位哲人曾經說過：「最好的防禦是不設防。」所以，他就站在那裏聽別人的批判。

他這一不說話，專政組裏的人就更加氣憤了，幾個人過來把他推過來推過去在地下轉起了驢推磨。一個人抓住他的右手拉過來，另一個人又抓住他的左手推過去，依次這樣循環，中間的人就變成陀螺轉了起來。沒轉上五六圈，薛飛就覺得天旋地轉了起來。可這幾個人見他臉色發黃，像個喝醉了酒的醉漢，於是都大笑了起來。他倒下，人們把他拉起來繼續轉，他再倒下，人們再把他拉起來轉，直到把他轉成了一堆泥，整個兒吐了起來，人們才把他像死狗一樣扔到了門外的一堆煤灰上。

經過這件事情，薛飛開始有點醒悟了，他想，人裏面就是有一些人在別人的痛苦中來領受沒有這種痛苦的樂趣，他也感覺到被人無端強加罪名受冤受迫害的苦痛。他想到，在反右運動中，自己整了那麼多人，當時確實不乏同情者，惻隱者，而他們敢怒不敢言，但大多數人，支持他的作法，幸災樂禍，落井下石，他們想只要石頭不要落到自己的頭上，管他右派帽子往哪裏飛呢，還暗暗拍手稱快，認為罪有應得，活該如此。沒想到，善有善報，惡有惡報，今日裏這種報應卻落到了自己的身上。

薛飛從此沉默寡言了，他再也不願意爭辯、解釋了，也不再痛罵自己揭發別人了。他想，文化大革命就似滾滾而來的浪濤，在這場運動之中，一個人的力量太渺小了，給誰去講道理呢？他覺得過去自己為自己辯護，誰聽你的那一套呢？這一切在這麼大的運動當中真是徒勞無益。罵了自己，只能讓別人看笑話；揭發了別人，並沒有減輕自己的罪責。當他想通後，身上一下輕鬆了許多，原來過去都是自己給自己套了枷鎖。他於是逆來順受，你說我是反革命，我就默認是反革命；你說我是走資本主義道路的當權派，我就在交代材料裏批判自己是走資本主義道路的當權派；你說我是黑幫、叛徒，或是一堆不齒於人類的狗屎堆，我也不和你頂撞。

薛飛的大徹大悟，果然帶來了意想不到的好處，不僅換來了一部分人的理解和同情；而且，很多人認為他有了進步，能夠正確認識文化大革命，正確認識群眾了；還有些人說這場無產階級文化大革命確實觸及到了他的靈魂深處。

師大附中井岡山的紅衛兵把破四舊的風從學校刮到社會的時候，一場橫掃四舊的巨風也從北京狂嘯而起，吹遍了祖國的大江南北。風咆哮著，到處飛砂走石，昏天暗地，掀起萬丈巨浪，以排山倒海之勢沖刷著沉積了五千年歷史的廣袤大地。這時候，全國各大報紙在頭版登載了《無產階級文化大革命的浪潮席捲首都街道》的消息，《人民日報》在同一版面刊登了《工農兵要堅決支持革命學生》和《好得很！》的兩篇社論。

江華他們白天到外面破四舊，晚上就在學校裏對階級敵人進行批判鬥爭。由於紅衛兵們晚上要加班加點的鬧革命，於是學校食堂就忙不過來了。食堂忙不過來要抽人，可是井岡山的紅衛兵一個也抽不出來，永革就讓各班的與剝削階級家庭沒有劃清界限的黑七類狗崽子和牛棚裏被關的牛鬼們分批到食堂裏去勞動。

那是一個雨天。一連下了三天雨的城市，不但雨沒有減小的跡象，反而越下越大。深深的黑暗開始遮蔽著整個大街小巷，淅瀝的雨聲神祕地響著，雨水從屋簷、牆頭和樹梢跌落下來，流在巷道裏，而巷道裏的水又聚集起來匯成一股急流，急流奔騰著，從溝裏流進了寬闊的黃河。

張繼東一連幾天和誰也不說話，回到房裏就悶悶不樂地坐在鋪上。劉向陽雖說在前一段時間整過這裏好多人，可這人是個熱心人，尤其大家都成了一個屋簷下的落難人後，他再沒了過去的架子，也沒了往日的兇惡。

劉向陽這天過來有意識地坐到了張繼東的對面，他說：「老張，想不開了？」

張繼東心想，這人是不是要在我嘴裏套話？他沒有吭聲。張繼東思謀，人心隔肚皮，這年月人心更是難測，當面是人，背後是鬼，多少人就是讓親朋好友在背後捅了刀子，而被活活整死的。

劉向陽說道：「老張啊，任何時候都不能想不開呀，要相信群眾，要相信黨。」

張繼東已經有好多年沒聽人叫他老張了，尤其像劉向陽這樣的人叫他老張，他覺得太陽從西邊冒出來了。他沒有吭聲。

劉向陽又說：「過去我們土改、鎮反、反胡風、三反五反、肅反、反右派、搞四清，一個個的運動中，全國上下冤魂遍地不知道冤枉了多少好人，今天我自己到了這裏，才感到你是一個大好人，你們這些右派冤枉啊！讀書人嘛，就應該這樣，一就是一，二就是二，要有點清高和骨氣。我們共產黨這些年做了什麼事呀，現在各單位用的都是些吹牛拍馬、陽奉陰違的人，這多少年來，風氣整個兒壞了，阿諛奉承、指鹿為馬，冤枉了一大批說實話的好人。」

張繼東沒敢搭話，往外面看了一眼，看一下有沒有人聽見。這年月太可怕了，人都長著個陰陽臉，他知道現在的人虛虛實實，真真假假，當面一套，背後一套，再說形勢這麼緊張，這人怎麼這樣大膽，誰知道他是什麼意思，說不定又要誘我，等我搭了腔，再到專政組檢舉揭發我去立功受獎呢。

劉向陽看張繼東不吭聲，就出去了，他是到食堂的菜窖裏取洋芋去了。本來這活應該是張繼東和劉向陽兩個人一塊去幹的，可張繼東今天對劉向陽保持了警惕，他先在房子裏磨蹭著坐了一會。

劉向陽往菜窖走去，他記得小時候他和冬妹莊稼熟了的時候，就背上小背篼一塊兒到地裏摘玉米棒子，在山坡上撿點乾柴，把乾土塊燒紅，然後將玉米棒子埋在燒紅的土塊裏，過上一會兒玉米棒子就被燒得柔筋筋黃脆脆，香甜可口的玉米吃著咋那麼香啊，這樣的日子自從他離開家鄉之後，再也不復返了。尤其，他在城裏因為工作需要找了女人，冬妹雖然仍然住在鄉下，可他再也沒有吃過那麼香那麼甜的烤玉米了。

往菜窖走的路不長，然而劉向陽卻好似穿行在茫茫的戈壁荒灘。多少個日子裏，當他從戈壁沙漠中走過時，那一眼望不到邊的砂灘，那起伏不平的荒丘，還有寒風中簌簌抖動的駱駝草，他看到這一切時，他的心就在顫抖，他就會為大自然的博大而感到震驚。人是偉大的，可是人在大自然的面前卻顯得那麼渺小，那樣無能為力，然而，不起眼的駱駝草卻能夠在這裏紮下根來，生活在這麼嚴酷的環境之中。這些日子來他越來越感到孤獨，孤獨像一個幽靈徘徊在自己的心裏，讓他的心好痛好痛。紅口白牙，造謠誣陷，他只能忍氣吞聲。沒有人和他說話，更沒有人聽他訴說，他在這時多麼想讓妻子和孩子來看一看自己，來聽一聽他的訴說。可是，妻子和孩子都當著他的面說要與他劃清界限，這話讓他傷心，就像刀子在他的心裏攪動，讓他的心裏流血。

張繼東坐了一會兒，就從食堂裏提了個麻袋往菜窖走去。

食堂的菜窖是在地下挖了一個長長的道坑，然後在道坑兩邊牆面上砌上磚，再在道坑上面搭上樹枝、木板，木板上面鋪上草壓上土。這樣的菜窖冬暖夏涼，冬天菜凍不了，夏天菜爛不掉，而且菜蔬常年水分充足鮮綠脆嫩。

張繼東進入菜窖口，順著斜坡往下走，因為是剛從亮處進來，所以只見裏面漆黑一團，伸手不見五指。他心想，這劉向陽怎麼把油燈不點著呢？他蹲下往裏面看了一眼，菜窖裏靜悄悄的，不時地從裏面發出「咯——，咯——」的聲音。這聲音好像來得很遙遠，它給人一種心驚肉跳的感覺。

張繼東自從一九五七年反右以後，經歷過無數個大大小小的場面，他此時突然有了一種不祥的感覺。他睜大眼睛往裏面看去，還是看不清楚，只是裏面死一般的寂靜，過了一會就沒了一點聲息。他喊了一聲：「劉組長——。」這種稱呼讓他已經改不過口了，他一直這麼叫著。可是，菜窖裏只有他一個人的聲音，於是，他的頭髮立了起來，他想往回先取個燈了再說。沒想到腳下面一滑，他一下從坡頂滑到了菜窖底下。他伸手一摸，摸到了一個黏糊糊的人頭，還微微有點熱氣。他停了停定睛一看，才看清這人就是劉向陽。他再摸，滿地都是血，他順牆根找到了油燈。點著火，只見劉向陽倒在血泊之中，牆上地上全是血，血噴得很遠很高，連菜窖頂上都是血糊糊的一片。

劉向陽是用削洋芋的菜刀抹了脖子的，他使得勁太大，割斷了脖子裏的氣管血管不說，把自己的頭都快割了下來。血這時還從脖子裏噴湧著，由於他將劉向陽的頭動了一下，劉向陽的脖子裏又往外「咕嘟，咕嘟」冒起了血，那「咯——，咯——，咯——」的聲音又從他那脖子裏冒出來了。

張繼東並沒有害怕，這樣的事情他見得多了，前兩天就有個女教師把繩子拴在脖子上，吊在電線杆上，舌頭吐得足有半尺長，還是他把她從電線杆上放下，用被單子包了起來的。

張繼東順著菜窖的斜坡爬了上去，趕快到食堂裏做了彙報。

食堂裏的人又趕快向專政組報告了這件事情。永革和江華聽說劉向陽自殺了，也趕快跑了過來。工作組長自殺了，這事影響太大了，也太壞了。

江華向站在地上的張繼東問：「怎麼回事？」

「江隊長，我向您進行彙報，今天我和反革命分子劉向陽給食堂削洋芋，劉向陽先進了菜窖，我去後他已經畏罪自殺了。」張繼東身上沾滿了血筆直地站著說道。

江華對永革說：「趕快通知家屬，劉向陽已經自絕於人民、自絕於黨了。」

永革說：「是不是要調查一下，看看到底是自殺還是他殺。」說著他朝張繼東望了一眼。

江華就讓把原學校保衛科的一個副科長叫了過來，這人現在是專政組的副組長。這人把劉向陽的脖子撥著看了看，從刀痕處斷定這是自己割的，而且自己割不斷喉管後，刀在脖子上有十多處砍出了刀痕。

劉向陽的眼睛睜得很大，江華看著那人撥過來撥過去，就很害怕，可她在其他人面前則裝得若無其事。

不一會兒，劉向陽家的人就來了，但他們看到這麼嚴肅的場面，誰也不敢去哭。

此時的劉向陽被一張葦子卷著，放在一堵牆下，牆上貼著白紙，白紙上用黑毛筆字寫著：「反革命分子劉向陽自絕於人民自絕於黨，畏罪自殺活該！」「打倒劉向陽！」「希望劉向陽的家屬與劉向陽劃清界限，立刻站到革命派這一邊過來！」

人們就圍著被葦子捲著的劉向陽唱起了毛主席語錄歌曲：

什麼人站在革命人民方面，
他就是革命派，
什麼人站在帝國主義封建主義官僚資本主義方面，
他就是反革命派。
什麼人只是口頭上站在革命人民方面
而在行動上則另是一樣，

他就是一個口頭革命派，
如果不但在口頭上而且在行動上
也站在革命人民方面，
他就是一個完全的革命派。

劉向陽的妻子兒女看到這個情景，就呆呆地站在旁邊，人們喊一聲「打倒劉向陽！」，劉向陽的妻子和兒女也跟著喊「打倒劉向陽！」

人們在劉向陽的屍體前面喊口號，發言聲討這個帶著花崗岩腦袋死去的反革命時，只有一個人哭了，而且他哭得聲淚俱下，這人就是張繼東。

張繼東看到這種場面，就想到了自己，想到自己死後連個收屍的人都沒有，他就哭了。可是，眼淚一流下來，就控制不住自己的情緒了，而且越哭越悲痛，鼻涕眼淚全都流了出來。

永革說：「看到了吧，這就叫兔死狐悲。毛主席他老人家說得一點不錯，張繼東就站到了劉向陽一邊，劉向陽的死誰心疼了，是張繼東心疼了，你看他哭得多麼悲傷，說明他們就是反革命派。」

於是，人們就扯下白紙黏在張繼東的身上，白紙上寫著：「反革命分子劉向陽的孝子賢孫。」

人們看見他還在哭，就在張繼東的頭上和鞋上都糊上了白紙。

永革說：「讓他哭個夠吧。」

人們聽到這話，就望著張繼東，可此時的張繼東反倒哭不出來了。

永革就拿著一股子鐵絲說：「你怎麼不哭了，哭啊！」

說著他就用鐵絲往張繼東身上抽，一邊抽一邊大聲說：「哭不哭，哭不哭！」

張繼東被打得直往後退，一邊退一邊說：「我哭，我哭。」於是，他扯著嗓子就乾嚎了起來。

由於不是真哭，這哭聲就很難聽，像一頭狼在乾嚎，人們看到張繼東這個樣子就都笑了起來。

人們一笑，劉向陽的妻子反倒哭了起來。她爬了下去，把蓆子扯開，抱住一身血的劉向陽就大哭了起來。

「娃他爸呀——，你這個沒良心的，丟下我可讓我怎麼活呢——，娃們怎麼活呢——。你革命了一輩子打過小日本，打過美國大鼻子，你怎麼變成了反革命呀，這都是壞人給你栽得贓啊——，嗚——。」

劉向陽的這個妻子是個西安人，人長得漂亮，而且有文化，這哭就哭得很有水平。

永革本來不想吭聲，可這女人把矛頭直接對準了他們，於是，他大喝一聲：「停下！別給黨和人民撒潑了。」

永革這一聲吼，專政組的人們就蜂擁而上把劉向陽的妻子拉了起來。

這女人也豁出去了。人們拉開，她撲上去。人們再拉開，她又撲了上去。

楊永革本來要對這女人進行鬥爭，一看這女人披頭散髮瘋了般的樣子，趕快讓幾個人把她拉了開來。

劉向陽的兒子和女兒借了食堂的一輛架子車，把劉向陽的屍體放了上去。劉向陽的個子雖然不大，人也不胖，但卻把整個架子車占滿了，他躺在架子車上，兩隻腳從蓆子裏伸出來吊在架子車後面甩來甩去。

這時，師大附中的廣播裏放著一首悠揚的歌曲：

大海航行靠舵手，
萬物生長靠太陽，
雨露滋潤禾苗壯，
幹革命靠得是毛澤東思想。

魚兒離不開水呀，
瓜兒離不開秧，
革命群眾離不開共產黨，
毛澤東思想是不落的太陽。
……

第七回

師大附中自文化大革命以來已有二十多個老師學生自殺或失蹤了，尤其劉向陽的死更是把死亡推向了一個高峰。這時，有一個人對張繼東的安危更加擔心了，她就是鄒靜。

江華每次回到家裏，鄒靜都要問這問那，拐彎抹角地讓江華談談他們學校裏發生的事情，當江華說他們怎麼給老師寫大字報，怎麼去到街上進行破四舊時，她就追著問，你們學校揪出了多少人，個個的情況如何，江華讓媽媽這樣追問的時間長了，就發覺媽媽關心著一個人，這個人就是張繼東。

江華聽永革的媽媽田恬說過，張繼東年輕時風流倜儻，一表人才，西裝經常穿得筆挺筆挺的，滿口的幽默和風趣，是很多女孩子們心中的偶像。

鄒靜問江華：「聽說最近你們學校裏又有一個人自殺了？」

江華說：「是我們學校的工作組長劉向陽，在菜窖裏用刀割了脖子。」

「你們學校接二連三的這樣死人，也沒個防範嗎？」鄒靜問道。

「怎麼沒有防範呢，平時牛鬼蛇神們勞動時都要求兩個以上的人看管，回到牛棚裏時，每個人都要將褲帶和鞋帶解下來，就連刮鬍子的刀片都不讓在牛鬼們的手裏，可是人想死了，誰也防不住。你說我們學校裏一個語文老師，他說他要上廁所，專政組的人就站在門外邊，他進去後在水龍頭上拴了褲腰帶，一挺腿就那麼死了，那個水龍頭才有他的胸脯那麼高，可他往後一仰也斷了氣。」江華說得很平靜，這就讓鄒靜更加擔心了。

鄒靜說：「你們也沒有觀察一下這些人的思想動態，可以早做預防呀。」

「每天都要讓他們交思想彙報，他們之間還互相揭發，可有些事情還是防不勝防。就說這個劉向陽吧，他在自殺以前還勸張繼東，要想開些，可他自己卻自絕於人民了。」江華說道。

「這張繼東也想不開了嗎？」鄒靜問道。

「他想得開的很，想不開的盡是些沒什麼大問題的人。那些問題不大的人，別人一貼大字報，或是關進牛棚裏，就以為天要塌下來了，可張繼東是個老右派，天天挨批，天天挨鬥，大會批小會鬥成了家常便飯，我想，若有一天不批判鬥爭他，他可能反倒會覺得不習慣，要出毛病的。」江華說得很輕鬆，可鄒靜卻把話聽得很仔細，她要從這些話裏知道張繼東現在的情況到底怎麼樣。

鄒靜是無意識之間碰見張繼東的。那天天氣有點涼，可江華早上走時卻沒有穿毛衣，鄒靜於是就騎著自行車拐到了師大附中。進到師大附中，學校裏到處都是大字報和標語口號，不見一個人。她正要問傳達室的人，只見幾個牛鬼低著頭走了過來。這些人都穿著黑制服，左邊胸口上用白布做了一個牌子，牌子上用黑線刺了字，寫著反革命分子或右派分子，並有自己的姓名。她見其中的一個人朝她望了一眼，這個人和別人一樣穿著黑棉制服，頭上扣著一頂破帽子，黑棉制服的左上口袋處也戴著一個牌子，很扎眼。她覺得這人的眼睛有點熟，可她怎麼也不能將這個滿臉鬍子，背有點駝的人與繼東聯繫起來。她正要往裏走，可這人又向她看了一眼，這一下她看清了，這人就是天天扯著她的心的張繼東。

她看到這一切驚呆了，這個又黑又蒼老滿臉鬍子的人就是那個口惹懸河、風流無比的張繼東嗎？不可能，不可能，他怎麼會成了這個樣子呢？

記得繼東剛被劃成右派的時候，她去看過繼東，繼東那時雖然戴了右派分子的帽子，可他對生活仍然充滿著希望。他剛被打成右派分子後，給一塊的人說現在總算要有時間了，他那時還制訂了一個很宏大的學習計畫。但他那時害怕影響她，為了讓她以後再不要找他，她去後他竟是那般的絕情。

那天，她拿著自己親手織的一件灰色毛衣給了他，可他卻把毛衣當著他宿舍裏人的面扔給了她，他板著臉說：「你是誰呀？我不認識你。」

她當時說：「我是鄒靜。」

「噢，鄒靜嘛，記不起來了。」

她當時聽到這個話眼圈一紅，眼淚就流了出來。她指著繼東說：「張——，張繼東，你這個王八蛋。」說著，她一揮頭就跑了開來。

鄒靜那天回到家裏就大哭了起來，她把此話給田恬告訴後，田恬也跟著她哭了，田恬說：「他是害怕影響你和江華的啊。」

她當時對田恬這話沒有理解，然而，隨著時間的推移，她越來越感覺到了張繼東的良苦用心。

她記得繼東當年從南京來後曾給她念了宋代李之儀的《卜算子・我住長江頭》：我住長江頭／君住長江尾／日日思君不見君／共飲長江水／此水幾時休／此恨何時已／只願君心似我心／定不負相思意。

她當時問他：「你怎麼念起這首詞來了？」

繼東當時笑了笑，他說：「你真是個沒心沒肺的人啊，你知道我是怎麼想你的嗎？」

這首詞繼東已給她念了將近二十年了，可他當時念得那麼虔誠，念得那麼抑揚頓挫，那活靈活現的表情已深深刻在了她的心裏。她記得那天繼東曾對她說：「鄒靜，我愛你！」

這是她夢寐以求的一句話，她當時聽了這話激動的哭了，她含著淚哽咽著說：「繼東，我們的愛是任何力量也無法阻擋的。」

然而，這話說了還沒一年，她就被江少波連唬帶騙誘到了懷裏。是她背叛了繼東，要不然他是不會去美國留學的，後來他不是為了她也是不會從美國回來的。她想，她當時在鳴放中為什麼沒有阻止繼東，若要提醒他，繼東他也不會成為右派分子。她此時感到自己是那樣的虛偽，那樣的卑鄙，她覺得她才是後來發生這一切的罪魁禍首。可是，她在官場上這幾年的步步高升，生活上的安逸幸福，消解了她心靈上的不安，可是一切的苦難最後都落到了繼東的頭上。

然而，內心深處一把刀子一直刺痛著她的心，可她沒辦法挽回，若要讓別人知道了她和右派分子張繼東的一切，知道了她和張繼東還有個孩子，她還能當省廣播電臺的臺長嗎？她還能有一個安樂幸福的家嗎？江華她還能安心的上學，有個光明的前途嗎？總之，張繼東已成了十惡不赦的右派分子，那是人民的敵人，人民的江山當然不會有他和他親屬的容身之地的。她曾聽廣播電臺有個人說過，我們共產黨還是講人道的，右派分子能給他們一碗飯就不錯了，還給了他們生活費，這真是夠意思了。可她聽到這個話後雖然不敢表態卻是那樣的反感，這哪是個人在說話。

她在憂愁時就對自己說，別想他了，可那個人的影子總是揮之不去。她記得那時她和田恬都愛著繼東，兩個人又不能共有繼東，可她們又不想為這事影響了她們朋友之間的友誼。於是，有一段時間她有意識地去疏遠繼東，可沒過三天，她就神魂顛倒控制不住自己了，她又跑到了繼東的跟前。她當時想，張繼東啊張繼東，你這個恨不了，捨不了的人啊，你真把我的心給偷了，看來我這一輩子是離不開你了呀！可是，沒想到時間真能改變一切，包括改變一個人的心靈，她現在變得越來越現實，真不願意再去給孩子和自己找來麻煩了。

鄒靜經常在自己的房裏點著一燭香，她是為自己祈禱，為江華祈禱，主要的她是在為繼東祈禱。她知道繼東是個雄心勃勃的男人，他曾經告訴過她，人不可有傲氣，但不可沒了骨氣，我到金陵大學選擇農學專業，又到美國學習農業就是為了要圓我實業救國的夢。可是，殘酷的現實沒有讓繼東施展他的才華，他千里迢迢從美國到中國來，他是冒著生命危險回應周總理的號召到中國來改變中國農村面貌的，沒想到他沒來兩年就成了右派分子，在他風華正茂和才華橫溢的時候，他卻要經受漫長的思想改造。

鄒靜想到這裏自言自語地說道：「繼東，請原諒我吧，為了江華，為了這個家庭及子孫後代我必須這樣，否則，這個社會將會置我和孩子於死地，我們是活不下去的，我們這個家庭祖祖輩輩將永無安寧的日子。」

鄒靜這麼一想，心裏安然了許多，我是為了這個家庭才這樣的，如果沒有孩子，我怎麼能丟下繼東而自己過這種安逸的生活呢？她想，繼東會原諒她的，社會就是這樣，弱肉強食，適者生存，作為一個女人她沒有辦法，她什麼也改變不了，她只有默默地把孩子養大，讓孩子有個好的前途。

江華這天從家裏出來，她看到東面天上一輪紅彤彤的火球從霧氣騰騰的山巔後面露了出來，把藍天映得一片血紅。她沿著黃河邊往學校走去，那淡淡的霧氣，那濕潤的透著松柏氣味的馨香，不住地撲在她的臉上，鑽進她的鼻孔裏。自從她被從牛棚解放以後，她對這世界開始重新認識了，她覺得她生活在毛澤東時代是多麼的幸福啊，他們可以親手去砸爛一個舊世界，然後在此基礎上，用自己的雙手再去建設一個嶄新的世界。過去那短暫的噩夢雖然可怕，可催她成熟，她感覺到她一夜之間突然長大了，她可以用自己的思想去認識這個世界了。

快到師大附中的門口，她看到永革和一些紅五類的同學，把一些黑七類的同學罰站在學校傳達室門前。學校大門左邊寫著「老子英雄兒好漢」，右邊寫著「老子反動兒混蛋」，大門上框上寫著「基本如此」。

江華看著這幅對聯皺了一下眉頭，直覺告訴她這對聯有問題，但她不知道這問題到底出在哪裏。一個同學給她說道：「這幅對聯叫『鬼見愁』，你覺得怎麼樣？」

江華沒有吭聲往前走去，此時傳達室門前黑七類的同學已站了四排。這些同學每人手裏舉著一張白紙，白紙上面自己寫著「我是右派狗崽子楊濤」、「我是反革命狗崽子劉宏偉」等等。

紅五類的紅衛兵們則神氣活現，手裏拿著毛主席語錄本，雙臂下垂微彎，手做握空拳狀，挺胸昂首，雙目炯炯直逼前方，面對那些狗崽子一邊跳一邊唱：

老子英雄兒好漢，
老子反動兒混蛋，
要是革命就跟著毛主席走，
要是不革命就滾他媽的蛋！

然後，他們跺著腳大聲喊道：「造他爹的反，滾他媽的蛋！造他爹的反，滾他媽的蛋！」跳到這個「蛋」字時左腳猛一跺地，右腳同時踢起，右手四指並齊，虎口有力成銳角，刀劈一般切向下方，目光亦斜視手勢所指。

要是不革命就滾他媽的蛋！
誰要反對毛主席就造他娘的反，
就罷他娘的官，
就奪了他的印，
叫他永世不得把身翻！

這最後一個動作是威武雄壯的，一隻腿弓起，另一隻腿筆直，左臂握拳高舉，右臂握拳作砸下狀，好似將狗崽子們統統跺在了腳下。

江華看到狗崽子裏有些是他們井岡山的戰友，這些同學見了她，低著頭，眼睛裏含著淚水，都眼巴巴地望著她。

她的眉頭縮得更緊了，心想怎麼能這樣對待自己的同學，她氣衝衝徑直往校園裏走去。

永革見江華來了，趕快跑了過去，這些日子來，他和江華在很多事情上發生了矛盾。他感覺到江華太右，太保守，沒有一個無產階級革命造反派的氣概，所以，貼「鬼見愁」對聯的事他沒有告訴江華，而是和幾個紅五類戰友直接把它亮了出來，他要突然地扔出一個炸彈，給那些狗崽子們在心靈上首先重重地一擊，讓他們猛然醒悟。

「這是怎麼回事？」江華吊著臉向永革質問。

「讓狗崽子們趕快去造他們狗爸和狗媽的反，在敵人家庭內部進行革命。」永革笑著說道。

「你這是要把這些人推到敵人一邊去的。」

「他們本來就是階級異己分子和我們不是一條心，他們成了敵人，正好我們借文化大革命的東風，把他們一網打盡全部消滅掉。」永革說得振振有辭。

江華一直往教學樓走去。她看見每個班的教室門上都寫著對聯。有寫「父母革命兒接班——當然，父母反動兒背叛——很難，基本如此」的，也有寫「老子槍桿打天下穩上穩，兒子皮帶保江山牢上牢，專政到底」的，還有寫「老子闖江山革命革命再革命，兒子定乾坤造反造反再造反，代代相傳」的。她看到他們高二三班的門上寫著「老子革命打江山，兒子造反衛江山，代代紅」，永革的高一二班的教室門上則寫著「老前輩降群魔大殺大砍，後來人伏妖崽猛鎮猛斬，誰敢翻天」。

江華想，自從文化大革命以來，同學們不管出身什麼家庭，大家一起造反，一起革命，團結了同志，孤立了敵人，不是很好嘛。井岡山紅衛兵造反隊裏不是也有一些家庭出身不好的同學嘛，他們與剝削階級家庭劃清了界限，與我們一起並肩戰鬥，我們為什麼要這樣對待他們呢？我是井岡山紅衛兵戰鬥隊的隊長，在這個問題上一定要旗幟鮮明，把握好政策，毛主席不是經常教導我們：「政策和策略是黨的生命，各級領導同志務必充分注意，萬萬不可粗心大意。」她越想越覺得這件事做得太過分了，永革這樣做只會激化矛盾，不利於團結同志，只會對敵人有利。

江華知道，現在已經在學生中分了等級，再這樣做得過了頭，只會適得其反。當時學校裏的紅五類是指家庭出身於革命幹部、革命烈士、革命軍人、工人和貧農的子女。至於紅外圍是紅五類以外諸如家庭出身教師、店員、中農、下中農、市民等的子女，這些人是經過改造後可以團結的對象，他們比紅五類低而比黑五類高得多。黑五類則是指家庭出身和親屬中有人是地主、富農、反革命分子、壞分子和右派分子的子女。黑七類則是黑五類再加上家庭出身或親屬中有人是走資派和資本家的子女。紅衛兵的袖章按質量分為呢、絨、綢、緞、布五種，在井岡山紅衛兵戰鬥隊裏，他們已經按照出身不同，父親職務的高低來確定佩帶不同質地的紅衛兵袖章了。她經常苦苦思索，為什麼要把這些同學趕到地、富、反、壞、右一邊去呢？她想，這樣做是不是只會有利於敵人，而不利於當前的造反和革命呢？

這時，她正坐在教室的板凳上，為最近發生的一些事情而發愣，只見紅五類的同學押著黑七類的同學走進了各個教室，他們嘴裏仍然喊著：造他爹的反，滾他媽的蛋！造他爹的反，滾他媽的蛋！

高二、三班的黑七類狗崽子被紅五類子女們逼到牆角，江華看到幾個黑七類的女同學痛哭流涕，而幾個紅五類還在嘲諷、謾罵著她們，她心頭的火一下被點燃了起來，她跑到隔壁高一二班，對著永革大聲喊道：「楊永革，你混蛋！你行呀，你整來整去，整開同學了，你有本事你去整那些反革命大黑幫呀，整自己的同學算什麼本事。你是不是做得有點太過分了。」說到這裏她停了一下，然後說：「請你再不要做親者痛、仇者快的事情了。」

永革沒有吭聲，他跟前幾個紅五類的同學一聽這話，紛紛對著江華說：「怎麼了？他們這些狗崽子是你什麼人，心疼了？把狗崽子們從井岡山全部開除出去，儘快淨化我們的紅衛兵組織。」

江華沒有理會這幾個人，而是直接對永革說：「永革。毛主席他老人家都說，讓我們注意爭取團結一切可以團結的人們。對於犯有嚴重錯誤的人們，在指出他們的錯誤以後，也要給以工作和改正錯誤重新作人的出路。並且一再告誡我們，指出馬克思說，無產階級不但要解放自己，而且要解放全人類。如果不能解放全人類，無產階級自己就不能最後地得到解放。」

江華把毛主席給清華附中紅衛兵組織的覆信早已背得滾瓜爛熟，此時她拿出來表示對永革他們做法的不滿。

永革聽到這話臉一下紅到了耳根，他說道：「毛主席是讓我們團結犯了錯誤的人，而狗崽子們生下來身上就帶著他們狗爸狗媽的血。龍生龍，鳳生鳳，老鼠的兒子會打洞，這能改造好嘛。我認為譚力夫的觀點完全正確，就是應該把『老子英雄兒好漢，老子反動兒混蛋』，當做全面的、策略的中共黨的路線來推行，要把它提煉為政策，上升為本本條條。」

江華說：「我不同意把那些同學從井岡山開除出去。」

「你不同意我就另拉杆子，再挑旗。」永革也大聲說道。

江華聽到這話愣了一下，她早就料到會有這麼一天，可她萬萬沒有想到她與永革的徹底決裂竟會這麼快。

這時，從教室外面又擁進了很多同學，有同意江華意見的，也有贊成永革想法的。

永革一喊，那些紅五類同學都大聲喊了起來：「另拉杆子，再挑旗，我們要搞一個純紅五類的紅衛兵組織，打造出一個紅彤彤的世界來。」

第八回

永革在一些紅五類同學的鼓動下，果然自己另挑起了一杆大旗，這就是師大附中八•一八紅衛兵戰鬥團。這個戰鬥團主要以原井岡山中一些紅五類老紅衛兵為骨幹，然後發展了一些省市的高、中幹部子弟和部分和他們觀點一致的紅五類子女。戰鬥團成立的那天，他們貼出了「師大附中八•一八紅衛兵戰鬥團成立宣言」。宣言旁邊寫著「只許左派造反，不許右派翻天！」的大幅標語和對黑七類狗崽子的五條禁令。禁令中寫道：

一、不許黑七類狗崽子學習毛主席著作和毛主席語錄，狗崽子們學了只能越學越反動。

二、不許黑七類狗崽子穿紅衛兵服裝，不許佩戴紅衛兵袖章。

三、限三天之內黑七類狗崽子交出自行車和手錶。

四、只許黑七類狗崽子吃窩窩頭，不許喝湯吃菜。

五、黑七類狗崽子每天輪流打掃廁所和教室衛生。

江華看到這些宣言、標語和禁令感到非常震驚，她為永革這種極端的思想有些擔心，她想，我要找永革好好談一談，不能讓他這樣一錯再錯了。

她正這麼想著，她突然看見高一三班的靳莉莉用皮帶套著一個四十歲左右的中年女人往學校這邊拉。靳莉莉看見江華和其他幾個同學後，把皮帶猛得一拽，兩道眉毛一下立了起來，她將袖子往上一抹，大聲呵斥著讓那個女人站住，然後她衝過去，伸開五指往那女人臉上左右煽起了巴掌。

這女人中等個子，戴著一付近視眼鏡，眼角有細細的皺紋，鬢角上已經有了白髮，臉色又黃又青。她蒼白的嘴唇微微顫抖著，吐出一些不連貫的話來：「莉莉，媽媽——給你解釋。」

「我沒有你這個右派媽媽。你給我聽著，從今往後我和你一刀兩斷，你是你，我是我，我再不認你這個老妖婆了，你把我們子女們和親戚朋友們害苦了。」靳莉莉見同學們圍了上來，聲音抬得更高了，巴掌搧得也更響了，而那女人則只有用手去招架了。

女人眼淚汪汪地望著靳莉莉說：「莉莉，你聽媽媽說，你可以打我，也可以罵我，可你不要離開媽媽——。媽媽對不起你，可媽媽是愛黨和國家的。媽媽在上大學的時候是為了黨和國家才幫助黨開門整風的，媽媽決不會反黨，也不會反對社會主義的。」

「只許左派造反，不許右派翻天！」靳莉莉一邊喊著口號，一邊又用巴掌搧起了她媽媽的耳光。

女人的眼鏡被一巴掌打得飛落到了地下，於是她跪在了地上，兩隻手在地上胡亂地摸著，嘴裏一遍又一遍地說著，「莉莉，媽媽對不起你，媽媽對不起你呀。」

這時學校的廣播裏，正播放著一首優美動聽的歌曲：

天大地大不如黨的恩情大，
爹親娘親不如毛主席親，
千好萬好不如社會主義好，
河深海深不如階級友愛深，
毛澤東思想是革命的寶，
誰要是反對它，

誰就是我們的敵人。

……

江華緊鎖著眉頭，她從圍觀的人們後面走了過去。她真想不通，這世界怎麼突然間變得六親不認了呢？

靳莉莉見江華要走，跑過來拉著她的胳膊說：「江隊長，我已經和右派分子徹底決裂了，她是她，我是我，她和我沒有任何關係，讓我參加井岡山紅衛兵吧。」

江華望著爬在地下滿臉污垢的女人，蹲了下去，她對靳莉莉說：「把你媽媽扶起來。」

靳莉莉聽到這話笑了，她的笑是那樣的燦爛。她說：「你答應了？」

江華望著她細條的身材，紅潤潤的臉蛋和一對活潑可愛的大眼睛，心想，媽媽說我長得好，這靳莉莉要比我強多了，真不愧是一個大美人呀。

「答應什麼？這是你媽媽呀，你要和她劃清界限，關鍵要在思想上和她劃清界限，不是讓你打她罵她，你就是把她殺了，能說明你和你媽媽劃清了界限了嘛？」江華拍了拍躺在地上女人身上的土，對靳莉莉說道。

靳莉莉聽到這話，過去將她媽媽扶了起來，但她仍然用一種鄙視的眼光看著她媽媽，她心想，就是因為有了這個右派媽媽，才使哥哥參不了軍，我在學校裏受人歧視，連個紅衛兵也參加不了。我們到底幹了什麼？從小到大被這個社會劃為另類，讓人們把我們都看黑了，親戚朋友們個個都和我們劃清界限。

想到這裏，她那個恨呀，可這是她媽媽。

靳莉莉「哇——」地一聲大哭了起來，「這可叫我怎麼做呀，死不了，活不成，難道我就永遠是這麼個狗崽子嘛。」

江華聽到這話有些茫然，雖然她出身於紅五類，她有一個驕傲的革命烈士的爸爸，但她很同情這些同學。這些出身不好的同學他們有什麼錯，他們也不願意生在這樣一個家庭呀，為什麼讓他們去永遠地背這個黑鍋。她知道，多少年來表面上講的是重在表現，可實際上入團、入黨、招工、參軍、提幹等等，哪一件事上不把祖宗八輩挖出來翻個底朝天。

江華說：「把你媽媽扶回家吧，以後再不要這樣對待她了，我剛才給你說了，關鍵是讓你在思想上與剝削階級家庭劃清界限。家庭出身是不由人選擇的，但道路是可以選擇的，你要走革命道路明天再來找我。」

「真的？」

「真的。但你要記著，再不能打罵你媽媽了。」江華對靳莉莉說道。

靳莉莉聽到這話才露出了笑臉，拍了拍她媽媽身上的土，然後和她媽媽一塊往回走去。

江華看到靳莉莉的媽媽朝她點了點頭，疲憊青黃的臉上舒緩了許多。她從這女人的眼睛看出，這也是一個大美人呀，年輕時肯定是一個非常優秀的知識女性。

永革從井岡山殺出，成立了八・一八紅衛兵戰鬥團之後，他感到渾身舒暢，身上捆綁的繩索好像一下子被解開了。這些日子來在紅司令毛主席的率領下，疾風暴雨般的文化大革命把整個世界掀了個底朝天，牛鬼蛇神和一切剝削階級的舊思想、舊文化、舊風俗、舊習慣像過街的老鼠人人喊打，一個紅彤彤的世界已經蓬蓬勃勃展現在了全世界人們的面前。然而，江華卻成了他的絆腳石，這也不行，那也不行，一天到晚婆婆媽媽，他和一些紅五類的戰友們實在忍受不了江華的百般阻撓。戰友們早就鼓動他去奪江華的權，把江華從井岡山趕出去，可他認為這不是他楊永革的為人。

他與江華一起長大，他瞭解江華，他也深深地愛著江華。他經常一個人凝視著遠方，過去的那一幕幕就會映現在自己的眼前，初戀的滋味竟是那樣的甜蜜，恰似早春的第一抹胭紅，令他心馳神往；又如第一聲春雷，常常滾過他的心頭，讓他魂魄激蕩。多少個夜晚，他曾經暗暗發誓，我要永遠地愛她。他也曾經說過，願我們在同一片星空下編織思念，創造未來。他經常一個人默默地說，我想告訴你：我真的好想你。

然而，在前進的道路上他卻與江華分道揚鑣了。在以往的日子裏，他和江華經常會發生一些矛盾，可那些矛盾總在江華的甜甜一笑之後煙消雲散。可是，這一次他們卻鬧得這麼凶這麼大，老師和同學們也和他們一起分成了勢不兩立的兩大派。永革知道他的出走，和部分同學從井岡山的殺出，對江華來說是太殘酷了，但他沒有辦法，革命和造反對他來說比什麼都重要。他想，江華她為此能理解我，再能原諒我嗎？

永革聽爸爸說過，說他十八歲上就參加了紅軍，十五歲上隨大部隊長征，後來打日本鬼子，打蔣介石，當上解放軍師長的時候還不滿三十歲。爸爸現在是省委書記兼軍區政委，他時常教育永革要永遠聽毛主席的話，永遠跟著共產黨走。他的名字「永革」就寄託著父親要讓他永遠革命的期望。所以，當毛主席發動文化大革命，反修防修，號召造走資本主義道路當權派的反，造資產階級反動權威反的時候，爸爸首先支持他成立了井岡山紅衛兵戰鬥隊，而且江華被從專政組放出來之後，是爸爸提出讓江華任井岡山隊長的。他記得爸爸當時說，我是看著你和江華長大的，江華做事穩妥有頭腦，你就當個副隊長吧，正隊長還是江華當上比較合適。後來，他與江華有了矛盾，他把要退出井岡山成立八•一八的想法又告訴了爸爸，沒想到爸爸也非常支持。爸爸說，我當年跟著共產黨造反，就親手用紅纓槍戳死過一個地主老財，我看得出來，你繼承了我楊毅的血脈，胸中充滿了對階級敵人的仇恨，你不虧是我楊家的種。

八•一八紅衛兵戰鬥團成立以後，第一件事情就是抄家。自從中共中央轉發經毛主席批准的公安部報告《嚴禁出動警察鎮壓革命學生運動》中規定：「不准以任何藉口出動警察干涉、鎮壓革命學生運動。」「重申警察一律不得進入學校。」接著，《人民日報》發表社論《向我們的紅衛兵致敬！》，隨後林彪副主席在毛主席接見紅衛兵大會上發表講話，向紅衛兵們高喊：「我們熱烈支持你們，堅決反對壓制你們。」「你們的革命行動，震動了整個社會，震動了舊世界遺留下來的殘渣餘孽。你們在大破『四舊』、大立『四新』的戰鬥中，取得了光輝的戰果。那些走資本主義道路的當權派，那些資產階級反動『權威』，那些吸血鬼、寄生蟲，都被你們搞得狼狽不堪。你們做得對，做得好！」這一聲聲呼喚激勵得永革和他的戰友們興奮不已，他們個個摩拳擦掌，再也坐不住了！

永革和八・一八的紅衛兵們，首先到市公安局查出了全市牛鬼蛇神的社會背景、工作單位和家庭住址，他們制訂了詳細的作戰方案和行動計畫。

他們抄的第一家是一個反動軍官李福來的老院。李福來是解放前國民黨的一個師長，一九四九年隨傅作義在北京起義，解放後一直在省民革工作。

永革他們白天先到反動軍官的院子周圍進行了偵察。晚上十二點鐘，嶽秀山被一張朦朦朧朧的大網罩著，在陰鬱沉悶的夜空下，黃河發出單調的呻吟。夜幕下的公路上，八・一八的紅衛兵們分乘兩輛大卡車，悄悄地包圍了反動軍官的院子。

在這黑暗的沉寂裏，人們已經進入了夢鄉，可在這舊式的大院周圍，樹葉發出沙沙的聲響，偶爾可以聽見遠處汽車的轟鳴。

永革先上了牆頭，他從一處低矮的地方跳了下去，從裏面開了大門。

八・一八的紅衛兵們早已做了分工，他們手提大刀長矛各就各位封住了各個出口。

永革用右手敲了敲反動軍官的房門，裏面一陣響動，半天沒有人的聲音。

永革說：「開門！我們是毛主席的紅衛兵。」

過了一會，一個男人的聲音從裏面傳了出來：「深更半夜的誰知道你們是什麼人。」

「少費話，快把門打開，不開我們要砸門了。」另外一個紅衛兵喊道。

這時，裏面的人們都穿好了衣服，戰戰兢兢地從裏面把門打了開來。
永革手裏提著一把砍刀，大聲喝道：「不許動！都跪下。」
房裏點著一盞油燈，昏暗的燈光下面七八個人一個一個從床上下來，都跪在了地上。
「誰是反動軍官李福來？」永革喊道。
「是我。」一個滿頭銀髮很有氣質的老人渾身哆嗦著說道。
「你出來。」永革把老人從地上一把拽起，兩個人過來從左右兩隻胳膊上拖著往院子裏拉。
老人的胳膊喀嚓響了一聲，他「哎喲」地一聲呻喚。
「媽的，喊什麼喊，跪下！」兩個人厲聲喝道。
老人趕快跪在了院子裏。
八・一八的紅衛兵們此時迅速地進入各個房間，他們打開箱子，翻開櫃子，掀起床板，揭起地磚，搜了半天隻搜出了兩雙高跟皮鞋和一件旗袍。
永革走到老人跟前，抽出皮帶沒頭沒臉地抽了過去。
「啊喲，啊喲——。」尖厲的哭嚎和喊叫聲劃破了整個夜空。
「快老實交待，你把反動東西藏到哪裏去了？」永革問道。
老人解放後一直按起義將領對待，而且他還打過日本鬼子，從來還沒受過這種打罵，沒想到今日裏卻被這幫娃娃打得皮肉開了花，他身子一軟整個兒垮在了地上。
老人爬在地上說：「紅衛兵同志，你們想要什麼？」
「誰是你的同志，快快交出你的反動委任狀什麼的。」永革說道。
永革一說，把老人提醒了，他確實把過去的委任狀這些東西保存著，他沒有什麼反動目的，不過是想留個紀念，因為這是他終身的榮耀。

老人正要開口，他的孫子從地上跳了起來說：「紅衛兵爺爺，我知道在哪裏。」

老人的小孫子只有七八歲，可非常機靈，他把紅衛兵們領到廁所裏。廁所頂棚的樑上放著一個小黑匣子，黑匣子上面掛著一把生了鏽的銅鎖。

小孫子用鑰匙把箱子打開，只見上面有一面國民黨的青天白日滿地紅中華民國國旗，把國旗揭開，下面有一封李福來的師長委任狀和一把短劍。短劍刀面上一面鐫刻著一條小龍，另一面刻著「蔣中正贈」四個清秀的大字。

紅衛兵們看到這一切，熊熊的怒火剎時從胸中被點燃了。他們從小受到關於階級鬥爭的教育，國民黨、蔣介石是他們幼小心靈中的魔鬼，而今日裏魔鬼就在眼前，怎麼能不讓他們義憤填膺，他們一下跳了起來。

「好啊，把這些東西藏起來還想變天。」永革一把揪住了老人稀稀拉拉的頭髮。八‧一八的紅衛兵們紛紛衝了上去，他們拳打腳踢，把老人打倒在地，然後，他們用皮帶抽，用彈簧鞭打，穿著鞋就往那瘦削發黃的臉上踏了起來。老人雖然當年在台兒莊大戰中打死日本鬼子成百上千，可他沒想到今日裏卻要死到這些紅衛兵娃娃們的手裏了。

「打死反革命！」永革吼了一聲。老人躺在地上已沒了聲音，打的人還把皮帶、彈簧鞭往他的身上揮去。

這時，其餘的人進了房屋，他們又沒頭沒腦地往地上跪的六個人身上揮舞著皮帶，他們胸中的氣憤似從火山口中噴出的火，已無法抑制了。

「打死這幫反革命！打死這幫反革命！」人們一邊吼，一邊打，從小階級鬥爭的教育，讓他們沒有了東郭先生的一點憐憫。只見血肉橫飛，皮帶飛舞，這幾個跪下的人，先是被打得爬下，然後躺下，接著是連聲的求饒，後來則無聲無息了。

當人們稍微冷靜了一點之後，被打得七個人都已經奄奄一息。這個晚上，反動軍官李福來一家除過他的小孫子之外，其他七個人都被活活地打死了。

永革一看，人都死了，喊了一聲：「撤。」

八・一八的紅衛兵們把搜出的黑匣子放到卡車上，唱著凱歌勝利地往學校開去。

這些日子來，全國各地雖然打死了一些地、富、反、壞、右，但捷報頻傳，不斷地在報紙的頭版頭條登出一些令人激動不已的消息。

第二天，在省報上就登出了師大附中八・一八紅衛兵戰鬥團抄出中華民國國旗、委任狀和蔣介石贈得短劍的特大消息。消息一出來，驚得人們出了一身冷汗，原來在我們這個城市裏還睡著一個天天想變天，想配合蔣介石反攻大陸的這麼一個罪大惡極的反革命。人們想到還是毛主席他老人家英明偉大，料事如神，早就提醒人們「千萬不要忘記階級鬥爭」；還是紅衛兵小將們敢說、敢想、敢做；不然的話，這麼一個定時炸彈說不定什麼時候就會爆炸，無數革命先烈用生命打出的江山就會重新復辟為資本主義，人們就會重吃二遍苦，再受二茬罪。

轟轟烈烈的抄家讓永革和八・一八的戰友們真真體驗到了一種革命成功後的喜悅。過去的日子裏，他們只能聽老一輩革命者談過去輝煌的歷史，或是在教科書裏體會老一輩革命者怎樣打江山、殺敵人的艱辛。然而，短短的日子裏，他們挖出了特務、反革命，收繳了電臺、槍枝和數不清的反革命的資金。

那是一個非常偶然的一天。永革早上出來望瞭望東邊天空，蒼茫沉寂的天上有了淡淡的白色，青山隱隱藏在一片迷蒙之中。永革他們吃飽喝足坐上車就去抄一個解放前在上海開過紗廠的資本家的家。這個資本家解放前在蘇杭一帶開著三個紗廠，生意紅火，業務在東南亞一帶都是很興隆的。抗美援朝時他和另外幾個資本家向國家捐了一架戰鬥機，並且他所開的工廠都已公私合營了，所以，永革他們對他並沒抱多大的希望。

可是到了這裏，一個資本家的家裏，竟然沒有一件值錢的東西，這就引起了永革他們的懷疑。於是，紅衛兵們就把這個資本家的兩隻胳膊紮了起來，把紮了的繩子另一頭搭在樑上，幾個人下面一扯，就把資本家吊到了樑上。

此時的資本家疼得齜牙咧嘴，渾身冒著汗，他一面呻喚著，一面一個勁地告饒，說自己的家產解放以後都捐給抗美援朝了，家裏現在啥也沒有了。

永革他們將資本家的褲子剝了下來，抽出皮帶就往資本家的腿上抽。只見那鮮潤白嫩的腿由白變紅，又由紅變紫，再由紫就滲出滴滴的鮮血來，一會兒功夫就變得血糊糊的一片，可那個資本家就是不承認家中有錢。

於是，永革他們就在火盆裏點了木柴。

永革說：「說不說，再不說就把你煉了油，點了燈。」說著，就把火盆往資本家的腿下拉去。

火盆裏的火苗跳躍著，火舌曲卷著往上翻騰，永革往火上潑了一勺子清油，火舌猛地往上跳了一下，清油濺出的火花直往上竄。

資本家心想，這幫混世魔王今天看來是不甘休了，連命都保不住了，再要那些錢幹啥？

資本家兩隻胳膊吊在樑上，把腿高高地縮上來，嘴裏喊道：「我說，我說，我什麼都說。」

永革說：「害怕了吧，你要是早說怎麼能吃這麼多皮肉之苦嘛。」

資本家說：「我的那幾個工廠就是那個炕桌，那是用純金子做的。」

永革走上前去用手搬，使了九牛二虎之力根本移不動。

幾個紅衛兵過來用石頭磨了一下上面的烏痕，果然金燦燦一道亮光閃了出來。

人們就把資本家放了下來。資本家望著那個炕桌就哭了，他用手搧著自己的嘴巴，一邊搧一邊說：「哎，我這個不爭氣的軟骨頭，敗家子，那可是我祖孫三代的心血啊！」

八・一八戰鬥團這一次戰果很快又上了報紙。一個月來，他們一炮比一炮打得準，一炮又比一炮打得響，不要說挖出了無數的金銀、銀元和外匯，還搜出了變天帳、委任狀、國民黨的青天白日滿地紅旗等階級敵人圖謀變天的罪證。這個時候，報紙上也為紅衛兵的革命行動鼓掌加油，《人民日報》及時地發表了社論《好得很》。

永革想，還是毛主席他老人家理解我們，矯枉必須過正，不過正怎麼能夠矯枉呢？爸爸不是說，當年他們打土豪分田地，不也把地主老財活活打死了。剛解放時的鎮壓反革命，不也在殺反革命的時候，連帶進去了無數無故的人嘛。手上挑個刺都要連出肉呢，何況這是一場史無前例的文化大革命，死一兩個人算得了什麼。永革雖然這樣寬慰著自己，但他還是為他們打死了人而感到了一絲的內疚，雖然事後無人再去追究他們的行為，也沒有人再提起這件事來，但他此時感到了一種莫名的孤獨和痛苦。

第九回

靳莉莉參加了井岡山紅衛兵戰鬥隊，讓黑七類狗崽子們看到了一點生活的希望，他們紛紛寫申請，都找江華要求參加井岡山紅衛兵。

江華笑著對他們說：「來吧。我們井岡山不怕人多，人越多越好，人多了才能孤立敵人，團結同學，才能跟著毛主席打天下，取得革命的成功。」

於是，井岡山裏不僅有紅五類子女，而且也有剝削階級家庭子女，而這些黑七類家庭子女大多數從小都受其父母的影響，個個才華橫溢，他們不但寫的大字報文通字順，而且他們排戲、演唱、做報告，把活動搞得生動活潑，這就把師大附中原來徘徊觀望的一些同學都吸引了過去。

井岡山的發展壯大，使得八‧一八的紅五類更加的嫉妒仇恨，他們貼出大字報說，井岡山招降納叛，是反革命的窩巢，並且在學校廣播裏公開播誦北京工業大學三年級學生譚力夫的大字報——《從對聯談起》，和他的講話錄音。

譚力夫的《從對聯談起》這張大字報，他是在肯定必須堅持階級路線的前提下提出來的，他說，要把「老子英雄兒好漢，老子反動兒混蛋」當做全面的、策略的中共黨的路線來推行，要把它提煉為政策，上升為本本條條。而譚力夫《在工大一次辯論會上的發言》裏，他認為絕大多數幹部及其子女都是好的，即使有缺點錯誤，也是老革命遇上了新問題，小革命遇上了新問題。並說，工作組有許多地方應當加以肯定。另外他說，不加分析地衝擊、批鬥甚至誣衊中共黨和國家的各級幹部是令人難以容忍的。

八・一八戰鬥團將譚力夫的《從對聯談起》的大字報和《在工大一次辯論會上的發言》播出後，立即遭到了井岡山戰鬥隊的抨擊。井岡山戰鬥隊在大字報中寫道，「鬼見愁」的對聯是絕對錯誤的。它的錯誤在於認為家庭影響超過了社會影響，看不到社會影響的決定性作用。說穿了，它只承認老子的影響，認為老子超過了一切。實踐恰好得出完全相反的結論，社會影響遠遠超過了家庭影響，家庭影響服從社會影響。他們舉出了大量實例，包括舉了恩格斯、周總理這些偉人，說明家庭出身是不由人選擇的，但所走的道路是可以選擇的。

八・一八和井岡山剛開始雙方通過大字報互相批判，到後來雙方同學開始在校園裏進行辯論。八・一八這面主要是以永革為首，而井岡山那面出頭辯論的則是江華。

永革知道在辯論時他根本不是江華的對手。小時候永革和江華與其他孩子發生了矛盾，要是遇上打嘴巴仗，都是江華一馬當先，她的聲音很高，而且嘴巴子相當快，包括一般大人都說不過江華。

而這一次永革認為他是正確的，真理在他這一方面，所以，他才敢於走上前來與江華對陣。

江華問永革：「你認為家庭出身是決定一切的嗎？老子是否革命是決定兒子一切的嗎？」

「當然家庭出身是決定一切的，老子是決定一切的了。」永革說道。

「那麼我問你，你的家庭出身是什麼？你的老子是什麼？」

「你這是什麼意思，這不是明知故問嗎？」

「沒什麼意思，你先回答我的問題。」

「我的家庭出身是革命幹部，老子英雄兒好漢。」

「那麼你的老子的老子是什麼？」

「你是問我爺爺了吧。不知道。」永革把「不知道」三個字壓得重重地輕蔑地說道。

「連你爺爺你都說不清楚了，再往前推你能知道嗎？按你的說法，英雄老子必然是好漢兒子，反動老子必然是混蛋兒子。你能保證你祖祖輩輩都是英雄嗎？肯定不能。那麼你若有一輩不是英雄老子，就會是混蛋兒子，混蛋兒子只能生混蛋兒子，最後傳到你也必然是個混蛋兒子。你說是不是？」

永革說：「你不要強詞奪理。」

「我沒有強詞奪理，而是按你的邏輯往下推出這個結果來的。你現在只回答。是，還是不是。」江華說道。

八．一八的同學們一看這個樣子都喊了起來：「老子英雄兒好漢，老子反動兒混蛋；老子英雄兒好漢，老子反動兒混蛋。」

他們一邊喊一邊朝井岡山這面一些黑七類家庭出身的同學身上扔起了土塊，並且揮舞著拳頭大聲喊：「打倒狗崽子——！」

江華一看這個樣子，就對永革說：「是要講道理，還是要打人罵人呢？如果要打人罵人我們就走了。」

永革轉過頭對八．一八的同學們說：「真理在我們方面。同學們，不要動手，和他們辯論。」

於是，八．一八的同學們就唱起了歌曲：

革命不是請客吃飯，
不是做文章，
不是繪畫繡花，
不能那樣雅緻，
那樣從客不迫，
文雅彬彬，

那樣溫良恭儉讓。
革命是暴動，
是一個階級推翻一個階級的暴烈的行動。

八．一八的同學一唱，井岡山的同學們也唱了起來：

拿起筆桿做刀槍，
集中火力打黑幫，
革命師生齊造反，
文化革命當闖將。

忠於毛主席忠於黨，
黨是我的親爹娘，
誰要敢說黨不好，
馬上叫他見閻王。

激烈的辯論一會兒又變成了革命歌曲大比賽，雖然雙方的同學們互不相讓，個個扯著嗓子吼叫著，咆哮著，瞪著一雙雙憤怒的眼睛，有的人還不時握著拳頭往上撲，但由於有永革和江華在那裏壓著陣，人們還是只動嘴沒動手。

在人們唱完歌停下的片刻，永革說：「你們想一想，工作組進校的時候都用的是一些什麼人，讓一些狗崽子和一些平日表現不好的人上了台，對廣大的紅五類子女和黨團員進行殘酷的資產階級專政。江華，你忘記了剛剛過去的苦難，今天你又犯了同樣的錯誤。文化大革命是關係到我們黨和國家的命運、前途和將來的頭等大事，也是關係到世界革命的頭等大事，這是一切資產階級陰謀復辟、無產階級反覆辟的你死我活的鬥爭，可是，你卻把井岡山辦成了藏污納垢之地，辦成了狗崽子們與紅五類較量的場所。你是個烈士的子女，你好好想一想，革命的江山怎麼能讓這幫狗崽子們玷污。」

江華看永革這麼認真，就說道：「正是因為文化大革命是關係到我們黨和國家命運、前途和將來面貌的頭等大事，也是關係到世界革命的頭等大事，所以，我們必須團結一切可以團結的力量，這樣我們才能取得最後的勝利。」說完這話，她看了看周圍的同學，然後提高聲音說：「誰不想有個好爸爸，誰不想有個好媽媽，可那是由自己選擇的嗎？不是。誰也無法自己選擇自己的出身和家庭，可是，我們可以選擇道路，路是由我們自己走出來的，我們每一個人的命運都掌握在我們自己的手裏。」

江華說到這個地方，周圍的同學們都為她鼓起了巴掌，有幾個同學還把江華抬了起來。

永革也「呼」地一下站了起來，他雖然對江華的說法不同意，可他沒有辦法說過江華，他大聲說：「江華，你不要執迷不悟，事實會將你碰得頭破血流的。」說完，他和八•一八的同學們轉過身就走了出去。

江華看著永革的背影，心裏一陣說不出來的迷惘，她的鼻子一酸，眼睛濕潤了。永革他怎麼了？難道他就會這樣離我遠去。他難道忘了他曾經對我說過的那些海誓山盟：如果你是美麗的海岸，我就是你腳下起伏的潮水，雪白的浪花是為你而唱的戀歌，五色的彩貝是為你而寫的詩句。無論漲潮還是退潮，海與岸永遠相連。

江華想放聲好好大哭一場，她要把這些日子的酸楚統統隨淚水流出來，可她沒有哭，她已經變得堅強了，她再也不是當年隨隨便便哭鼻子的小姑娘了。

江華和井岡山紅衛兵戰鬥隊的同學們往北京去，是憑著兩條腿往那裏走的。

他們沒走之前，並沒有考慮到過多的困難，而是想怎樣響應黨中央和毛主席的號召，到北京取經把這裏的文化大革命搞得更加紅紅火火；另外，他們想，一個無產階級革命接班人必須在革命的大風大浪中經受鍛鍊，尤其，井岡山裏有一些黑七類家庭出身的子女，他們更想通過走革命的路，得到考驗；再者他們想，老一輩無產階級革命者，可以爬雪山過草地，我們毛主席的紅衛兵怎麼不能克服困難，走向天安門呢？

隊伍前面打著井岡山紅衛兵戰鬥隊的是一名高二二班的男生，這名男生叫劉偉，生得虎背熊腰，臉黑黑的，胳膊上的肌肉擰成了疙瘩。劉偉的父親原來是個工人，在五八年大躍進時回了一趟老家，看到家鄉人大煉鋼鐵把吃飯的鍋都給煉了，家裏人為了給他父親做飯還是從大隊部借了半斤麵在鐵鍬上做的。他父親回到廠裏後，把這件事情給一塊的工人們說了，沒想到就因為這句話他父親被揪了出來，而且說他污蔑社會主義祖國，反對總路線大躍進，因為他是個工人就給戴了一頂壞分子的帽子，在單位監督勞動改造。

劉偉因父親是個壞分子，不能入團，不能參軍，連班上開會也不讓他參加，可是，井岡山沒嫌棄他，還給他發了紅衛兵的袖章。他為此而對江華非常感激，當江華說要長征去北京，他雙手贊成，而且第一個報了名。此時，茫茫的戈壁灘上，冷颼颼的風刺著人們的臉龐。劉偉打著綁腿，穿著軍裝，戴著軍帽，雙手舉著紅旗走在最前面，他走一會往後揮著手大聲地給大家鼓勁：「同學們，加油啊！」然後，他帶頭給大家唱起了《紅軍不怕遠征難》，劉偉一邊唱一邊揮舞著那面被風刮得呼啦啦響的紅旗，爽朗地大聲笑著。江華看到這一切，心裏激動萬分，她覺得劉偉好像完全換了一個人一樣。在學校裏的劉偉沉默寡言，不苟言笑，他從來不和人開玩笑，就是別人欺侮他，他也只是淡淡的一笑。然而，此時的劉偉好像活了，好似魚進入大海了。他又說又笑，又是唱歌又給大家鼓勁，鼓勵著大家在茫茫的戈壁灘上奮勇前進。雖然，他自己背著行李、舉著紅旗，可他還幫女同學拿著書包，挎著行李，他好似身上一下煥發出了無窮無盡的力量。

江華看到劉偉就想到了永革，她想永革這次來就好了。自從跟著毛主席造反以後，她與永革的隔閡越來越大了，這裏有誤會，也有碰撞，但她對永革的愛一直沒有改變。她曾在日記中寫道：我從靈魂深處愛你，我願意把生命交給你，由你接受多少就多少，當初是這樣，現在也決不變更，但我不去想是否贏得了你的愛情，既然鍾情於玫瑰，就勇敢地去吐露真誠。

然而，永革卻離她越來越遠，她想，是我錯了，還是他錯了，是我錯了，我會毫不猶豫地去改的，如果是他錯了，怎麼才能使他回心轉意與自己想到一塊，走到一起來呢？

井岡山的戰友們，剛開始走的時候都信心百倍，可走了兩天就不行了，他們的腳上打了泡，腿疼得抬都抬不起來了。

劉偉看江華坐在後面，走過來說道：「江隊長，把你的書包給我。」

江華望瞭望劉偉，劉偉的臉黑裏透紅，一雙憨厚的眼睛望著她笑。他的身上已背著幾個同學的挎包，可他還是那麼精神，還是那麼信心百倍。

江華不知怎麼還沒到時間就來例假了。這倒楣的事本不該來得這麼早的，可走了兩天路，它卻來了。它一來江華就覺得頭暈眼花，身上乏力，兩條腿就不聽使喚了。可她必須帶頭往前走，在這個節骨眼上她的一舉一動直接影響著全隊人的情緒。而且，這一次他們是在校園裏宣誓後出發的，全校的同學和老師看著她，八・一八的紅衛兵們也在盯著她。

江華說：「我可以，你看你已經背了五六個人的書包了。」

「江隊長，我看你的臉色不好，你就給我吧。」說著，劉偉將江華的書包搶到了手裏。

江華就望著他笑了笑，她說道：「那好吧，就辛苦你了，把你的地圖讓我看一下。」

劉偉把地圖遞給江華。江華此時才覺得地圖上的一點點路，走起來卻要拼著命趕上好幾天。

這天黃昏他們在一個叫豬嘴嶺的村子歇了腳。秋日的黃昏來得快，還沒等山野上被日光蒸發起的水氣消散，太陽就落進了西山。乳白的炊煙和灰色的暮靄交融在一起，破舊的院牆、屋脊和樹頂披上了一層黑糊糊的煙霧。

江華先找了這個大隊的書記，書記叫來生產隊長，把他們分給各個生產隊，各生產隊長又把他們分到各家各戶。

生產隊長們領著他們到了人家裏，高聲喊道：「毛主席的紅衛兵來了，把炕燒好，掃乾淨，讓這些城裏的娃們睡好，吃好。」

江華聽到這話就很感動，這些農民的話不多，可是卻那麼樸實，那樣暖人的心。他們一路上累是累，但她聽到這些話，感到中國的農民太實在太理解人了。

房東給他們吃的是包穀麵的饊飯，裏面有洋芋，他們撒了點鹽就吃了起來。江華吃得很香，不知是餓了，還是原先沒吃過這種飯，總之，這頓飯給她的印象太深刻了。

吃了飯，房東給他們燒了水，江華洗了腳，挑了泡，抱著被子倒頭就睡著了。菜籽油的燈光閃爍著，冒著濃濃的黑煙霧，活潑的光影在地上、牆上、人的臉上跳動著。可是，江華太疲乏了，她睡在熱炕上做了一個夢。她夢見一隻兇猛的狼狗吐著紅紅的舌頭，不斷地喘著粗氣，她驚恐地往後退去。這時，她看見張繼東猛地撲了過來，用身體擋住了那條追過來的狼狗。

江華是被同學們叫醒的，她強睜開眼睛只見太陽已經把溫暖的光輝灑到了熱炕上。她一下跳了起來，說道：「趕快走。」

房東說：「姑娘先吃飯，吃了飯再走。」

這時，江華才看見房東已把飯端到了炕桌上，他們吃完飯，在水壺裏裝滿水，每人放下一毛錢四量糧票，就又出發了。

劉偉揮動著紅旗，昂著頭大步走在最前面，他領著大家又唱起了《下定決心》。這歌一唱，人們又來了精神，江華也喊道：「同學們，加油！同學們，加油！」

年輕人們通過一晚上的休息，很快又聚集了能量，雖然他們的腿子有些疼，可大家到了一起說說笑笑，你追我趕，腿子的疼痛一會兒就忘了個乾乾淨淨，他們暗地裏都有一種不服輸的精神，所以走得很快。

江華看到劉偉的樣子，不知怎麼她又想到了永革。永革是一個非常開朗、活潑的小夥子，他膽大心細，遇事不慌，且說話幽默，經常出一些洋相把大家惹得哈哈大笑。她想，這個人若是永革該有多好啊，我為什麼不把永革團結過來呢。我比永革大，我應該寬容他，說服他，為什麼要逼他離開自己？這樣就能證明自己革命了，證明自己正確了嘛，毛主席都說要團結一切可以團結的人，自己卻連與自己從小玩大的永革都團結不了，再說還是永革救了自己的命，他是自己最愛最愛、最可信賴的人。可是，現在兩個人見了面像仇敵一樣，影響的同學們也分成了勢不兩立的兩大派。

江華正這麼想著，不知誰又領頭唱起了歌：

拿起筆桿，作刀槍，
集中火力打黑幫。
革命師生齊造反，
文化革命當闖將。

忠於革命忠於黨，
刀山火海也敢闖。

誰要反對毛主席，
堅決叫他見閻王。

人們一邊走一邊唱，身上的疲乏隨著歌聲到了九霄雲外，大家又互相拉起了歌，一個同學直起喉嚨唱道：

混帳王八蛋，
你睜眼看一看；
文化大革命，
誰敢來阻攔！
炮轟西北局，
火燒省市委！
革牛鬼蛇神的命！
看保皇派，
他臉色發黃，
嚇破了膽！
嚇破了膽！

劉偉此時也唱了起來：

打倒爸爸，
打倒媽媽，
火燒全家，
我來當家。

唱著唱著同學們的勁頭一下子又引了起來，他們依著《全世界人民一定勝利》的曲譜改了詞唱道：

東風吹，戰鼓擂，
現在學校裏究竟誰怕誰？
不是學生怕老師，
而是老師怕學生！
學道多助，
師道寡助，
歷史規律不可抗拒！
師道尊嚴一定滅亡，
革命學生一定勝利！

同學們在歌聲中互相鼓勵著，都有一種天將降大任於斯人也的感覺。他們知道，紅衛兵組織就是在毛主席造反有理的號召下產生的，因為生逢亂時，所以壯大於天下大亂的需求之中。江華想，我們紅衛兵是衝擊官僚主義、走資派和資產階級反動路線先鋒隊和排頭兵。對一切封、資、修的東西就要進行造反，這是我們紅衛兵的本性和共同特點。所以，我們無產階級革命的接班人，就要在大風大浪中去鍛鍊，要在文化大革命的烈火中百煉成鋼，這一次出來哪怕吃再大的苦，也不要緊，我們一定要高舉紅旗堅持到最後的勝利。

然而，江華他們從一個偏遠的村莊走過的時候，卻遇到了意想不到的麻煩。那天，正值中午時節，天上的太陽這時正亮，光燦燦的。他們雖然個個走得精疲力竭，但被革命聖地延安吸引著，還是興沖沖地往前走。當走到村邊上的時候，他們突然看見一些穿著破棉襖的農民，每人的手裏牽著一個牛鬼蛇神。這些農民把鐵絲從牛鬼蛇神們的鼻子裏像牛鼻圈一樣的穿過去，擰成一個環，然後在鐵環子上綁上繩子。牛鬼們彎著腰，低著頭，頭上的高帽子向前戳著。牽著牛鬼的人們胳膊上套著紅袖章，他們將抓著繩子的手忽上忽下，牛鬼們疼得眼裏流著淚，鼻子裏淌著血，牛鬼們隨著這些人的手將頭忽高忽低、忽左忽右。這時一個戴著紅袖章的人跑了過來說：「紅衛兵同志，希望你們幫助指導我們村的階級鬥爭。」

江華正被眼前的情景驚得愣在那裏，對這人說：「你們怎麼能夠這樣？」

「你不知道，這還是我的創造發明，階級敵人是屬核桃的，就要天天敲打著。可治這些人要有個治的辦法，就像牲口裏的牛吧，你在脖子裏拴繩子就不起作用，可是，鼻子裏套上牛鼻圈，再厲害的牛對它也有了治的辦法。你們看這些地富反壞多規矩，這就是抓到了關鍵地方。」這人說得滔滔不絕，唾沫星子飛濺，臉上露出得意的笑容。

江華也想給這些人說說要注意政策，於是她與井岡山的紅衛兵就跟著這人進了村子。一進村子，就見牽牛鬼的人們把牛鬼牽到了鬥爭會場。男男女女的人們圍成了一個圓圈，牛鬼們被牽到了圈裏。這時，幾個人衝過來揮著木棒子就去抽打一個富農分子。這個富農分子原來是個中農，由於在三年災害時是食堂管理員，苛扣了社員的飯菜，在四清運動中餓了肚子的人們讓他的成分升了格，被戴上了富農分子的帽子。

江華一看這個富農分子被亂棒打得在地上滾著蛋蛋，但他的鼻子上有鐵絲穿著，他只能原地打滾。江華想，這農村整起階級敵人來比我們城市還要厲害。她朝那個富農分子望去，只見那人先是發出淒厲的叫聲，一會兒功夫這人就昏死了過去。

江華想過去勸一下這些人，可這些人根本不聽她的，喊他們來的那個人對江華說，這人是罪大惡極的階級敵人，說著他還把一根胳膊粗的木棒硬往劉偉的手裏塞，讓紅衛兵們與他們一塊去打。江華越來越覺得不對勁，這不是要打死人嘛？這時，她突然有一個預感，她想，是不是這些人們要利用文化大革命公報私仇，要打死這個富農分子，而嫁禍於人呢？她於是走過去一把從劉偉手裏奪過棒子，然後大聲說：「今天誰也不許動手，要文鬥，不要武鬥。」

果然，這個富農分子被這些人們用亂棒打死了。當他們看到富農分子沒了氣後，幾個人悄悄地一嘀咕，一下子變了臉，那個叫他們進村的人反口咬人，硬說是江華他們打死了這個階級敵人，還把他們圍起來不許他們走。江華想，幸虧我們沒動手，人們說窮山惡水出刁民，果真今天遇見麻煩了。這時，只見江華過去一把揪住叫他們來的那人的領口，上去就是幾個耳光，大聲對村裏的人們說：「你們說，這人是誰打死的？是我們打死的嗎？」誰也不吭聲。「說呀，你們啞巴了嗎？」

劉偉和其他井岡山的同學從來沒見過江華還有這麼大的膽量，都屏住聲息圍在了江華的身邊。

這時，一個滿臉皺紋的老人過來說：「讓這些娃娃們走吧，不要冤枉人家紅衛兵了。」村裏人自知理虧，也看到井岡山的紅衛兵們個個躍躍欲試，都圍到了江華的身邊，才瞪著眼看了看江華他們然後揚長而去。

這件事的突然出現，讓劉偉對江華有了重新的認識，對她也更加佩服了。他想，剛開始我也被那麼多人的吼聲嚇蒙了，心想這下完了，還是多虧了江華，別看江華平時文文靜靜，多不說話，可是到了關鍵時刻還真是敢作敢為，一下就把那些人給震住了。這是一次經驗教訓，我們過去也太相信人了，我還差點動了手，動了手這話就說不清了，以後的日子裏可真要多長一個心眼。

江華他們又出發了。他們高唱革命歌曲，風雨無阻，經過一個半月的長途跋涉，在一個寒風凜冽的晚上終於到了北京天安門廣場。

當他們看到天安門廣場上的五星紅旗時，江華他們都哭了。他們互相擁抱著、歡跳著，劉偉把已發白了的紅旗用雙手搖動著，嘴裏喊道：「我們勝利了！我們勝利了！」

江華嘴張著，下嘴唇顫抖著，眼睛裏慢慢地沁出了眼淚。她抱住一個同學，那眼淚就順著曬得黑紅黑紅的面頰流了下來，然後她伸長脖子，就失聲斷氣地抽泣了起來。在這一個多月的長征中，她和同學們被一種無形的力量推動著，被一種堅定的信念鼓舞著，他們終於勝利了。

此時，大家開始對北京驚歎，闊大的天安門廣場，寬敞的街道，雄偉富麗的古代建築，金水橋的精美肅穆。接下來江華和同學們又在天安門前的紅衛相館天安門攝影點排起了長隊。

風呼呼地叫著，凜冽的寒風並沒有減低同學們的熱情，一直到黃昏時節才輪到江華掏出紅寶書《毛主席語錄》。她挺著胸，昂著頭，把紅色的語錄本放在胸前留下了充滿革命豪情的難忘時刻。

晚上，北京城裏人聲鼎沸，笑聲、哭聲、歡呼聲、口號聲，各種聲音交織在一起，他們被來京串聯紅衛兵接待站編成組，被一個居委會的大媽領著七轉八轉，住進了一個偏僻胡同的房子裏。此時，江華才明白了一個道理，世上只有不去幹的事情，而沒有幹不成的事情，一個人只要敢於去幹，善於去幹，沒有過不去的火焰山。

第十回

鄒靜與張繼東第一次見面還是通過田恬相識的。在沒認識張繼東以前，鄒靜聽田恬整天說張繼東長得怎麼高大標致，又聽她誇他如何有才華。鄒靜想，這張繼東到底是怎麼一個人物，田恬的條件這麼好，竟然把他說得天花亂墜，是田恬愛上他了？還是這人真的就那麼出眾惹人喜愛？人說情人眼裏出西施，就是張繼東長得像個豬八戒，只要田恬喜歡，她也會愛得發狂，誇成一朵花的。

鄒靜說：「那你就別挑三揀四的了，大膽地和他挑明吧，千萬別見異思遷。」

「這事又不是我一個說了算，誰知道人家是怎麼想的。」田恬笑著對鄒靜說道。

「他經常往這兒來找你，你沒看出他的意思？」

「他是來找他中學一個同學來的，又不是專門來找我的。」

「你看你，男人只要往女孩子跟前來上三趟，肯定他對這女孩子就有了意思。」

「真的？」

「那還能假，下次他來，我幫你參謀一下，若真的像你說的那麼優秀，你就主動地去找他，去追他，別讓機會從眼前滑了過去。」

田恬說：「那好啊，他明天下午就到我這兒來，你就在三點的時候到我房裏來吧。」

鄒靜當時是很想見一見張繼東的，在田恬的敘說中，她已經對這人有了一個大體的認識。一米八的個頭，文文靜靜的，臉形不寬不窄，寬眉毛，雙眼皮眼睛上戴著一副黃邊眼鏡。總之，在田恬的眼裏，張繼東是個標準的美男子。

第二天，鄒靜就去了田恬的宿舍，一見張繼東她發現這個人與她大腦中描繪出來的一模一樣。她當時心想，田恬的這個相識果然與別的男人不一樣。不僅人長得帥氣，而且才思敏捷，談吐幽默風趣。他是學農學的，可他對政治卻很感興趣，說起文學和音樂來也很在行。一問他，原來張繼東是名門之後，父母都是在日本留過學的民國元老。

鄒靜坐了一會兒就出來了，就是這一會兒工夫使她對張繼東留下了很深的印象。於是，她對田恬說，這個人不錯，不要錯過機會。

可是，田恬那段時間因為正與她們大學裏另一個男同學談得火熱，這就讓張繼東與鄒靜的關係親密了起來。田恬這段時間是腳踩兩隻船的，她是要通過時間這桿秤掂出這兩個男人各自的分量。當張繼東與鄒靜來往密切之後，她一下覺得張繼東才是她的選擇，但這時張繼東已與鄒靜不能分離了，而另外一個男人此時卻跟著他的父母去了臺灣。

就因為這件事情，一段時間鄒靜與田恬的關係發生了危機，要不是江少波借工作需要，強逼鄒靜與他成婚，田恬也許會斷了與鄒靜的往來。

鄒靜經常想，人也真奇怪，當一件東西面臨失去的時候，就會想到它的珍貴，可這種失去的危機過後，這種珍貴的感覺也就似過眼的煙雲隨之而去了。

鄒靜後來對田恬說：「真正愛我的人是張繼東，我此時此刻才感受到了這顆最愛我的心。原來我也是愛他的，我不能失去這個愛。」

然而，解放後一個連一個的政治運動，張繼東從美國回來後本想為國家出點力的，沒想到突然的厄運，卻使他與她們完全走到了另外一個方面。鄒靜突然感到男人與女人之間原來是個緣份。她經常想，自你一降生就有一份天定的良緣為你而生。然而人海茫茫，生命苦短，世界大千，來日方長，如何才能在芸芸眾生中找到那份屬於你的固定的天緣？找到那個完美的伴侶呢？我們這些人總不能固守這份天緣，不能以易逝的青春和焦灼的心情去屏息靜候，於是常常很勉強地接受了隨風而至的他，卻又一遍遍地把他和心目中的完美的設想相比，然後一次次地失望。她此時才覺得，命運對她的懲罰是她沒有很好地珍惜那個愛她的心。她記得一個哲學家曾經說過，「愛情就是當你知道他不是你崇拜的人，而且明白他還存在著種種缺點時，卻依然選擇了他，不曾因為他的缺點和弱點而拋棄他的全部。」可是，張繼東已成了右派，已成了人民的敵人，而她則成了烈士家屬，當上了省廣播電臺的臺長。她記得江少波死後，繼東又來找她，但她因為過去有愧於繼東，她再也不願接受他對她的追求。繼東那時幾乎每個星期都要給她來一封信。繼東來信說道：三月的雨來得太突然，你深情的眼睛濕潤潤，它也打濕了我的記憶與晴空。……我們是黑夜相錯而過的船，我們是白晝沒有標記的帆，我們是同一次潮汐擱淺於沙灘的貝殼，我們是同一次噴發中冷卻的火山岩。有一天，我們終於發現，我們彼此是多麼相近……有句悄悄話，偷偷告訴你，我真的很喜歡……相信我。我曾經愛過你，現在依然愛你。天崩地陷，宇宙傾圮，我的愛情的熊熊烈焰，將從它的廢墟瓦礫中冉冉升起。

但她沒有給繼東回信，就因為她的無情，繼東後來去了美國留學。然而，她把這些信一直保存著，就是在繼東被打成右派後她仍然把它藏在抽屜裏，直到文化大革命的烈火沖天而起時，她才把它悄悄地拿出來燒掉了，但那每一個字已成了她永恆的記憶。她知道那信中的每句話，都是繼東在痛苦中發自肺腑的語言，他在完全絕望後寫道：我祈禱把失敗留給我，讓你盡嘗勝利的喜悅，我祈禱把孤獨留給我，讓你擁有所有的愛。

在這裏她看到了一顆真誠男人的心，但她卻無法接受，社會也不允許她接受這真正的愛。而當有一天她幡然醒悟去找他的時候，繼東已經戴上了右派分子的帽子。

繼東告訴她，你走吧，把過去完全忘記，包括把那些信全部燒掉。

她哭了。她從他們之間的經歷中，她深悟到知音難逢，她想，若能夠真正覓到知音，她會好好珍惜一生。但是知音她覓到了，可這個社會卻將他們無情地撕裂開來，不允許他們走到一起，因為，一個右派分子的帽子下面將會扼殺一大批靈魂，將會使這個家庭祖祖輩輩被打入十八層地獄。她主要是為了孩子，她不能眼睜睜看著一個稚嫩的花朵遭受狂風暴雨的襲擊。

鄒靜雖然身居高位，令她的同學和同事們羨慕不已，但她卻覺得自己已經成了一個沒有了靈魂的軀殼。她曾經為她的懦弱而哭泣過，也為她的自私而痛苦萬分，但她一走入家庭，看到家裏的溫馨和人們對她的尊重以後，一種虛榮心包擁了她，現實一次次的告誡她還是實在一點吧，千萬再別引火焚身了。

江華從北京回來，到了師大附中門前，只見門前塑了三個雕像，一尊是劉少奇，一尊是鄧小平，一尊是王光美。三個雕像被塑得栩栩如生，都被五花大綁著，每人的脖子後面還插著一個長牌子跪在門前，牌子上用黑毛筆寫著各自的姓名，然後用紅筆在每個姓名上打了個大叉。雕像後面牆上用毛筆寫著鬥大的黑字，「打倒劉少奇！」「打倒鄧小平！」「打倒王光美！」

江華想，文化大革命真能鍛鍊人，平時看不出來的一些同學，現在一下子就成了雕塑家、美術家和書法家。就連自己原先只跟著媽媽畫過些花花草草，從來沒有正規學習過油畫，可在去北京長征以前，利用了兩個晚上就模仿畫好了毛主席去安源的大幅油畫。

這三個雕塑出於哪個同學的手呢？三個人跪著，劉少奇的鼻子上還冒著汗，怎麼這麼像啊。過去她只在報紙上見過劉少奇和鄧小平，但對這兩個國家領導人不甚瞭解，不知道他們究竟幹了哪些壞事，然而，現在她知道了劉少奇就是派工作組的總後台，他是一貫反對毛主席的，他是全國最大的走資本主義道路的當權派，是埋在毛主席身邊的定時炸彈。

江華在雕像周圍轉著看了看，她估計這雕像肯定是八·一八的同學們塑的。他們井岡山步行去了北京，而永革他們是坐火車大串連去的。八·一八的同學先回了學校，是他們在外地取了經，回來後把批判劉少奇的火引到了師大附中。毛主席他老人家高瞻遠矚，考慮的真是全面周到，他讓全國的紅衛兵到北京去採聖火，然後把全國文化大革命的熊熊之火再點燃起來，他知道只有在現有權力控制下讓全國的學生流動起來，才可以達到天下大亂。

江華記得中共中央、國務院發出的《關於組織外地高等學校革命師生、中等學校革命學生代表和革命教職工代表來北京參觀文化大革命運動的通知》中說道：

「外地高校（包括全日制和半工（農）半讀高等學校）革命師生，除了有病的、已經來過的或有其他原因不能來的以外，都可以組織來北京參觀；高等學校教職工可按每五十名學生選出革命教職工代表一人參加。

外地中等學校（包括全日制或半工（農）半讀中等專業學校及普通中學）按十名學生選出革命學生代表一人；教職工按每一百名學生選出革命教職工代表一人參加。

……

來京參觀一律免費乘坐火車，……來京參觀的革命學生和革命教職工生活補助費和交通費用由國家財政中開支。

……

到京後的伙食、住宿由北京市負責安排，……在京時的飯費，由國家財政開支。」

江華想，毛主席他老人家想得多麼周到。他們一路上由於有毛主席的指示，走到哪裏，都有人熱情接待，到了北京，除了有人管他們的吃住以外，她和同學們還借了點糧票和錢。出門在外，只要打個欠條，隨後寄去就行，人們對他們是那麼放心。這次他們長征去北京，一是為了給國家減輕負擔，更重要的是他們要在大風大浪裏鍛鍊自己。現在看來，他們這樣做是完全正確的，既鍛鍊了自己，他們又去了革命聖地延安，去了西柏坡，長了見識，受了教育，還得到了鍛鍊。她想，通過這次鍛鍊，若要是現在，她是絕對再不會去自殺的。

進了校園，一股清新的空氣撲面而來，雖然是原來的學校，可她進了學校大門，卻有一種新鮮感，感覺這裏的一切都是那麼親近，畢竟自己在這裏已經五年了。她愛師大附中，因為她是在這裏長大的，這裏有她的同學和老師，這裏曾經有過她無數的夢想。校園裏到處是批判劉少奇、鄧小平和王光美的大字報。她在一封《憤怒控訴劉少奇及其爪牙在我校打擊一大片，保護一小撮的滔天罪行》的大字報前站了下來。大字報上寫道：

我們偉大領袖毛主席指出，「中國共產黨是在一個幾萬萬人的大民族中領導偉大革命鬥爭的黨，沒有多數德才兼備的領導幹部，是不能完成其歷史任務的。」由此看出，我們偉大的領袖歷來是多麼重視、多麼關心革命的幹部啊！在當今史無前例的無產階級文化大革命中，革命幹部應當發揮巨大的作用。沒有他們，文化大革命就不能取得最後的勝利。

而黨內最大的走資本主義道路的當權派劉少奇最害怕革命群眾，最害怕革命幹部，特別最害怕廣大革命幹部與革命群眾相結合。他竭力混淆是非、顛倒黑白，挑撥幹群關係，轉移運動大方向，以達到保護以他為首的一小撮走資本主義道路的當權派的目的，在文化大革命運動中，我們師大附中以薛飛為首、劉向陽為副的走資本主義道路的當權派，效忠於他們的主子劉少奇，在我校推行了一條徹頭徹尾的資產階級反動路線。

六月初，群眾運動剛剛起來，以劉向陽為首的工作組充當了劉少奇御用的消防隊，對革命群眾和革命幹部進行了瘋狂的鎮壓。

劉向陽他們受省委中走資本主義道路當權派的指示，將師大附中列為四類學校。於是，工作組進校不到十小時，就宣布我校有「三家村」反黨集團，還說「已經掌握了材料」。他們打擊革命幹部，還把矛頭指向一般教師和學生，有兩百多個教師和學生被打成了反革命，造成了我校群眾鬥群眾、學生鬥學生的慘痛局面。

在薛飛、劉向陽的法西斯統治下，師大附中教師和學生受到了殘酷的打擊和迫害，這些教師和學生所受的折磨簡直比在監獄裏的犯人還要厲害。

這些被打成反革命的學生和老師，早晨他們進校時，要簽名，記下入校的時間，然後，還要被迫念一遍「坦白從寬，抗拒從嚴」。而被關在學校地下室的教師和同學則受到了更大的人身折磨，他們失去了基本的人身自由。

在那段時間，學校內被揪出的教師和同學，左胸前都要戴著反革命分子的牌子。教師們的屋門口被貼上「高級動物」、「爬蟲館」種種侮辱性的名稱。屋外有人提著大棒子站崗，不許這些幹部、教師和學生有絲毫的人身自由。這些教師和學生，他們被用鐵絲捆，被用皮帶抽。在嚴酷的逼供下，短短的時間裏，有十五名教師和學生被逼自殺，有兩名女生精神錯亂。

然而，工作組一撤走，原先那些整人的人，搖身一變又成了革委會的成員，這些人繼續執行著劉少奇的反革命路線……

江華看到這裏再也看不下去了，她心靈上的瘡疤突然又被揭了開來，她的眼淚止不住流了下來。她此時多麼想痛痛快快地大哭一場，讓過去的往事隨淚水流得乾乾淨淨。此時，學校的廣播裏唱起了悠揚深情的歌曲《金瓶似的小山》。廣播裏一個男高音把這首歌唱得親切動聽，舒緩自如。江華和同學們從小就受著親不親階級分的教育，毛主席共產黨在她的心裏有至高無上的地位，社會主義和共產主義是她心裏的明燈，所以，上面說劉少奇反對了毛澤東思想，江華和同學們個個恨不得將劉少奇這些人扒了皮，煮了肉，抽了他們的筋。

江華看到這段時間井岡山的同學們長征去北京，八・一八紅衛兵戰鬥團這一時期已經完全佔據了師大附中這個戰場的主動權。

然而，江華自有她自己的絕招。第二天，江華帶領井岡山的紅衛兵在學校每一個窗戶和門上都用紅油漆噴上了一個「忠」字，下面都用小字寫著「井岡山紅衛兵戰鬥隊」。而且，他們讓那些被揪出來的牛鬼蛇神站在校門裏面。大門裏面用磚砌了一個高大的忠字台，忠字台前面是毛主席去安源的巨幅畫像。井岡山他們要用有力的事實說明安源大罷工是毛主席領導的，而不是劉少奇的功勞，忠字台後面寫著「偉大的領袖、偉大的導師、偉大的統帥、偉大的航手毛主席萬壽無疆！」另外，他們井岡山的紅衛兵每人佩戴了一個小碟子般大的毛主席像章，像章下面是大海帆船，寫著「大海航行靠航手」。江華在師大附中搞的紅海洋，果然立竿見影，在氣勢上很快地扭轉了井岡山原來的被動局面，而且讓師大附中的影響，很快波及到了整個社會。

井岡山的這種做法，立即引起了八・一八的反應，可是他們無法正面反擊，所以，他們採取了更為極端的做法。

那天，太陽剛從皋蘭山東面露了臉，東邊山後的天空，幾片濃雲的薄如輕綃的邊際，映出了一片紅霞。天上地下湧動著一股熱流，鮮紅的一個火球開始升了上來。這時正是同學們進入學校的高峰期，永革和八・一八的二十名男同學脫掉上衣，赤裸著上身，每人左胸的肉上別著一個小碟子般大的毛主席像章，他們一邊走一邊唱：

敬愛的毛主席（唱），
毛主席萬歲（喊）！
我們心中的紅太陽（唱），
毛主席萬歲（喊）！
敬愛毛主席（唱），
毛主席萬歲（喊）！
我們心中的紅太陽（唱）。
毛主席萬歲（喊）！
我們有多少貼心的話兒要對您講（唱），

毛主席萬歲（喊）！
我們有多少熱情的歌兒要對您唱（唱），
毛主席萬歲（喊）！
……

永革他們唱一句歌，喊一句口號，唱一句歌，喊一句口號，吸引得在場的全校老師和同學為他們鼓起了掌，也跟著他們往前湧動。他們進去學校，在校園裏面整個兒轉了四圈，一些同學被他們的忠心感染了，被他們的激情點燃得像一團火呼啦啦燒了起來，同學們不但為他們鼓掌，還大聲地高呼起了口號：

堅決支持八・一八紅衛兵戰鬥團的革命行動！
毛主席萬歲！
打倒劉少奇！
打倒鄧小平！

永革他們要的就是這種效果，讓全校師生看一下，是我們八・一八忠於毛主席，還是你們井岡山？當他們走過井岡山紅衛兵戰鬥隊的門口時，他們互相手挽著手，肩並著肩，邁著堅定的步伐往前走去。

永革此時心裏充滿了一種自信和剛強。他這段時間破四舊、立四新，抄家，串連，大批判，他和戰友們衝到哪裏，他們就會在哪裏取得勝利。他想到，這一切勝利是怎麼得來的呢？就是因為有毛主席的支持，如果沒有毛主席的支持，他們不可能在這麼短的時間裏取得這麼豐碩的成果。

第十一回

井岡山與八・一八之間的明爭暗鬥，讓江華心裏焦急萬分，她多麼想與永革好好談一談。然而她每次到永革家去，永革都會找各種理由走出門外，不給她一次兩人好好談談的機會。她記得小時候，媽媽把她領到永革家來，她和永革捉迷藏，過家家，玩得好不開心。永革的媽媽田恬總是抓住她的手，撫摸著她的小辮子說道：「江華啊，長大給我們永革做媳婦吧。」這時候，她就會望著永革，她看見永革的臉微微一紅，媽媽這時就會對田阿姨說：「你看，我們的江華沒臉紅，你的小夥子卻臉紅了。」

以後隨著年齡的增大，江華把自己就看成了永革的媳婦，永革也事事處處護著她。

那是文化大革命的前夕，毛主席為了展示他的身體康健，在黨內政治鬥爭中為了用事實說明他完全有能力駕航掌舵，他在長江裏面游了泳，他的這一政治含義極深的舉動，引得全中國的青少年們都到大江大河中去經風雨見世面。

夏日的黃河靜靜地流淌著，一眼望過去水面平平靜靜，有一兩隻野鴨子擦著水面飛來飛去。江華和永革到了一處水勢平緩，水不太深的一個河段，這裏有很多男男女女的同學們在這裏游水嬉戲。

江華剛開始坐在河邊，她看永革和別的同學在黃河裏游來游去。只見永革游著踩水加膀子，這是在黃河裏游泳人的一種特殊技法。黃河浪大風急，若用一般的自由泳，則往往會被水浪嗆了，而用腳踩水在胸脯上，任憑風大浪急，勝似閒庭信步，另外，兩隻胳膊不斷划水，衝浪擊水像魚龍翻滾。

永革踩著水喊道：「下來吧，和我們一起來游。」

她是多麼想下水啊，可她不願意讓永革看到她這些日子微微凸起的胸脯。不知為什麼她看到這段時間她的兩個乳頭突了起來，而且上面還有了淡淡的紅暈，她的心裏就砰砰直跳。

永革喊著說：「你不下來，我要拉你下水了啊。」

她多麼也想到水裏去呀，她對永革說：「你先轉過去，不許看我。」

永革就轉過身往前遊去。

她趁此機會迅速脫下了上面的衣裳，下面她早已穿好了游泳衣，她像一條魚兒一樣鑽進了水裏。

她往永革望去，永革還不敢轉過來，她喊道：「轉過來吧。」

永革回過頭朝她笑了笑，然後一個猛子潛水遊到了她的跟前。

永革說：「我教你游吧。」說著，他給江華做了幾個姿式。

江華學著永革的樣子一游，腳下一滑就站不起來了。她兩隻手撲騰著，嘴裏喝了幾口水，永革就拍著手笑了起來。

然而，不知為什麼那麼淺的水，江華腳下就是站不穩。

永革看到這個樣子，趕快伸出胳膊把她攔到了懷裏。

就是這一攔，永革的手觸到了江華高高聳起的乳房上，江華心裏猛得一驚，全身好像觸了電一樣，她一下抱住了永革的頭。

這是她與永革最近的一次接觸，一個男人的手撫摸了她。這個男人就是她心裏最愛的一位青梅竹馬的兄弟。她聽過這樣一首歌：如果世界上真的需要詩意，人類的希望已將它孕育。如果生活裏真需要親愛，美好的歌聲已將它凝聚。你走進我，我走近你，展開雙臂擁抱，擁抱在一起。你走近我，我走近你，心與心相互祝福，沒有距離，沒有距離。你走近我，我走近你，展開雙臂擁抱，擁抱在一起。

但是，她只是在夢中和永革擁抱過，再沒有過更緊密的接觸，因為他們把愛都裝在了各自的心裏。永革曾對她說過，我從靈魂深處愛你，我願意把生命交給你，由你接受多少就多少。當初是這樣，將來也決不改變。

然而，這一切卻如過眼雲煙，怎麼今日裏兩人卻如仇敵般拉開了這麼大的距離。她想對永革說，讓我們和原來一樣吧，我們可以共同對敵，團結起來去打倒劉少奇和鄧小平，打倒資產階級，去爭取文化大革命的勝利。

可她是瞭解永革的，永革是想證明他的正確，證明他是一個男子漢，證明他會取得勝利。此時，她對井岡山的作法也有些後悔，為什麼要刺激他們，為什麼要爭那個高低。但在井岡山，很多地方是不完全由著她的，年輕人們爭強好勝是他們的天性。

江華又去了永革家，永革的媽媽一見江華，一把將她拉到了懷裏。

「楊叔叔好！田阿姨好！」

「好，快坐下。」田恬一邊讓著江華，一邊大聲喊永革，「永革，江華來了。」

永革吊著個臉走了出來，說道：「你來了？」

田恬看兒子的臉色，心裏就很生氣，說道：「怎麼了？兩人又鬧矛盾了。」

江華說：「阿姨，沒有。」

這時，就聽見楊毅在裏間喊道：「你就別管孩子們的事了，孩子們的事讓他們自己去解決。」

江華隨永革進入永革的房間。永革的房子裏牆上貼著毛主席畫像，桌子上擺著毛主席的石膏雕塑，床頭上也是毛主席的有機玻璃像，窗子玻璃上和門上也噴著毛主席的頭像和一個個紅彤彤的「忠」字。

江華看他桌子上有幾個毛主席像章，大的有碟子般大，小的只有一個小拇指頭蛋大小，她就隨手拿了一個看了起來。這是一個用造飛機的不銹鋼做的，非常精緻，江華從上下左右看了起來，她感覺這個像章做得很別緻，有一種立體感。

永革說：「你要是喜歡我就送給你。」

江華笑了笑說：「真的？那我就要了。」

江華本想和永革談一下這段時間井岡山與八•一八的矛盾，可一說就讓永革給岔了開來。

江華看永革這個樣子，心裏就很難受。她想，永革怎麼變成了這樣，她說：「我走了。」說著她就把那枚像章放到了桌子上。

永革說：「你怎麼把像章放下了，不要了嗎？」

江華沒有吭聲，徑直往外走去。

田恬看江華要走，說道：「江華，怎麼還沒坐就走呀？」

江華說道：「楊叔、田姨你們坐，我沒啥要緊事。」

永革把江華一直送到了門外，江華說：「再別送了，再見。」說著，她頭也不回一直往家裏走去。

在轟轟烈烈的批判劉少奇、鄧小平的浪潮一浪高過一浪的時候，八•一八紅衛兵戰鬥團又率先貼出了「打倒陶鑄！」「打倒劉、鄧、陶！」的大幅標語。

永革的父親現在是省委書記兼省軍區政委，所以，永革消息靈、反應快，每次都是八•一八的同學們首先行動之後，井岡山才步其後塵。

然而，這一次卻是井岡山紅衛兵戰鬥隊首先貼出了劉少奇、王光美的女兒劉平平的第二次檢查。

他們把劉平平的檢查用毛筆抄在白紙上，而親自操筆的就是江華。這封檢查貼在學校一進大門的左邊牆上，字跡清秀，給人一種非常舒展的感覺。

果然這個劉平平的第二次檢查被井岡山紅衛兵貼出後，在師大附中好似扔了一顆原子彈，它「轟隆」地一聲爆炸了，爆炸所引起的衝擊波滾動著、蔓延著，它摧毀著人們血統論的心理防線，震憾著劉少奇原來在人們心目中的形象，也加深了井岡山與八・一八之間的裂痕，更使八・一八的同學們認為江華確實是一個笑裏藏刀、心狠手辣的女人。

江華和永革雖然都是學校文化革命委員會的成員，可他們站在各自一派紅衛兵的立場上進行造反，由於他們對文化大革命的認識不同，所以，每次一方若有一個大的舉動，另外一方馬上認為是針對他們的行動。於八・一八的紅衛兵們看了劉平平的第二次檢查之後，他們想這是井岡山利用反對血統論在搧他們的耳光。於是，他們在劉平平的檢查旁邊寫出大幅標語，「打倒劉少奇！」「老子英雄兒好漢，老子反動兒混蛋，基本如此」。又在井岡山紅衛兵戰鬥隊的門上寫了一幅對聯：左邊是「廟小妖風大」，右邊是「池淺王八多」，橫幅是「一群混蛋」。

井岡山的紅衛兵們見到這幅對聯後，一下跳了起來，他們說：「人不犯我，我不犯人；人若犯我，我必犯人。」他們提上長矛和大刀就要衝出去與八・一八進行戰鬥。

江華的臉也氣得青紫，可她一再告誡自己，要冷靜，此時千萬不能衝動。江華從小媽媽就教育她，對人要寬容，做任何事情都不要做絕，都要給自己留個餘地。所以，當別的人拿上大刀長矛紛紛在她跟前喊叫的時候，她對大家說：「大家冷靜一些，都不要動，我去找楊永革，別讓他們欺人太甚。」

有些同學則唱起了歌曲：

抬頭望見北斗星，
心中想念毛澤東，

想念毛澤東。
黑夜裏想你有方向，
迷路時想你心裏明，
迷路時想你心裏明。
……

井岡山和八・一八的紅衛兵當遇到困難時，他們都來唱歌，這些歌悠揚動聽、感情真摯，可以排泄他們胸中的鬱悶，讓人們暫時忘記心中的煩惱，所以，他們都從歌聲中求得力量，鼓起大家的信心和勇氣。

江華到了八・一八的門口，八・一八的人早有風聞，他們也個個提著大刀長矛。江華去後，一個人過來擋住了她的路說道：「江大隊長，你找誰呀？」

江華想到，這些同學原來與自己關係都是很密切的，對自己也是很尊重的，今日裏怎麼都成了這個樣子。

江華把擋她的那人的手一撥，把頭髮一揚然後說道：「我找你們的楊團長。」

「楊團長不在。」還是那個同學說道。

「我看到底在不在。」江華高聲說著，直往裏面闖去。

永革果然在裏間的一個桌子上斜躺著。八・一八的總部裏，擺著兩個桌子，七八個椅子，此時，桌子和椅子胡亂地擺放著，上面橫七豎八地坐著幾個十七八歲的紅衛兵。

永革本想把江華擋在門外，沒想到她卻闖了進來。於是，他一下坐了起來說道：「你來了？」

江華本來憋著一肚子的氣，可見了永革，一肚子的氣就消了一半。她找了一把椅子坐下說道：「怎麼了？我們井岡山又把你們的哪根筋傷著了，寫那麼惡毒的對聯罵我們。」

永革此時也感到理虧，說道：「都是幾個不懂事的初一同學幹的。」
江華也沒追問是誰幹的，而說道：「你們才從井岡山出來幾天，都是一家人嘛，何必一個把一個恨不得掐死呢。」
永革說：「我真不知道，到底他們寫了些什麼呀？」
江華知道永革在明知故問，她也不挑明，只是說道：「大敵當前，黨內外階級鬥爭如此激烈的時候，我們不去深批劉少奇、鄧小平和陶鑄這些妄圖復辟資本主義的走資派，卻要破壞井岡山和八・一八的團結。」
永革說：「到底是什麼事嘛？我們只知道你們貼出了劉平平的檢查，來影射說我們搞血統論。江華既然你今天來了，我就把話挑明，江山是我們的老子們用鮮血和生命換來的，所以，這江山就該我們坐，你不應該站在那些狗崽子的立場上，對我們說三道四。我還是這個觀點：老子英雄兒好漢，老子反動兒混蛋，基本如此。只有堅持這個觀點，才能使狗崽子們分化，最大限度地孤立和打擊敵人。」
「我們井岡山的門上的對聯是怎麼回事？」
「我不是對你說了嘛，幾個初一的同學寫的，到底寫了些什麼我們都不知道。」說著，永革對跟前幾個人問道：「你們知不知道？」
「不知道——。」跟前幾個人把聲音拖得很長，然後故意問道：「我們咋能知道呢。寫了個啥呀？」
「你讓人把我們井岡山門上的對聯撕了。」江華說道。
此時，一個人站起說道：「楊團長，就不撕，看他們把我們給吃了。」
永革沒有吭聲。他是在想，八・一八做得確實有點過分，另一方面，他雖然與江華有矛盾，可他從心底裏是深深愛著江華的。雖然，他時時克制自己，不讓這種小資產思想冒出來，可他一見了江華，這種愛慕之情就抑制不住了。那天，江華去他家，他就感覺到，人生的感情歷程，隱隱約約地閃爍在生命的一隅，像一片片悠悠的白雲，舒緩地飄著，像微微啟開的蓮，一瓣一瓣地綻開，照耀著他的心房，溫暖著他的人生，使他情不自禁地感懷生命中曾經有過的那一份喜悅，那一份感奮。

但他時時提醒自己，不能以小資產階級的感情去代替革命事業中的大是大非。

他站了起來，他看見江華有些瘦了，可那瓜子臉還是那麼清秀端莊，兩個毛茸茸的大眼睛緊緊盯著他。這雙憂鬱的眼睛撲朔迷離，黑而細長的眉毛彎彎的，就是在生氣的時候她那一雙勾魂兒似的眼睛仍然笑著，讓他無所適從，像一個無形的精靈鑽進了他的心房，讓他乖乖地服帖。

他說：「我去撕。」

永革從桌子上下來，高大的身體又立了起來，他把黃軍帽下邊大腦袋上吊著的曲捲的頭髮用手抿了抿。他一搖一晃地去了。他在井岡山紅衛兵們的怒視下，撕去了「廟小妖風大，池淺王八多」的對聯，他把「一群混蛋」的橫幅撕下後，揉成個團裝上就走了。

江華從永革這些細微的動作中，又看到了一個男子漢那種果敢堅定和勇於改正錯誤的作風。

江華想，永革他們若要和自己一條心就好了，如果那樣，她就不怕世界上任何妖魔鬼怪和艱難險阻，任何困難和挫折都不會壓彎她的脊梁骨。

「到裏邊坐一會。」江華對永革說道。

永革衝著江華笑了笑，他笑得很不自然，說道：「不了。」

永革走後，江華想，中共中央、國務院已聯合發出通知，宣布停止長途步行串連，要仍在進行串連的師生立即返回學校，參加文化大革命。並且通知從三月一日起，中學生停止串連，一邊上課，一邊鬧革命，分期分批地進行軍政訓練，她想，也該讓同學們安靜一下了。前一段時間，同學們到全國各地大串連，學校裏冷冷清清，只有那些被揪出來的牛鬼蛇神們一天到晚在校園裏勞動改造，這樣下去學校的鬥、批、改怎麼去搞。

江華回到家裏後，看到媽媽的眼圈紅紅的，她想，媽媽這些日子怎麼一直心神不寧，好像有什麼心事，她到底為了什麼？

江華問道：「媽媽你怎麼了？我怎麼看你這段時間老是唉聲歎氣的，是不是哪裏不舒服。」

「沒有。」鄒靜望著江華笑了一下。

江華的媽媽鄒靜，雖然是四十歲過的人了，可人收拾得總是那麼精神。她留著短髮，穿著一件粉紅色的毛衣，筆挺的藍布褲子，毛衣上經常套著一件咖啡色的短大衣，衣裳雖然舊了點，可她總洗得那麼清爽乾淨，給人一種整潔痲利的感覺。

「江華，給媽媽說說你們學校的事情。」江華每次與鄒靜見面，鄒靜都是這一句話。當江華說他們學校事情的時候，鄒靜聽得非常仔細，她唯恐漏掉一個小小的細節。

江華早已對媽媽關心師大附中的好奇產生過懷疑。尤其自文化大革命以來，媽媽好像丟了魂兒一般，一會兒問他們學校裏今天批鬥了誰，怎麼說的。一會兒又問打了人沒有，打得怎麼樣？

江華有一天實在忍不住了，她問道：「媽媽，你怎麼對張繼東那個老右派特別關心。」

「不要胡說。媽媽原先早就認識你們的張老師。」

「他不是我們的老師，他是反黨反社會主義的右派分子。」

「右派分子怎麼了？你小娃娃不知道，那時候動員著讓人給黨提意見，不就是說了幾句實話嘛。」

「媽媽你怎麼能這麼說呢？毛主席教導我們說，『在拿槍的敵人被消滅以後，不拿槍的敵人依然存在，他們必然要和我們作拼死的鬥爭，我們決不可以輕視這些敵人。如果我們現在不是這樣提出問題和認識問題，我們就要犯極大的錯誤。』你不能被這個右派分子的假象所迷惑，另外，你如果站在這個右派分子方面，你就是反革命派了。」

「媽媽沒有胡說，你可不能讓同學們去打張老師。」

「媽——」江華看媽媽的眼淚流了下來，她再沒吭聲。

鄒靜哭了，她後悔當年不該寫那封檢舉材料揭發他。她那時怎麼那麼傻呀，為了給黨交心，她把繼東平時對自己說得心裏話，全交給了黨組織。現在想起來，是她把繼東推向了火坑。

張繼東那時在下面對鄒靜悄悄說，一個反胡風運動把愛好文學的青年都打成了胡風分子，一個肅反運動把家庭出身不好，有點怨言的人全打成了反革命。在單位上用人，不看你的能力大小，而首先看你是不是共產黨員，這些做法比國民黨還要獨裁。

張繼東的這些話本是看到一些不正常的現象後，因為相信她，所以才在她跟前隨便說了的，可她卻在五七年反右時，為了表示對黨的忠心在給黨交心的時候，把這一切寫成了揭發材料交到了當時的反右運動辦公室。

她想，我這一輩子不得安心了。我怎麼那般自私，那麼毒辣，那樣的兩面三刀。是我先背叛了他，嫁給了那個冷若冰霜的江少波。雖然，沒過一個月，江少波就被國民黨槍斃了。可是，江少波在我的記憶裏已化為模糊的一團雲，可我的心上始終忘不了他。是我在運動中的那封揭發材料落井下石把繼東害得戴了右派分子的帽子，讓他一個四十多歲的男人至今還孤身一人。她記得那些日子裏，組織上給她做工作，給她布置任務，讓她負責去挖出張繼東這個大右派，她是按照組織上的指示去做的。但她現在後悔了，她後悔自己的無情無義，後悔自己的卑鄙無恥。

第十二回

鄒靜想起了她和張繼東相愛後，張繼東領她去他家的一段經歷。

那時候去他家是坐馬車去的。一路上他握著她的手，她依在他的肩膀上，心想，這寬厚的膀子是我的依靠，我這一輩子看來要全交給這個人了。走的都是山路，山路崎嶇，九拐十八彎，可她能聽見他的心跳。她往馬車外面看了一眼，山路兩邊危石突出，好似就要從山上滾砸下來。山上樹木蔥郁，綠柳紅花，鳥兒唧唧喳喳在樹梢上奔奔跳跳，叫得她心花怒放。

第一天路程走得快，他們說說笑笑倒也順當。

第二天，他們從一個小旅店出發，旅店的女主人悄悄對他們說，這幾天路上很不清靜，你們就別走小路了，走大路穩當些。繼東想了一陣後，還是吩咐走原路。

繼東不願意改道是有原因的。他想這路從小到大走過多少回了，在南京上學後，每次回家都是走的這條路，也從來沒遇到過土匪。所以，他謝過店主人的好意，就催促大家踏上了回家的山路。然而，大家心裏總是懸乎乎的，一個個繃著臉，誰也不說話，急急忙忙往前趕路。走到晌午時節，遠遠望去只見一個隘口，繼東知道這個地方叫半邊山，再往前走就是一馬平川了。

繼東讓大家歇了下來，鄒靜望著山兩邊的紅樺林，她看見那如火如荼的一片，心裏邊霎時也燃起了一團火，她想，我的一生看來要託付給他了。這時，走得渾身是汗的人們走到峽水邊，將乾饃饃泡到清澈見底的水裏，大口大口地往嘴裏塞。就在人們大吃大嚼的時候，人們忽然聽見山上有人大吼一聲：「都從馬車上下來，用手抱著頭！」鄒靜和繼東還沒有回過神來，只見一群人從樹林中擁上來把他們團團包圍了。為首的一個年輕人，頭戴一頂青緞瓜皮帽，身穿海昌藍布長衫，兩袖長綰，手提短槍，大聲對馬車夫吼道：「跟老子走。」

馬車夫只得按著年輕人指示的方向，把馬車趕進了一片樺樹林裏停了下來，在瓜皮帽的命令下，幾個人將他們押到一條深溝的邊緣，邊罵邊剝他們的衣裳。

鄒靜當時嚇得哭了起來。

土匪罵道：「你哭，老子扔你到峽水裏去見龍王。」

鄒靜被單獨逼在一邊。她的皮箱、金圈子和一支條方形的手錶被搶走了。土匪見她長得漂亮，圍著她邊扒衣裳邊調笑。看著就要扒內衣了，急得她大哭起來。一個年輕土匪罵道：「你嚎啥，等扒光了和你男人抱著一塊嚎。」

繼東當時跳了起來，大叫著就要衝過去。馬車夫將他一把拉著跪了下來。

這時，那個戴瓜皮帽的匪首開腔了：「不要扒，怎麼不懂規矩。」瓜皮帽罵完，一甩手向天上開了兩槍得勝炮，然後領著這夥嘍羅鑽進樹林不見了。

馬車夫雖未被光顧，但跪在旁邊一直打著哆嗦。

整個搶劫時間不到吃一杆葉子煙的工夫，一些男女山民不驚不詫，站得遠遠地看熱鬧。土匪走了以後，山民們圍了上來看。繼東說：「此處不可久留，趕快走。」他又找了一件衣裳，趕快裹在鄒靜的身上，然後將她緊緊地摟在懷裏，順著原路趕快走了回去。原來是土匪把他們的東西搶了個淨光，他們已無法回家了。

這件事鄒靜想起來，她就覺得是個不祥的預兆，不早不遲，不緊不慢，偏偏在這個節骨眼上突然出了這麼個變故。她經常想，她與繼東確實沒有緣份，但她始終忘不掉與繼東的那段美好的時光。每當她憶起那難忘的一刻，她的臉上就會泛起幸福的紅暈。她想，濃烈香醇的愛情美酒，是會經得起時間考驗的，它能持久地醉著人的心田。

她記得就是這次與繼東返回上海後，江少波找了她，給她分析了當時的形勢，讓她必須找一個黨的人，不能因為立場錯了而貽誤終身。她是聽黨的話的人，她在人生的關鍵時刻都是按照黨的指示去做事的，可也正是因為這樣她失去了自己最最心愛的繼東。

她經常站在窗前月下，心中暗暗說道，我要摘下圓月中那金桂新枝，編織一個相思的夢，遙寄給你。讓思念，乘著月光的翅膀，溢滿你的窗口，向你傾訴，向你低吟幾首我的小詩。

然而，這一切都成了一種苦戀，成了一種痛苦的相思。繼東他成了人民的敵人，她不敢去面對他，她不敢再去聽他幽默風趣的侃侃而談。

有很多好心的人都給鄒靜介紹對象，可她心中始終抹不去那個人的影子。此時她才知道，真正的愛情好像健康，失去時，才知道它的珍貴。

鄒靜白天忙著廣播電臺裏的事情，這時，除過不斷宣傳黨的社論以外，還要宣傳報導各單位鬥批改的情況。然而，到了晚上她則在一種自責、內疚、痛苦中煎熬著那漫長的黑夜。五七年，組織上給她做工作，讓她揭發張繼東，她沒有想到就是因為她的那封揭發信件，竟然會給繼東帶來那麼大的痛苦和災難。

她恨那個給她做工作的人，口蜜腹劍。那個人對她說，這次運動是言者無罪聞者足戒，說出來有利於革命有利於黨，也有利於自己，等於自己給自己卸包袱。她想，自己當時怎麼那麼幼稚，竟然聽信了那一套謊言。

她想用自己的行動來彌補過去的失誤，然而，一切都晚了，她落井下石的揭發沉重地砸到了繼東身上，讓繼東徹底絕望了。她知道世界上有些事情是無法再去挽回的。

這些日子當她簽發一些大批判文章，報導一些社論的時候，她就會感到這次運動和以往任何運動都不一樣，急風暴雨狂掃世界，讓人無法預測今後到底會發生什麼。形勢一天比一天緊張，運動一浪高過一浪，人們就像暴風雨中大海上面的一片樹葉上下起伏，像繼東這些牛鬼蛇神在這場革命的浪濤中更是在風口浪尖上，隨時都有被大浪覆沒的危險。當然，文化大革命主要是整黨內走資本主義道路的當權派，可像繼東這樣的右派分子永遠是無產階級專政的階級敵人。

鄒靜從來就沒有懷疑過黨，她相信黨和毛主席的每一步做法都是完全正確的，就是應該加強無產階級專政，就是應該反修防修。她認為總的來說運動的大方向是正確的，但對於繼東，她卻認為是冤枉的，是她害了他，他不應該是右派分子。因為，她瞭解他，在上大學的時候，繼東每次來談的都是當時的形勢，他反對國民黨蔣介石的獨裁專制和腐敗，渴望共產黨統治中國以後的民主自由。所以，當時她給江少波說過，她想發展繼東參加中國共產黨。可是，江少波心裏早已想佔有她了，他不允許一個和他來爭奪女人的人在共產黨內出現。

繼東在與她沒有去成老家以後，國內的形勢發生了急驟的變化，國民黨兵敗如山倒，他那段時間與同學們探討國家大事，指點江山，他恨不得也投入到那場轟轟烈烈的大變革中去。後來他按照他父親的安排去了美國，美國有那麼好的待遇要挽留他，可是他最後毅然回到了大陸。她想，這樣的人怎麼能是右派，他怎麼會去反對社會主義和反對共產黨呢？

江華這些日子心裏沉甸甸的，總覺得有什麼事情要發生了。當永革砸了嶽秀山的廟，成立了八·一八紅衛兵戰鬥團之後，抄家、砸公檢法、打殺牛鬼蛇神，這些做法江華感到太過火了，可是，她對照報紙上和《紅旗》雜誌的宣傳又覺得黨和毛主席是支持這樣幹的。江華每次遇到一些不解的問題，她都要從毛主席著作和報紙、雜誌上尋找答案，找來找去，又覺得永革他們是按照毛主席的指示去做的，於是，她開始自責，開始彷徨，難道是自己錯了？永革那天撕了井岡山門上的對聯，八・一八與井岡山暫時的矛盾得到了緩解，可她總覺得她與永革離得越來越遠了。八・一八的紅衛兵攻擊他們井岡山是保皇派，而他們井岡山的紅衛兵則說八・一八搞得這一切都是為了撈稻草。

江華這個人，從來不讓人看見她也有苦悶沮喪的時候，就是在她媽媽跟前，她也總是裝得若無其事。所以，她媽媽每天只看見女兒又說又笑，又奔又跳，一直沒有發現她心裏痛苦的一面。她被工作組批判鬥爭的那些日子，每日裏不僅遭受打罵和誣陷，還要逼她每天寫幾千字的交待材料，就在那些日子裏，媽媽只知道她被揪了出來，而不清楚她在遭受著人們無法想像的非人折磨。就連她曾經自殺過的這件事情，只有永革知道，她也瞞過了整日忙忙碌碌的媽媽。

江華挨過打，受過別人的造謠誣陷，所以她想，抄家打人難道就是革命就是造反嗎？打死了那麼多人，毀掉了一個一個的家庭，難道這樣就能解放全人類嗎？她曾多少次勸說過永革，永革不但聽不進去，還說她這是小資產階級的思想在作怪，說她對資產階級的仁慈，就是對無產階級的殘忍犯罪。她於是就去看毛主席的書，去看當前的報紙，然而她對照以後覺得總是自己的錯，可她又始終認為自己是正確的。於是，現實與心靈的矛盾就像一把錐子扎著她的心。

她一個人待在房子裏的時候就覺得自己是一個孤苦伶仃的人了，這世界沒有一個人能夠理解自己，而現在就連自己最心愛的人也在疏遠她。她多麼渴望有一個親人來安撫她，能讓她抱住了痛痛快快地大哭一場。而媽媽總是那麼忙，從電臺回來吃完飯倒頭就睡。

她問媽媽：「媽媽，爸爸在世的時候愛你嗎？」

鄒靜此時就顯得有些慌亂，她說：「你爸爸他很愛我。」

「爸爸和你有共同的語言嗎？」江華繼續問道。

鄒靜知道，江華曾經問過江少波是什麼文化程度，鄒靜說是小學畢業，所以，江華以後曾經多次這樣問過她。此時，鄒靜的眼前就會出現張繼東。可是，張繼東已經成了人民的敵人，越想忘掉他，他的影子越在她的眼前晃動。鄒靜多麼想痛痛快快地大哭一場，讓思念的痛苦從眼裏流過，她感覺到，張繼東才是一個真正的男人。

江華聽媽媽說，一個人做人要本分，做事要合理，任何時候不要把事做得太絕。所以，她認為永革太過分了，八・一八太過分了，給自己朝夕相處的同學戴上狗崽子的黑牌子批判鬥爭，使得師大附中最近又有七個同學自殺了。黨不是一再教育我們家庭出身是不由自己選擇的，而道路是自己選擇的嘛，而事實為什麼與說得完全不一樣呢，一切問題都要看家庭出身，若一個人出身在剝削階級家庭，或家中若有一個親屬是地富反壞右，這個家庭將祖祖輩輩背上這個黑鍋。她想，我雖然是一個烈士子女，可我認為「鬼見愁」對聯有明顯的錯誤，它的錯誤在於認為家庭影響超過了社會影響，看不到社會影響的決定性作用。說穿了，它只承認老子的影響，認為老子超過了一切。

江華曾經勸說過那些從井岡山到八・一八的戰友們，千萬要注意政策和策略，然而，她的勸說太無力了，《人民日報》發表社論《向我們的紅衛兵致敬》，就高度讚揚了永革他們的那種敢闖、敢幹、敢鬥的急先鋒精神，相比之下自己則顯得保守了，落後了，無怪乎八・一八罵他們是保皇派。

江華這天睡了個好覺，她起來的第一件事就是向毛主席他老人家進行請示。

她整了整身上的黃軍裝，紮好皮帶，戴上黃軍帽，然後將毛主席像章端端正正地戴在胸前。她在毛主席塑像前兩腳併攏，右手舉起紅彤彤的毛主席語錄，然後高聲說道：「敬愛的毛主席和林副主席，今天我代表井岡山紅衛兵戰鬥隊的全體成員，向您老人家和林副主席請示今天的工作，並進行保證：我們一定聽您老人家的話，努力按照您老人家的指示辦事。我們一定要像孫悟空一樣，高高舉起馬列主義、毛澤東思想的千鈞棒，去向資產階級黑幫、反動學術權威猛烈開火，我們也遵照您老人家的教導，嚴格區分兩類不同性質的矛盾，團結一切可以團結的力量向舊世界宣戰。今天，我們要繼續批判走資本主義道路的當權派薛飛，要批判右派分子張繼東，為了分化瓦解敵人，我們要讓敵人之間互相揭發，從而將隱藏得很深的反革命分子挖出來。以上是我的請示，若有出入，晚上彙報時我再進行詳細補充。

最後，我敬祝偉大的領袖、偉大的導師、偉大的統帥、偉大的舵手毛主席萬壽無疆！萬壽無疆！敬祝我們的林副主席身體健康！永遠健康！永遠健康！」

早請示做完，江華又唱起了《大海航行靠舵手》。江華遺傳了她媽媽唱歌的天賦，生來就有一個好嗓子，而且她生性活潑，喜歡跳舞唱歌，所以，她將這首歌唱得那麼優美動聽。

江華的瀏海兒從軍帽檐下垂在前額，她黑黑的睫毛一閃一閃的，豐滿的胸脯和青春的臉龐此時顯得格外美麗。她一邊唱，一邊跳，一隻手上拿著毛主席語錄，另一隻手上提著一把木刀，體態輕盈，丰姿綽約，把個忠字舞跳得似穆桂英掛帥就要出征。

江華的媽媽鄒靜就喜愛跳舞，在江華很小的時候，她就教江華學習舞蹈，所以，江華在學校裏經常在舞臺上演出。可自江華從記事起，媽媽經常唱得都是一些帶有傷感情緒的歌曲，尤其媽媽喜歡唱《松花江上》。她不明白媽媽為什麼要唱這樣一些生離死別的曲子，她也不知道媽媽在抒發怎樣的一種情緒。

江華心想，年紀輕輕的媽媽如今已完全成了一個中年家庭婦女，她心裏只有孩子，她為什麼不再找一個男人呢？

江華有一天問媽媽，「媽媽，我爸爸他長什麼樣子。」

鄒靜說：「你爸爸高鼻樑大眼睛，戴著深度的一個黃邊眼鏡。」

「你不是說他只有小學文化程度嗎？」江華疑惑地問道。

江少波實際上就是小學文化程度，長得很瘦，且有一雙永遠看不透的眼睛，但鄒靜不知為什麼卻說出了這樣的話來。

由於鄒靜經常這樣說，所以，在江華的印象裏，爸爸是一個有學問有知識的人，高高的個子，臉上稜角分明。她的這一印象，在她被關在地下室裏的有一天，突然展現在了她的眼前。

那是工人民兵進校的第三天，校園裏人人自危，壓抑沉悶的空氣讓人時時感到心煩，且讓人有一種透不過氣來的感覺。江華和一些反革命和右派老師同學被押到了學校的禮堂。江華勾著頭，脖子上掛著「現行反革命分子江華」的大牌子，天氣悶熱得讓江華身上大汗淋漓，頭上滲出一滴滴豆大的汗珠。這時，禮堂外面還是火辣辣的太陽，黃色的土地好似要被曬得冒出了火，校園裏的人都到禮堂來了，路上幾乎沒有一個人在走動。

江華當時感到禮堂搖了起來，眼前的人也晃了起來，耳朵裏盡是轟隆隆的雷聲，她眼前一黑就軟軟地倒在了地上。這時，整個禮堂裏的人都瞪著眼睛望著她，只有一個人過去把她抱在了懷裏。

當她睜開眼睛，她聽見了一個人的聲音：「孩子，你醒醒。孩子，你醒醒呀——。」她在迷惘中突然感到這聲音怎麼這樣熟悉，這個人怎麼這樣像她的爸爸。然而，當她再細細看的時候，那個人胸前掛著「右派分子」的牌子，原來這人是張繼東。她在那人的懷裏掙扎了一下，將眼睛閉了起來，她奇怪自己夢中的爸爸怎麼和這人長得一模一樣。然而，從小受的教育很快讓她就把這種想法否定了。那是一個右派分子，那是一個不齒於人類的狗屎堆，他怎麼能配當我的爸爸呢？「右派，右派，是個老妖怪」，自己從小唱得這個歌曲，說明右派是一些青面獠牙的反黨反社會主義分子。想到這裏，她掙扎著站了起來，嘴裏大聲喊道：「打倒右派分子張繼東！」她的這一切動作是本能的，是那麼連貫，因為，她從小受黨的教育，地富反壞右是她心目中的仇敵，她見到這些人不知怎麼就會自然地產生一種仇恨。

然而，這一次感覺卻讓她非常奇怪，也讓她聯想到了媽媽為什麼那麼關心他們學校的事情，每當她說起張繼東，媽媽就會仔細地捕捉她嘴裏每一個字句，然後臉上泛出一層淡淡的紅暈。她想，我爸爸是烈士，怎麼能和右派分子張繼東掛起鉤來呢？但是，這樣的想法以後一直衝擊著她，讓她迷惘，令她困惑。她想，媽媽為什麼至今不再結婚？張繼東為什麼現在還孤身一人？她以後細細地觀察了張繼東，這確實是一個美男子，一米八的個頭，稜角分明的臉上鼻子很高，兩隻眼睛又黑又亮，見了她時總有一種慈愛的目光。難道這個右派真和自己有關係，假若真是那樣，媽媽她在這個世界上再怎樣生活？不會的，再不要胡思亂想，我爸爸是革命烈士，他是為革命被敵人殺害的。然而，她的腦海裏始終擺脫不了張繼東的影子，當別人打他罵他時，她就有一種說不出來的憐憫。

江華有時候罵自己，怎麼竟將自己與張繼東連在一起了，難道真是讓永革說中了，自己血管裏淌得就是右派的血，天生的右傾機會主義。她不清楚右派和右傾有什麼區別，但一個右字她就可以肯定都是與人民為敵的反動派。

第十三回

師大附中進行早請示晚彙報後，又有八個人被打成了現行反革命。這八個人中有三個學生、四個老師，還有一個是原來的右派分子張繼東。這幾個人揪出來的原因是，人們每天早上向毛主席請示，每天晚上向毛主席彙報後，他們就在下面與自己的朋友和同學悄悄議論，談一些他們對早請示和晚彙報的看法，而這種看法卻被他們的朋友和同學給揭發了。張繼東是一個虔誠的基督教徒，每天和牛鬼們跪在地上做完早請罪，晚交代，就會使他想起在教堂裏的情景。有一次，他在做完晚交代時，大罵自己是黑腸子、黑心、黑肝、黑肺，罵著罵著就隨口說了一句，這晚交代怎麼這樣像禮拜堂裏的祈禱。他是小聲一個人自言自語說的，沒想到這話被跟前一個牛鬼老師聽見了，這個牛鬼老師如獲至寶趕快向專政組的人們揭發了這件事情。正好這兩天也有幾個老師和學生說了同樣的話，這一下就全成了反革命分子，而張繼東又是右派加現行反革命問題，更是罪上加罪，馬上拉去就被吊在了樑上。

張繼東的兩隻胳膊被繩子捆住，然後將其吊了起來，幾個專政組的人就用皮帶在他的身上抽了起來。

「張繼東，你這狗日的反動透頂，從外黑到了骨子裏。」專政組長咬著牙說道。

「我不是故意說的，我沒什麼反動意思。」張繼東疼得頭上滴著汗珠子。

「再讓你嘴強，再讓你嘴強。」專政組長是不願意聽到牛鬼們辯解的，他說什麼，牛鬼們或是承認、或是不吭聲，他則會自己慢慢地消了氣，若是有人頂嘴與其辯解，他則會越發生氣。然而，張繼東卻是一個不願意人們隨意將其誣陷的，有則承認，沒有，他則要進行解釋，這就惹得專政組長暴跳如雷了。

專政組長將爐子上的開水壺一下提了起來，他走到了張繼東的跟前。

張繼東一看專政組長提著開水壺，他渾身就打起了哆嗦，他說道：「我老實交待，我老實交待。」

專政組長就說：「你說這話的反動動機是什麼？你為什麼對早請示晚彙報這麼仇恨？」

「我老實交待。我仇恨早請示晚彙報，我的動機就是為了反對早請示晚彙報。我為什麼仇恨早請示晚彙報呢？因為我是右派分子，我的反動本質決定我看到早請示晚彙報，我的心裏就自然地生出一種仇恨的情緒。希望領導和各位革命造反派把我這泡狗屎批倒批臭，讓它化成肥料。」張繼東趕快把自己說成了一堆不齒於人類的狗屎堆。

張繼東的交待讓專政組長聽了後臉上露出了一絲得意的微笑，可是，另外幾個人聽後卻感到了更大的憤怒。

幾個人衝上來又用皮帶抽起了張繼東，人們喊道：「打死這個反革命右派，打死這個反革命右派。」

一個人接過水壺就往張繼東的頭上澆起了開水，張繼東疼得身子搖著晃了起來，不是在繩子上吊著，他可能已從地上騰空而起了。張繼東大聲喊叫著，這聲音聽起來那麼恐怖，好似不是從人的嗓子眼裏出來的，人們聽到這聲音頭髮一下立了起來。

專政組長笑著說道：「你也知道疼的滋味了，不讓你皮肉疼痛，就觸及不了你的靈魂。」說著，他從那個人手裏一把搶過開水壺來，扔到了地上。

其他揪出來的幾個反革命，見了這個場面就被嚇壞了，都跪了下來說道：「我坦白，我交待。」

專政組長就說：「看見了吧，只有老老實實低頭認罪，才是你們唯一的出路，否則死路一條。」

幾個人就把頭磕在了地上說道：「我們一定老老實實坦白交待。」

「那好，把你們反對早請示晚彙報的動機、目的、手段，一件件，一句句，全部寫成材料交上來。」專政組長說道。

此時，張繼東被從樑上放了下來，他的頭上、臉上被燙起了水泡，臉紫紅明亮腫得把眼睛瞇了起來。

張繼東痛得把牙齒緊緊地咬在一起，臉上火辣辣地燒，手指和兩條胳膊鑽心的疼，他不敢用手去動自己的頭和臉。

一個學生走過來對著張繼東的臉「呸」地吐了一口痰，厲聲說道：「回你的美國去找你的大鼻子爸爸去吧，還想到這裏來反革命，瞎了你的狗眼。」

張繼東就慢慢地站了起來，他的頭痛得整個兒懵了，腦子裏空白一片，他感到他是熬不下去了。他扶住門框對那個學生說：「同學，我是來建設我們祖國的。」

「別他媽的把自己說得有多偉大，你是個啥貨色誰還不清楚。」

張繼東聽到這話眼淚流了下來，他是在這片土地上吸媽媽的奶長大的，他愛自己的祖國，他愛這片土地上的人民，他就是為了祖國的繁榮強大才冒著生命危險回國的，他當時只有一個目的，就是把他所學的知識報效給親愛的祖國。

他搖搖晃晃地走進了牛棚，牛鬼們此時都坐在了鋪上，都互相不說話，他走到他的那個位置也坐了下來。

這是一個打通的四間房子，地上鋪著草，草上面鋪著牛鬼們自己的床單。由於房子裏睡得人很多，人們就感到擠得很，可誰也不敢有怨言。

張繼東瞇著眼睛，靠在了自己的被子上。薛飛走到他的跟前，把缸子裏的水遞給了他。

他擺了擺手，向薛飛點了點頭。

薛飛說：「老張，喝點水吧。」

張繼東搖了搖頭。他心想，薛飛怎麼能給我這樣一個人倒水呢？是不是黃鼠狼在給雞拜年。

牛棚裏的人們之間一般沒有多少話，因為，他們互相都有一種戒備的心理。不是你揭發我，就是我揭發你，而且，專政組裏的人經常讓他們這些牛鬼們互相打耳光，有時候互相脫下鞋來用鞋底抽打對方的臉蛋，所以，雖是天涯淪落人，但大家不敢交心，不多說話，都互相防著一手。

張繼東實際上將薛飛誤會了。雖然薛飛當書記校長時，見了張繼東就把臉吊得一尺長，不是訓就是罵，可被關進牛棚以後，他對過去的做法也有了一點反思。他想，在肅反、反右時，我響應黨的號召違心地給多少人戴上了帽子，那時候我怎麼眼睛裏全是右派反革命，可自己被別人誣陷之後，他想到一個人給另一個人強加一種罪名，不需要什麼理由，什麼理由都是可以找到的，真是欲加之罪何患無辭。多少年來我們搞得就是左，這個左在今日裏達到了登峰造極的地步，今天自己的遭遇，這是不是就是老天對自己的一種報應。

薛飛從食堂找了點涼水，將張繼東的臉小心地擦洗了一下。

繼東仍然閉著眼睛，他感到這世界冷若冰霜，沒有一點溫情，任何人都是以一種假惺惺的面孔出現，他已經不相信任何人了。

薛飛也不說話了。這裏的人把他看成是一個插在這裏的一個密探，而外面的人則把他看成與張繼東一樣的階級敵人。他想到，歷來的統治者就是讓底下的人互相爭鬥，以夷制夷，挑起矛盾，從中取利，然後他們當好人，來駕馭每一個人。這些統治者最害怕下面的人團結起來，因為下面人越團結一致，就會擰成一股繩來對付他們，就會對他們的統治構成威脅。學校專政組就是這樣做的，他們分而治之，各個擊破，取得了一個又一個勝利。而牛鬼們之間則一天到晚鬧得不可開交，都在積極表現，揭發別人，他們則在牛鬼們的相互揭發中掌握資訊，各個擊破。他們這樣做的結果是，專政組永遠是好人，而牛鬼們則互相之間恨得咬牙切齒了。

薛飛原先在領導師大附中時就是這麼做的，可他今天看到，今天的文化大革命把這一切發揮到了一種極致，讓這種做法產生了意想不到的效果。

田恬被學校揪出來，是在楊毅被打倒的第二天。

這些日子，省委門上從東到西整個兒貼滿了「打倒陶鑄的黑幹將楊毅！」的大幅標語和《揪出陶鑄安插在我省的走資本主義道路的大黑幫楊毅》的大字報。從各廠礦企業和大專院校來的造反派包圍了省委大院，省委裏面的造反派又從裏面將大字報糊得到處都是。外面和裏面的大喇叭都在發出震耳欲聾的聲響，不斷地播誦著，在批判楊毅反革命罪行的過程中，不時地穿插進一些響亮的口號。

然而，楊毅還是每天繞過正門，按時從後門悄悄進去上班。楊毅相信他是正確的，他相信黨對他的工作是認可的。可是，省委門上圍得人水泄不通，人們由靜坐示威，發展到了開始往省委裏面衝擊，他們要求楊毅出來接受群眾的批判鬥爭。

楊毅從一開始就準備出去給群眾進行解釋，可是，省委大多數人說，還是避一避，去了萬一發生不測怎麼辦？但是，楊毅最後還是在警衛員的護送下出去了，他一出去沒等到他說話，幾個膀大腰圓的人衝上去，扭住他的胳膊，將他拉到了體育場進行批判鬥爭。

田恬是在晚上九點鐘才等來被警衛員護送回的楊毅的。此時的楊毅，滿頭滿臉都是血，警衛員說，造反派們壓著給楊毅戴高帽子，讓楊毅給撕了，他的這一舉動惹惱了造反派，才被造反派打成這個樣子的。

田恬一見楊毅滿頭滿臉的血就哭了起來。楊毅把臉一板說道：「哭什麼，老子還沒讓這幫王八蛋整死，哭什麼哭。」田恬於是再不敢哭了。她趕快用清水給楊毅把頭上臉上的血擦洗乾淨，然後塗上藥給包紮好。

田恬守了一夜楊毅。她看到楊毅渾身青一塊紫一塊，頭上裂開了一道血口子，可楊毅只是搖了搖頭，整個晚上咬著牙沒呻喚一聲。

第二天一早，田恬安頓好楊毅，在太陽剛剛升起的時候又來到了八中。田恬是很準時到達學校的，這是她十多年來養成的習慣，她自從調到八中以後，按時起床，按時上班，按時給同學們上課，她每天都是比別人早到半個小時。

這天一進學校，她感到氣氛有點不對勁，幾個人站在往辦公樓去的路邊上，牆上到處寫的是「田恬不投降就叫她滅亡！」「打倒現行反革命特務田恬！」在她的姓名上面都用紅筆打了一個很大的叉。

這種事情田恬見得多了，每天都有老師和學生被揪出來，可她見了給自己寫的這些標語和大字報，還是慌了，她的心開始「砰砰砰」地跳，眼前一黑一亮，頭腦裏一片空白。

她正準備扭頭回去，突然幾個學生跑了過來把田恬的胳膊扭到了身後，不待她明白過來，一把理髮推子在她的頭上胡亂地推了起來，一個寫著「現行反革命特務分子田恬」的牌子就掛在了她的脖子上，並且，牌子上面又吊了一雙學生們早已準備好的破鞋。

田恬平時是很注意衣著打扮的。她中等身材，經常穿著一件被改裝後的旗袍，高跟皮鞋，胸襟上還墜著紅色項珠。她圓圓的臉，眼睛水靈靈的很惹人喜愛。

田恬的這種打扮在八中是一道風景，惹來了很多嫉妒的目光，尤其文化大革命掃蕩一切封資修的大環境中，田恬每日的出現就顯得很扎眼，極不協調。雖然，校園裏不時地有幾張批判她的大字報，然而，由於她省委書記夫人的特殊身份，兒子楊永革又是本市紅衛兵造反頭頭，再加上她我行我素的執拗，所以，誰也拿她沒有辦法。可是，楊毅被打倒了，這一下人們就迫不及待地對她採取了行動。一時間人們對她的嫉妒、不滿、猜忌統統都釋放了出來。

田恬被學生們關進了一間平房裏面。這間平房前後都有窗戶，田恬勾著頭站在裏面就很顯眼。剛開始，學生們擠來擠去像觀賞一隻奇特的動物一樣爬在窗戶上看著她，不知誰先從窗戶裏扔進去了一瓶紅墨水，紅墨水打在牆上，「啪」地一聲爆響，濺出的墨水落在了田恬的臉和身上。這時候，突然聽見一個學生喊了一聲：「打反革命了——」學生們聽到喊聲，紛紛從地上撿起石頭、瓶子往田恬的身上扔了過去。

霎時間，各種東西鋪天蓋地落了下來，田恬抱著頭，不時發出一聲一聲的尖叫。

此時的田恬一臉驚慌，渾身哆嗦，驚恐、疼痛、無奈的眼神不時朝外面望上一眼。這時，八中專政組的幾個學生走了進去，外面扔東西的學生才停了下來。

一個矮胖子學生把一條草繩套在了田恬的脖子上，將田恬從房子裏牽了出來。另外一個學生把掉在地下的那雙破鞋撿起，重新掛在了田恬胸前的那塊牌子前面。

田恬的臉上被抹了黑墨汁，頭髮被推得左一道右一塊，手裏面還提著一個破鑼。剎時間一個光彩耀人的女人就變成了一個青面獠牙的魔鬼。

矮胖學生牽著田恬在前面走，田恬則敲著鑼在後面跟著，嘴裏喊道：「我是反革命特務分子田恬，我是大破鞋老妖精田恬——。」

正在這個時候，學生中開始躁動，只見八中校門裏闖進來了三四十個箍著紅袖章的紅衛兵，手裏拿著木製的步槍，提著砍刀、鐵棒直衝田恬而來。

原來，這是永革帶著師大附中八•一八的紅衛兵殺了過來。他們用刀砍，用鐵棒打，打得八中專政組的一幫人掉頭就跑。

永革抓住矮胖子，一腳把他踢翻在地，用穿著皮鞋的腳就在矮胖子的臉上踏了起來。

田恬看到這種情景，一下抱住了永革，說道：「孩子，你要幹什麼？」

永革說：「媽媽，你不要管，我打死這個兔崽子。」

「不要打了，你要再打就把我打死算了。」田恬抱住永革的腿說道。

永革是個孝子，見媽媽這個樣子，抱住她就大哭了起來。

永革指著那幾個被打倒的八中專政組的幾個學生：「你們知道我是誰嗎？我是師大附中的楊永革。誰要再動我媽一根毫毛，小心我要了他的腦袋。」

那幾個學生早就認識永革，此時都跪了下來，說道：「楊大哥饒命，再不敢了，都怪我們有眼不識泰山。」

永革說：「把你們革委會主任叫來。」

八中革委會主任一會兒就被叫來了，他一過來就抓住永革的手說道：「楊大哥，兄弟們都不知道田老師是你媽媽，望你多多原諒，大人不記小人怪，我們以後一定會照顧好田老師的。」

這個時候，各校的紅衛兵別看在外面橫掃一切牛鬼蛇神，可在裏面互相稱兄道弟，各有山頭。永革早就在嶽秀山打出了名聲，在大街小巷殺出了威風，他的大名早已名揚全市了。但是，田恬做人低調，不太張揚，在八中確實人們不知道她就是永革的母親，所以才發生了剛才那驚心動魄的一幕。

「好，今天我就饒了你們，以後再有半點差錯，可別怪我楊永革心狠手辣了。」

這時，專政組的幾個人趕快端來水，讓田恬洗了臉。田恬被打得鼻青臉腫，而且頭髮被理髮的推子推得亂七八糟，可她此時卻過去抓住幾個被打了的學生的手說道：「孩子，被打疼了吧？」

那幾個學生一見田恬這個樣子，心裏就越發不是滋味，望著她的臉都哭了起來，說：「田老師，對不起你了，我們以後再不做這種事了。」

田恬一看學生們都哭了，不知是個人的冤屈，還是楊毅的傷痛，或是看到這些幼稚的孩子們，她拉住矮胖子的手「嗚嗚嗚」地哭出了聲來，她的嘴唇在顫抖，失聲斷氣地抽泣著，淚水流過她的面頰，鼻涕和口水全流了出來。

永革的鼻子也酸了，跪在地下說道：「媽媽——。」

田恬聽到這話，又抱住永革哭了起來。

八·一八的紅衛兵們趕快過來將田恬扶起，攙扶著慢慢地往家裏走去。

第十四回

張繼東被加上現行反革命的罪行後，鄒靜的心裏越發沉重了。

鄒靜想，一個右派分子的帽子已經壓得繼東抬不起了頭，再加上這個現行反革命的帽子，他可怎麼活呢？

鄒靜於是就想，讓江華和永革能不能將繼東開脫一下，可這話到了嘴邊上她總說不出口來。一來她怕孩子們產生懷疑，二來她怕萬一她與繼東的事被別人知道後，其後果將不堪設想。

但是，她的心裏總是放不下繼東。當她看到省廣播電臺那些牛鬼們勾著頭排著隊的時候，她想繼東是不是也和他們一樣胸前掛著黑牌子，彎著腰走路時大聲喊著「坦白從寬，抗拒從嚴」，他是不是每天早上也在掃地掃院子，晚上又去掏廁所？

鄒靜知道繼東原先是很乾淨的一個男人，他的衣裳筆挺整潔以外，宿舍裏總是收拾得一塵不染，從外面回來他都要用肥皂洗手。另外，繼東經常把頭梳得油光光的，且把皮鞋擦得明淨發亮。所以說，當時他們學校裏的女生見了繼東一面之後，都給她們留下了很深的印象。

鄒靜想，此時的繼東不知在怎樣生活著，她真想去把繼東看一下。可她不敢，決心下了幾十次，可每次要去時又把自己否定了。

這是一個陰沉沉的下午，天很低，雲很厚，到處黑雲密布的沒有一點陽光。鄒靜一個人悄悄去了師大附中，她想在遠處把繼東看一眼後馬上回來。

走到師大附中門口，她又折了回來，萬一讓人發現了怎麼辦？可走回來後，她又被一種深深的思念扯了回去。她想告訴繼東，一定要堅強地活下去，千萬不能走劉向陽的不歸路。可走到學校門口，她又返了回來。這樣走過來走過去的五六次，就引起了人們的注意。

人們都知道她是江華的媽媽，一個學生問她，「阿姨，去找江華嗎？」

「是的。」鄒靜含糊地答道。

說完她又折了回去，當她來回走了幾次後，鄒靜終於下定決心從校門口走了進去。

她本想徑直往江華的教室走去，沒想到剛從一株槐樹跟前走過，幾個牛鬼就迎面走了過來，而且，走在最前面的就是張繼東。

繼東突然的出現，讓鄒靜慌得不知把手放到哪裏。張繼東此時也看見了鄒靜，他抬起頭來猛得站了下來，驚得差點叫出聲來，但是，他馬上把臉背了過去。

鄒靜就是這樣與繼東擦肩而過的。她看見繼東穿著黑棉襖，頭上戴著一頂黑帽子，他明顯的瘦了，滿臉的皺紋，而且臉上有了長長的鬍子。此時的繼東，四十多歲的人，可看起來足有六十歲了。

繼東躬著腰慢慢地離她遠去。鄒靜突然喊了一聲：「繼東。」說著她就往繼東身邊跑去。

可繼東好像沒有聽見，繼續往前走去。她一下擋在了繼東的前面。

「你是誰？」繼東冷漠的眼神讓她打了個哆嗦，推開她就要往前走去。

「我是鄒靜，你不認識我了？」

「鄒靜是誰呀？我不認識。」繼東搖了搖頭輕輕說道。

這時，幾個專政組的人到了他們跟前，其中一個是江華的同班同學，他認識鄒靜。過來叫了一聲「阿姨」。

「怎麼回事？」專政組的人問道。

鄒靜剛要說，繼東說：「沒什麼。我不認識這個女人。」

鄒靜於是趕快改了口，說道：「我認錯人了，把他看成我們的一個鄰居了。」

專政組的一個人說道：「張繼東，只許你規規矩矩，不許你亂說亂動。」

繼東就一個勁地點著頭說：「是。只許規規矩矩，不許亂說亂動。」

鄒靜就順著原路往家走去。她覺得自己太冒失了，今天怎麼這樣衝動，這麼大膽地去來看他，萬一讓人們發現她與繼東以往的關係她將怎麼辦，江華將會怎麼辦。鄒靜是鼓了足夠的勇氣到這裏來的，沒想到繼東對她還是那樣的冷漠。她真想哭。是他對自己的過去不能原諒？還是因為他為了我今日的安全？

回去的路不長，可她卻走了將近一個小時，沒了來時心中激起的那種衝動。鄒靜站在黃河邊上，看著洶湧澎湃的河流，混沌一片，那麼痛苦地在呻吟，那麼沉重地在咆哮，河水揚起一朵朵黃色的浪花，翻騰著，衝撞著，在中央打起一些忽隱忽現的漩渦，正如她此時的心緒，頭腦裏整個兒起了許多雜亂無章的過去。她記得繼東曾經對她說過，我們的相遇，也許是續著一個前世未了的情緣，任何的付出，沒有對錯，更沒有值得與否的考慮。然而，這已成為過去，成了河中那軟弱而單調的水聲，是那麼的深沉而又淒涼。

但是，鄒靜還是感到了一點點慶幸，她到底看見了他，看見了他那雙充滿溫情和智慧的眼睛。此時，她才理解了愛情的真正含義。原來愛情是那樣的美好，她不僅是纏綿的話語和悠揚的歌聲，而且是兩個人的心心相印，這種心與心的交流，尤其在這種患難之中，更顯出了揪心的疼痛。她想，在人生的道路上，誰也難保愛情沒有挫折，沒有坎坷。美好的愛情應有她的真諦，她的格調，她的哲理，她的道德。原來自己把愛情想得那麼神祕，原來愛情不是無邊無涯的夢幻，也不是無休無止的絮語。在患難中愛情竟是那麼的明朗，她是情操、忠誠、專一；更是善良、堅貞、聖潔。

鄒靜想，繼東他在經受著人世間最大的苦難、屈辱、污陷和折磨，他能頂得住嗎？她不能原諒自己，不能原諒自己的自私和無情。她此時才感到，真正的愛情應該做到兩心相融，甘苦與共。但她從繼東的眼睛裏讀懂了一點，那就是好好呵護我們的未來，照顧好我們生命的延續。

鄒靜到家的時候，江華已經早早地到了家裏。江華為媽媽做好了晚餐，她坐在桌子邊上靜靜地等待著媽媽。她聽同學們說媽媽去了師大附中，她知道媽媽肯定是為了那個右派分子張繼東，通過她與永革的事之後，她非常理解媽媽此時的心情。可是，現在的政治形勢這麼嚴峻，媽媽應該注意保護自己。

「媽媽，回來了？」

「回來了。」

「你到哪裏去了？我把飯做好已經好長時間了。」

鄒靜把外衣脫了下來，露出了下面綠色的毛衣，她笑了一下，說：「我的江華長大了，知道疼媽媽了，媽媽今天一定把我女兒的飯多吃一些。」

江華沒有再問鄒靜什麼。她想，一個人認為需要做的事情就是合理的，合理的事情無所謂它的對錯。

鄒靜果然把江華做的飯多吃了一碗，一邊吃一邊說，這飯做得真香。

江華知道媽媽害怕她提起到學校去的一幕，就說：「媽，我再給你盛一碗。」

「飯真香，媽媽已經吃得夠多的了，再要吃，我的肚子就要爆炸了。」鄒靜說著這話，望了一眼江華。她發現女兒這一年來確實長大了，不但她胸部高處高，低處低，已顯出了女人的魅力，而且言談舉止與小時候已經大不一樣了。

她望了一眼自己年輕時的照片，她覺得江華與自己年輕時越來越長得像了，有時候她自己都感到女兒簡直是自己年輕時的翻版。她每當想到這裏心裏就有一種擔心，女兒長得這麼美，是福呢還是一種隱患。

永革做夢也不會想到，他這個始終走在文革前列，從裏到外紅透了的高幹子弟，突然間會淪落為黑幫子女。無情的現實，殘酷的政治，像突然刮過來了一陣凛冽的寒風，讓他不寒而慄。造反，革命，跟著毛主席要殺出一條血路的他，沒想到革命到最後竟然革到自己的頭上來了。自從父親被揪出，被造反派用一些莫須有的罪名打倒之後，他們家同樣遭到了抄家、污陷的遭遇，過去門庭若市的家，此時親戚朋友一個個像躲瘟神般的遠離他們，唯恐他們自己受到牽連，就連周圍的同學也逐漸遠離他而去，昔日那些好友見了他也應付點點頭，顯出明顯的鄙視。

永革把自己反關在房子裏整整三天沒有出門，他越想越納悶，爸爸從小就參加紅軍鬧革命，提著腦袋出生入死，到頭來還成了走資本主義道路的當權派。他瞭解爸爸，爸爸生活儉樸，工作認真，有時候他都覺得爸爸認真的都有些固執，這樣的人怎麼會反黨反社會主義？怎麼會是走資本主義道路的當權派呢？永革感到非常的孤獨，心靈的痛苦一陣陣向他侵襲過來。往日裏家中不是父親的客人，就是母親的好友，還有他的同學在他們家裏來來往往。由於媽媽愛唱歌，家裏總是歌聲不斷，笑聲不絕，而如今個個如驚弓之鳥，唯恐躲避他們不及，都和他們劃清界限，真可謂此一時彼一時呀。

就在永革煩惱苦悶的時候，永革在北京二舅的兒子肖琛找他來了。那晚他們躺在一個床上，談造反，說革命，分析當前的形勢。

肖琛說：「別一天唉聲歎氣的了，我們的老子打了天下，憑什麼讓他們去坐江山。我們革幹子弟現在也有了自己的組織，這就是首都紅衛兵聯合行動委員會，周總理是支持我們的。我們這裏以高幹子弟為核心，都是老紅衛兵，你是我們高幹子弟的一員，我們大家必須聯合起來。」

永革說：「你可別把我往火坑裏推呀，中央文革是毛主席的一個拳頭，聯動和中央文革對著幹，它是不會有好結果的。」

肖琛笑著說道：「中央文革這幫人也他媽的太狂了，我們聯動裏都是最早跟著毛主席造反的，是響噹噹、硬梆梆的紅五類。永革，江青他媽的是什麼貨色，我們還不清楚，當年在上海灘上演賽金花的角色，今天還成了偉大的旗手。我們的老子爬雪山走草地，吃盡了天下的苦，提著腦袋打下了江山，今天卻讓這些耍筆桿子的給一個個打倒了。永革，和我們一起幹，造他們狗日的反。」說著，他從兜裏掏出了一張通告，遞給了永革。

永革一看，這是以中共中央，中共北京市委革幹子弟、國務院、人大常委革幹子弟、中國人民解放軍帥、將、校革幹子弟，中共中央軍委、國防部革幹子弟，十六省省市委革幹部分子弟聯合行動委員會的名義，發布的中央祕字〇〇三，中央、北京黨政軍幹部子弟（女）聯合行動委員會的一個成立時的通告：

中共中央、國務院、人大常委，人民解放軍各軍種、中央軍委、國防部革命幹部子弟聯合行動委員會於一九六六年十月一日於中南海政治局禮堂正式成立。

聯合行動委員在中國共產黨中央委員會的集體領導下工作。

聯合行動委員會在中共中央主席和第一副主席直接指示下工作。

聯合行動委員會在馬列主義的原則精神和中共歷次黨代會的一貫路線指導下工作。

聯合行動委員會的任務：

一、堅決、徹底、全面、乾淨地粉碎中共中央委員會兩個主席幾個委員的左傾機會主義路線，取消一切專制制度，召開中共全國代表大會，選舉中央委員，保證民主集中制在黨的生活中得到堅決的貫徹，保證中央各級黨委，黨員的生命安全。

二、堅決地全力以赴地打倒左傾機會主義路線產生的各種反動造反組織。

三、堅決地肅清中共黨內和國家機關的反黨分子、蔣介石分子、赫魯雪夫分子。

四、鞏固三面紅旗，加強國防，保衛社會主義建設和無產階級專政。

五、保衛黨的各級組織和優秀、忠實、英勇的領導幹部。

組織路線：在中央委員會直接領導下，發展過程如下：

一、第一階段由中共中央、國務院、解放軍、省市委幹部子弟組成；

二、第二階段由基層組織（地委專署與公社）幹部子弟組成；

三、第三階段吸收全國工農兵和出身他種家庭而政治表現好的。同盟軍：包括中國人民解放軍將士，中共黨員，共青團員，工農積極分子。

聯合行動委員會號召各省市革命幹部子弟，在中國共產黨的領導下，忠於馬列主義和一九六〇年以前的毛澤東思想，樹立共產主義世界觀，繼承革命傳統，在各地迅速組織聯合行動委員會。貫徹中央、北京聯合行動委員會的一切行動指示。

聯合行動委員會號召其他地區的成員要無限忠於黨、忠於人民，戒驕戒躁，密切聯繫群眾，貫徹黨的民主集中制……克服資產階級思想意識和黨內左傾機會主義路線的惡劣影響，為黨為人民為共產主義奮鬥到底，直到最後一滴血。

……我們一定要英勇、忠實、幹練、堅貞、艱苦耐心地做好各種工作，迎接大反攻戰機的到來。我們的困難是複雜嚴重的，我們的處境是白色恐怖的，不鬥爭，必滅亡。無數的革命前輩和黨員兄弟被圍攻被拷打被審訊被迫害，許多為共產主義而奮鬥的優秀戰士英勇地就義犧牲了，數以千計的黨的好兒子被監禁、監視和失蹤，看到這些，我們還有什麼不能拿出來啊！人民盼望我們，希望我們粉碎左傾機會主義路線，他們罷工，停電，絕食，請願，為我們做出了優秀的榜樣，我們莊嚴地向全人類和所有的敵人宣告：我們為共產主義奮鬥終生，流鮮血，受迫害有何所懼，我們的事業——馬列主義的事業必然勝利。

永革讀著讀著他的手開始顫抖，他突然明白，左傾機會主義路線就是要打倒父親這樣一些黨的好兒子的罪魁禍首，他胸中湧起了一團熊熊的火焰，年輕、無知、好奇、狂熱、義憤、衝動的情緒讓他產生了強烈的共鳴。他想，這些人連爸爸這麼好的革命了一輩子的人都不放過，對他們殘酷迫害，無情打擊。

他抓住肖琛的手說道：「我參加聯動。」

「好！有種。是我們革命幹部的子弟。」肖琛讓永革填了表。

此時，永革突然想到了江華，把江華也拉進來和我們一塊幹，可他又想，現在到處一片白色恐怖，太危險了，我一個人就行了，萬一有個閃失，讓她一輩子受罪，我心裏也會不安的。

肖琛收起永革填的表，第二天一早就要返回北京。臨走時，肖琛對永革說：「注意保密，不是自己特別相信的人，千萬記著，對誰也不能說。另外，要做好流血犧牲的準備。在學校裏，你還是把八・一八的旗幟繼續高高揚起，別管他們的那一套。」

肖琛走後永革在想，多少日子自己一直還悶在鼓裏，自從文化大革命以來，多少優秀的革命幹部遭到迫害打擊，自己原先還充當這些左傾機會主義分子的打手和急先鋒，今後我一定要設法聯合周圍的一些志同道合的同學去保護這些老幹部，尤其要讓江華和自己一道去阻止這種狂潮的蔓延。

永革想到這裏，匆匆往外走去，他是去找八・一八的同學們，商量下一步如何行動。

出了家門，樓道裏貼滿大字報和標語。永革家的單元門上也糊滿了大字報，只留下了一個小洞，洞的上面寫著：狗洞。

永革知道，這一個單元裏住的全是走資派，走資派是老狗，那麼自己就是狗崽子，狗崽子也是狗。

他從狗洞裏出來，樓上、牆上的大字報鋪天蓋地壓了下來。他望了一眼到處寫的大幅標語：

打倒劉少奇的黑爪牙——楊毅！
火燒走資本主義道路的當權派楊毅！
楊毅不投降，就叫他滅亡！

永革望著這些標語口號笑了笑，從這些標語口號中他看出爸爸沒有多大問題。不論大字報和標語都是一些空洞的口號，不管叫得多麼凶，雷聲大雨點小，說不出多少實質的東西。

永革經過這些日子，他好像從天上掉到了地下，通過他的反思，他好似突然明白了許多道理。他感到聯動通知上寫得多麼好啊！肖琛告訴他，自秦始皇統一六國以後，中國的專制體制一直就沒有變，雖然孫中山推翻了一個滿清皇帝，可中國政壇換湯沒換藥仍然是集權統治，這種集權統治沒有監督和制衡的機制，束縛著人們的大腦，捆綁著人們的手腳，像洪水與猛獸一樣到處肆虐橫行，才造成了對這麼多黨和國家優秀黨員的大誣陷和大迫害。

永革當時聽到肖琛的話時有些心驚膽戰，這不是對毛主席他老人家產生了懷疑嘛。可他一想，事實上就是這樣，大字報上寫著楊毅一貫執行的是劉少奇的修正主義路線，推行的是資本主義的貨色，這種反動路線如果得逞，中國人民將要吃二遍苦，受二茬罪。永革想，父親作為黨的領導幹部，不執行上面的政策和路線怎麼能行嘛。他感到，肖琛沒有來以前，自己心裏一片茫然，而與肖琛的一段長談之後，他心裏已經對當前的形勢有了自己的一些看法。

永革想找江華去談談，這些日子不知為什麼他特別想江華，過去的日子裏，他與江華產生了那麼多的矛盾，現在看起來他覺得很多時候自己怎麼那樣幼稚，多麼的可笑，而且有些時候明明是自己錯了，可他就是不願意承認錯誤，只想用時間將過去的一切抹平，把過去的一切忘掉。

第十五回

薛飛在牛棚裏關的時間，除過張繼東就屬他長了。工作組一撤走，他和劉向陽一起被揪了出來，當時是以師大附中的黑幫被批被鬥的，隨著形勢的發展他又成了劉少奇修正主義路線在師大附中的代理人。長期的挨整挨批挨鬥，他也就熟悉了鬥爭會上的那些基本程序。每次開批鬥會，別人還沒說，他早已將「反革命修正主義黑幫薛飛」的大牌子掛在自己的脖子上了。

初進牛棚的人不知道這裏面的奧祕，老老實實等著讓專政組裏的人給做牌子。專政組裏有幾塊預備的薄鐵板，新來人只要糊上白紙寫上黑字。把那細鐵絲往脖子上一掛就解決了問題。然而，牛鬼們越來越多，專政組嫌麻煩就讓牛鬼們自己做自己的牌子，這樣他們既可以省力，又可以省心。於是，薛飛就用硬一點的紙盒裁成板，上面糊上紙、寫上字，再用皮帶子做了掛繩，這樣既大方又美觀，既輕巧又耐用，另外，掛在脖子上不疼。這就比以前把一個又重又大，且細鐵絲勒在脖子上的鐵板舒服多了。過去的日子裏幾場批鬥會下來，挨打受踢不算，光那牌子就把脖子後面勒得鮮血直流。

薛飛每天早晚還把胳膊往後使勁活動，腰弓下去再伸直，弓下去再伸直，以備做噴氣式飛機將胳膊扭疼。另外，他還把頭髮推得短短的，讓別人揪不住他的頭髮。這一切正如毛主席說的，是實踐出真知。可是，他的這種做法有時也會招來一些麻煩。有一次兩個造反派給他做了噴氣式飛機，想把他的臉拽起來讓人們看，讓人們認識一下他那齜牙咧嘴窮兇極惡的醜態，可他那一頭短髮讓造反派提不起來了，這就惹得他們很生氣。於是，他的頭上就挨了重重的幾巴掌，這幾巴掌非常有力，當時他就被打得腦袋「嗡嗡嗡」直響，到了現在他這頭還一直在痛，半個腦袋發木，耳朵裏面像鑽進去了一隻蜜蜂不停地在裏面飛動。

薛飛是一九三八年的黨員，和他一塊入黨的很多人都已進入了中央，可他仍然當著個中學校長。原因就是他是王明非常器重的一個馬克思列寧主義的理論人才。延安整風時，把他從中央研究院關起來進行審查。中央研究院前身是延安馬列研究院、延安馬列學院。延安馬列學院是中國共產黨的第一所攻讀馬列主義的比較正規的學校，是當時延安的最高學府。薛飛當時在裏面任教員，他被審查後說他是國民黨的特務，是內奸，說他在販賣教條主義，他當時有口難辯，因為，毛主席說過，馬列學院是教條主義的大本營。不是毛澤東後來親自放話，可能他早被槍斃了。

薛飛的命運是從一九五八年開始又一次轉折的。這年由於他在師大附中反右時超額完成了任務，被提拔進了省科學院當了院長。一九五八年五月五日至二十三日召開中國共產黨八大二次會議，目的是在全國範圍內為進一步發動「大躍進」統一黨內外思想，正式制訂和闡述社會主義建設的總路線。

薛飛這一次也參加了會議。

在五月八日的一次講話中，他聆聽了毛主席的講話，毛主席說：「我們要學列寧，要敢於插紅旗，敢於標新立異。一個合作社、一個生產隊，就是一面旗幟。無產階級不插紅旗，資產階級就一定會插白旗；與其讓資產階級插，不如讓無產階級插。不要留空白點。資產階級的旗子，我們要拔掉它，要敢插敢拔。」

過了十來天，也就在大會快結束時，薛飛又聽了毛主席的講話，這次講話薛飛聽得很清楚，毛主席再次提到插紅旗的問題。毛主席不無幽默地說，插紅旗，辨方向。紅旗就是我們的五星紅旗。世界上什麼地方都要插旗子的，是紅旗還是白旗，世界上沒有不插旗子的地方，南極也要插旗子，不是美就是蘇，可惜我們沒有去，什麼時候去一下，將來開一個團到南極去。凡是有人的地方都要插旗子，不是紅旗，就是白旗，或是灰色的旗子；不是無產階級插紅旗，就是資產階級插白旗。去年五六月間，學校、機關、工廠究竟插什麼旗，雙方都在爭，現在有少數落後的合作社、工廠、機關、學校，它們那裏不是紅旗，而是白旗或是灰旗。我們應當到落後的地方走一走，發動群眾，貼大字報，把紅旗插起來。毛主席又說，不要怕插紅旗，凡是應該插紅旗的地方趕快去插，到處插起來。每一個山頭、村落都要把紅旗插起來。每個黨委、機關、部隊、學校、工廠，沒有插紅旗的地方，都插起來。哪裏沒有紅旗，哪裏就要插，要不斷地插。現在許多地方並非都是紅旗，有些剛剛插起紅旗，過幾天又落後了，不紅了，經常變化，這也是自然狀態。旗子變子，要常換。

薛飛對毛主席所說的紅旗和白旗的理解是：白旗，即資產階級和資本主義，紅旗當然就是無產階級和共產主義了。拔白旗，插紅旗，也就是「滅資興無」的意思。

薛飛開完八大二次會議回到單位後，《人民日報》發表了一篇題為《把總路線的紅旗插遍全國》的社論，公開了毛主席插紅旗拔白旗的主張，從此，拔白旗、插紅旗的活動在全國迅速展開了。

薛飛所領導的省科學院，這裏是知識分了比較集中的一個地方，興無滅資的任務比較艱鉅。當時省科學院的一個書記在科學院開展紅與專的大辯論，他說他早就發現一個一個的白專典型在這裏冒了出來，他早就意識到知識界存在嚴重的厚古薄今的現象。他認為，白專典型、厚古薄今其實就是白旗，是阻礙大躍進的因素。

當時正是燥熱的夏天，這個書記鼓動科學院的一些年輕人寫批判文章，為了拔掉科學院的白旗，這些年輕人白天晚上加班加點進行苦戰，整整四十天，掀起了一場又一場聲勢浩大的對資產階級學術思想批判的群眾運動。一時間，科學院成立了「毛澤東文藝思想研究會」、「毛澤東哲學思想研究會」、「紅旗學習小組」等十多個研究會和學習小組，寫出了許多批判資產階級學術思想的專輯大字報。

然而，到了後面科學院要把一個個科學家都要當白旗拔出來的時候，薛飛就與這個書記發生了矛盾。

薛飛說，這些專家大多數都是愛國的，都是擁護社會主義的。可那個書記則說，你還是剝削階級遺留下來的一套判斷事物的舊標準，看人要看本質，這些資產階級專家從裏到外掛滿了「教授」、「博士」、「留學英美」、「學術論文」以至「大腦袋」、「禿頭頂」種種招牌，把一部分青年人的靈魂吸引過去了。你看一看，這些資產階級知識分子多麼虛偽，他們可以承認政治立場上反動，學術思想上唯心主義，就是不肯承認業務上不學無術，這是他們的命根子，也是他們翹尾巴的最後本錢，我們就是要從他們虛弱的最後本錢入手殺一下他們的威風。

爭論的結果是書記占了上風，於是科學院採用擒賊先擒王的辦法，先打垮「帥」字白旗，然後按大、中、小白旗分別來拔。大、中、小白旗中也都有重點。在書記的領導下，科學院採取的方法是論文答辯、考試、實驗操作等等，這些搞了一輩子學問的人，還是經不起這種突然的莫名其妙的考試，最終讓這些學術權威洋相百出，欲罷不能，最後他們不得不低頭認輸。

就是這樣規模不大的省科學院，短短的時間裏拔掉了大小白旗七十七人，其中院士、副院士二十四人。後來薛飛也被撤銷了院長職務，五九年又劃為右傾機會主義分子，但根據他一貫的表現和犯錯誤的嚴重性質，又被降到師大附中當了個校長兼黨委書記。

在仕途上，別人是一步一個腳印地往上走，可薛飛資歷越來越老，官位卻一會上一會下越來越低。薛飛根據自己走過的路他總結出，什麼時候自己表現的左，就進步就升遷，而什麼時候自己實事求是說實話做實事就倒楣就被罷官。一九五七年的反右運動，他在師大附中劃了那麼多右派分子，自己都有些內疚，可他得到了上級的表彰和獎勵。但在科學院自己想儘量把工作做實際一些，卻遭到了那麼大的坎坷。

工作組被迫撤走時，江華他們貼出了一張大字報《揪出師大附中托洛茨基分子薛飛》，於是，人們就把他稱為反革命托派黑幫。

薛飛看到這些只是笑笑，多少年的風風雨雨，他非常清楚這場運動的來龍去脈。他在家裏說道，毛主席這種不服輸的性格，決定了他永遠不會承認自己的錯誤。五七年反右後，黨外的人不敢講話了。五八年大躍進，插紅旗拔白旗開路，牛皮沖天，虛報浮誇，指鹿為馬，黨內的彭德懷仗著有功敢於直言，其結果是五九年的反右傾，黨內黨外的人都不敢說話了。人人都不敢說話的時候，就是國家和人民遭難的日子，三年災害全國餓死了那麼多人，讓劉少奇和鄧小平為他擦屁股，他不但不領情，還把七千人大會上的一句話記恨在了心裏。這句話就是「三分天災，七分人禍」。實踐證明，彭德懷是對的，黨內黨外的人逐步看清了這一點。可是，劉少奇還想為彭德懷平反，他在黨內的威信步步提高，他的照片都與毛主席並列在了一起。這怎麼行呢？毛主席能容了他嘛，早就想把他打倒了，可一直沒有機會，他是等著劉少奇犯錯誤，然後揪住他的辮子窮追不捨，最後置他於死地的。

薛飛因為太聰敏了，他看清了政治鬥爭的殘酷性，所以，他一直低調生活。他想，高處不勝寒，還是在低處安全一些。然而，文化大革命他還是沒逃過一劫，批判、鬥爭、寫檢查，每天還要寫一封揭發別人的彙報材料。他每次將檢查寫得很長，從參加革命到文化大革命，滔滔不絕，自己打自己的耳光，把自己罵得狗血噴頭。

專政組的人都說薛飛的檢查是老太婆的臭裹腳，又臭又長。說他老奸巨滑，把反動實質隱藏到了他的功勞薄裏。可他仍然我行我素，照樣把檢查寫得長得讓人讀了心煩。

時間長了也沒人說了，於是他就把寫檢查當成了一種修煉，一種放鬆，一種解除痛苦的良藥。

此時，薛飛和張繼東這些牛鬼們蜷縮在冰冷的水泥地上，水泥地板上面鋪了一層麥草，麥草上面放著各自的床單，床單上面是每個人的被子。

薛飛正在被窩裏躺著，進來的人突然說：「叛徒黑幫薛飛出來！」

這聲音不大，可有一種威勢。薛飛想，我怎麼又多了一個罪名，什麼時候我又成叛徒了呢？

薛飛趕快起來，跟著那個人往外走。他被領進了一個教室，教室的地上生著火，裏面坐著七八個人。坐在正中間的一個人問他：「薛飛，你老實聽著。你說一下你是怎麼出賣同志，叛變革命的。」

薛飛一生中是最憎惡叛徒的，沒想到今天這些人卻說自己是叛變革命的叛徒。

薛飛抬起頭來說：「你們不要胡說，出賣同志，叛變革命的罪名不是隨便說的。叛徒是什麼，叛徒是出賣革命，出賣良心，狗一樣活著的人。」

他想，說反革命，說黑幫，說的人多了，人們已經習以為常了，而這個叛徒罪名是關係到人格和氣節的原則問題。

「打倒大叛徒薛飛！」人們看這一下戳到了薛飛的疼處，一個人故意舉起手來喊道。

「王八蛋！」薛飛臉上的血一下湧了上來，他憤怒地吼了起來。

四個人走過來說道：「好一個薛飛，你他媽吃上豹子膽了。」

說著他們把薛飛的兩隻手捆到了一起，然後把繩子一扯，繩子從房頂上的一個滑輪經過，薛飛的兩隻腳就離開了地面。

其中一個人把麻繩在桶子裏蘸上水，沒頭沒臉地就往薛飛的臉上抽去。

薛飛當年被國民黨的特務抓去，曾經受過這個苦，而且指甲縫裏被釘過竹籤子，所以他殘疾的手指被一吊後，針扎一般地又疼到了他的心裏。他感到很虛弱，頭上滲出了汗。

「老實交待，你是怎麼出賣同志，叛變革命的。」

「同學們，我沒有——。我可以用個人的人格擔保，我決不會做有損於黨，有損於人民的事情。」薛飛忍著疼痛，掙扎著說道。他看到這些稚氣未脫的娃娃們，一個個成了兇神惡煞，突然感到社會怎麼變成了這個樣子。

他接著說：「同學們，你們年紀還輕，千萬不要做親者痛、仇者快的事情，國民黨的特務當年就這麼打過我，可他們從我的嘴裏沒有掏出過半點東西。」

幾個人一聽，薛飛把他們與國民黨的特務放到一塊比，一下跳了起來，都解開了腰間的皮帶。還是那個手提麻繩的人說道：「你不要抵賴，人民的眼睛是雪亮的。為什麼當時你一個人被放了出來，而其他人都被國民黨的特務殺害了。」

「我不知道。我是由我父親用五百塊大洋贖出來的。」薛飛說道。

「你還不老實。你想過沒有，你一個三八年的黨員，為什麼才當了一個中學校長，除了你一直緊跟右傾機會主義分子張聞天之外，就是因為你在監獄裏的這段時間叛變了革命。」

「有問題同學們可以揭發，但我不能說假話，黨的政策就是要實事求是。」

幾個人一看薛飛這麼頑固不化，就抬進來一盆火。他們把火盆放在了薛飛的腳下。

薛飛剛開始還不斷地把腳往上提，他的頭上冒著汗，腳下的熱浪熊熊往上沖，可腳往下一放，火立即把他的腳摟到了懷裏。他於是疼得又把腳往上提去。到了後來，他實在把腳提不動了。他喘著氣，頭上滴著豆大的汗珠，他乾脆閉上了眼睛，索性咬著牙把一隻腳一下塞進了火盆裏。

只聽見劈裏啪啦的一陣響，被火燒焦的人肉香味在房子裏一下子瀰漫了開來。幾個人一看這個樣子，趕快把薛飛的腳往出拉，然而，薛飛咬著牙，死死地蹬著，就是不鬆腳。

這幾個人本是為了要審出薛飛的叛徒罪行的，沒想到薛飛真把腳塞進了火盆裏，而且寧可把腳燒熟、燒爛也不往外拔出，這就讓幾個人慌了神。

一個人拿刀趕快割斷了梁上的麻繩，幾個人把掉下來的薛飛一拉，火盆一下被打翻了。熊熊的火點燃了地上的柴草，「轟」的一聲火就燒了起來。

火像精靈一樣跳躍著，它伸出長舌舔吐著，它扇開翅膀飛出窗外，剎時間火把整個房屋吞沒了。

幾個人把薛飛連拉帶拖扔到了牛棚裏，把牛鬼們吆喝出來就去救火。

牛鬼們個個爭先表現，有拿臉盆的，有提水桶的，跳起來就向火場撲去，準備立功早日回到人民的隊伍中去。

此時，風助火勢，火焰沖天，人們根本無法靠近火場。只聽見火「呼呼呼」地叫著，熱浪一陣一陣地向人們撲來，在人們的驚慌喊叫中，不上兩個小時兩排平房被燒得一片狼藉。

這件事情發生的太突然了，一會兒工夫就驚動了全校，但是，專政組的這些人是沒法說實話的，他們向上彙報後，人們只知道反革命叛徒黑幫薛飛進行反革命破壞，點燃了房屋，於是人們對他更聚集起了百倍的仇恨。

由於打倒楊毅和支持楊毅兩派觀點的對立，全省上下很快分化成了紅聯、革聯和紅三司三大派組織。紅聯全稱為紅色革命造反派聯絡委員會，由省軍區支持；後來紅聯中殺出了紅色革命造反派聯合第三司令部，也就是紅三司，由大軍區支持；他們都是要堅決打倒反革命修正主義分子楊毅的。而革聯，也就是無產階級革命造反派聯絡委員會，要在毛主席的革命路線指引下，團結革命幹部楊毅，共同對敵，打倒中國的赫魯雪夫劉少奇。

政治觀念的對立，形勢發展的急驟，再加上兩大軍區壁壘分明，一時間不但各單位很快對壘抗衡，而且家家戶戶中也分成了紅聯、革聯和紅三司。

在師大附中裏由於八・一八參加了革聯，所以，井岡山就參加了紅三司。

江華本來是傾向於革聯的，由於井岡山裏的戰友們一致要參加紅三司，所以，她只有隨大流而跟風波了。

於是，在江華的家裏，鄒靜和江華母女兩人也因為觀點的不同而發生了矛盾。

鄒靜說：「江華，你楊叔叔他從小革命，跟著毛主席打江山，他怎麼能是走資本主義道路的當權派呢，你趕快從紅三司裏殺出來，和永革站在一起。」

「楊叔叔從小打江山鬧革命不錯，可他今天跟著劉少奇走，我們就要與他進行鬥爭。媽媽你可別當保皇派，快殺出來到我們紅三司來。」江華說完，就背起了毛主席語錄：「階級鬥爭、生產鬥爭和科學實驗，是建設社會主義強大國家的三項偉大革命運動，是使共產黨人免除官僚主義、避免修正主義和教條主義，永遠立於不敗之地的確實保證，是使無產階級能夠和廣大勞動群眾聯合起來實行民主專政的可靠保證。不然的話，讓地、富、反、壞牛鬼蛇神一起跑了出來，而我們的幹部則不聞、不問，有許多人甚至敵我不分，互想勾結，被敵人腐蝕侵襲，分化瓦解，拉出去，打進來，許多工人、農民和知識分子也被敵人軟硬兼施，照此辦理，那就不要很多時間，少則幾年，十幾年，多則幾十年，就不可避免地出現全國性的反革命復辟，馬列主義的黨就一定會變成修正主義的黨，變成法西斯黨，整個中國就要改變顏色了。」

江華背完語錄又按她這些日子的批判發言說道：「媽媽，楊毅叔叔是省委中的走資本主義道路的當權派的頭子。他藏頭露尾，鬼鬼祟祟，到處煽陰風，點鬼火，頑固地對抗黨中央，對抗以毛主席為代表的無產階級革命路線，一直挑動群眾鬥群眾，殘酷鎮壓我省的無產階級文化大革命。」

鄒靜聽江華又揮拳頭又上綱上線，竟是這般的張狂，心想，這姑娘今天怎麼這樣說呀，為啥突然間變成了這個樣子，她皺了皺眉頭說道：「行了！你楊叔叔出生入死一輩子革命，別人可以說他，你不瞭解他嗎？」

江華說：「媽媽，這是一個走什麼道路的大是大非問題，而不是瞭解不瞭解他的問題。楊叔叔他是個好人，可他跟劉少奇走，我們就要打倒他。革聯發布的『告全省人民書』是一個地地道道的保皇書，這純粹是為了撈稻草，極力為省委和楊毅評功擺好，把省委打扮成了無產階級革命的司令部，把楊毅打扮成了無產階級的革命者。把揭發省委和楊毅錯誤的人說成是炮打無產階級革命司令部的反革命。他們這是企圖挑動更大規模的群眾鬥群眾，鎮壓革命的群眾運動，破壞無產階級文化大革命。」

鄒靜聽江華越說越不像話了，心想，我平時太忙，與孩子交流的太少，沒想到這孩子竟與我的想法有這麼大的差距。

鄒靜說：「大道理我們再別講了，那可是從小最喜歡你的楊叔叔呀。」

「媽媽，楊叔叔他一直疼我愛我，我知道，可是，不能因為這個而放棄自己的立場，而不講革命的原則。」江華看媽媽很激動，眼淚流了下來，她就說：「媽媽，我們誰也說服不了誰，我們再不談這個事了，我們說些其他的話吧。」

江華於是把媽媽扶到床上，她想到，媽媽說的話不無道理，楊叔叔從小是很喜歡她的，每次她去找永革，他都要把最好吃的東西拿出來，可是，在這大事大非面前，千萬不能動搖。於是，她又展開紙為明天的批判大會去寫批判發言稿。

她的批判發言稿從三個方面對楊毅進行了批判分析，一是楊毅貶低和攻擊偉大領袖毛主席，她舉的例子是從省委一些造反派那裏得來的。楊毅一九六三年四月一日在省委黨校自修班學員開學典禮上講話時說過：「……誰能不犯錯誤呢？主席、列寧都犯過錯誤。」她針對楊毅的這句話寫道，楊毅在這裏對黨的歷史作了明目張膽的篡改，對我們偉大導師毛主席進行了最惡毒的誣衊和攻擊。她說，我們黨四十多年的歷史事實證明，毛主席是我們黨最英明、最偉大、最正確的領袖和導師。沒有毛主席的領導，沒有毛澤東思想就沒有我們這樣一個偉大的黨，就沒有社會主義的新中國，就沒有中國人民的一切。二是批判楊毅鼓吹和主張單幹。她應用了毛主席的一段語錄：「政策和策略是黨的生命，各級領導同志務必充分注意，萬萬不可粗心大意。」然後分析楊毅背離黨的政策，鼓吹單幹，提倡放寬「小自由」。她寫道，一九六二年四月楊毅在傳達中央精神時說，目前經濟生活困難，特別是農民生活十分困難的情況下，我們的幹部特別是縣、社幹部提出了許多新問題，提了分自留地，有些地方留百分之十，有的地方留了百分之十四，自留地還可以寬一點，多一點，開荒不要限制；牲口餵養方法多一點，靈活一點，可以分散餵養，甚至可以讓個人餵養。她舉了這個例子，然後批判分析道，楊毅竭力鼓吹「要對農民寬一點，活一點，要適當滿足農民的需要」，這一切實際上就是提倡自由化，鼓勵資本主義單幹，為資本主義復辟製造理論，三是她批判楊毅如何反對政治掛帥。

江華的這篇發言稿，是準備明天在省體育場批鬥楊毅的大會上發言的，她想，在這個大會上，我要代表師大附中井岡山紅衛兵戰鬥隊，所以，這個發言一定要把它寫好，寫扎實，寫出水平。雖然，楊叔叔從小疼我愛我，可這是革命的大是大非問題，不能講小資產階級的親情和人情，這不是個人問題，而是如何把劉少奇在我省的代理人批倒批臭的問題，是關係到社會主義祖國是否變顏色的問題，所以，在這個問題上必須保持清醒的頭腦，必須想辦法把媽媽爭取過來。

她寫完發言稿時間已經很晚了，她走過去看見媽媽還在床上等她。她說：「媽媽。」

媽媽把她摟在懷裏，輕輕地撫摩著她的頭髮，可媽媽沒有說一句話。她感到心裏很壓抑。她知道媽媽原來不是這樣的，她們母女倆一直相依為命，無話不說，可如今她倆一說話就吵，尤其在楊叔叔的問題上，她們母女倆更是針鋒相對互不相讓，這就讓媽媽很傷心，她是理解媽媽的，她知道媽媽的心裏很苦，但她在這大是大非的問題上不能退縮，她不能做一個沒有原則立場的人。

第十六回

薛飛的腳被燒成了焦豬蹄，可苦壞了張繼東。張繼東除了每日為薛飛換藥外，還給薛飛洗臉擦身，吃飯的時候給餵飯，大小便的時候，張繼東則把薛飛背到牆角放的一個糞桶上。

張繼東每天做這事時不吭聲，什麼時間該幹什麼，張繼東好像不是薛飛的事，反倒成了他必須做的一份工作。

薛飛沒有想到自己過去一直把張繼東當作敵人對待。尤其一九五七年大鳴大放的時候，他那時是師大附中反右運動辦公室主任，也是省反右運動辦公室副主任，他事先早就已經知道了「引蛇出洞」的政策，也知道當時在黨內也要抓右派，可他還是極力動員人們給黨提意見。他那時對黨是真心的，張開大網就是要把黨內黨外的敵人統統誘出來而一網打盡。他記得那時從民主黨派、大專院校、文化新聞藝術等單位引出來的毒蛇最多，省農業局的副局長張繼東也是他引出來的一條大蛇，這條又毒又大的蛇是從美國來的，他早已看準了的。可是張繼東老奸巨滑，剛開始一直不說話。當時他在鳴放會上反覆交待黨的政策，言者無罪聞者足戒，然而，開了兩個星期的鳴放會，張繼東就是一言不發。可他瞭解張繼東的本性，張繼東不是城府很深的人，他不說話主要是聽了別人告訴他這幾年的肅反、反胡風等一個連一個的政治運動，他聽後確實害怕了。於是，他安排省農業局的專家學者，每天學習討論《光明日報》和《文匯報》上一些黨外人士的發言，果然在討論的時候張繼東產生了共鳴，他坐不住了，他開始滔滔不絕大講特講了。他說我們省農業局也是黨天下，一切都要讓黨員幹，一切官都要讓黨員當，那麼，我們這些非黨員只能當革命的老黃牛，當官的是黨員，下苦受累的是非黨員，我的這個工程師乾脆也讓黨員同志們幹上算了。

之後的日子裏，全國轟轟烈烈的反右運動開始了，省農林局也給五十多個人戴了右派帽子，而排在第一名的就是張繼東。當時有人貼出大字報說，上有中央的儲安平，下有省農業局的張繼東，還把農業局的所有右派繪出群醜圖，而張繼東則排在第一位，他是全農林局的第一號大右派。

然而，張繼東到了師大附中後，薛飛不讓他上講臺，讓他一天打掃衛生掏廁所，可他把這事不往心裏裝，不管過去還是現在，他始終像個不知疲倦的老黃牛一樣在走自己的路，在按照自己的人生觀面對著複雜多變的大千世界。

到了牛棚後，剛開始薛飛始終與張繼東保持著一定的距離，他認為群眾對自己還沒有完全瞭解，可張繼東則是一個徹頭徹尾的反黨反社會主義的右派分子。然而隨著時間的推移，他的看法慢慢變了，尤其自己的腳被燒焦後，張繼東不計前嫌這樣對待他，他開始感到內疚，他感到自己原先確實做得太過分了，特別是對張繼東的看法上，自己始終戴著有色眼鏡，什麼左派右派，那都是人為地給強劃了的結果。

有一天，薛飛忍不住問道：「老張，你為什麼要這樣對我？」

張繼東說：「薛校長，你在臺上台下，在我的眼裏都一個樣。師大附中這些年全靠你才成了省內重點中學，你可不能倒啊！你倒了師大附中就倒了，一個學校撐起來不容易，倒下去可要不了多長時間。」

薛飛說：「那些年我執行得都是劉少奇的資產階級教育路線，搞得一套全是封資修的東西，早該深刻地進行批判了。」

張繼東說：「薛校長，那都是批判會上說的話，你在師大附中有功呢。」

「有什麼功，還不是一堆臭狗屎。」薛飛說了這個話，就抓住張繼東的手。他的眼圈紅了，他哽咽著說：

「繼東啊，我過去對不住你，黨也對不住你，你是一個好同志。」

薛飛過去一貫以黨自居，自從進了牛棚以後，他的語言發生了根本的變化，但還是不時冒出一兩句官話。

薛飛想了想說道：「我們黨解放以後犯了一連串的錯誤，冤枉了無數的好同志，這都是左傾機會主義的錯誤，左禍不得了啊！」

張繼東聽到這話，嚇得一下變了臉色，他說：「薛校長，我啥也沒有聽見，我啥也沒有聽見呀。」過去的深刻教訓，讓張繼東把誰都不敢相信了。到牛棚裏來後，不許他們交頭接耳，每天還要讓他們互相揭發。他必須揭發別人，別人也要揭發他，他必須打別人的耳光，別人也要打他的耳光，所以，在這裏人與人之間互相扯平了，誰也不欠誰的，誰也不相信誰是真的，誰又是假的，他也再沒有聽到過像薛飛這麼坦誠地對他說的話了。

薛飛笑了笑，他說：「怕什麼，大不了就像劉向陽一樣的死嘛，人如果連死都不怕了，他還有什麼可以怕的呢？」

張繼東聽到這話有點緊張，他說道：「薛校長，你可千萬要想開呀，人一生什麼事情不經歷呢。」正這麼說著專政組的人走了進來。一個人指著張繼東和楊謙喊道：「你們兩個把薛飛放到筐裏抬上，參加大批判會。」

楊謙長得很胖，臉圓圓的、中等個子、小眼睛，是一個被專了政的語文老師。過去的日子裏楊謙就喜歡吹牛拍馬，在師大附中老師們當中威信很低。

楊謙拿過來一個抬煤的大筐子，讓薛飛坐到筐子裏自己用手抓著筐繩，他和張繼東用木槓子把筐子抬了起來往禮堂走去。

薛飛本身個子就小，坐在一個大筐子裏，就顯得像個小娃娃。

專政組的那個人說道：「等一等。」說著把他們三人的牌子拿過來，掛在了他們的脖子上。

這時，外面刮起了黃風。風把地面上的塵土、沙粒、垃圾刮了起來，許多紙片，許多枯葉，還有黃土和沙粒攪拌在一起，瀰漫在了整個天空裏。風吹動著樹枝，發出尖厲的嘯叫，校園裏的行人紛紛把衣裳脫下裹在頭上彎著腰往前跑去。

張繼東和楊謙木然地抬著薛飛，他們沒有躲，他們已經習慣了這種突然而起的疾風。

薛飛用胳膊套著筐繩，把兩隻手塞進衣袖裏，他緊緊地閉著眼睛。

風嗚嗚地吼著，張繼東和楊謙走兩步退一步地往前移。一進禮堂門，張繼東還沒有睜開眼睛，雷鳴般的吼聲就響了起來：

打倒叛徒、特務、反革命、黑幫分子薛飛！

薛飛想，今天怎麼又多了一項罪名，我變成特務了。這些日子裏，一個叛徒的罪名，就讓我不知道如何應付，又多了這麼一個特務的罪名，再讓我怎麼招架呢？因為，多了一個罪名，人們就要挖空心思給自己編歷史，找罪證，然後自己又要千方百計迎合這些人的揭發，不然的話就要挨打受罵。

打倒反革命右派分子張繼東！

……

打倒劉少奇！

打倒鄧小平！

打倒陶鑄！

張繼東想，不是這個文化大革命，我張繼東真不敢把自己和劉少奇、鄧小平、陶鑄這些大人物放到一起，而且還把我放在了他們三個人的前面。想到這裏，張繼東偷偷地笑了一下，我的身價還不小啊，把我和國家主席、黨的總書記、國務院副總理都放到了一起。

裝薛飛的筐子被放到了一個桌子上，張繼東害怕筐子從桌子上掉下來，就用繩子拴了拴。

此時就聽見批判的人在發言：「……薛飛當官做老爺，發號施令，忠實執行著劉少奇的修正主義路線，企圖用『和平演變』的方法實現資本主義復辟的夢想。薛飛之流打著『紅旗』反紅旗，披著馬克思列寧主義、毛澤東思想的外衣反對馬克思列寧主義、毛澤東思想。他口口聲聲喊著無產階級專政和社會主義的口號，但時時不忘醜化無產階級專政，醜化社會主義制度。剝開薛飛的畫皮我們看一看，他是掛著共產黨的招牌，但實質是共產黨的叛徒，是國民黨安插在我們內部的特務。」

「薛飛你聽著，廣大人民群眾的眼睛是雪亮的，你要掩蓋是掩蓋不住的，你要隱瞞是不能持久的，只有你老老實實交待問題，才是你唯一的出路。」

打倒劉少奇！

打倒薛飛！

無產階級專政萬歲！

薛飛聽發言人的口音有點耳熟，他悄悄抬頭一看原來是剛才抬他進來的楊謙。

這時，就聽主持人說：「楊謙老師通過這一時期的改造反省，今天又回到人民隊伍中來了，大家鼓掌對他表示歡迎。」

禮堂中的老師和同學們就鼓起掌來。掌聲還未停，領口號的人就又喊道：

反戈一擊有功！

頑固到底只有死路一條！

團結大多數！

打擊一小撮！

薛飛在人們喊口號時，看到禮堂牆壁上寫著毛主席的最高指示：「這次無產階級文化大革命，對於鞏固無產階級專政，防止資本主義復辟，建設社會主義，是完全必要的，是非常及時的。」「坦白從寬，抗拒從嚴。」他想，他與張繼東剛才的談話不會被楊謙聽見了吧。不會的，他們的聲音很小，要聽見也只是一句半句。

接下來，又是讓薛飛交待他是如何叛變革命的，如何潛伏下來進行特務活動的。

薛飛感到這些人的話越來越離譜了，他們的想像力怎麼這麼強，天南海北，扯西拉東，有的沒有的，什麼話都能編造出來，什麼事也能做得出來。

於是，薛飛反倒把這些話和事情往心裏不放了，他想，這些人越是上綱上線，越是漫無邊際，說明他們根本找不出自己的罪證。管他呢，讓他們胡說八道去吧。所以，這些人怎麼說怎麼罵他表面上規規矩矩點著頭，實際上這些話從他一個耳朵裏進去又從他另外一個耳朵裏出來，根本沒有放在他的心上。

薛飛蜷縮在筐子裏感到坐也不是，躺也不是，腿子也無法伸開，但他用兩隻手牢牢地抓著筐子邊沿，害怕一個人衝上來把自己打翻在地。

鬥爭會開完，風停了下來，張繼東和另外一個現行反革命分子又抬上薛飛繞著校園遊了起來。

薛飛、張繼東和牛鬼蛇神們都戴著高帽子和黑牌子，薛飛被張繼東他們抬著，手裏敲著一個鑼，一邊走，一邊喊：「我是大叛徒、大特務、大黑幫薛飛。」

薛飛嘶啞的聲音聽起來很難聽，早沒了往日叱吒風雲的雄風，他要是喊得聲音稍微小一點，頭上馬上就會被人狠狠地打上一巴掌。

此時的師大附中到處是破敗、淒涼的一片，雖然是人們經常走的路，但長滿了蒿草，牆上貼的大字報，雖然看起來言辭激烈驚心動魄，然而，風一吹起，這些紙紙片片就像斷了線的風箏一樣飛滿了整個校園。

換楊謙抬薛飛的這個現行反革命是個年輕教師，他給別人說，貓是奸臣，狗是忠臣。人們就想，他說的貓指的是我們偉大的領袖毛主席，而這狗則是指的劉少奇，因為，人們有的標語上寫的就是「打倒劉少狗！」

年輕的反革命是被楊謙揭發的。鬥爭會剛開始的時候，他還坐在台下，沒想到主持人在上面宣布把他這個現行反革命分子押上來。他剛聽到這話，還把他嚇了一跳，以為自己聽錯了，可是還沒有回過神來，他的兩隻胳膊就被擰到了身後，一個人揪起他的頭髮，他就坐著噴氣式飛機被押上臺了。此時的他和張繼東抬著薛飛，他看到張繼東、薛飛這些人面對風雲變換的現實，竟然這樣坦然，於是他緊張的心情也就慢慢放鬆了下來。

永革今天參加薛飛的批鬥會，不知為什麼他的心裏那個痛啊。當時，薛飛被張繼東他們抬上來，然後放到桌子上面，在那一刻他忽然覺得那個戴著大牌子頭髮蓬亂的薛飛好像是他的爸爸。爸爸革了一輩子命，到頭來也被打成了叛徒、特務、走資本主義道路的當權派。

當那些人把筐子裏的薛飛摁著脖子，讓他交待叛徒問題的時候，永革好似看到人們也正以同樣的手段鬥爭著爸爸。永革是很孝敬爸爸的，從小到大爸爸是他心中的楷模，他為有這麼一個爸爸而欣慰，也為有這樣一個爸爸而自豪。他在小時候就想，若他能生在爸爸所處的那個年代就好了，他可以打蔣介石國民黨，也可以鬥土豪分田地。從小階級鬥爭的教育和革命家庭的薰陶，他始終嚮往刀光劍影的革命和驚心動魄的鬥爭。所以，文化大革命一開始，毛主席一揮手號召他們造修正主義反的時候，他毫不猶豫地衝了上去。他帶頭給工作組寫大字報，造修正主義黑幫的反，抄地富反壞右的家，大破四舊，大立四新，他恨不得一夜之間把全世界的地富反壞右統統殺光，讓一個紅彤彤的新中國屹立在世界的東方。可是，他萬萬沒有想到，革命，造反，到頭來革命革到自己的頭上來了，父親被打倒，省委被解散，過去和爸爸一起爬雪山、過草地、在槍林彈雨中衝殺過來的一大批老革命全成了叛徒、特務、黑幫、走資本主義道路的當權派。

於是，他就讀馬克思的書，看列寧和毛主席的書，學習《紅旗》雜誌，在猶豫、彷徨、苦悶中，他開始動腦筋思考一些問題了。可是，學習《紅旗》雜誌後，學來學去他覺得是自己錯了，自己站到資產階級和修正主義一邊去了。此時，他感覺到毛主席發動文化大革命太及時了，如果不發動這場革命，一旦讓劉少奇和鄧小平得逞，中國將會復辟資本主義，又會有多少人頭落地。然而，他又想到，這場運動怎麼連爸爸這樣的老革命也不放過，說明這場運動搞得太過分了。但他慢慢地想通了，毛主席不是說，我們要相信群眾，我們要相信黨嘛，黨和人民是不會冤枉爸爸的，爸爸過了這段時間是會被解放出來的。但他自從和肖琛談話後，他對他又做了一次徹底的否定，原來自己一直在被別人利用著。他現在明白了，為什麼共產黨優秀的兒子一個個都被打倒，遭到殘酷的迫害打擊，為什麼革命的幹部一個個都要受到慘無人道的折磨，關鍵是黨內出現了有史以來最嚴重的左傾機會主義路線。所以，他認為薛飛校長是好幹部，再不能讓那些人們迫害他了。想到這裏，他趕快去找江華，他想聯合井岡山的同學們，一同去保薛飛校長。

永革好不容易找到了江華，江華正和五連的幾個幹部商量怎樣在黃河上進行軍訓，讓同學們在大風大浪中進行鍛鍊，泅渡黃河。

永革把江華叫到邊上說：「江華，你覺得薛飛校長怎麼樣？」

江華說：「叛徒、特務、反革命修正主義黑幫，這不是禿子頭上的蝨子明擺著的嘛。」江華不知永革是什麼意思，笑著說道。

「江華，薛校長是革命的，他是三八年的黨員。」

「三八年的黨員怎麼了，叛變革命，貪圖享樂，早就已經滑到修正主義那邊去了。」

「你對薛校長到底瞭解多少，你還不是聽人們這麼說，你也這麼說的嘛。江華，我們都已長大，必須要有自己的主見，再不能讓別人牽著我們的鼻子走了。」

「那麼你的意思怎麼辦？」

「我的意思是，我們八・一八和井岡山馬上聯合成立薛飛專案調查組，悄悄進行調查，不要冤枉了好人。」

「可也不能放過壞人。」

「那當然了。如果真是叛徒、特務、反革命，別人答應，我也決不會放過他的。」

「那我們就派人進行祕密調查，一定要查他個水落石出。」江華望著永革說道。

江華突然問永革：「永革，楊叔叔他現在怎麼樣？」

「還好。有警衛員防護，身體不會受到損傷。」

「你可要正確對待這件事，別傷了身體。」江華說此話時，眼睛裏流露出來一種愛憐的目光，這種愛憐的目光讓永革的心砰然動了一下。他想，只有江華能理解自己，只有江華能識透我的心，然而，她為什麼總有些事情和自己想不到一塊呢？如果她能夠和自己擰成一股繩，與自己走一條路，那還有什麼困難不能解決，還有什麼堡壘不能攻破呢？

師大附中本來就是高中幹子弟群聚的地方，他們中大多數參加了八．一八，這些日子以來他們遇到了和永革同樣的問題，他們的父親或母親也被揪了出來。他們做夢也沒有想到，走在文化大革命前列，自以為從裏到外都紅透了的高幹子弟，突然之間卻淪落成了黑七類的子弟。血腥的現實，殘酷的政治，他們不得不同聲相求，同病相憐，共同的危急感使他們挺身而起，要努力抗爭了。所以，他們緊緊地團結在永革周圍，永革是他們的旗，是他們的帥，而血統論則是他們共同的精神力量。

永革對江華說：「到我們八．一八來吧，像你這樣的烈士子女不應該和那些狗崽子們混在一起。」

江華聽到這話盯著永革說道：「我去不去八．一八這我自有主張，但我再不許你誣衊我們的那些家庭出身不好的戰友。」說完這話她停了一下說道：「永革，你受血統論的毒害太深了，這樣下去對你很不利的，你就會失去很多朋友和戰友。」

永革說：「你沒有感覺到這是一場階級報復嗎？是誰想將這些用自己的鮮血和生命打下革命江山的人致於死地，是國民黨，是蔣介石，可是，國民黨蔣介石跑到臺灣島上去了，已經對他們無可奈何了。然而，國民黨、蔣介石辦不了的事情，這些人卻做到了，他們用殘酷的手段迫害打下江山的老革命，對於這你不感到心痛嗎？你想想，要是你爸爸活著，會不會被他們打成黑幫，會不會被扣上叛徒、特務、走資本主義道路的當權派進行批判鬥爭，這些你想過沒有？」

永革越說越激動，他恨不得今天就把江華拉到他們那邊去。可是，江華她有思想，她有自己獨立的見解。

江華說：「永革，我們倆從小一塊長大，我瞭解你，可我與你有些地方看法不一樣。你想過沒有，毛主席為什麼要發動文化大革命，他就是害怕資本主義在中國復辟，而能夠復辟資本主義的，正是一些當權派，其他無權無勢的人就是想復辟，也沒有那個能量。而當權派則必然是過去的一些老革命，沒有革命的本錢，他就掌不了權，所以，我們應該相信群眾，相信黨，我知道楊叔叔是好人，他總有一天會被人民認識的。」

永革看江華這麼固執，說道：「你知道我爸是好人，那你為什麼要站在紅三司一邊。」

「我站在紅三司一邊，不是針對楊叔叔，主要是我認為他們是造反派，他們也不僅是造楊叔叔的反，他們主要還是造修正主義的反，造走資本主義道路當權派的反。」江華說完這話，停了一下繼續說道：「永革，我想你不要勉強我，每一個人都有自己的思想和立場，現在哪一家不是分成好幾派，也不要因為這個原因而影響我們倆的關係，行嗎？」江華說完這話盯著永革的眼睛。

永革聽到這話失望了。他只知道江華從小很有主見，沒想到她竟這麼倔強。他望著江華那微微帶紅的臉龐，心裏又是無奈又是愛憐。他想，江華啊江華，是誰送給我那朵小小花蕊印在了我的心扉，是誰為我唱那首古老的情歌，叫我整夜不能安眠。我不敢說愛你，只能用不曾污染的雙眼，偷偷地深情地注視著你。我多麼想你和我能夠站在一起。

江華說：「永革，再沒什麼事我就走了。」

「走吧。看來我是說服不了你。」永革說道。

「我們誰也不要說服誰，我們就按自己的意願去做自己應該做的事好嗎？」江華望著永革沮喪的眼睛說道。說完，她轉過身往遠處走去。

永革心裏一陣隱隱的疼痛，他記得江華曾經對他說過，愛情是美好的，但是誰也難保愛情沒有挫折，沒有坎坷，問題在於你怎樣對待它。倘若不是在失戀的痛苦中消沉，乃至輕生棄世，而是以此激發自己的事業心，通過自已堅韌不拔的努力去摘取成功的桂冠，或是用一顆誠懇的心去耐心等待愛情緋紅的玫瑰，那麼，這玫瑰的花香就會蕩漾在我們的心頭。

第十七回

張繼東多少年來一直能這樣屈辱地活著，主要是他心裏一直有一個人，一個讓他牽腸掛肚難捨難分的人。他在靜靜的夜晚就會想到鄒靜，想到那個在自己跟前撒嬌的小妹妹。記得有一次他倆赤著腳在黃河邊沙子上散步，風輕輕地吹著，河水泛出白色的浪花不時漫過他倆的腳。他牽著她的手，過一會兒從河邊揀起一片石塊，擦著水面扔向遠方。石片在水面上跳躍著，引得鄒靜歡快地手舞足蹈，她踮起腳在他臉上親了一口，然後在他耳邊悄悄說道：「我想和你一起，唱那首古老的情歌，你願意嗎？」

他想起來了，鄒靜說得是大西北流傳很久了的一首情歌：

經線是你的情啊！
緯線是你的魂，
交織出一雙金色的生命！
如果你挨不過苦滋滋的相思，
那就吻一吻它吧！
吻一吻，
它會帶你飛入情人的夢中……

就是這一句話，他原諒了她突然離他而去，與江少波的結合。尤其，五七年他被劃為右派分子以後，他雖然怨她當時的無情無義，但他想，那是自己逃不掉的一劫，多少知識分子都落入了那個圈套，他根本躲不了那一場老天爺給自己定下的命運。假若自己與她當時結為伉儷，在這樣一個政策下，他只能給她帶來更多的苦難。他經常默默地對自己說，忘不了，你曾經給予我的一切，而今，我真的懂了。想要告訴你的是：無論你在哪裏，我都不會忘記你！

多少年來，他就是在這愛的感召下，在努力地爭取摘掉這頂泰山般沉重的右派帽子。他想，摘了這頂帽子後，他還要向她求婚，只要她願意，哪怕是給她當牛做馬也心甘情願。他曾在日記中寫道：你像白雲那樣飄逸，夜夜進入我的夢裏；你像鮮花那樣美麗，天天映入我的眼簾；你像溪水那樣純淨，時時流入我的心田……

就是心中這種默默的愛，他頂住了一切對自己的造謠誹謗，他忍受住了皮鞭藤條對自己的抽打。掏廁所，掃垃圾，一切髒活臭活他不怕；坐牛棚，挨批鬥，一切辱罵他只當作耳旁風。

那一天，他從牛棚出來，去參加全校批鬥大會，剛穿過那個小樹林，突然他聞到了一股馨香，這是鄒靜身上獨有的一種芳香，他抬頭一看，鄒靜就在自己的眼前。他在那一刻愣住了，他不敢相信自己的眼睛。一張熟悉的面孔，炯炯有神的眸子，溫柔甜蜜的微笑，啊呀，我朝思暮想的心上人。她那嬌小的身體，清秀的眼角已多了幾條魚尾紋，他從她的眼神中可以看出，她還是那麼愛他。可他馬上意識到，危險就在眼前，千萬不能留露出半點真正的感情，尤其他害怕她會控制不住自己。所以，他將頭一回好像根本不認識她，從她身邊匆匆走了過去。到了鬥爭會上，他還想著她，他的情緒久久不能平靜，直到一個巴掌重重地落在自己的頭上，他才清醒了過來。可他的心情是喜悅的，他從她的眸子裏看到了她真實的身影。他說，感謝與你相逢，讓我寂寞的沙灘，從此有了歷歷春景。可他心裏的愛已噴出了火焰，他已感到了她的燦爛和溫馨。他想，只有純真而熾熱的愛情，才會這麼真實，才會是那樣的年輕。

自從那天以後，張繼東好像換了一個人，他在默默地承受著狂風暴雨的襲擊。他想到了一種動物，這就是蜉蝣。它身長不過兩釐米，長著一對比較短而纖細的觸角，有兩對翅膀，前翅發達呈三角形，後翅則小得多，腹末有三條比身體還長的尾毛，整個身體所呈現出的節奏感非常好，如果昆蟲界也選美的話，蜉蝣一定會壓倒群芳。但遺憾的是它的壽命太短暫了，一般只能活數小時，最長的也超不過兩天。蜉蝣從幼蟲羽化為成蟲只為了繁殖後代，因為雄蟲會成群飛舞在河流上空以吸引雌蟲，成蟲在交配和產卵後不久就紛紛死亡。朝生暮死僅僅指的是蜉蝣的成蟲階段，但它們為什麼會把嘴給進化沒了，這一點張繼東很是費解，有趣的是，蜉蝣它們沒忘了留下那顆充滿愛的心和讓生命銷魂的器官。三億年來，無數的蜉蝣來了又去了，無數個生命在地球上出現了又消失了，這也許是無意義的，但這來去匆匆中又蘊涵著多麼深刻的意義。蜉蝣的生命雖然只有幾個小時的時間，但這幾個小時對它來說足夠了，因為它愛得那麼驚心動魄，在這幾個小時中它做了它應該做的事情，盡到了它應該盡的義務，它是快樂的，也是美好的。

張繼東想，雖然自己整天挨罵受批，可他有一個心愛的人，也有一個愛他的人，這比什麼都幸福。在漫漫的歷史長河中，生命雖短，但我們有責任，我們有像蜉蝣一樣的愛心。

薛飛說：「老張，你怎麼了？這些日子你怎麼精神這麼好。」

張繼東聽到這話笑了笑，他不敢對任何人透露出此刻的心情，因為，他不相信任何人，他也不敢對任何人說出心裏的話。他說：「沒有吧。一天挨鬥挨批的哪來的好心情，精神怎麼能好呢，但還是要面對現實。」

「能夠面對現實就好。現在好多人就是想不開，有啥想不開的嘛。」薛飛說完這話又問道：「老張，你說我現在應該怎麼辦？」

張繼東想了想說道：「我自己都泥菩薩過河，自身難保，怎麼敢說別人呢。我想，你還是你的薛校長。」

張繼東這話意味深長，他是說你薛校長還是薛校長，讓別人說去，可這話他只能說一半，另一半他不敢說，說了就成了反革命。此時，他又想到了鄒靜，想起了她飽含深情的那雙眼睛。他想，心靈雖小，裝滿我心愛的人就夠了。裝了她，我已覺得裝滿了整個世界。她與人無爭，靜靜地開放，她是一朵芬芳的山百合花，靜靜地開放在我的心裏。沒有人知道她的存在，她的潔白，只有我這磨難的人，在孤獨的路途上，才會想起她的微笑。

張繼東的喜悅留在了臉上，果然被專政組的組長罰站在了板凳腿上。這個組長是個不能看見牛鬼們笑的人，他看到這兩天張繼東喜形於色，心想，這是不是又是階級鬥爭的新動向。於是，他將張繼東叫了來，讓他手裏端著一盆水站在板凳腿上。張繼東雖然已經久經沙場了，可他還是手一歪將水倒了出來，這時兩邊的打手就衝了上來，將他又踢又打。

專政組長問：「張繼東，這兩天是不是又有什麼鬼花招了？」

張繼東將嘴上的血一抹，低著頭說道：「組長，我哪裏敢呀，只有老老實實低頭認罪，才是我唯一的出路。」

「那你為什麼這幾天這麼興奮？」

「沒呀。我這都是裝出來的，到了這個地步哭都來不及呢。」張繼東兩腳併攏，老老實實地站在專政組長的面前。

「沒就好，沒就好，不要張狂。人狂沒好事，狗狂拉稀屎，你們這些人一翹尾巴，我就知道。好好反省自己，把檢查材料寫深刻一點。」專政組長說完就往外走去。

「我知道了，我一定寫好。」張繼東躬著腰，連聲說道。挨了無數次的打，他已經學得乖了，他知道只有這樣才能活著出去，才能與他的鄒靜重新相見。

歷史很快又翻過了一年，全省的奪權之風迅速地開始蔓延。從各個單位到市委、以至省委造反派們紛紛向走資本主義道路的當權派發起猛烈的進攻。《人民日報》發表了《無產階級革命派大聯合，奪走資本主義道路當權派的權！》的社論，社論指出：「一場無產階級革命造反派大聯合展開奪權鬥爭的偉大革命風暴，在我們偉大領袖毛主席的號召下，正以排山倒海之勢，雷霆萬鈞之力，席捲全中國，震動全世界。」社論肯定「無產階級文化大革命，從一開始就是一場奪權鬥爭。」社論說：「革命群眾要掌握自己的命運，千條萬條，歸根結柢，就是要自己掌握印把子！有了權，就有了一切；沒有權，就沒有一切。千重要，萬重要，掌握大權最重要。」所以，「真正的革命左派，看的是奪權，想的是奪權，幹的還是奪權！」社論號召「自下而上地奪權」，「展開全國全面的奪權鬥爭」。

這個社論就像衝鋒號一樣，使紅聯、革聯和紅三司三大派組織在全省各個單位爭著開始奪取無產階級的權利。然而，三派組織互不相讓，都想儘快將單位的大權掌握在自己的手裏。於是，在各個地方紅聯、革聯和紅三司劍拔弩張，由文攻變成了武衛，逐步發展成了三派勢力互相角鬥，各爭地盤，勢不兩立的打鬥爭權。就在這個時候，根據毛主席的批示，中共中央、國務院、中央軍委、中央文革小組發出《關於人民解放軍堅決支持革命左派群眾的決定》。根據這個決定，省軍區首先在全市組織了支援紅聯的武裝遊行，這次遊行刺激的大軍區也在全市組織了更為聲勢浩大的支援左派紅三司的武裝大遊行。

早上十點鐘，一輛輛全副武裝的軍車和坦克開始從大街上通過。卡車上站著手握衝鋒槍的解放軍戰士，卡車和坦克上都貼著「堅決支持紅三司！」「打倒走資本主義的當權派楊毅！」的大幅標語。

卡車和坦克緩緩地行駛著，各單位紅三司的造反派們則在各自的單位門口把鼓和鑼敲得震天的響，有些單位門上人們還放起了震天的鞭炮。

「歡迎解放軍支持我們紅三司！」

「毛主席萬歲！」

師大附中井岡山的紅衛兵們也拉起了橫幅，敲鑼打鼓夾道歡迎解放軍。

就在紅三司在解放軍的支持下欣喜若狂的時候，紅聯、革聯的造反派們則感到憤怒不平，他們想，大軍區為什麼要去支持紅三司，我們才是真正的革命派。所以，在解放軍遊行過後的第二天，革聯在全市組織了上萬人的大遊行。

這場大遊行，動員了郊區人民公社的農民，也發動了各大專院校的學生。遊行隊伍最前面是鐵路局工人組成的方隊，他們以鐵路文工團的軍樂隊打頭，一色的鐵路服，戴著白手套，他們鼓著大腮幫子吹著林彪副統帥的語錄歌。

鐵路局工人方隊後面是各單位的方隊，他們的前排都是長矛為旗杆，打著紅旗，紅旗後面的人各個頭戴鋼盔，手持大刀長矛。

隊伍一邊走一邊喊著口號，當隊伍走到師大附中門前時，突然，隊伍的右側一夥人手提長矛大刀向隊伍衝了過來，他們一邊往前衝，一邊甩著磚頭和石塊，剎時間，石頭瓦塊像雨點一樣落了下來。

隊伍被突然的衝擊一下打亂了，但他們很快地又聚集到了一起。永革這時帶著師大附中的八・一八紅衛兵戰鬥團也投入了戰鬥，他們剛才在遊行時早有準備。八・一八的紅衛兵將剪成巴掌寬的汽車內袋拴在樹杈上，立馬做成了一個大大的彈弓，在皮兜子裏放上鋼球，四個人扯著皮兜子然後突然放手向對方陣地將鋼球發了過去，對方一個手裏拿著槍的紅三司頭頭被拳頭大的鋼球一下將腦袋打了開來。不待人們回過神來，永革從學校工地上開出一輛拖拉機來。這輛拖拉機已被改裝，整個兒用鐵皮包了起來，像一輛坦克。永革開著拖拉機往那些紅三司的人們開去，八・一八的同學們手持長矛大刀則緊跟在拖拉機的後面。

「衝啊！殺啊！」

只見一把長矛捅倒了一個紅三司的戰士。紅三司的隊伍「嘩」地一下像潮水般往後退去，就在這時只見一個紅三司戰士手提一把步槍跑了過來。這把步槍是大軍區剛剛對他們紅三司武裝了的武器，前面裝有刺刀，刺刀在太陽的照耀下銀光閃閃。這是紅三司的一個小頭頭，大軍區給他們這些頭頭們都配了槍，有手槍，有長槍，按級別配備。小頭頭提著槍不時蹲下向革聯這一方進行射擊。

永革一看這小子還真開槍了，他開著拖拉機「轟隆隆」直撲那個小頭頭而去。小頭頭端起了槍，他瞄準了駕駛座上的永革。而永革這時已經豁了出去，他根本不知道此時危險已在他的眼前，他將拖拉機瘋狂地向前駛去。此時，只見一個人斜刺裏撲了過來，她是要用手去打掉這把槍的，沒想到她將槍口打下來，槍子兒卻從她的大腿裏穿了進去。

人們跑過來一看，倒在血泊裏的原來是江華。

江華看見紅三司和革聯打了起來之後，她看到刀光劍影，槍聲如暴豆般的響，霎時間血肉橫飛，一個個鮮活的生命就在大刀長矛下倒了下去。她的臉發白了，她感到今天要出大事了。突然，她看見一個紅三司的戰友還真要動用槍來殺人了，而且槍口對準的竟是永革。此時，她已經來不及喊叫，她只有衝上去用身體來加以阻擋了。

永革本來是要衝上去用部隊偷來的手榴彈炸開一條血路的，聽到槍響，他回過頭來一看倒在地上的竟是江華。他將拖拉機停了下來，從拖拉機駕駛室跳下就向江華跑去。

永革過去後抱起江華，他看到江華臉色蒼白，頭歪在一邊望著他。

永革大聲喊道：「江華——。」

江華只是朝他笑了一下。他的眼淚流了下來，他抱著江華瘋了般地往跟前醫院跑去，他跑了一陣，幾個同學從他手裏接過江華輪換著往前跑，不一會兒就把江華送到了醫院。

醫院裏只有一個大夫，他看了看說道：「人流血太多了，得趕快輸血。」說著，他先將江華的大腿用繩子紮了起來，他一邊紮一邊吼：「關鍵要輸血，這腿子不能紮時間太長的，否則這條腿要整個兒壞死的。」

永革說：「輸我的血。」

同學們都紛紛喊道：「輸我的血。」

大夫很快地檢測了一下幾個人的血型，沒一個人是可以用的。因為江華是Rh陰性血型，醫院裏沒有設立Rh陰性血型庫，這裏又沒有一個人的血型可以輸到江華的血管裏。

正在這時鄒靜跑了進來，大夫就將她的血抽了一管先給江華輸了進去。鄒靜本來身體就不好，一抽血人就暈死了過去。

大夫說：「趕快把她爸叫來，她媽媽再不能抽血了。」

永革他們望著大夫，一聽急了，就悄悄對大夫說：「她是烈士的女兒，她爸爸早就犧牲了。」

「那怎麼辦呀，大動脈血管破裂，再要耽誤這孩子就會沒命了。」大夫此時急得頭上也滲出了汗珠。

蘇醒過來的鄒靜知道Rh陰性血型的人太少了，如果給江華馬上找不到合適血型的人，江華就沒有救了。此時的鄒靜格外冷靜，她說道：「永革，你把張繼東能不能領到這裏來？」

「可以呀。」

「那你趕快把他領過來。」

永革也沒多想，不一會兒就將張繼東帶了進來。

張繼東一看是江華，跑過去就抓住了她的手，眼淚撲簌簌地流了下來。

大夫就化驗了一下張繼東的血型，說道：「太好了，Rh陰性血型，就輸這個人的。」

說著，大夫就讓張繼東躺下，讓血直接往江華的血管裏流去。

江華此時臉色蒼白，全身無力，但她咬緊發腫的嘴唇掙扎著，話語似乎不是從她的喉嚨裏出來，她嘴裏喃喃地說：「我——不輸——右派分子的血，我不要……。」

大夫們好像沒有聽見，他們讓人們先出去一下，趕快給江華做起了手術。

時間一分一秒地過去，人們懸著的心始終放不下來，他們一言不發，靜靜地等待著。

張繼東躺在床上，望著他的血緩緩地流進江華的身體，他看了一眼做手術的醫生。他想，只要有血就會為搶救爭取時間，醫生們就能挽救了江華的生命。

大約過了半個小時，一個中年大夫說道：「手術很成功，還要觀察幾天。」

說完，他看著躺在床上的張繼東說：「多虧了這位老同志，不然這孩子就沒命了。」

張繼東此時感慨萬千，他顯得很平靜。他想，我終於可以為心愛的人和孩子做點事了。他望著隔壁床上安祥睡著的江華，看著兩眼盯著他的鄒靜。這是我的孩子，這是我們的孩子嗎？他知道這是他去美國之前與鄒靜愛情的結晶。多少年來，一家三口人近在咫尺，可是卻無法生活在一起，是誰把我們分了開來？這時，他還真感謝那個放了槍的小夥子，是那個人讓他們到了一起。他在心裏默默地說，我深深地愛著你們，這種愛勝似愛過我自己。但他不敢與鄒靜說話，只是心裏這樣說。他望著鄒靜深情的眼睛，心想，縱然歲月流逝，但願你我情深，天長地久，永恆不變。

此時，人們才回過神來，永革也對這件事情感到蹊蹺。我們的血怎麼不行，他張繼東的血怎麼就這麼靈？鄒阿姨她怎麼知道張繼東的血可以輸到江華的血管裏？難道張繼東是……？不可能，不可能，永革在心裏一遍遍地否定，我心愛的人怎麼會是一個右派分子的女兒。

永革雖然不願意承認現實，但事實就在眼前，是張繼東的血挽救了江華的生命，而江華則是為了他才被槍打斷了動脈血管躺在了這裏。

永革是在一種矛盾的心情中將張繼東押回牛棚的。此時，他真的什麼也不懂了，在這渾濁的世界眼前一片狼藉，那黃土瀰漫的操場，那點燃著垃圾的土坑，那到處飄蕩的大字報，還有那亂七八糟在牆上塗抹的的污穢言語。

第十八回

革聯與紅三司的這次武鬥，第二天通過大字報與傳單霎時間飛到了大江南北，全國各地的人們很快都聽到了一個極富誇張且令人驚詫的新聞，「皋蘭山下人頭滾滾，黃河兩岸血流成河。」另外，張繼東給江華輸了血救了她性命的消息也像長了翅膀的鳥兒，不幾天時間就傳遍了被環山擁抱的黃河兩岸。人們一傳十，十傳百，加油添醋把這件事情傳成了稀奇古怪的風流韻事。有說江華是張繼東的私生女的，有說鄒靜當年瞞了江少波與張繼東偷情生下江華的。總之一句話，江華是右派分子的狗崽子，而鄒靜則是右派分子張繼東的姘婦。

鄒靜早上從家裏出來上班，一出單元門，兩道黑布從樓頂垂直掛下，上面寫著「打倒大右派的姘婦鄒靜！」「挖出隱藏在革命隊伍中的反革命黑幫分子鄒靜！」另外，各處牆壁都糊滿了大字報和標語，一句句尖刻的話語和髒水般的攻擊讓她看後不寒而慄。

鄒靜早已料到遲早會有這麼一天的，可她萬萬沒有想到來得竟然如此迅疾和猛烈。

她低著頭匆匆進了省廣播電臺的大門，幾個年輕力壯的小夥子早已等在那裏。一看她進來了，幾個人過來就把她的胳膊擰在了身後，一個女人則尖利地喊著口號，將她的頭髮連揪帶拔撕扯了起來，還有一個人就在她的脖子上掛了一雙女人的破鞋。

然後，幾個人先是讓她敲著鑼在廣播電臺大院裏轉了一圍，接著把她拖到廣播電臺大門邊一個桌子上，高高地讓她站了上去。鄒靜低著頭，弓著腰，脖子上掛著大牌子和破鞋。此時，廣播裏一遍一遍地播放著人們揭發批判鄒靜的大字報。

在大門上讓鄒靜亮相兩個小時以後，到了十點鐘，鄒靜和其他牛鬼蛇神被押進了廣播電臺的大禮堂。這是一個能容納八百人的禮堂，台下坐著省廣播電臺的全體職工，臺上一橫排站著三十多個牛鬼蛇神。鄒靜被安排在了最中間，比別的牛鬼靠前半步站在臺上。

此時的鄒靜頭髮被剃成了陰陽頭，臉上用墨汁抹成了一個大花臉，脖子上掛著「反革命黑幫分子鄒靜」的大牌子和一雙破鞋，人們就感到很驚奇。這是鄒靜嗎？人們每天見到的鄒靜是省廣播電臺的一道風景，楊柳眉，丹鳳眼，稜稜的鼻子下有一點紅的櫻桃小口，臉上始終跨著一付白邊眼鏡。讓人一看就覺得這女人是個非常有修養的大家閨秀。然而，此時的鄒靜，兩眼發滯，頭髮蓬亂，黑臉白牙，身上貼滿了大字報，脖子上掛著一雙破鞋。

在人們揭發批判之後，就開始讓鄒靜交待問題。

「鄒靜，你為什麼要隱瞞你與右派分子生下私生女這件事情。」

「我們的女兒不是私生女，而是我倆相愛後的結晶。」

「不是私生女為什麼要隱瞞組織，為什麼要盜用烈士的光榮稱號。」

「我害怕說出來會影響孩子的前途。」

「更害怕影響你自己吧，不然你怎麼欺騙組織、欺騙群眾，一個右派分子的老婆怎麼能掌握黨的喉舌當上廣播電臺的臺長，能隱藏得這麼深呢？」

「也有這方面的意思，也害怕影響了我自己。但是，我的臺長是我幹出來的，是黨和人民對我的信任。」

「那你為什麼要盜用烈士的稱號？」

「我和少波結婚前，就懷上了張繼東的孩子。當時為了保護黨組織我和少波才走到了一起。少波犧牲後，孩子才生了下來，所以，自然這孩子就姓了江。」

「以後再不許你的女兒姓江，一個右派子女別玷污了我們烈士的稱號。」

「是，我再不讓孩子姓江了。」

鄒靜因為平時關心下面的職工，人緣好，所以沒有挨多少打，只是和其他牛鬼們一起被做了噴氣式飛機。

鄒靜雖然被揪了出來，但她的心裏是平靜的，因為她看到了一個真正的男人。這個男人不懂愛她，而且很愛他們的孩子。她想，真正的愛情是不能用語言表達的，行為才是最好的說明。她此時不是想到自己的不幸，而是更加思念繼東的苦難。她想，我沒有看錯人，感謝上蒼，使我與他相遇了，而且我們相愛了，願上蒼好好護佑他的善良和真誠。她也想到了江華，這孩子這麼要強，她能承受得了這突如其來的打擊嘛？

就在這時，她看見幾個學生連推帶搡將拄著拐杖的江華帶進了會場，他們把江華踢打著，呵斥著，一步步往臺上走來。江華頭髮散亂著，艱難地拄著拐杖，腿子一瘸一拐的，她的衣裳扣子被扯了下來。江華此時看見了媽媽。她見媽媽被這些人折磨成了這個樣子，鼻子一酸，一下子大哭了起來。

「媽媽——。」江華的哭聲把鄒靜的心猛地扯了起來。

鄒靜把勾下去的頭抬了起來，她看見江華瘋了般地要往臺上撲來。她知道江華的傷才好，這樣劇烈的運動，肯定會又把她的傷口撕裂開來。

幾個人把江華堵在了台下，他們對押江華的那幾個學生說：「誰讓你們幾個娃娃隨便進來的？」

「我們要問一下江華她媽媽，江華是怎麼生下來的，她爸爸是不是張繼東？」

「這還用問嘛，她爸爸不是張繼東，我們鬥她媽媽幹啥。」

「那麼她是右派狗崽子了？」

「廢話！」

此時，台下的人們站了起來，紛紛揮著拳頭大聲嚷叫著。

「把這幾個學生趕出去。」

「出去！」

幾個學生本來是要讓江華她媽媽說清楚江華的身世的，沒想到闖進來反被從禮堂裏攆了出來。於是，這幾個學生就將禮堂外面的自行車袋全部給放掉了氣，然後，又拉著江華往學校走去。

省廣播電臺自文化大革命以來，相對別的單位來說比較平靜，主要是鄒靜在單位上照顧老同志，關心新同志，而且她逢年過節親自登門拜訪單位職工，所以，上上下下對她的口碑都很好。可人們萬萬沒有想到的是，鄒靜的城府竟然這麼深，她隱瞞了一個天大的祕密。

從鬥爭會上下來，鄒靜被單獨關在了一間房子裏。造反派們讓她每天早晚打掃單位女廁所，還要清掃單位大門外廣場的衛生，除此之外就讓她寫檢查，交待問題。

寫檢查是一種痛苦的回憶，它將鄒靜又帶到了過去難忘的一段歲月。鄒靜寫道，她與張繼東相愛的時候張繼東還沒劃為右派，那時他是好的。馬克思主義辯證法告訴我們，任何事物都是變化的，她不知道他以後會變成一個反黨反社會主義的右派分子。所以，孩子沒有錯，她也不知道會有今天。

造反派們看了這封檢查之後，就說她故意推脫罪責，是在耍滑頭，玩手腕，是在避重就輕，要讓她主要寫清楚為什麼她要隱瞞這段不明不白的歷史。於是，她又重新寫，又將自己大罵一通，可是，檢查交上去後，又被退了回來。一連交了幾次檢查之後，有一個牛鬼悄悄告訴鄒靜，像你這樣不痛不癢的寫，寫上一百遍也通不過，你若要想通過關，就要聯繫實際在檢查中把自己的祖宗八輩罵個狗血噴頭。於是，她就按這個牛鬼的辦法又寫了一次。她這一次有分析，有批判，還大量地聯繫實際，聯繫自己的出身和過去的點點滴滴，果然收檢查的人拿去她的檢查後有了一點笑臉，對她說道，這次還差不多，就要這樣寫，就要這樣在自己的靈魂深處爆發革命。

江華是被同學們從床上拽起，拉到鄒靜的鬥爭會上去的。這些日子來，江華躺在床上想了很多很多，一開始她怎麼也不能接受這個現實。反革命右派分子張繼東竟然是自己的親生父親，這麼說自己就是右派狗崽子了？我是狗崽子意味著我以後不能入黨，不能參軍，那麼自己想參加中國人民解放軍的理想，霎時間已會化為了泡影。她突然感到她與永革的距離拉開了，一個在天上，一個在地下。永革本來血統論的意識就特別強烈，他是一個革命幹部子弟，而自己則是一個右派狗崽子，從今以後他再會看得起我這麼一個人嘛。

然而，她卻從這件事情看到媽媽變了，媽媽再不像過去的鬼鬼祟祟而反倒坦然了，也看到媽媽的眼神裏沒有了閃爍的不定，而神情更加堅定、自信了。

媽媽告訴她：「我一切都想通了，什麼名譽、地位，我什麼都不要，我只要我的江華和你爸爸。我的江華是他給我的，他又給了我的江華第二次生命，這樣的人，我沒有理由不要他，他是我生命的驕傲。」

江華聽到這話驚異萬分，她說道：「媽媽——，你瘋了，張繼東將會影響你一輩子的。」

「可他也會一輩子讓我心中有個所愛的人。江華，張繼東是你爸爸。媽媽只給了你一次生命，而他卻給了你兩次。你看他多瘦，他為了你可以冒著生命危險把血輸給你，這樣的男人是最可信賴的人。」鄒靜這話像是對江華說，也像是對自己說的。

「媽媽我這樣活著還不如死去，我受不了同學們的那種白眼。」江華抓住鄒靜的手哭了起來。

「江華你要學著堅強，你看你爸爸多麼堅強，他挨打受罵，可他始終想的是我們，只有這樣的人在關鍵時刻才會挺身而出。我們不但要堅強地活下去，而且要挺起胸膛站起來。」鄒靜說這話時眼睛裏充滿了淚水。

鄒靜知道，當張繼東和江華的父女關係大白於天下之後，江華將會受到各方面的壓力和多方面的不公平待遇。所以，作為母親的她，必須讓江華在這一點上早早有個思想準備。

果然，省廣播電臺的造反派們，很快將鄒靜她們母女倆從家屬樓上趕到了樓下的平房裏。

樓下的平房原來是人們養雞的雞舍，此時給他們母女倆騰出了一間。鄒靜就先買了石灰刷了牆，然後，她在裏面支了床，再將江華背了進去。

江華突然之間從顯貴的烈士子女變成了一個右派狗崽子，她好像從天上掉到了地下，長時間轉不過彎來，此時的她精神上的傷疼更甚於肉體上的痛苦。緊接著鄒靜被造反派關進了牛棚，江華每天只能自己照顧自己了。她拄著拐杖自己做著吃了點東西後，一言不發，靜靜地躺在床上，這時候她突然聽到門外一陣急驟的腳步聲。原來是永革。

永革從外面擠進了黑暗的小屋，他看見江華的嘴張著，下嘴唇顫抖著。她眼皮紅腫，臉色像紙一樣蒼白。

永革坐在床邊，抓住了江華的手。此時的江華再也控制不住自己的眼淚了，她將鬱積了多日的眼淚整個兒噴射了出來。

「永革——。」她只說了這一聲，再也說不下去了，她抽泣著，嗚咽站，眼淚鼻涕一塊兒流了出來。

永革說：「江華，堅強些，不管別人怎麼說，在我的心裏你永遠還是我小時候的那個江華。」

江華聽到永革的話哭得更凶了。她說：「永革，你趕快走，這裏不是你待的地方。」

江華是鼓著勇氣說這話的，她一方面害怕由於自己影響永革的前途，另一方面她更害怕永革離開自己。

永革把江華緊緊地摟在懷裏，他說：「江華，再別說傻話了，我就要來，看他們把我怎麼樣。」

永革說這話是那樣的嚴肅，他知道江華此時更需要的是精神上的慰藉。

江華的哭聲在永革的懷裏停了下來，她大膽地抱住永革親了一口。

「田阿姨她好嗎？」

「自從爸被揪出之後，他們學校也三天兩頭找她的麻煩，不過沒你們這麼慘。我媽還讓我問你媽媽好呢，她讓鄒阿姨和你一定要保重身體。」

「你給楊叔叔和田阿姨說，讓他們也要挺住，千萬要保護好自己，留得青山在，不怕沒柴燒。」永革聽到這話很感動，江華為了我差點丟掉了性命，可她永遠想到的是別人，自己都成了這個樣子，可她還想的是別人。永革撫摸著江華白皙的手，他記起了不知在哪裏看到的一段話：如果你是孤獨的港灣，我就是流浪的水手，即使我去過許多地方，也以你為我的終點站；如果你是流浪的水手，我就是孤獨的港灣，雖然你的眼裏只有流浪，我也默默等待你的歸航。

永革把小屋收拾了一下，給江華做了點吃的之後，又匆匆地離她而去。

永革走後時間不長，小屋裏就闖進來了幾個學生。江華一看，都是他們井岡山的幾個戰友。

江華以為他們是來看她的，沒想到這幾個人進來一把將江華從床上拖起，讓她拄著拐杖跟他們走。

江華將頭髮一捋，就往外走去。她說：「往哪走？」

一個過去和她很要好的同學說：「你還以為你姓江啊，你是張記狗崽子，跟我們到省電臺走。」

江華於是被他們推搡了出來。

到了省電臺的禮堂，他們本想質問鄒靜，可他們卻被趕了出來，於是，這幾個人就把江華往學校押去。一進校門，這些人就喊了起來：「快來看反革命右派分子張繼東的私生女啊——。」

江華此時反倒顯得非常的冷靜，她拄著拐杖，平靜地往前走去。這世界已沒有了朋友，也沒有了關愛，人與人之間純粹是冷冰冰的階級鬥爭。她一瘸一拐地往前走，那麼多平日與她朝夕相處的同學和戰友，卻像看一個稀奇古怪的動物一樣盯著她，沒有一個人敢上來和她打個招呼。

江華也像沒有看到他們一樣往前走去。這幾個人是要把她拉去與張繼東當面對質的，審問他們的父女關係。

這時，江華忽然看到永革和幾個八・一八的同學手裏提著棍棒跑了過來。

永革一面往這邊跑，一面罵道：「王八蛋，我打死你們這些變色龍。江華過去對你們怎麼樣，你們這些忘恩負義的狗東西怎麼能這樣對待自己的同學和戰友。」

永革的棒子果然落到了這些人的身上，他們一看情況不對，扔下江華就紛紛逃去。

永革說：「江華，他們打你了沒有？」

「沒有。他們只是讓我和張繼東當面對質。」江華說道。

「對質個屁！別管他們那一套，再讓我碰見他們，我非宰了這幫狗日的。」

永革對八・一八的一個同學說：「把江隊長背上。」

八・一八的同學對永革是很敬畏的，趕快過去就要背江華。

江華說：「我自己走。」

說著，她拄著拐杖就慢慢往回走去。

永革說：「井岡山這幫勢利小人太無恥了，江華到我們八・一八當隊長來。」

江華笑了笑，她非常感激永革在她最困難的時候，給她伸出了友誼之手。她輕輕地念道：你剎那間不經意的相助，卻像秋夜的流星，在我的心靈深處點燃了一盞明燈。

第十九回

在紅三司和革聯為奪權而發生的武鬥中，由於永革的出頭，引起了紅三司的格外關注。這時候革聯有兩個人特別讓紅三司仇恨，一個是省廣播電臺的金嗓子何飛，一個就是永革。何飛是個男中音，每天抑揚頓挫的語調，廣播著革聯的聲明，並且對紅三司大肆攻擊，惹得紅三司的人個個咬牙切齒，他們在一個明月高照的夜晚潛入革聯的總部將何飛綁架後用快刀割下了他的舌頭。另外他們就在暗地裏四處調查永革的背景和行動，在一次偶然的事件中，他們突然得知永革是聯動分子，而聯動是被中央文革定為反革命組織的，於是他們和省公安廳聯繫後，將永革在家中進行了抓捕。

永革被逮捕的消息是第二天才傳遍師大附中的，八・一八的骨幹成員大多數為省市領導和軍隊幹部的子弟，他們早對這段時間對他們的打壓政策而感到不滿，他們聽到這個消息的第一個反應是，省公安廳的走資派也和大軍區聯合起來對他們下手了。於是他們找了五輛大卡車，打著師大附中紅衛兵戰鬥團的旗幟，浩浩蕩蕩來到了省公安廳的門前。

他們先在省公安廳大門上寫了大幅標語，「打倒省公安廳一小撮走資本主義道路的當權派！」「誰敢亂捕革幹革軍子弟，就砸爛誰的狗頭！」

這些革幹軍幹子弟，是最早造反的紅衛兵，天不怕，地不怕，他們的老子有成為走資派的，也有被打成叛徒的，但還有很多現在還掌握著軍權在軍隊裏，對他們抓也不是，不抓也不是，在請示了中央之後，省公安廳就將楊永革先放了出來。

紅三司本來是要將逮捕楊永革作為打垮革聯的突破口的，沒想到反倒搞得這麼被動。然而，他們這一次抓往了楊永革的尾巴，他們查出了楊永革參加聯動的把柄，他們想，別著急，不要高興的太早，這個帳我們遲早要算的。

永革從公安廳放出來後，江華聽到消息趕快去了他家。

田恬一見江華，就扶她坐了下來，然後拉住她的手問長問短。

田恬說：「你媽媽她好嗎？」

「媽媽還在牛棚裏，不知啥時候才能放著出來。」江華說著這話就想哭。

田恬說：「你爸爸是個好人，要相信你爸爸。」

江華在養腿傷的時候，媽媽給她說過，當年是田恬阿姨先和張繼東好的，但張繼東後來見了她，又對她窮追不捨，她才和張繼東相愛的。

江華當時聽到這話，心想張繼東現在看起來那麼老實，沒想到年輕時還有那麼多的花絮。她從田阿姨的眼裏看出，田阿姨到這時還對張繼東有很好的印象。

江華和永革進了永革的房間。永革的家在整個省委大院裏是最寬敞明亮的，裏面有一間能坐二十個人的會議室，有一個客廳，兩間辦公室和三間臥房。江華進到這裏，和自己家八平方米的平房相比，她感到自己與這裏已不能相配了。

永革給江華倒了一杯水，江華並沒問永革進去後的情況，而是拿著一本書翻了起來。

江華自從淪為狗崽子之後，她好像換了一個人，在人們跟前不像先前那樣話多了，而是經常一個人靜靜地坐著發愣。

「他們打你了沒有？」過了好長時間，江華才冒出一句話來。

「你想進到那裏面能不打嘛。」永革說道。

江華聽到這話眼圈紅了，她說：「你以後要小心，他們已經盯上你了，早晚他們還要對你下手的。」

永革說：「不怕。他媽的都是些什麼東西，有本事真刀真槍的幹，別他媽的用大帽子壓人。」

江華看永革還是那個樣子，一點沒變。

江華說：「那些人什麼事都能做得出來，你還是要多加小心呀。」

短短的時間，讓江華成熟了許多，她看到這個紛亂的社會中，人心險惡，她也看清了有些人為了達到他們的政治目的，在利用他們這些學生的衝動和無知，當這些人用完他們之後，卸磨殺驢，已開始把他們像垃圾一樣地在拋棄了。

永革也感到江華變了，他說：「江華，我怎麼感到你和原來不一樣了。」

「哪些地方不一樣了？我還是我。不過我對親人們更加依戀了，對我愛的人我也更愛護他們了。我此時才明白了這世界上最親的還是自己的親人。」

「我感到你更加成熟了。」

「是嗎？我沒有這個感覺。可我通過這件事，越發識透了人心的深淺。」

江華說這話是有原因的，過去的日子裏，她和媽媽的兩口之家，人來人往，家中客人從來沒有斷過。不是媽媽單位上的人來求媽媽辦事，就是親戚朋友和同學們到家中來串門。可是，自從冒出來了個右派爸爸之後，媽媽被揪了出來，自己也被井岡山開除了出去，不要說沒有媽媽的同事和自己的同學再到家裏來，就連一些親戚朋友們也紛紛和他們保持了距離劃清了界限。

江華是很欣慰有永革這樣一家朋友的。此時此刻只有這一家人不嫌棄他們，還和過去一樣地把他們當作家人和朋友一樣。她依偎在永革的懷裏，心想，我與永革以後不一定能夠相聚，可我會永遠記往這美好的一切。

「江華，以後誰欺侮你，就來找我，我去揍他個狗日的。」永革說道。

江華知道永革說這話是真誠的，可在這社會上她已經成了社會最底層的人，誰人能瞧得起她，誰人不欺侮她，難道永革也會永遠這樣？

江華不知道為什麼突然覺得自己的心已老了，她與永革好像已沒了過去的那種激情。她的眼裏含著淚水，默默地為心愛的人祝福：我為你，點燃無數蠟燭，讓縷縷輕煙帶著我的深深祝福與苦苦思戀，久久地繚繞在你的心間。

師大附中通過各種力量的平衡，在解放軍的協助下以教學班為基礎實行了大聯合，建立了由學生、工人和革命幹部組成的三結合的臨時權力機構——師大附中革命委員會，這個革命委員會的常委會中有六名學生，兩名工人，和四名革命幹部。由於在常委會中學生比例佔據多數，所以，保證了井岡山和八•一八在全校教育改革中的影響作用。

在師大附中革委會常委會的人選當中，有一個人的爭論最為激烈，這就是楊永革。當時，井岡山的人們提出，楊永革是聯動分子，不能讓反革命分子進入常委會，而八•一八則提出，如果不把楊永革放入常委會，他們則不進行大聯合，另外，永革的父親已被解放，成了革命幹部，所以，爭論來爭論去，在軍訓解放軍的協調下，永革最後還是被放入了常委會，而且被任命為革命委員會副主任。

永革參加了常委會，他就想到了江華。他想，江華若不是救他，她應該是常委會的最佳人選。憑能力，憑威信，憑人品，在整個師大附中任何人與她是沒法相比較的，可她現在成了右派狗崽子，右派狗崽子就意味著入了另冊，一輩子在人前面抬不起頭來。

永革雖然成了革委會副主任，可他沒有忘記江華曾對他的衷告，「你要小心，他們已經盯上你了」。聯動的戰友們也告訴他，左傾機會主義分子們將會更加兇殘地鎮壓革命後代，因為革幹革軍後代是他們篡黨篡軍的絆腳石，戰友們讓永革務必提高警惕。

永革回到家裏，楊毅見了他很高興。楊毅拍著永革的膀子說道：「永革，這次文化大革命對你們青年人是一次鍛鍊，培養人嘛！對我們老年人也是一次考驗。以前老一輩有對敵人鬥爭的經驗，毛主席就是要對我們這些老傢伙進行一次考驗。這次衝擊一下也好，將來美帝國主義打進來，就不會投降了。原先我感到委屈，現在也想通了，以黨的利益為重，受點委屈沒有什麼關係。」

永革說：「你也沒啥問題呀？他們整也整不出來的。」

「這也是實話，揭發我的問題很多，歸納起來，無非是單幹問題，家鄉修公路問題，再就是搞社教的問題。我們省委是有錯誤的，我也有錯誤，但我給他們說清楚了，對各大專院校派工作組，我負主要責任，回頭看來，有些不符合實際，傷了一些造反派們的感情，但我都承擔了責任，也承認了錯誤。毛主席教導我們，一切問題都要調查，實事求是。我們共產黨員就是這樣：錯了，共產黨人勇敢堅持改正；對了，共產黨人就要堅持到底。」

楊毅雖然文化程度不高，可他在領導崗位上時間長了，說起話來總是大道理連篇。

永革說：「爸爸，你看以後的形勢將如何發展？」永革自從文革以來，父子倆經常在一起討論一些國家大事。

楊毅由於被團結為革命幹部，心情好了許多，他見兒子對他這麼信賴，更是滔滔不絕地說了起來。他說道：「這次文化大革命的主要任務是，集中力量打擊一小撮極端反動的右派分子，反革命修正主義分子，重點是整黨內走資本主義道路的當權派。我過去的錯誤是，違反了毛主席的教導，沒有領導群眾集中力量打擊資產階級右派分子和反革命修正主義分子，沒有把重點放在鬥爭走資本主義道路的當權派，批判資產階級的反動學術權威上，而是把運動引導到了學生鬥學生，群眾鬥群眾，工人鬥工人的錯誤道路上去了。這個教訓很沉痛，你以後在學校裏也要注意這一點。」

永革說：「現在各個單位的一二把手全成了走資本主義道路的當權派，很多革命幹部都成了打擊的對象，這是嚴重的左傾機會主義路線。」

「永革，不許你對毛主席的文化大革命產生懷疑。我們挨點整，受點批，有什麼了不起，只要永保我們的江山代代紅這就行了。」楊毅聽出永革流露出來的不滿情緒，對他厲聲批評了起來。

「怎麼了？動不動你那大嗓門就吼開了，能不能小點聲呀。」田恬剛開始打著毛衣，看父子兩人談得很投機，她沒插言，一看楊毅又板起面孔教訓起了兒子，忍不住插了一句。

楊毅說：「你這個逍遙派再別發言了。」

田恬自從被學校一幫學生侮辱之後，她在學校裏事事低調處理，出頭露面的事她再也不去幹，恐怕引起人們的注意和嫉妒，為這事楊毅經常批評她太消極、太逍遙。

田恬聽楊毅又說她是逍遙派，嘟著嘴就往裏間走去。永革站起來，跟著他媽媽也要往裏走。

楊毅說：「永革，你先別走，我還對你有話說哩。」

永革長得和楊毅很像，一米七八的個頭，長條臉，自從文化大革命以來，學校不上課，永革就天天玩啞鈴、單槓、雙槓，練拳擊、摔跤，身體顯得比楊毅魁梧結實。

「坐下。」楊毅對站著的永革說道。

永革就在他原先的位子上坐了下來。永革是很反感楊毅對他媽媽耍大男子威風的，每次他聽到楊毅對田恬的呵斥聲，他都是向著媽媽的。

「還有啥事？」永革不耐煩地說道。

「以後再不許你和江華來往。」

永革聽到楊毅的話感到很驚奇。他望著楊毅的臉說：「為什麼？我和江華從小一起玩大，你不是也看著她長大的嗎？」

「以前她爸爸是江少波，可現在她爸爸是張繼東。」楊毅把張繼東三個字壓得很重。

「張繼東怎麼了。我是和江華好，還是和張繼東好，管她爸爸是誰呢？」

「你太幼稚了，我們黨的階級路線政策你不是不清楚。你以後還要繼承我的事業，入黨、參軍、提幹，哪一件事情都要把祖宗十八代翻出來，幹什麼事都要對社會關係詳細審查，所以，你必須當機立斷。該斷不斷，其害無邊。」

他瞭解爸爸，爸爸原來不是這樣，怎麼今天突然間變得他不認識了呢？「爸爸，我什麼事情都聽你的，可這件事情我做不到。」

「你必須做到。」

「我就是做不到。」

「王八蛋，敢跟老子頂嘴。」楊毅站起來就要打永革。此時，田恬出來說：「吼什麼吼，永革和江華好咋了，江華是我們從小看著長大的，她哪一點不如我們的永革。再說，永革的命還是人家江華冒著生命危險救下來的。」

「就她這個生父，她就不如我們的永革。我們這個家，祖宗八輩都是紅的，不能讓一隻黑烏鴉毀了永革的前程，玷污了我們這個革命家庭。」

「我就要和江華好。」永革說著就往外走去。

「回來！」楊毅氣得把桌子一拍，吼道。

永革聽到喊聲就站了下來，他從小尊重他的父親，為有這樣一個父親而感到驕傲。

田恬說：「你不能和孩子好好說嘛，動不動就吼起了你的大嗓門。」

楊毅聽到田恬的聲音，就對著她吼道：「在這個大是大非面前，你再不要說了。都是因為你，永革才沒了階級立場。」

「我什麼時候沒了階級立場。我的心裏，不管她爸爸是江少波，還是張繼東，我心裏的江華永遠不會變，她還是小時候在我們家裏住的那個江華。」田恬說著眼圈紅了。

永革走過來原坐在了楊毅的面前。

楊毅聽到這話又氣又急，他說道：「我就不許他和江華再來往，他要再來往就別踏進這個家。」

田恬和永革聽到這話都愣住了！這是那個敢作敢為氣量大度的楊毅嗎？他們沒有想到楊毅竟會說出這麼絕情的話來。

田恬此時忍不住哭了起來，她抱住永革對楊毅說道：「你被關起來的這些日子，你知道我和永革是怎麼想你的嘛？你知道鄒靜和江華是怎麼惦你的嘛？江華那孩子怎麼了，她這些日子也不知為你流了多少眼淚。你以為你又當官了，為了你那官位，你開始要攆我們走了，你把我們母子倆都攆走算了，攆走了你一個人過。」田恬越說越氣，拉上永革就往外走去。

楊毅過來一下擋在了他們眼前，說道：「你們不懂，你們太幼稚，你們不知道共產黨的階級路線是容不得半點沙子的，我在蘇區的那時候，多少人就是因為家庭中有地主、富農、國民黨，而被肅反中作為反革命分子拉出去槍斃了。你們想一想，共產黨自解放以來，哪一次運動沒有針對資產階級知識分子，毛主席從來不相信知識分子能夠改造得好，所以對他們不停頓地改造，其目的就是要打掉他們這些臭老九的尊嚴，讓他們徹底喪失人格，這樣他們才會為我所用。何況張繼東又是右派分子，那可是共產黨最主要的敵人，別的人躲都躲不及呢，你們還要往那上面靠，那不是自找著給我們這個革命家庭抹黑嘛。我知道江華是個好孩子，可好孩子頂個屁用，共產黨歷來看得是階級路線。」

永革說：「我先出去一下。」說著他頭也不回地往外走去。

第二十回

鄒靜在單位上的罪名，隨著鬥批改的深入越來越多，最令鄒靜想不通的是說她叛變出賣了江少波。

鄒靜剛開始又氣憤又想不通，江少波的被捕，是在她回娘家住的那段日子，她若不是回了鄉下娘家，說不定她也被敵人一網打盡了，自己怎麼會成了叛徒呢？

她想，雖然她對政治沒有多大興趣，是江少波讓她參加了共產黨，可她與江少波當時吵架後離開了家，沒有想到這次離開竟然讓她逃脫了一次敵人的逮捕。

然而，造反派們卻硬要讓她說出她事先怎麼離開的，她怎麼出賣組織的，為什麼別人被逮捕了，而她怎麼能僥倖地逃脫生存下來。

她反覆地說明當時的情況，可是，越說造反派們將她追得越凶，以至最後連她自己也覺得好像確實做了什麼對不起黨和人民的事情。於是，她開始沉默了，她再也不想與那些人白費口舌了。她將當時的情況一遍又一遍地寫在紙上，可那些人卻將她交待的材料撕得粉碎，扔在了她的臉上。

鄒靜想到了張繼東，她想出去後就對他談，她要和他生活在一起，讓他吃一吃她親手做的飯菜。可是，張繼東會接受她嘛，他會輕易地原諒她的過去，而讓她心安理得嗎？她想，他會的，她想起他那天將自己的血緩緩地輸進江華的血管裏，他笑了，他笑得那麼甜蜜。此時，她才感到那時候自己怎麼那麼幼稚，怎麼那樣沒有主見，竟被江少波連哄帶詐，輕易地把自己的命運交給了那個人。如果她嫁給張繼東，她會勸說張繼東管好自己的嘴巴，他也不會成為右派分子的，如果那樣，他們這個家將會多麼幸福美滿啊！然而，昨天已經過去，明天還未到來，而今天就在眼前。還不遲，時間已經說得很清楚，那個人心如明鏡。此時，她默默地想，真正的愛情，好像健康，失去時，才知道它是多麼的珍貴。我要抓緊時間把失去的儘快找回來，不要讓時間沖淡愛情的酒，不要讓距離拉開我們思念的手。

鄒靜正在一個人想，鐵門被打開了，一個人喊道：「反革命、叛徒、黑幫、走資本主義道路的當權派鄒靜滾出來！」

鄒靜早已習慣了這種喊法，她早已做好了準備，她拿上黑牌子就往外走去。她看見院子裏，牛鬼們都戴著牌子，勾著頭站著，每個人今天還戴著唱戲的帽子。

一個人過來給她戴了一頂縣官帽。她看不到自己七品芝麻官的樣子，可她看了別人的模樣兒就想笑。原來，今天要讓全市牛鬼蛇神大遊街。

省廣播電臺出了五輛大卡車，鄒靜站在第一輛車的最前面。她被繩子五花大綁著，脖子上掛著黑牌子，頭戴一頂縣太爺的烏紗帽，她的後面站著兩個人，其中一個揪著她的衣服領子，讓她的臉高高揚起。

各單位的卡車依次順著公路走向全市各個地方，沿途看熱鬧的人們不時用石頭、瓦塊和西瓜皮向車上扔去。在卡車隊伍最前面的卡車上，一併放著四個大喇叭，喇叭裏不斷地播頌著《人民日報》的社論〈橫掃一切牛鬼蛇神〉。

鄒靜已經習慣了這種場面，她看見排成長龍的卡車上，叛徒、黑幫、走資派一律戴著唱戲的帽子，而地、富、反、壞、右分子則一律戴著紙做的高帽子。她往那一個個高帽子望去，她想知道繼東到底在哪一個高帽子的下面。

這時，她聽到大喇叭裏高聲念道：「我們要念念不忘階級鬥爭，念念不忘無產階級專政，念念不忘突出政治，念念不忘高舉毛澤東思想偉大紅旗。」

她東張西望的頭，被後面一個人猛得往後提了一下，只聽那人大喝一聲：「老實一點。」

可她的心還是被繼東揪著，是這個人在關鍵時刻用自己的鮮血救了他們的孩子。她不想再去想他，可她總是控制不了自己的思緒。揮不去的萬縷情絲，訴不盡的山盟誓言，在這腥風血雨的日子裏，怎麼還纏繞在我的心頭。原來，季節會改變，江山也會改變，但我對他的思念，卻怎麼也揮之不去呀。

大卡車一輛一輛地停在了省體育場大門外的廣場上，鄒靜被後面站的兩個人從車上押了下來，她被綁了的胳膊這時後面一個人往上一提，她的腰就弓了下去，另外一個人又揪住了她的頭髮，讓她的頭微微抬了起來。此時，她看見張繼東從一輛車上也被押了下來，他的臉蒼白的像一張紙，兩隻呆滯的眼睛茫然地望著這混沌的世界。鄒靜此時情不自禁地想喊他，可她被人揪著衣服領子，喉管好像被堵塞著，無法發出聲音。

我的繼東你怎麼成了這個樣子？她心中劃過一絲不安，是不是那天從他身上輸出的血太多的緣故？可不待她多想，只見一個人朝繼東的屁股上猛得一腳，他踉踉蹌蹌往前面跑去，撞在了一個造反派的身上，這個造反派嘴裏罵道：「瞎了你的狗眼，往哪撞呢？」說著回過頭就往他那蒼白的臉上一巴掌。

她的眼淚流了下來。她不願意見到的一幕，怎麼又偏偏進入了她的眼簾。

她自言自語地說道：「繼東，你可要挺住啊，你不能就這麼倒了下去。」

可繼東卻倒了下來，就倒在了她的面前，她說：「繼東——。」她想往前撲去，可她後面的人卻用繩子牽著她被綁了的手，另外一個人將她一推，她就跟著其他的牛鬼走進了會場。

會場裏這時高音喇叭的聲音震耳欲聾，一個女高音和一個男高音交錯地呼喊著革命口號：

無產階級專政萬歲！

橫掃一切牛鬼蛇神！

鄒靜和牛鬼蛇神們在體育場中央一排一排地排了起來。全市的牛鬼蛇神在整個體育場中心站得滿滿的。此時，她看見幾個人把張繼東連拖帶拉押進了會場，只見他蠟黃的臉上滾動著豆大的汗珠子。她心裏一陣酸楚，他那麼好的身體怎麼成了這個樣子。

她多麼想過去扶他一把啊，但她的手被捆紮得緊緊的，一條繩子在後面牽著，領子被人往後面扯著，她根本無法自由地走動半步。可她對繼東總是放不下心來，她望著離自己只有三步之遙的繼東眼淚流了下來。繼東，你要挺住，千萬要挺住啊！她在心裏一遍遍地呼喊著，默默地訴說著。她看到繼東朝她望了一眼，他的眼睛裏仍然充滿著一種對她的愛憐，他知道繼東也讓她一定要堅強。

她把腰桿挺了挺，她像繼東一樣地咬著牙，隨著揪她領子的那隻手她把頭昂了起來。她想起繼東曾對她說過的一句話：無論我走向哪裏，我的心永在你的懷裏，在我離開你的歲月裏，我的愛深藏在你的心裏。

繼東自從給江華輸了血以後，經常感到頭暈目眩、渾身乏力，他知道這是輸血太多了的緣故，可他心裏很欣慰，因為，他為孩子做了一個當父親的該做的事情。他想，這些年來鄒靜又當爸爸又當媽媽，他沒有為這個孩子盡到作為父親應盡的一點責任，讓鄒靜一個女人承擔了那麼重的負擔，他於心有愧呀，可老天卻給了他這樣一個機會，而且，讓他挽救了這個孩子的生命，他覺得這樣做哪怕死也值得，何況自己還是活在這人世間。

張繼東被押到省體育場也看見了鄒靜，他當時好似飄浮在雲霧裏，腳下的大地像棉花一樣鬆軟。這些日子以來，造反派們每天將他從早上到晚上換班輪流對他進行審訊。早上天還麻麻亮，他就被喊了起來，然後眾多人圍著他就喊起了口號，到了下午又換了另外一部分人對他批判審問，這樣的日子過了整整一個多月，張繼東就成了這個樣子。他看見一個個青面獠牙的夜叉，把如花似玉的鄒靜五花大綁後往一處懸崖邊上拉去，他拼盡全身力氣想去從惡鬼的手裏奪回他心愛的女人，可他根本動不了。

在他的眼裏，整個體育場遊動著一條條青蛇，朝著鄒靜緩緩地移去。青蛇們吐著長長的信子，把脖子一伸一縮匍匐著前進。

轟隆隆的雷聲在響著，鼓聲、雷聲、喊叫聲、咒罵聲、慘叫聲此起彼伏……。可鄒靜卻化成了一朵彩雲向東方飄去，而且撒下了無數朵鮮嫩的花朵。他知道這是愛神在向他召喚，是他的鄒靜用愛的力量掙脫了惡魔的羈絆。

此時，他感到有些噁心，他突然將胃裏的東西一下噴了出來。

那個戴著紅袖章的人把他的腦袋往下壓，讓他把污穢吐在地下，他這時才知道剛才是自己暈了。他想，必須把腿子站直，不能讓鄒靜看到他軟了、垮了，讓她為自己惦掛著心煩，因為，她此時也在承受著巨大的壓力，只有用我們共同的愛，才能使她度過難關。

張繼東的高帽子有點偏斜，胸前的牌子上被嘔吐污染的滿是骯髒穢物，在他身後的兩個人把頭扭向一邊。然而，由於牛鬼們太多，而且有好幾個像張繼東這樣的人發生了暈眩，所以，會場上的空氣就格外刺鼻難聞。

此時，他忽然被人押著往前面走去。原來他們這些戴著高帽子的地、富、反、壞、右，要與戴戲妝帽子的走資派插開來站在一起，在此地方要給他們拍「群醜圖」的照片。張繼東沒有想到他和鄒靜被拉著站到了一塊，他看見鄒靜朝他望了一眼。他的心開始跳動，多少個日子裏他想與鄒靜見上一面，一直沒有機會，而今日裏她就在他的身邊。她的聲音，她的模樣，她的溫柔，她的善良，此時好像都彙聚到了他的眼前。人生道路幾多坎坷，想起她就覺得世間沒有了那些困難。

會場裏的聲音此起彼伏，像海浪一樣把張繼東一會兒拋在了浪尖，一會兒又將他扔進了低谷。可他已經無所畏懼了，他心愛的人兒就在他的身邊，他們雖然已完全失去了人身自由，可他能感覺到鄒靜「砰砰」跳動的心聲。我的心肝人兒啊，你千萬不能對生活失去信心，只要我們相愛，世間沒有任何力量能夠戰勝我們。他知道，在這激風暴雨的大海上，他們只是短暫的相見，可他們的心永遠不會分離。他們的愛不是無邊無涯的夢幻，也不是無休無止的絮語，而是情操、忠誠、專一，也是善良、堅貞、聖潔，他倆的愛是永恆的，是堅如磐石的。

師大附中是在同學們吃完晚飯後，敲著鑼打著鼓歡迎毛主席最高指示的。在今天的《人民日報》上發表了《我們也有兩隻手，不在城裏吃閒飯》，報導了甘肅省會寧縣部分城鎮居民到農村安家落戶的情況。在編者按中，引述了偉大領袖毛主席的最高指示：「知識青年到農村去，接受貧下中農的再教育，很有必要。要說服城裏幹部和其他人，把自己初中、高中、大學畢業的子女，送到鄉下去，來一個動員。各地農村的同志應當歡迎他們去。」同時，報導了蘭州市一・八萬名初中、高中畢業生，武漢市兩萬多名中學畢業生奔赴農村插隊落戶的情況。

江華和同學們一起串街走巷，歡呼毛主席下達的最高指示，她一邊宣傳，一邊心裏暗暗下定決心，到農村去，到邊疆去，到祖國最需要的地方去。自從自己從一個烈士子女突然淪為右派狗崽子，媽媽被批被鬥被關在了牛棚，原來的親朋好友紛紛和她們劃清了界限，同學們也突然間冷若冰霜，對自己冷嘲熱諷，此時此刻她才感到人情的淡薄和世態的炎涼。她一度曾想過，這樣狗不如的活著，還不如死了算了，可她捨不下媽媽，放不下永革。她知道，媽媽受盡了凌辱和打罵，媽媽之所以能夠堅強地活下來，其中主要是有她這麼一位女兒。這段日子裏，永革和田阿姨幾乎每天都來看她，他們沒有因為張繼東是她爸爸而有絲毫的改變。她此時才認識到，不經事不知道，只有在生活的沉浮中，才能夠識透人心的深淺。可她與永革之間好像有了一種突然的隔閡，永革每次來，她再不是又說又笑，而是默默地坐著。她感到了他們之間的距離，他是一個革幹子弟，而自己已成了狗崽子。她想，他再會愛我嗎？他要是與我結合，不僅會影響他的進步，而且會給他帶來說不盡的痛苦和災難。假若我們以後再有了孩子，孩子又會重蹈我的覆轍，那麼孩子的孩子將來又會怎樣？她想，不想也就糊裏糊塗地在過著，如果細細一想，真是可怕呀！我這一次要走得遠遠的，讓時間和距離慢慢地拉開我與永革之間的距離，我將孤身一個人走過漫長的一生。

她看到永革這時正敲著一個大鼓，他揮動著鼓槌，讓鼓發出驚天動地的響聲。永革挽著袖子，兩手上下揮舞著，不時將頭高高揚起。夜撒開了一個大網，到處有時明時滅的光亮，讓人感到整個世界撲朔迷離。然而，街上的路燈還是發出昏黃的亮光，讓人們在迷幻中產生了一種希望，市民們紛紛跑出來歡迎毛主席的最高指示。

江華此時才感到夜晚的美妙。她看不清別人的臉，別人也看不清自己的眼睛，白日裏的爾詐我虞和別人對自己的白眼，此時已被一張巨大的紗幕遮了個實實嚴嚴。她想，過去我怎麼沒有意識到夜竟有這麼善解人意的一面，而過分地去讚美陽光的魅力燦爛。

江華看到一個女同學正殷勤地在永革旁邊說這說那，見此情景她突然心裏一陣莫名的隱痛。自從她的身份暴露之後，學校裏很多女同學開始圍著永革轉，而過去人們知道他倆的關係，只是以嫉妒的眼光來看他們。江華想，眼不見為淨，趕快離開這個是非之地。

江華是第二天早上報名到農村插隊落戶的。這次上山下鄉有農建十一師、林建二師和農村插隊落戶，然而，農建兵團和林建兵團是部隊編制，原則上不要黑七類子女。

江華報了名，沒過兩天下鄉插隊的榜就下來了，江華是到清水縣插隊落戶。於是，江華就趕快到省電臺的牛棚裏去看媽媽。她看見媽媽突然老了許多，鬢間已有了根根白髮，可媽媽那布滿魚尾紋的眼睛還是那麼美。人們都說她的眼睛和她媽媽的眼睛一樣，所以，每次她見到媽媽的眼睛就增添了她的自信和希望。

鄒靜顯得很平靜，她知道女兒已經長大了，女兒要去到藍天自由地飛翔了，她應該感到高興，可她總是高興不起來。

鄒靜說：「你去看一下你爸爸。」

江華打了個哆嗦，沒有吭聲。她知道媽媽的心裏始終裝著張繼東。可她從小到大就不知道有這麼個爸爸，突然間卻在自己頭上壓了一個右派狗崽子的沉重磨盤。

鄒靜知道江華現在的心思，她矛盾，她彷徨，因為這一切對這孩子來說太突然了。她說：「是他給了你第二次生命。」

「媽媽，我知道，你再別說了。」江華不願意媽媽再把話說得這麼明白，她心裏自有自己的主見。

江華從鄒靜那裏出來，就往學校牛棚走去。專政組裏多是江華昔日井岡山的戰友，他們知道江華要去插隊。當江華到牛棚來，他們就猜想江華是來看張繼東了。江華原先在井岡山當隊長的時候，說一不二，而且自己想做的事情，誰也阻擋不住的。在這個時候地富反壞右的子女紛紛與其父母劃清界限，個個唯恐躲避不及，但江華是個天不怕地不怕的人，他們早就料想到江華遲早要來探望張繼東的。

專政組的這些同學過去見了江華，江隊長長，江隊長短的，與她說個不停，今日裏卻一個個吊著個臉，誰也對她不理不睬。

江華直接往牛棚裏走，她敲了門後，就進入張繼東住的房間。

江華進去後，張繼東一下從鋪上站了起來，薛飛幾個人一看這樣也趕快走了出去。

張繼東說：「江華，你坐。」

江華沒有坐，還是在地下站著。她看見這麼大的一個房間裏，只是地下鋪了點草，她的眼圈紅了，可她只是望著牆上赫然醒目的「坦白從寬，抗拒從嚴」八個大字。

張繼東感到空氣突然凝固了，他沒有想到江華在這個時候能來看他。他望著站在他面前的江華，不時搓著兩隻手，站也不是坐也不是，不知說什麼才好。

江華說：「我要到農村插隊去了。」

「是嘛？」張繼東聽到這話眼淚流了出來。

江華說完這話，轉過頭就往門外走去。她看見專政組的人都在門上站著，她沒有理他們就從原路走了回去。

江華本來想今天與張繼東見面，她要叫一聲爸爸的，可是到了張繼東跟前她這話根本說不出口來。這個人原先是她曾經批判過的階級敵人，是一貫反對黨反對社會主義的右派分子，他怎麼能是自己的爸爸呢？這個彎子到現在她還是轉不過來。

江華從張繼東那裏出來，就去找靳莉莉和劉偉，她從公布的名單上看到他倆這次也和她一起去清水縣的柳泉塢插隊落戶。自從她與張繼東的父女關係暴露後，那些家庭出身好的同學都看不起她，說她披了多少年的紅外衣，隱瞞了家庭出身，說她是一個笑裏藏刀最陰最狠的狗崽子。

所以，江華此時不僅是自卑，更重要的是她隱隱地感到人的冷漠與狠毒。她一個人走在路上，過去很要好的同學見了她把脖子一昂就走了過去。可她把頭抬得還是那麼高，她見了別人不待別人不去理她，她首先像是什麼也沒有看見。

同學們說江華變了，變得清高了，沒有原先那麼平易近人了，然而，永革心裏非常清楚，她知道江華是害怕別人瞧不起她，故意這樣做的。

江華見了劉偉，劉偉笑著說：「江隊長，我們被分到了一起。」

江華說：「你再別叫我江隊長了，這都是啥時候的事了。」她說完這話笑著說：「沒想到我們幾個人分到了一起。」

「物以類居，鳥以群分嘛。我們幾個能分到一起，太好了。」劉偉說道。

江華說：「都準備好了？」

「我媽為我已經兩晚上沒闔眼了，連穿得襪子都補好了。」劉偉笑著說道。

江華聽到這話心裏很難受。她想，別人還有個人給補襪子，我要走了，可媽媽還關在牛棚裏。她知道今後的路全靠自己了，自己一定要走在別人的前邊，絕不讓媽媽為我擔心。

第二十一回

師大附中的學生到清水縣柳泉塢插隊，是全市第一個響應偉大領袖毛主席知識青年到農村去的學校，因此上受到省市革委會的高度重視。他們在全市公交系統選拔了政治上最可靠的共產黨員司機，配備了最好的卡車。

早上，東方的夜空剛開始發白，人們便看見有一個又大又亮的星星跳了出來，這時候江華和同學們已來到了學校的操場上。

劉偉幫江華把行李放到車上後，江華就焦急地往學校大門的方向望去。她是在等待永革。當她那天在榜上看到永革被分到農建十一師以後，心裏曾有過一陣莫名的惆悵，難道從此我將和永革天各一方。然而，她這幾天想通了，永革有永革自己的選擇，他為什麼非要和她這麼一個狗崽子糾纏在一起，而影響他一輩子的前途呢？但她想不通的是，難道永革他就這麼無情無義，自那天分手以後，她再也沒有見過他。可她想，今天自己要走了，這一走誰知道又是猴年馬月才能相見，難道他也不願意與自己再見上最後的一面？

當天色微明的時候，江華和同學們都上了卡車，坐在車廂裏的行李中間她百感交集。兩年多來，她在這個學校和同學們跟著偉大領袖毛主席一起造反，一起革命，自己被鬥，她鬥別人，為了社會主義江山永不變色，他們犧牲了自己最美好的學習時光。今天他們就要告別母校了，要到一個他們誰也不瞭解的地方去插隊落戶。但是，江華相信毛主席，毛主席讓他們到農村去，肯定有他老人家的戰略眼光，他是要造就千百萬無產階級革命事業的接班人，讓社會主義江山永遠一片紅。

當東方泛出一片紅色太陽快要跳出來的時候，汽車開動了，她還是沒有看見永革的影子，她回過頭來看了一眼母校的大門，門前的人們揮動著手在和自己的孩子告別，可她只是孤身一人悄悄離去，沒有親人的問候，沒有朋友的囑託，沒有一個知心的人向她揮手，她看到此情此景不由得眼淚就流了下來。

她在此時還是不相信永革會這麼無情無義，她真想在此時此刻讓眼淚隨著心中的鬱悶一股腦兒全湧了出來。幾乎所有的同學此時都有人送，這些送行人當車緩緩開動時，他們跟著車跑，仍然爭著與車上的人握手，而江華此時在行李中間勾著頭默默坐著，她在這時不願意讓人們看到她的眼淚。

永革他怎麼沒有來呢？他今天是不會不來的呀？可她不怨永革，永革有他的難處，在這個以家庭出身、社會關係為識人標準的社會裏，他以後還要進步。以他個人的得失來說，也許他這樣做是最正確的。她想，愛情有聚合也有分離，彼此不該困惑，不該過分的計較，真誠的心是寬闊的海，應該互相寬容，互相諒解，永革願你展翅高飛，我將永遠保存你留在我心裏的帆影。此時，她只有用這些話語來寬慰自己。

車從市區出來，江華的心情慢慢好了起來。同學們都穿著軍大衣坐在卡車上面，車開得很快，耳邊風呼呼地吹著，他們唱起了《草原晨曲》。

卡車與卡車拉開距離，同學們在車與車之間彼此吆喝著，拉著歌，到下午三點多就進了清水縣境內。江華環顧初冬的田野，田野顯得特別空曠、遼闊，冷風颼颼地刮，擦著地面跳躍著從原野上吹過。地裏高處偶而有一兩隻鳥兒飛過，落在路邊凋零枯敗的樹上，越發顯得一片淒涼。

汽車在土路上顛簸起伏，江華的心此時也落了下來，她望著那迷蒙的群山，蒼茫的大地，不知前面的路將會是怎樣一種情形，但她想在這樣一種大潮流下，一個人就像這個潮流中的一片樹葉，誰也無法決定自己的命運。然而，他們這一代年輕人是無所畏懼的，他們的這種樂觀主義精神把江華包擁了進去，他們又唱起了歌來。

江華在學校裏各種文藝活動都離不了她。此時，同學們就喊：「江華，來一個。江華，唱首歌。」

江華就站了起來，她說：「唱個啥呢？」

靳莉莉說：「你就唱個《鬼見愁》吧。」靳莉莉因為家庭出身不好，受了多少年的歧視，可自從扯出張繼東是江華的生父之後，她心想，這個王八蛋是個大狗崽子呢，多少年來紅得發紫，還在我們的跟前高人一等，她還當了這麼多年井岡山的隊長，可我們連這個門檻也邁不進去。所以，她經常在人多處要將江華刺上幾句，而且，她在江華的跟前故意把頭高高地揚起，她想，讓你也嘗嘗當狗崽子的滋味。

江華聽了靳莉莉的話沒有吭聲，她知道過去自己確實對靳莉莉這些同學瞧不起，表現出一種自來紅的傲慢，沒想到今天要讓她自己去嚐黨的階級路線的苦果。江華說：「我給大家唱一曲《唱支山歌給黨聽》吧。」說著，她將自己的嗓子清了清，就唱了起來：

唱支山歌給黨聽，
我把黨來比母親。
母親只生了我的身，
黨的光輝照我心。
舊社會鞭子抽我身，
母親含恨淚淋淋。
共產黨號召我鬧革命，
奪過鞭子揍敵人。
共產黨號召我鬧革命，
奪過鞭子，

奪過鞭子，
揍敵人！
……

江華的聲音柔美婉轉，是那麼的悠揚動聽，而且把對敵人仇恨的感情完全唱了出來，當她一唱完，同學們紛紛鼓起掌來。

江華想，我們這一代人生在新中國，長在紅旗下，從小就受共產黨的教育，所以，階級鬥爭的意識非常強烈，文化大革命一開始，毛主席振臂一呼，她和她的同齡人馬上起來回應，而且，毛主席指向哪裏，他們就殺向哪裏，今天毛主席讓他們到農村去，他們毫不猶豫馬上就要到那塊陌生的土地上了。

江華在牛棚去看媽媽的時候，媽媽給她講了一個《帶刺的巢窠》的故事。媽媽說，生活在美國科羅拉大峽谷中的雕用一種特殊的樹枝築巢。為了尋找這種被稱為「鐵樹」的樹枝，一隻雌雕一天中有時要飛行兩百英里。「鐵樹」的樹枝不僅像它的名字一樣堅硬，而且樹枝上還生著許多刺，使得雕巢能夠牢固地建在峽谷的懸崖上。巢建好後，雌雕還要在上面鋪上樹葉、羽毛、雜草，防止幼雕被刺紮傷。但是，幼雕長大後，為了激發幼雕的獨立生存能力，雌雕開始撤去巢內的樹葉、羽毛等東西，讓樹枝的尖刺顯露出來。巢變得沒有像從前那麼舒適了，幼雕紛紛躲到巢的邊緣上。這時，雌雕就逗引它們離開巢穴。一旦幼雕離巢後向下墜落時，它們就拼命地撲打著翅膀阻止墜落，接下來的事情對於雕來說再自然不過了，通過強迫訓練，幼雕開始飛行了。媽媽講到這裏，撫摩了一下她的頭髮，繼續說道，世界上所有偉大的事物和奇異的風景，不在我們站立的地方，而在我們朝它前進的方向。而尋找夢想，實現人生的目標，我們有時要順流而下，有時又要逆流而行。因此，你必須離開這個家，聽毛主席的話，到農村去，把自己託付給未來，踏上未知的征程，去迎接新的挑戰。

江華看著廣闊的原野，昨日媽媽的話好像就在耳邊。他們先在先鋒公社報了到，然後由公社領導將師大附中插隊的同學分別交到各大隊書記的手裏。柳泉塢領他們來的是一男一女。男的個子不大，有四十歲上下的年紀，這人穿著一件黑棉襖，腰上紮著一根麻繩，窄條臉有點發青，寬寬的掃帚眉毛，大嘴巴，眼睛不大但很有神。女的臉色紅潤，眉清目秀，且衣服下面有兩個圓鼓鼓像小山包一樣聳起的大奶子。男人把他們叫到停靠在公社門前的馬車上，然後二話沒說一揚鞭馬車就順著公路跑了開來。

江華和同學們望著這個大嘴巴掃帚眉的男人覺得有點怪。大嘴巴一句話不說，馬車一撒開趟子，女人就先唱起了花兒。

尕妹送哥石頭坡，
石頭坡上石頭多。
不小心拐了妹的腳，
這麼大的冤枉對誰說。

女人一唱，大嘴巴也急不可奈地唱了起來。江華他們聽不懂花兒，只聽他們唱得還真好聽。大嘴巴一邊唱，一邊還搖著頭，完全陶醉在優美的曲調裏。

黃河沿上牛吃水，
牛影子倒在水裏。
我端起飯碗想起你，

麵條子撈不到嘴裏。

江華望著路兩邊的田野，單調、荒涼的原野上不時飛過一隻烏鴉。烏鴉沙啞的聲音和大嘴巴美妙的歌聲形成鮮明的對比。

這時，女人又唱道：

黃河裏的水乾了，
河裏的魚娃見了。
不見的阿哥又見了，
心裏的疙瘩散了。

大嘴巴情緒高漲了起來，唱得一波三折，歌聲在路邊原野上輕輕地流淌。

路邊的菜花兒又黃了，
風吹到山那邊去了。
這兩天把你想死了，
不知道你到哪兒去了。

女人笑了起來，說你給唱個酸的，讓這些城裏娃們聽聽我們鄉裏的原汁原味的花兒。

大嘴巴看來興趣上來了，他將右手搭在耳朵上，頭隨身子大幅度地搖了起來：

尕妹妹有個山丹花，
牛牛（哈）安了個把把，
黑毛油油春草兒發，
卵子是骨朵著吊下。

女人一聽他這樣唱，臉就紅了，用手將他捶了起來，笑著說：「你個大嘴別看臉上老實，心裏的花花腸子多得很。」

一路上有這兩人唱著花兒，江華覺得時間就過得很快，太陽快落山的時候，江華他們到了柳泉塢的麥場上。這裏有幾個糞堆，糞堆上跳躍著幾隻麻雀，一群拖著鼻涕臉髒兮兮的孩子從四處往這面跑了過來。這時，江華看到有一個人領著十幾個紮著紅領巾的小學生走了過來。小學生們敲著鑼，打著鼓，眼睛直巴巴地盯著這些不速之客。

「這就是毛主席給我們派來的知識青年。」大嘴巴手裏提著鞭子，一邊走一邊對前來歡迎的人們說道。

領著小學生歡迎江華他們來的人說：「歡迎，歡迎，歡迎毛主席派來的知識青年。」

大嘴巴指著來人說道：「這是柳泉塢大隊的書記巴生傑。」

巴生傑說：「先分到各個生產隊，再讓生產隊把這些娃娃們分到每個貧下中農的家裏去，你看怎麼樣？」巴生傑望著大嘴巴說道。此時，通過巴生傑的介紹，江華他們才知道大嘴巴也是一個生產隊長，名叫巴永賢，論輩分還比巴生傑大一輩呢。

大嘴巴點了點頭，巴生傑回頭對場邊上蹲的幾個漢子喊道：「你們幾個快過來，一人領上二十個娃娃安插到貧下中農家裏去，挑乾淨一些的家庭，每戶放上四個人。」

江華他們一聽這人是大隊書記，紛紛擁了上來，說道：「不要光看乾淨不乾淨，關鍵要把我們放到貧雇農的家裏。」

巴生傑望著江華他們稚嫩的臉說道：「我們這裏山高溝深，窮的連兔子都屙不出屎來，大多數都是貧下中農，土改的時候筷子裏面拔旗杆只有三戶人家被劃成了地主富農，這三戶人家說是地主富農，你問一下他們去，在舊社會也沒好好吃過一頓長麵條，思想沒多大問題。」

江華他們這是第一次聽到這樣的話，這大隊書記還敢說地主富農思想沒有多大問題。可他們剛來，人生地不熟，就跟著各自的隊長往貧下中農家裏走去。

江華、靳莉莉、劉偉和一個叫張小牛的男生被分到了大嘴巴隊長巴永賢的家裏。這柳泉塢大隊差不多都是巴姓人家，廷字輩是現在輩份中最大的，下來是永字輩，永字輩下面是生字輩，生字輩下面又是國字輩，依次類推，代代延續。

大嘴巴巴永賢是一隊的生產隊長，他嘴巴特別大，據說他一頓能吃一隻雞，十個饅頭，他在用馬車接江華他們時，看這幾個娃娃比較老實，存了個私心就將江華他們留到了自己的家裏。他將別的學生往下分時，各家各戶都不願意要人，害怕吃了他們家的口糧。然而，巴永賢自有他的想法，他想，我在一隊是年年最早斷糧的缺糧戶，有了這些知識青年，我就可以名正言順地去向公社和大隊提出申請，難道上面還忍心讓這些學生娃娃們餓肚子？

巴永賢看得不錯，江華、靳莉莉、劉偉他們三個因為父母的影響，不像其他同學們那樣張狂，而張小牛雖然是工人家庭出身，可他生得矮小瘦弱，所以，他在同學們跟前都是逆來順受，從來不與人打鬥爭強。

靳莉莉原來是不願意和江華他們在一起住的。她想，這隊長怎麼這樣眼尖，把我們幾個家庭出身不好的一下就從這麼多人中單另挑了出來，而且讓他們住到了一起，是不是學校早就給大隊打了招呼？於是，她要求和別的紅五類同學一塊住，可誰也不願意要她。她最後沒了辦法，只好和江華他們住在了巴永賢的東房裏。

巴永賢家的東房原先裏面裝著柴草，聽說知識青年要來，巴永賢把柴草移到了別的房裏，在裏面盤了一個炕，在牆上刷了石灰。江華和靳莉莉搬進去後，她們在牆上貼了毛主席像，在炕周圍的牆上糊了報紙，並且在窗戶格子上把白紙貼上，再加上有兩個如花似玉的江華和靳莉莉住了進去，這房子頓時光彩耀眼，有了一種全新的感覺。

江華和靳莉莉收拾好房子，就去幫劉偉和張小牛。劉偉和張小牛住在巴永賢廚房隔壁的一間西房裏，這裏原先養著幾隻羊，所以，雖然經他們打掃收拾，裏面還是有一股羊的尿騷臭味。

靳莉莉說：「你們兩個在這裏住上，染上一身的羊騷味，我看外面的羊還以為你們是它們的同類了呢。」

「我看這也不錯，在農村這個廣闊天地裏再能交上幾個羊朋友也算是個福份。」劉偉這人本來就愛開玩笑，聽見靳莉莉的話，順勢將這話發揮了開來。

張小牛聽見這話就笑了，他說：「我們兩個若把母羊吸引過來，說不定還要遭到那些公羊的攻擊呢，我看這也不是什麼好事。」

張小牛從來說話就是這樣，笑話讓他一本正經地說出來，別人聽了經常笑岔了氣，可他不笑。此時，他連玩笑帶實話，江華和靳莉莉聽了笑得直用手去拍他的膀子。

巴永賢從外面進來說：「什麼事把你們笑得這麼開心？」

靳莉莉說：「你們家要多兩個女婿了，我們這兒有兩個棒小夥要做你的羊女婿呢。」

巴永賢不知他們說的啥，也跟著他們咧著大嘴笑了起來，說道：「管他楊女婿、張女婿，到這裏來，就歡迎你們把根深深地扎下來，立業成家好啊。」

巴永賢的這些話，更把江華他們笑得把腰彎了下去，江華說：「笑死我了，笑死我了——。」

這晚，江華他們吃完飯早早地就睡了。柳泉塢的夜異常靜謐，萬籟無聲，柔美的月光灑在整個村莊。山野早已灰黯了，天上的星星眨著眼睛，帶著清冷的微光，窺察著酣睡中的從城裏來的這些知識青年。鄉間的冬天格外冷，雖然炕填得燙，可是房子裏到處都漏著風，到了天快亮時，江華將頭鑽進被窩，凍得緊緊地把被子裹在身上。

「起床了，起床了。」天亮時劉偉在窗子前面喊了起來。

他們太冷、太累了，誰也不吭聲，都把被子緊緊地包在頭上。

劉偉喊了三四次還不見動靜，吃早飯時只見巴永賢已從門外背糞回來。劉偉大聲喊道：「你們起不起來，巴隊長都背糞回來了。」

這一聲喊，果然使江華和靳莉莉同時將頭伸出被子。他們一起喊：「一，二，三，起來！」兩個人一骨碌從炕上坐了起來，三下五除二就將衣裳穿在了身上。

正在這時，他們聽見大黃叫，往外看去只見一個人背著行李走了進來。大黃是巴永賢家的一隻獵狗，渾身上下是光滑閃亮的黃毛，耳朵始終立著，顯得很機靈。江華他們的到來，大黃是歡迎的，它顯得很興奮，一會兒工夫它見了知識青年就搖開了尾巴。可大黃見了外人就叫，此時把鐵繩拉得「嘩啦嘩啦」直響。江華從窗子裏面往外瞅，定睛一看，她差點叫出聲來，原來是永革。永革穿著一身褪了色的黃軍裝，腰間紮著他經常繫的寬皮帶，蹬著一雙黃球鞋，他進了門，先是朝江華他們笑了笑，那笑在永革的長條臉上好似開了花，將江華冰冷的心一下融化了。

「你怎麼來了？」江華從門裏走出，揉著眼睛問道。

「我怎麼不能來呢？」永革一邊說，一邊將行李打了開來，把被子搬進劉偉他們的房間。

此時人們才回過神來，一個個都跳了起來。劉偉抓住永革的手說：「好樣的，你終於來了。」

「怎麼說我終於來了。我本來就是要跟你們一塊來的，被我爸派警衛員關在了家裏，我是偷著跑出來的，扒了個貨車先到縣上，後來在縣上坐了一個拖拉機連夜趕到這裏來的。」

江華聽了這話就撲到了永革的懷裏。自從離開學校，她一直控制著自己的情緒，可是永革的音容笑貌總是要跳到自己的眼前。愛情像蘊積在胸中的火山，此時一下噴發了開來，她抱住永革就哭了起來。她愛永革，永革是她生命的火花，在這短暫的分離之後，她才深深地感到她是一時一刻也離不開她心愛的人了。她想，鮮花總會凋謝，希望也會幻滅，然而，真正的愛情是長存的，是永遠不會改變的。

永革此時也渾身顫動了起來，這些日子裏，他的心好像在城水中煎熬著一樣，每時每刻都想著江華，他為江華的安危而擔憂，也為江華的身體而操心。他知道江華在長征去北京時落下了腰腿疼的毛病，每逢天陰下雨不是腿疼就是腰痛。他爸爸楊毅為了將他與江華分開，給學校革委會打了招呼，他被分到了農建十一師，而且，提前把他的手續全部轉了過去。可他爸爸這樣做的結果是讓他更加冷靜地反思了過去的那一幕幕情景，從小到大，他與江華就和親姐弟一樣，上了中學，雖然他們時有矛盾，可在那四五年裏，心中的那條愛的紅線將兩顆年輕的心牽得越來越緊。那些警衛員以為將他關在五樓的房間裏，他就無法出去了，沒想到他晚上將行李包裹從窗口扔到樓下，然後從窗子裏出去，攀著房頂流雨水的鐵皮管道從樓上爬了下來，幾經周折才來到了這裏。永革在這段分離的日子裏，才真正領悟了江華對他不能表達的緘默。愛，並非使一切都美好，但在這似乎非常漫長的日子裏，他才學會了對生活的深深思索。

劉偉看他倆這個樣子，做了個鬼臉其他人都跑了出去。

江華和永革的手緊緊地握在一起。他們想，在這裏他們將灑下汗水，錘鍊紅心，兩個人將在這裏並肩戰鬥。青春，是一輪噴薄欲出的紅日，他們將寫下屬於他們自己的文字；愛情，是一輪純潔圓滿的月亮，他們會珍惜今後的每時每刻。青春和愛情這兩個輪子將驅動他們今後的生活，只要兩顆心在一起，什麼樣坎坷曲折的道路他們都能闖過去的。

永革說：「我本來想去看看鄒阿姨，可是，走得急，沒去成。」

「我媽媽不知現在怎樣？」江華聽永革說起她媽媽眼圈就紅了，她想，與媽媽天天在一起的時候不覺得，可一離開她，心裏就空落落的。

江華幫永革把床單鋪到炕上，炕很大，三個男生睡在一個炕上還顯得很寬鬆。

此時，劉偉他們也走了進來。劉偉說：「永革，你這一來就好了，不然的話，我看江華這相思病非出麻煩不可了。」

永革笑著說：「我們一會在院子裏把扎根樹種上，我們要在這裏真正扎根、開花、結果。」

張小牛說：「你們兩人已經生根開花了，只等著要結果了，可我們還不知這根還能不能扎在這裏。」

張小牛不太愛說話，冷不丁又冒出這麼一句話來，把大家惹得都笑了起來。

江華聽到這話臉一紅就走了出去，可她的心裏熱乎乎的。此時，她才覺得這段時間心裏的煩悶，主要是沒見永革的原因，看來，她是離不開永革了。她悄悄地在大門框上貼了前幾天寫好的對聯：高瞻遠矚好兒女志在四方，放眼世界革命者胸懷全球。

永革過去把張小牛抱起來摔到炕上，在他的腋窩裏撓了起來。張小牛的手和腳縮著，人在炕上翻過來覆過去，「格格格」地笑個不停。

沉寂的柳泉塢因為有了這幫學生娃娃，一下子歡騰了起來，山笑了，水笑了，人歡馬叫喜氣洋洋了，那笑聲是那麼爽朗，那樣豪邁，它飛過天空，飛過群山，把那報喜的喜鵲引得「喳喳喳」直叫。

第二十二回

張繼東夜裏正睡得香，忽然專政組要提審他了。造反派進屋來把他的被子一掀，說道：「起來！狗日的還睡得舒坦，把衣裳穿上出來。」

此時正是夜半時分，牛棚外面一片漆黑。夜色迷惘，北風呼號。張繼東一看這幾個人今晚這麼兇狠，知道又要受大罪了。果然，他被押到外邊，向有燈光的三百米外圖書館的專政組走去。

路很黑，加上張繼東是個近視眼，他就低著頭慢慢往前走。忽然，黑暗中一個人對準他的背部猛擊一拳，這一拳很有力，將他打得在一丈多遠的草叢中倒了下去。張繼東的眼鏡掉了下來，他呻吟著跪在地上，用手摸著眼鏡。剛撿起來，幾個人連推帶搡又將他推倒在了地下。這一次由於推得猛，他的眼鏡不知飛向了哪裏，他還沒來急找，幾個人又拽著他往前拖。舊的專政組被燒了後，專政組搬到了圖書館。這是一處嶄新的平房，原先的書和書架全部搬走了。閱覽室裏燈光雪亮，審判席上鋪著紅布，坐著幾個專政組的學生。張繼東被押進去後，先是被兩個人打倒在地，接著又拽起他的手臂擰到了身後。

張繼東覺得手臂酸痛的快要折了，他疼得忍不住「哎喲」地叫了一聲，幾個人又把他揪了起來，一個人把他的頭按了下去。這時，他突然想到了一句外國諺語：「我可以彎曲，但不會折斷！」

這時，一個人問他當年是怎麼寫處決公告，殺害貧雇農的。這突然的問題使他想起了一件事，那年回鄉下老家，縣上要處決一個搶劫的土匪，因為他是當地唯一的一個大學生，縣上衙門裏的幾個人就找他來給抄處決刑事犯的公告，因衙門裏的這幾個人是他父親的一個朋友帶來的，他推辭不過就給抄了，沒想到這件事情今日裏又成了他的一大罪狀。

專政組長問道：「張繼東，你知道你寫的處決公告上被反動派殺害的是什麼人嗎？他是一個雇農，是一個給地主老財當長工，遭剝削壓迫的窮人。今天叫你來就是讓你交待歷史上和現在沒有交待過的反革命罪行，一條一條要好好承認，坦白從寬，抗拒從嚴……。」

張繼東抬起頭來答道：「該交待的都交待了。我想起來了，縣衙門當年處決的是一個在路上搶了人家財物的一個土匪。因為我的字寫得好，是縣衙門跑到我們家來讓我寫的。」

話沒說完，上來兩個人揪住他，又踢又打，嘴裏說：「放屁！國民黨還罵共產黨是土匪呢，在你的眼裏貧下中農就是土匪，你的雙手沾滿了勞動人民的鮮血。就像剛才你說的寫了公告的事，我們不說你都不交待。好啊！驢不捂眼不推磨，看你老實不老實！」

張繼東知道在這裏無理可講，他將兩隻手抱在頭上，雙腿跪在水泥地板上護著下身，任憑幾個人在他的身上又捶又打。他想，這些學生過去的笑容是多麼的燦爛，怎麼自文革以來短短的時間裏，一個個都變成了張牙舞爪的惡魔。他記得薛飛那次被專政組的人在火爐裏燒了腳後，曾在他跟前說了這麼一句話，「過去我向他們做報告時就是常講階級鬥爭，常抓階級教育，看來我錯了，下什麼種子結什麼果，有什麼可說的，我自己給自己培養了掘墓人嘛！」

張繼東突然聽到幾個人一系列的質問：

「你是怎麼潛伏下來搞反革命復辟的？」

「你是怎樣反黨反社會主義反毛澤東思想的？」

「你是怎樣操刀殺人的？」

……

張繼東的頭已被打木了，耳朵嗡嗡直響，他感到活不過去了。此時，他忽然想起了泰戈爾說過的一句話：「我求索我得不到的，我得到了我不求索的！」於是，別人如何問，他就如何回答。

「你是怎麼反革命的？」

「我從學校一直反到黨中央。」

「你是怎麼潛伏下來搞反革命復辟的？」

「我利用我知識分子的身份潛藏了下來，找一切機會準備搞反革命復辟。多虧毛主席用兵如神，先讓我們大鳴大放，把我們這些右派分子誘了出來，不然的話，我至今還潛伏在革命的隊伍之中。」

專政組的人看張繼東終於開始坦白了，趕快記了起來。

張繼東此時已經神情恍惚，別人問什麼他就說什麼，心裏卻想的是打掃學校四個廁所的事情。前些日子，他和薛飛每天一前一後將男女廁所裏的糞便一鍬鍬鏟入鐵桶，然後，抬到學校南邊操場旁邊一片空地上攤曬。有一天，學校在操場召開全市五萬人的批判大會，這個「炮轟劉少奇、鄧小平司令部」的會開得很長，整整開了三天。人們就地坐在學校的大操場上，操場連著農民的菜地，一直延伸到山下。從早到晚，大小便的人很多，這問題就嚴重了。四個廁所裏糞便堆積如山，張繼東和薛飛兩人抬著大鐵桶來來回回小跑著搬運糞便，但廁所裏糞便仍然堆得無法插足。專政組長看了大怒，大罵張繼東和薛飛是兩個無用的飯桶，一天到晚的磨洋工。

專政組將張繼東審到快天亮的時候，張繼東只看到人們的嘴一張一合，就嚇得哆嗦了起來，說：「我不是飯桶，我沒有磨洋工，我一天要抬四十桶糞便。我不是飯桶，我沒有磨洋工，我一天要抬四十桶糞便……。」

專政組長就又揮起了皮帶，在他的身上亂抽了起來，這天專政組取得了重大收穫，張繼東終於交待了原先他們沒有掌握的很多問題。

新的專政組長是剛從工廠來的工宣隊員，工人階級領導一切，他新當上專政組長必須要出點成績。在這次審問後，他如獲至寶，趕快把張繼東倡狂反對黨、反對毛主席和殺害貧雇農的罪行向上面做了詳細上報，於是，張繼東在一個陽光明媚的早晨被市公安局逮捕法辦了。

逮捕張繼東的大會還是在學校的操場上，這天在這個大會上共逮捕了全市現行反革命分子兩百一十二人。張繼東的兩條胳膊上被麻繩一纏，只見後面一個穿著公安服裝的人用膝蓋一頂，然後將繩索一扯，張繼東就蜷縮到了一起。

張繼東臉色蠟黃，頭上滴著豆大的汗珠子，誰也沒有注意他「哎喲」地叫了一聲。他已經完全絕望了，他多麼想見一面鄒靜和他的寶貝女兒江華。可他不知道鄒靜被放出來了沒有，他也不知道江華插隊後再能不能回來看他一眼。多少個日子裏，他忙忙碌碌，沒有認真地對待他愛的人。在這些日子裏，他才真正感到什麼叫親情、友情和愛情。他跪在地上，手臂被捆在身後，脖子上掛著「現行反革命右派分子張繼東」的牌子，頭髮被一個人扯著，他多麼想大哭一場啊！可在這震耳欲聾的喇叭聲下他又無法流出眼淚。他想，毛主席啊，毛主席，我在國民黨的專制統治時期，對您是多麼崇敬，對共產黨是多麼的向望啊。我嚮往自由，嚮往民主，嚮往光明，我什麼時候反對過你，我什麼時候反對過共產黨啊。我若要反對您老人家，我若是有半點對社會主義的不滿，我能冒著生命危險毅然回國嗎？恩格斯說過：「歷史會捉弄人，你想走進一個房間，結果卻踱進了另一個房間！」這場運動不是這樣嘛，許多人不都是被開了一個破天荒的大玩笑嗎？連第一個提出毛澤東思想的劉少奇都被打倒了，像我這樣的小人物還有什麼話可說呢？然而，他還是想不通，黨你就對你的兒女們這樣殘酷，這樣無情嘛？

張繼東被推上了一輛卡車，他往周圍掃了一眼，前面是警車開道，他的身後都是荷槍實彈的軍人。

他對左邊的一個人說：「同志，能不能將繩子鬆一點，我的手快要勒斷了。」

那人說道：「老實點，誰是你的同志！」

張繼東再不敢說了，他害怕往他頭上搧的巴掌。他的頭被那些巴掌打得至今還在隱隱發痛，尤其到了天陰下雨的時節，好像有個金剛鑽從裏面往外鑽，這時候他恨不得馬上死了算了，早早地解除這活不好死不了的痛苦。

張繼東乾脆將頭高高地昂了起來，他望著天上那輪灰濛濛的太陽。他默默地念著，當我想你的時候，冰雪會化作溫柔的水花，向你傳遞春的資訊。他這時看到，那太陽裏一會兒是鄒靜的臉，一會兒又是江華的笑容，他們笑得那樣的甜，讓他的心裏有了一點寬慰。他說，只要我的心中有了你們，我什麼也不怕了。

大隊書記巴生傑帶著永革、江華這些學生娃娃們在大隊部門前種上了扎根樹。這些扎根樹是一色的松樹，每棵松樹代表一個到這裏插隊落戶的知識青年，共有六十六棵。

這些松樹苗都是公社選來的種苗，永革他們挖了坑，倒上水，把樹苗放進坑，然後再澆了水，填上土，於是樹苗就昂首挺胸地站立了起來。

大隊部門上原來是一片光禿禿的場地，這些樹種上後，馬上顯出了一道風景。此時，陽光灑在地上，落在每一棵蔥綠的樹苗上，使得永革江華他們感到非常的溫馨。自從離開了從小長大的城市，到了異地他鄉的土地上，他們好像有一種空落落的感覺。剛開始的那種好奇、興奮的心情已慢慢地淡了，不知為什麼江華突然想起了媽媽，而且這種思念的心情越來越強烈，她想跑回去馬上去看一看媽媽。永革看出了同學們情緒的變化，他專門找了大隊書記巴生傑，商量了這次種扎根樹的活動。

永革將帶來的紅衛兵旗幟掛在了牆上，六十六個同學面對旗幟都舉起了右手。永革念道：「我們是師大附中到柳泉塢大隊插隊落戶的知識青年，我叫楊永革。」

其他的同學跟著永革一起進行宣誓，各自報了自己的姓名。

永革說：「我們響應毛主席的知識青年到農村去的偉大號召，到了這個廣闊天地，今天我們種下扎根樹，就是要在這裏生根、開花、結果，把我們的青春和熱血獻在這塊土地上，與天鬥，與地鬥，與階級敵人鬥，埋葬帝修反，改造舊山河，奉獻我們的一生。」

同學們跟著永革在宣誓，這些話雖然寫在紙上，但確實是他們發自肺腑的心聲，他們想，過去的老一代無產階級革命家為革命打下了江山，我們新社會的一代青年，就要跟著毛主席改造這個河山，把中國建設成為紅彤彤的新世界，成為世界革命的根據地和搖籃。

江華站在永革的身後，她望著永革寬闊的背脊，心裏有一種莫名的衝動。這是一個像一團火一樣的小夥子，他身上好像有永遠使不完的力量，他的熱情，他的衝動，始終影響著這個集體，點燃著她的心房。自從永革來了以後，她就像換了個人一樣，又恢復了原先的那種活力，每日裏她早早起來，打掃房間和院子，給缸裏挑滿水，然後她就叫醒其他的同學，一起學一段毛主席語錄。過去在學校的時候，她只知道學習毛主席的書，從心理上排斥古今中外其他一切優秀名著，可到了農村後，她住在巴永賢的家裏，巴永賢的房樑上放著線裝的《三國演義》、《封神榜》、《紅樓夢》等那麼多四舊書籍。她說：「巴隊長，你這些封、資、修的書是從哪裏來的？」

巴永賢咧著大嘴，把掃帚眉一揚說道：「都是從地主家裏沒收來的。封、資、修的書，你讀了才可以增加你的免疫力，不然，你光讀毛主席的書，好的壞的你分辨不清。」

巴永賢別看學上得時間不長，可他很愛看書，他把從公社一個地主家裏搜出來的線裝書從火堆裏搶出了十幾本，然後，自己一本一本細細地看，有些章節他還能把它完完整整的背誦下來。

江華聽了這話很吃驚，只有這山高皇帝遠的地方從貧下中農的嘴裏可以聽到這麼反動的言論，在城裏誰要是說了這種話早成反革命了。江華拿上這書，不看則罷，一看果真就被迷上了。尤其，《紅樓夢》裏那一個個栩栩如生的人物，就好像在自己眼前不斷地跳動。江華對永革說：「永革，這些封、資、修的書你也讀讀，這樣，我們在社會上才能知己知彼，也才能在鬥爭中百戰百勝。」

永革說：「這些書在城裏面是見不到的，只有在這窮鄉僻壤才會見到。我才不看呢，我勸你也別看，小心中毒。」

江華笑著說：「毛主席就讀過這些書，所以，才能寫出那麼好的文章來。」

「你能和毛主席比嘛，他老人家是多麼偉大的人物，他能讀的書，我們不一定能讀。我認為這都是封、資、修的書，應該把它們統統燒掉。」永革說著說著又犯開了倔脾氣，這就讓江華聽著很不舒服。

江華說：「我不和你爭辯了，你想看就看，不想看就算了。」

永革看江華生了氣，就說：「我們再不說這事了，談談以後怎麼配合貧下中農，搞好農村的鬥批改。」

江華說：「是不是先觀察觀察，把情況瞭解清楚，再去進行下一步的工作。」

「也好。初來乍到，還是多觀察，少行動。雖然來的時間不長，可是我也觀察出這裏的情況並不那麼簡單。」永革在處理一些事情上是很相信江華的，他覺得江華比他心細，而且很有遠見。

永革雖然對江華說他不看那些封、資、修的書，可是他怎麼也抵禦不了這些書的誘惑，他想看看這到底是些什麼四舊書籍。他趁別人不注意，悄悄把《三國演義》偷到了房裏，晚上人們都睡了，就拿出來看上幾行，不認識的字太多，於是他就跳著看，越看他越興奮，越看他越放不下手了。原來他只知道讀毛主席的書，當讀到這本書後，他突然有了一種新鮮感，他現在才知道這些所謂封、資、修的書真是有味，難怪江華給他推薦，讓他去讀這些書的。

永革是用了十個晚上讀完《三國演義》的，他此時才感到這本書太好了，那一個個活靈活現的人物，那些自己喜愛的軍事和歷史知識，還有如何處世怎樣做人的道理，讓他好似突然進到了一個從來沒有到過的知識寶庫。

永革看完書就去找江華。他在隊裏的麥場底下找到了江華，她正在和幾個女同學一起壘豬圈。

永革把江華叫過來說道：「江華，我把《三國演義》看完了。」

江華笑著說：「你不是說這是封、資、修的書嘛。」

永革說：「知已知彼，百戰不殆。」

「啊呀，剛讀了幾句古書就咬文嚼字了。」江華笑著說道。

「不敢，不敢，怎敢在魯班爺的門上弄斧呢。」永革看江華開玩笑，他也就與她說起了俏皮話。

「你看後覺得怎麼樣？」

「我覺得這些封、資、修的東西，還真有點意思。」

「不是真有點意思，我覺得我們該學的東西太多了。我一直想給你談談我的一些想法，我們應該制訂一個詳細的學習計畫，把馬恩列斯毛的書系統地讀一些，並且利用這裏的有利條件，再看一些封、資、修的書籍。」江華認真地對永革說道。

永革知道江華這話是正確的。這些年來，他們跟著毛主席造反革命，鬥老師，貼大字報，橫掃一切牛鬼蛇神，可他沒有認真地讀過一本書，也沒有靜靜地去思考過一個問題。但隨著年齡的增大，尤其到了農村以後，他想要真正地在這廣闊天地裏有所作為，必須讀一些書，否則，自己一輩子將會一事無成。

「江華，你列個書單，我到城裏去買一趟馬列的書。」

「永革你別急，我們把豬圈做好後，回去我就給你寫。」

永革知道農村裏的這些書在城裏是買不到的，可是，馬列的原著書店裏多得很，是可以買到的，一些科普書籍還是有的。他跟著江華朝幾個女同學走了過去。他說：「你們讓開，我給你們幫著幹一會。」

「好啊，有這麼一個大男人來幹活，我們都讓開。」女同學們聽到他的這話，就在他跟前開起了玩笑。

永革說著抱起一個石頭就走向前去。他按當地農民的做法，先在地上挖出溝來，然後在裏面紮上石頭，這些石頭都是用草泥一個一個黏到一起的。

豬圈的圍牆就是用石頭一塊一塊壘出來的，石頭上放上草泥，草泥上再摞上石頭，大石頭與小石頭搭配卡著往裏塞，圍牆做得很結實。然後，他和江華又找來木頭釘了柵欄門，豬圈裏面還蓋了一個小屋，這是豬臥的房子。

江華看永革幫她們蓋著豬圈，心裏很高興，和幾個女生給他打著下手。她沒想到永革從來沒有做過這種泥水活，可做起來竟是那麼認真，和那些莊稼人也要一比高下了。

第二十三回

鄒靜怎麼也不會想到，專政組的人會找她談話。

那天，她寫完檢查和其他牛鬼們向毛主席交代完，正準備回女牛鬼的牛棚睡覺，忽然一個人喊她，讓她帶上紙筆到專政組去。

到了專政組，只見房裏面坐著兩名軍代表和專政組長，以及一名廣播電臺的造反派頭頭。

鄒靜低著頭等待訊問，可她萬萬沒想到這些人今天卻異乎尋常的熱情。那位專政組長把椅子拿了過來，笑著對她說：「坐。」

鄒靜就過去坐了下來。她早已做好了思想準備，打吧，打死我還是那幾句話，我沒有反黨反社會主義。

坐在上首的軍代表說：「鄒靜同志，我們查看了你的檔案，知道你出身在一個貧苦人家，你的父親還當過工人，可是，你和反革命右派分子張繼東曾經有過那麼一段關係，張繼東由於倡狂反對毛主席，現在已經被公安機關逮捕了。但是，黨的階級路線政策是重在個人表現，我們希望你個人表個態，表明與張繼東劃清界限的決心，如果你立場鮮明的話，我們準備吸收你加入省廣播電臺三結合領導小組。我們覺得你是黨培養了多年的一位老幹部，完全可以站到黨的立場上來，站到毛主席的革命路線上來。你現在寫一份聲明，可以嗎？」

鄒靜聽到張繼東被公安機關逮捕了，她一下驚得目瞪口呆了，自言自語地說道：「他怎麼會這樣？」心想，他到底幹了什麼？於是軍代表後來的話她一句也沒有聽進去，人整個兒呆了。然而，她馬上就冷靜了下來，欲加之罪，何患無辭，這個時候能有個為什麼嗎？自己在牛棚裏待了那麼長時間，把這些還不清楚。軍代表又將他的原話重複了一遍，她抬起頭來冷冷地說道：「我考慮一下。」

這幾個人本想鄒靜肯定會感激涕零的，沒想到她在這大是大非面前會猶豫不決，竟然這般冷漠地回答。於是，他們將臉立刻吊了下來。

「好，下午兩點半以前給我們回話。」這位軍代表也是個乾脆人，說完就站了起來。於是，鄒靜又被押回了牛棚。

鄒靜回到房裏，她鑽到被子裏就大哭了起來。她想繼東現在是不是正在挨打，他那單薄的身體能受得了那無休無止的摧殘嗎？她說，繼東你可要挺住啊，我出去後一定去看你，你千萬不能想不開呀。

鄒靜的眼淚從她的面頰上流了下來，她緊緊地咬著被頭不敢哭出聲來，淚水像泉水般湧了出來，把被子頭都泡濕了。她哽咽著，抽泣著，她真想放出聲來痛痛快快地哭上一場。然而，她不能，她知道那些造反派們不讓他們哭，也不讓他們笑，哪怕是有天大的委屈和傷心事只能深深地埋在心裏。她非常清楚今天這幾個人給她談話的份量，若要出賣良心發出一個聲明，她不但會獲得自由，還會將她團結到三結合領導班子中去，但是，那樣的話將會在繼東的心裏插上一把刀子，這把刀子會斷送了繼東唯一生活的希望，會將他完全致於死地的。

鄒靜自言自語地說道：「就是讓我死，我也不會這麼做的。」她記得繼東曾在信裏對她說過一句話：「今天我們在這裏暫且分手，請你不要哭，明天我們會永久相聚，讓你笑個夠。」然而，沒想到繼東竟然又遭到了這麼大的打擊。她瞭解繼東，繼東是一個對政治不感興趣的人，為什麼政治竟把這個人死死抓住不放手了呢？

鄒靜在下午兩點以前沒有將聲明交到專政組，這讓軍代表和專政組的人們惱羞成怒了。他們把鄒靜的兩隻手捆了起來，吊在了房樑上。

鄒靜早就想到了這一點，所以，她顯得很平靜。她想好了，就是讓我死，我也不會按他們的設想發表聲明，給自己心愛的人心上捅刀子的。人不就是個死嘛，人連死都不怕了，還怕啥？她的兩隻手被吊在樑上，兩隻腳拖了下來，她用眼睛瞪著那些指著罵她的那些人們，心裏只有一個想法，趕快把我這條命要了算了。

然而，那些人們今天沒有打她，只是把她吊了起來，就坐在她對面望著她笑。

鄒靜感到胳膊已經斷了，一種針扎了般的感覺傳遍全身。她將眼睛閉了起來，因為她望著那幾個人面獸心的東西就感到噁心。過去這些人每次打她的時候，她曾經哭喊過，可她現在不願意在他們面前流下眼淚。她想起了繼東，不知為什麼這些日子繼東的影子總是在自己的眼前晃動。她自言自語地說道，繼東你是一個堅強的人，你不是經常鼓勵我要堅強、要勇敢、要努力學習。你曾經說過，只有在學習奮鬥中，在生活的搏擊中，把愛情融於這一切之中，愛的花朵，才會開得更豔麗，才會結出豐碩的果實。可她總是對繼東放心不下，這一浪高過一浪的運動，把多少人捲入了驚濤駭浪之中，給多少家庭造成了無法彌補的傷痛，然而，鬥爭還在繼續，並沒有半點鬆懈的樣子，她不知道什麼時候才是她和繼東重新相逢的時候。她已經想好了，等她和繼東放出來後，她就要去找她的心上人，她要和繼東住在一起，不管他頭上戴著什麼帽子，他永遠是她的唯一。她此時才知道，殘暴，打罵，無休無止的批判，不但沒有把她與繼東分離開來，反而使她好像突然從夢中驚醒，她的心離繼東更近了。此時，她發現原來這幾年是她錯怪了他。這個社會像深不可測的溝壑，像茫茫無際的海洋，人心之險，人心之惡，在此時完全暴露在了光天化日之下。

鄒靜感到嘴裏開始冒火，口乾舌燥燒得她嗓子眼開始發焦。她說，給我一些水吧。然而，人們好像沒有聽見，因為她的聲音太弱了。她感到死神已向自己逼近，到處是魑魅魍魎，她往那幾個人看了一眼，那些人們還對著她發笑，然而，那一個個笑臉讓她毛骨悚然。此時，她多麼想讓繼東抱一抱她，她記得那些日子裏，每當在繼東的懷抱裏撒嬌時，她就有一種說不出來的溫馨，可是，現在這裏是冰涼、血腥和恐怖，讓她一個嬌小的人兒好似投入到了冰冷的汪洋之中。她扭動了一下身體，可這一扭她的臂膀又開始了鑽心的疼痛。

她知道一切掙扎都是徒勞的，那些人已經成了冷血動物，他們的心已經完全僵死了，僵死得已經沒有了一點兒人性，他們不會對她有絲毫的憐憫，他們是要用這種苦刑讓她去按照他們的意願與繼東劃清界限，去在公開的場合發表聲明。可她是不會這麼做的，她寧可死也不會這麼做的。她默默地說，繼東讓我們用各自的心呼喚對方的名字吧，別讓人們知道我們是誰。我們是狂風暴雨，我們是閃電驚雷，我是你的，你是我的，我永遠是你身邊那一朵待放的玫瑰。

鄒靜鼓足勁喊了一聲：「我要喝水——。」

這聲音讓那些人們大吃一驚，其中一個人給她端過來了一杯溫開水，然後他把水放到她的嘴邊，說：「你不是很堅強嗎？原來你也會口渴啊。」說著，他慢慢將杯子裏的水緩緩地倒了出來，在她的眼前流到了地上。

他把杯子裏的水倒完，然後笑著把空杯子搭在她的嘴上，說：「喝吧。」

她聞到了水的甜蜜，一種從來沒有過的對水的渴求揪著她的心。她的嗓子眼裏好像在冒煙，她掙扎著張開嘴舔了一下自己的嘴唇，可沒有一滴水進到她的嘴裏。

他對她說：「黨和人民給你出路，要把太陽的溫暖照到你的身上，可你卻頑固不化，要與人民為敵，不與反革命右派分子張繼東劃清界限，還想著要和他一起反黨反人民。你要這樣，誰也沒有辦法。偉大領袖毛主席教導我們說：『什麼人站在革命人民方面，他就是革命派，什麼人站在帝國主義封建主義官僚資本主義方面，他就是反革命派。什麼人只是口頭上站在革命人民方面而在行動上則另是一樣，他就是一個口頭革命派，如果不但在口頭上而且在行動上也站在革命人民方面，他就是一個完全的革命派。』你就是一個站在帝國主義封建主義官僚資本主義方面的反革命派，所以，你只有死路一條。」

鄒靜早已習慣了這一套，她把頭歪到一邊，又閉上了眼睛。

柳泉塢大隊主要有兩大姓大家。一個大姓人家是以地主周學璞為首的周家，這周家根基深，底子厚，已在這裏不知住了多少代，代代都有大讀書人出現，所以，城裏鄉裏都有他們周姓家人。另一大姓人家就是巴姓，巴姓人家雖然在祖上是逃難到這裏來的難民，但自從被周家安置之後，輩輩人丁興旺人生得多，長得壯，已經繁衍了五輩人家，就使他們的人數已可與周家平分柳泉塢了。這巴姓解放前時因為是外來戶，受到周姓人家的歧視，可自從解放以後，鬥地主，分田地，政治地位迅速提高，已牢牢地掌控著從大隊到生產隊的各級權力。由於兩姓人家歷史上的恩恩怨怨，這時節雖然階級路線分明，但周姓人家的貧下中農仍然站在其宗族的立場上，所以，永革和江華這些知識青年們來後，雖然看到這裏的一切平靜如水，但仍然可以感到兩姓人家的壁壘分明。

知識青年沒有到這裏來以前，隊裏的豬一年四季到處遊逛。雖然周姓人家各家各戶都養豬，隊裏百分之七八十都是他們養的豬，但巴姓人家的豬最難管，因為都是貧下中農，誰也管不了誰。巴永賢當時想讓這些貧下中農把豬圈起來，一是這樣豬再不禍害莊稼，另外，把豬圈起來，豬糞就不會被別村的人拾去。然而，隊裏限制把豬圈起來的話不知說了多少遍，採取過一系列的措施，可是每次都因為個別人家的不自覺而執行到後面就沒法執行了。

巴永賢個子雖小，可人小鬼大，當知識青年來後，他就看出這知識青年是豬的剋星，是管豬的最好人選。他知道知識青年在這裏不過是過眼的煙雲，別看來時宣誓栽樹，大表決心，聲勢大得很，可那都是給人看的，雷聲大，雨點小，到頭來這些娃娃屁股一拍就會走人。於是，他在隊上開了會，大講特談圈豬的好處，讓每家每戶都把豬圈起來，並且他把圈豬與階級鬥爭掛起了鉤，與明年糧食打翻身仗聯繫了起來，另外，他當場任命張小牛負責管豬的事宜。

張小牛身體不好，在地裏勞動沒有力氣，可他做事特別認真。他負責管豬的事後，一天提著根長木棒在巷道裏轉悠。管豬的活雖輕可巴永賢每天按強勞力給他十分工，這可把隊上的一些社員羨慕得不得了。他們給巴永賢說，我們一天到晚撅著屁股幹活，也只掙著十分工，為啥偏心眼給這個娃娃這麼高的工分。巴永賢沒有吭聲，他心想，過去這惹人的事，誰也不想幹，今日裏人家學生娃娃才幹上幾天，他們就不服氣了。所以，他大會小會上理直氣壯地說：「別管誰拿得工分多活兒舒服，誰要是能管住柳泉塢的豬，我照樣給他劃個滿工分。」

張小牛確實沒有辜負巴永賢的期望，他對這事幹得兢兢業業。不論白天晚上只要他發現有人把豬放了出來，他就追著打，直到把那豬趕回家，然後給這家人宣布，按隊上的規定，扣罰四十個工分，然後再去給巴永賢進行彙報。

然而，隊上有一戶叫巴生龍的人家，養了三頭烏克蘭大白豬。這三頭豬細條身材，立耳朵，走起路來東張西望，顯得異常機靈敏捷。它們三個從小到大就是靠吃隊裏的莊稼長大的。夏日的晚上，巴生龍瞅巷道裏沒了人，悄悄打開大門，三條豬就從門縫裏鑽了出去，踮著腳直往隊裏的包穀地和洋芋地奔去，只要遠遠聽見有人的腳步聲，它們就屏聲靜氣把兩個耳朵高高豎起，踮起腳尖觀察人的動靜，或是悄悄伏在地邊上，或是早早溜得遠遠的，讓人們對它一直無可奈何。

張小牛管上豬之後，巴永賢說，隊裏飼養圈牲口槽裏的料每天晚上被啥野物偷著吃了，讓他好好留心是不是讓誰家的豬給吃了。張小牛剛開始不相信是豬吃了，還想是不是讓哪個人給偷了。他叫上永革悄悄埋伏在了飼養圈裏，晚上月明星稀，大約到了十二點左右，他倆聽見馬槽裏有動靜，永革將手電筒打開，一看是白生生的三條細長的烏克蘭大白豬，他馬上意識到這是巴生龍家的豬。可當他們追過去，不待他們走到跟前那三條豬早就跑得無影無蹤了。於是，他倆就直奔巴生龍家，穿過兩條巷道，他倆到了巴生龍的家門口，果然，巴生龍家的大門沒有關，他倆就直衝了進去。

進到院裏，永革喊道：「生龍叔，你家的豬偷吃飼養圈裏牲口的料了。」

這時，就看見巴生龍家的油燈亮了，一個女人在房裏就罵了開來：「不要紅口白牙胡說八道。我家的豬好好地關在家裏，誰偷吃飼養圈裏的料了，把你們自己的腿管好，好好地在城裏不待，跑到我們鄉下做啥來了？我們隊上有多少糧食養你們這些閒吃飯的。」說著，這女人從房裏出來，指著圈裏的三條白豬罵道：「瞎了你們的狗眼，你們看一下這是啥？」

永革和張小牛來了這些日子，表面上他們感到人們對知識青年客客氣氣，沒想到巴生龍的老婆竟然說出這種話來，從這些話說明這裏的人們底下裏把他們當成了來這裏混著吃飯的閒吃飯了。

張小牛對巴生龍的女人說：「你別急我們遲早要把你的這三條豬抓住，你再要損公肥私沾隊裏的便宜，決沒有好下場。」

巴生龍在過去是當地有名的地痞無賴，舊社會時憑著光棍一條，天不怕，地不怕。解放初期，農會為了把土改搞起來，吸收他為農會會員，由於他敢打敢衝，時間不長他就當了農會副主席。那時候，他確實風光了一陣，鬥地主、分田地，把一個地主的小老婆壓到了炕頭上，從此他在政治和經濟上徹底翻了身。可是由於他個人素質太差、太自私、太無賴，所以，以後在柳泉塢不但沒有立起來，還慢慢地沒了一點威信。

永革說：「走吧，我不信就把這三條豬沒了辦法。」

永革和張小牛沒有向巴永賢進行彙報，而是繼續抓，可抓了幾個晚上，根本把這三條豬抓不住。這三條豬太聰敏了，它們三個每次讓兩個先進到圈裏，一個站在門外張望，一有動靜，門外的豬輕輕一聲鳴叫，三條豬飛也似地跑得就不見了蹤影。

張小牛說：「我不信就沒了辦法。」他到商店裏買了滴滴畏農藥，晚上他和永革悄悄進入飼養圈，把牲口拴到幾個槽上，空出一個馬槽，然後用料拌了滴滴畏放到馬槽裏。

這晚月亮很明，像一個光亮的圓盤掛在天中央，在整個飼養圈裏灑下淡淡的銀光。永革和張小牛在飼養圈的草房裏的草上爬著，一直等到快雞叫時還不見動靜，於是他倆迷迷糊糊地給睡著了。

第二天天剛麻麻亮，就聽見飼養圈裏有人大呼小叫，永革和張小牛從草房的縫隙裏往外看去，只見巴永賢領著隊上人來背糞，地上躺著三條口吐白沫的大白豬。人們還沒回過神來，只聽巴生龍的女人爬在豬的身上哭了起來：「壞天良的城裏娃啊，我惹了你啥了，你為啥對這三條豬過不去呢。你孫猴子當了個弼馬溫，我看你白吃飯當上一輩子守豬官。」這女人一邊哭，一邊罵，把個巴永賢說得站也不是，走也不是，他知道這女人指桑罵槐在罵他呢。

永革和張小牛一看這樣，趕快從後牆上跳了出去。

他倆出去後，又轉了一個圈走進了飼養圈，一進圈門，江華把他倆人一把拉到飼養圈外，板著臉說：「你兩個膽子怎麼這麼大呀，一下藥死了人家三頭豬，我看你們怎麼向貧下中農交待。」

靳莉莉說：「交待啥呀，巴生龍的這三頭豬成了隊裏的一大禍害，我看為民除害沒什麼大不了的。」

靳莉莉長著一雙水靈靈的大眼睛，而且個頭兒高，身材挺拔，由於家庭出身的關係，過去她不敢對永革有任何想法，可自從江華也成了狗崽子之後，她想，我哪一點不如江華，憑什麼她江華可以愛永革，而我不能與永革相互來往呢。所以，她事事處處給永革獻著殷勤，想讓永革也能對她有個笑臉。

永革說：「無事不可膽大，有事不可膽小，既然豬已死了，事已做了，就不管他三七二十一了。」

劉偉說：「我覺得這件事做得不好，我們大家湊點錢，應該主動給人家進行賠償，不然會影響我們與貧下中農之間的關係。」

江華說：「巴生龍損公肥私的做法不對，我們藥死人家的豬也不好，我也同意劉偉的意見，按照『三大紀律，八項注意』給人家進行賠償。」說著，她掏出身上僅有的三十元錢塞到了永革的手裏。

五個人正這麼湊著錢，只見巴生龍的老婆又哭又罵地闖了出來，嘴裏罵著說：「挨刀的知識青年反革命，破壞生產給貧下中農下毒藥，我到公社告你們去。」

江華一聽果然這事鬧大了，她趕緊讓永革把錢拿過去。

永革推開眾人迎了上去，他說：「龍嫂，別罵了，豬是我給藥死的，我給你賠，這是八十元錢。」說著，他把手裏湊了的錢塞到了巴生龍老婆的手裏。

巴生龍的老婆本來是要找永革他們算帳的，沒想到永革給了她這麼多錢，她一把從永革手裏搶過錢，裝進了褲兜裏。

跟進來的巴永賢一見這個樣子，對這女人說：「你們家的這三頭豬，吃了兩年隊裏的莊稼，我看這些學生娃娃們也沒大錯。人家又給你賠了這麼多錢，還便宜你了。」

巴生龍的老婆喜得兩隻眼睛冒開了花。她的這三頭豬，撐死也只能賣個六十元錢，沒想到今天因禍得福卻拿了這麼多。她轉過頭來對巴永賢說：「永賢叔，我這豬是純種的烏克蘭，也值這麼多錢呢。今天我也再不說這些學生娃娃們了，誰沒個錯，既然把錢賠了，就算我倒楣。」

說著，她朝永革他們笑了一下，轉過身，扭著屁股就往家裏走去。

巴永賢說：「這些人啊，給我們柳泉塢人丟盡了臉，真是臉皮子比城牆還厚。」

第二十四回

田恬到省廣播電臺看了鄒靜，回到家卻見楊毅吊著個臉一直不說話。田恬清楚楊毅的苦心，她知道楊毅害怕她這樣會找來不必要的麻煩，可鄒靜是她唯一的無話不說的好朋友，她這時不去再有誰能對鄒靜有一點安慰呢？田恬今天去看她，鄒靜的臉腫得眼睛瞇到了一起，兩個胳膊疼得抬不起來，彎著腰揚著頭看她。她想，鄒靜看來在這牛棚裏不知挨了多少打。她望著鄒靜滿身的傷痕，撫摩著她紅腫的臉，再也控制不住自己的情緒了。只聽她「哇——」地一聲大哭了起來。她本想進去和鄒靜坐一會的，可造反派們一見她還哭起來了，讓她把東西放下就將她趕了出來。

田恬出來後，就想到了楊毅，她希望楊毅能夠在省革委會找個人通融一下，可楊毅卻冷漠地說：「別引火燒身了。」

一看楊毅這個樣子，田恬就撅著嘴往自己的房裏走去，她想抱著被子好好哭上一場。

「站住。」楊毅說話從來都是這麼居高臨下。

田恬聽到這話就坐在了凳子上。

「我給你說過多少遍了，在這個節骨眼上千萬別去招惹是非，你還是不聽我的勸告。鄒靜是我們的朋友，我比你更清楚這事應該怎麼辦，我不是不讓你去看鄒靜，可是這個時候不能去。」楊毅身在高處，對現在的形勢看得一清二楚。

「老楊，你過去可不是這樣的，這些日子你怎麼只是想到自己，你瞭解鄒靜現在的處境嗎？你知道她被那些人給打成什麼樣子了嗎？」田恬說到這裏又哭了起來。

「現在的形勢你不是不知道，上上下下人人自危，現在嚇死的人比打死的人還多。我聽說薛校長也死了，說是自殺，可我對老薛這人瞭解得很，他肯定是讓人給打死的。他死後家裏人連屍體都不敢去領，你卻在這個時候去看她，這不是找著往自己的身上找事嗎？」楊毅紅著臉繼續說道：「鄒靜現在沾上了張繼東的一身臭屎，別人躲都躲不及呢，你還好專門找著往上蹭。」

田恬一聽薛飛校長被打死了，愣了一下，心想薛校長為人小心謹慎，樹葉子掉下來都怕打破了頭，這樣的好人怎麼也遭了這麼大的劫難，她說：「我不管，鄒靜是我的朋友，她現在到了難處，沒一個人去看她，我不去看她，誰再能看她呢。」

「我不是不讓你去看她，我是說這不是時候，我會在下面想辦法保護她的。你知道嘛，薛飛革命了一輩子，被打死後連自己家裏的人還和他劃清界限呢，你要想看她，過了這陣風再去也行嘛。」楊毅說道。

田恬聽到楊毅的話很失望。她轉過身向楊毅望了一眼，只見楊毅緊緊地皺著眉頭。她想，過去的楊毅可不是這個樣子，他為人正直，敢做敢當，天不怕地不怕，她也就是因為喜歡他這種男子漢的氣概才嫁給他的，沒想到自從文化大革命以來，楊毅突然變得膽小、自私，而且對過去關係那麼好的鄒靜，也是這般的冷漠。

田恬說：「老楊，你變了。」

楊毅說：「我沒有變，我還是楊毅。」

「不，你變了。」田恬望著楊毅的眼睛，她覺得這雙眼睛裏有一種無奈，有一種憐憫，她也感到了一種從來沒有過的悲哀。

「毛主席發動的這場文化大革命，它會觸及每一個人的靈魂。」

「這我知道，你不應該只明哲保身，鄒靜她是你我最好的朋友。」田恬說完這話接著說道：「在這一點上，你還不如你的兒子。」

說起永革，楊毅一下跳了起來，他說：「都是因為你，永革才連自己的前途都不要了。」

「怎麼了，人家江華哪一點比不上我們的永革。我看永革找上江華這麼好的姑娘，是他的福氣。」田恬說道。

楊毅沒吭聲。他知道江華是個好姑娘，這是他看著長大的，可是，現在的江華和過去的江華不一樣了，她爸爸是個右派分子。實際上楊毅在心裏也對毛主席發動的這場文化大革命不是很理解，可他相信毛主席說的話做的事永遠是正確的。

「黨的階級路線不是重在個人表現嘛，江華那姑娘表現得不好嗎？」田恬說道。

「哎呀呀！你也太幼稚了。說得是重在個人表現，你看參軍入黨提幹，家庭出身不好的哪一個被破過例。」楊毅說完接著說：「你要是家庭出身不好，連嫁給我還要打個問號呢。」

田恬不吭聲了，她知道楊毅的話有一定道理。男人嘛更注重於理性和實際，而她則更看重孩子們的愛情。她想，我年輕的時候實際上愛的是張繼東，可與他卻失之交臂了，是自己潛意識裏的功利思想與楊毅結合在了一起。她當時實際上是不愛這個比她大十多歲的男人的，由於她平時不愛在人前表白自己，誰也沒有看出她的心思。此時，她聽見楊毅說這個話，也賭氣地說：「你以為我就那麼愛嫁給你嘛，那時不是你死磨硬纏，我嫁你也要打個問號呢。」

楊毅沒想到田恬會對他頂嘴。他記得田恬剛嫁給他的時候，小巧可人，對他百依百順，而如今怎麼變成這麼一隻母虎了。他想，我老了，不中用了，外面的人們隨意打罵批判，最近說是三結合了，在人前面還是低人一等早已沒了過去的權威。現在，兒子遠走高飛，田恬也不和自己一條心了。想到這，他感到了一種從來沒有過的悲哀。楊毅於是就到裏屋躺了下來，他什麼也不想說了。想當初，自己在戰場上叱吒風雲，威風了一輩子，到頭來卻連自己的女人和兒子也不聽他的話了，想到這裏他的心裏越發氣堵得慌，心情也更加鬱悶了。

田恬看楊毅到裏屋睡了，她也到永革的屋裏躺了下來。她和楊毅已經有半年多沒睡到一起了，她愛永革，喜歡江華，鄒靜又是和她關係很好的大學同學，她知道楊毅是個好人，可她不明白這麼頂天立地的一個漢子，怎麼讓這場運動打磨成了這麼一個膽小如鼠的男人。此時，她多麼希望楊毅能和她一起關愛這些最親近的人啊，可楊毅總是和自己想不到一起，而且最近和自己發生了一次比一次大的衝突。她去看鄒靜的時候，她還沒想到鄒靜的處境竟是那樣的悲慘，當她進去牛棚剛見到鄒靜的那一瞬間，她真不敢相信自己的眼睛，原來那麼活潑歡快的一個人兒，卻成了一個目光呆滯沒了一點活力的女人。當時，她真想跑過去抱住自己的朋友了大哭一場，可那些人只讓她遠遠地望著鄒靜痛苦的身影。

鄒靜說：「楊毅出來沒有？」

「出來了。現在已經入了三結合領導班子。」

鄒靜點點頭說：「那就好。不然他這麼大年紀的人了，怕是抗不住的。」田恬想，鄒靜這人啥時候都想著別人，她咋不想想自己呢？

田恬又想到了永革，這孩子生得時候就是難產，差點要了她的命。生下來後，她又沒有奶來餵他，從小到大沒讓她少操心。她不知道永革現在的狀況怎樣，很想到鄉下去看一下。

此時的楊毅也還沒從氣惱中出來，他想，文化大革命的浪潮一浪高過一浪，過去的戰友家家都被衝擊，個個自身難保，可田恬不聽話還要到鄒靜那裏去。現在的人天天想躲是非，是非還要找上門來，再要是自己不小心，啥時候讓人整死都不知道。他怪永革的年輕氣盛，怨田恬的不識時務。他想，還是和田恬好好談一次吧，自己畢竟要比她大得多，兩個人總這麼僵著也不是個事情。

柳泉塢冬天的第一場雪是在晚上下的。江華早上起來，大塊大塊的雪片密密麻麻地飄浮著，在空中織成了一個白網，山嶺、田野、房屋、樹林，到處披上了一層厚厚的棉被。江華看到永革和劉偉興奮地把院子裏的雪堆成了個雪人，那雪紛紛揚揚地把他們包擁了起來，落到雪人的身上，乍看起來是那樣的奇妙有趣。

江華也被這雪感染了，她從屋裏出來，歡快的雪花馬上把她摟到了懷裏，她揚起頭來張開嘴，雪花就落到了她的嘴裏，一股沁人心脾的清涼霎時讓她感到了一種從來沒有過的愜意。她輕輕念起唐代詩人王烈的《雪》，這是小時候媽媽讓她背過的一首詩：

雪飛當夢蝶，風度幾驚人。
半夜一窗曉，平明千樹春。
花園應失路，白屋所為鄰。
散入仙廚裏，還如雲母塵。

這詩她念過無數遍，今日裏卻別有一番風味，王烈通過豐富的想像力，把庭院雪景寫得奇寒而瑰麗。她正這麼想著，不知誰向她的頭上扔了一個雪團，雪團散開來掉到了她的脖子裏，惹得她「咯咯咯」地笑了起來。

她看清了這是張小牛向她扔過來的雪團，於是她也彎下身來，捧起地上的雪，用手捏了一個雪團追了過去。沒想到雪團卻落到了劉偉的頭上，劉偉把脖子扒了扒，抓起一個雪團就朝她扔了過來。這時，大黃被興奮的人們挑起了興趣，迎著雪團也在雪地裏狂奔了起來。

大黃是一條狼狗，渾身的黃毛金光閃閃。是巴永賢用背簍背了五隻小狗，然後在三九天扔到冰窟窿裏活過來的唯一的一隻獵犬。它站起來足有一個牛犢大，耳尖眼大，體態細長，跳起來能咬到樑上。永革他們到這裏之後，經常餵它，領它到各處玩耍，所以，它只要聽到這些知青的腳步聲，它馬上跳起來抖著身子，搖著尾巴去迎接他們。

巴永賢的家在山的下面，永革他們出了院子就徑直順著山坡往上跑去。山上的雪被風吹著，跳躍著向他們迎面撲來。江華舒暢地深深地呼吸著雪花飛舞凜冽的空氣，她感到天地開闊，空氣清新，樹上掛滿了毛茸茸亮晶晶的銀條兒。一陣風吹來，樹木輕輕地搖晃著，那美麗的銀條兒和雪球兒就簌簌颯颯地抖落下來。他們將雪團互相扔在對方的身上。當江華追上去把一個雪團扔在張小牛的身上時，高興地拍著手大笑了起來。

永革再也沒有見過江華這麼高興過了。他看見江華的臉紅撲撲的，一雙似乎要展翅飛翔的眼睛，閃著光芒，歡笑時那小嘴邊上一對酒窩是那麼惹人疼愛。

永革跑了上去，拉著江華就往山上跑去。兩人一邊跑，一邊笑，那快樂的笑聲吸引得人們向他倆望去。靳莉莉本來也是喜悅的，可她看到這個情景，心裏就很不舒服。她想，憑什麼江華就能讓永革為她瘋狂呢？她曾多少次在永革的跟前大獻殷勤，可永革見了她竟沒有一點笑容。於是，她也想過張小牛和劉偉，張小牛瘦弱單薄沒有一點男子漢的氣魄，劉偉的家庭也是那麼黑，她不想讓人們說他們是兩隻黑烏鴉雙雙對對一起飛。所以，她立志非紅五類不嫁，要嫁就嫁一個像永革一樣又紅又有男子漢氣派的好男人。

靳莉莉往一處空場地裏跑去，她想一個人清靜一會兒，她想讓這飛揚的雪花慰藉一下自己孤寂的心靈。

劉偉一看靳莉莉突然往那空場地跑了過去，他驚了一下，他知道那裏有一個深坑，他想，不好，萬一她掉進去怎麼辦？於是他折過身往靳莉莉的方向追去。

果然，不待劉偉追上她，靳莉莉一下掉進了那個大坑。

劉偉見前面的靳莉莉掉進了坑裏，趕快朝永革他們喊了起來，然後迅速地來到了坑邊。

這個大坑是洪水沖刷成的一個深洞，自從知識青年到這裏後，巴永賢正準備要將它填平，害怕將地形不熟的娃娃們掉進去，沒想到事情果然提前發生了。

劉偉站在坑邊往深洞裏看，只見黑糊糊的根本看不到洞底。他就把手一攏對著洞中大聲喊：「靳莉莉——」他聽到了洞裏微弱的哭聲。

這時，永革、江華和張小牛和大黃一起也跑了過來。

大黃一看這樣，急得用兩隻爪子扒著地，在洞邊上轉來轉去。

永革說：「你們等著，我到隊裏找根繩子去。」說著，他趕快往飼養圈跑去。

大黃跟著永革跑，永革很快把繩子拿了來。這時，巴永賢也跑了過來。

巴永賢說：「你們把繩子扯著，我下去。」

永革把繩子往自己的腰上捆，說：「我下去。」

巴永賢說：「我比你們有經驗，還是我下去。」說著，把繩子捆到了自己的腰上，然後用腳蹬著洞壁，慢慢攀了下去。

靳莉莉果然是被夾在了一個水窟窿裏，沒有直接落到洞底。巴永賢用腳蹬住洞壁上突出的部分，將自己身上的繩子解開，拴在了靳莉莉的腰上，然後喊道：「往上拉。」

靳莉莉被拉上來後，永革他們又把繩子放了下去，將巴永賢拽了上來。

這時的靳莉莉臉色蒼白，嘴唇發青，渾身打著哆嗦。江華一看這個樣子，抓住她的手就哭了起來。

巴永賢上來後說：「哭屌個啥，把娃往家裏背。」

劉偉過來說：「我來。」背上靳莉莉就往巴永賢家走去。

巴永賢的父親懂點中醫，是個接骨匠。巴永賢從小耳濡目染，不但會給人接骨看病，而且，還能治馬驢牛等大牲畜的一些常見病。

靳莉莉躺在炕上，巴永賢讓她動腳指頭，剛動了幾下靳莉莉就疼得頭上滲出了汗。

巴永賢皺了一下眉頭說：「還算好，骨頭沒折，不過傷筋動骨一百天，也得在炕上躺上三個月。我看不行的話，是不是讓家裏人把靳莉莉接回去。」

靳莉莉聽到這話就哭了，她是沒家可回的。父親死了，母親是右派分子關在牛棚裏。回到家裏舉目無親，還不如她在這裏還有一碗飯吃。

江華知道靳莉莉家的情況，她說：「就讓莉莉在這裏養傷吧，我們輪流照看她，她心裏還舒服一點。」

靳莉莉朝江華望了一眼，她對江華這話是很感激的。在城裏的時候，造反派們經常押著她母親批判鬥爭，抄家，打罵，經常嚇得她蒙著頭睡覺。同學們歧視她，唾罵她，逼著她與家庭劃清界限。可是到了這裏之後，同學們的關係好像比以前親密多了，過去的永革不要說和他們在一個鍋裏吃飯，就是在路上兩人面對面的碰上，也從來沒有理過她，可是現在他們卻像一家人一樣。

江華一提議，大家就都說：「我們已經種了扎根樹，死也要死到一起。」

巴永賢說：「娃娃們說著說著就胡說開了，這不吉利的話能隨便說嘛。」

靳莉莉聽到大家的話心裏很感動，在學校裏的時候，她想參加紅衛兵別人都不讓她參加，可是現在，自己病了之後，有這麼多人圍著她轉，不但不嫌棄她，而且個個都給她伸出了友誼之手。此時，她才感到了被人關懷的甜蜜。過去的日子裏，她曾經恨過打她罵她的同學，恨過帶給她苦難的媽媽，可是，現在同學們關心她，這裏的人們尊敬她，她覺得是上山下鄉讓她徹底地改變了往日的心情。

劉偉給她端來一杯水，她深情地朝劉偉看了一眼，然後對他笑了一下說：「謝謝！」

永革笑著說：「劉偉，以後照顧靳莉莉的事就交給你了。」

靳莉莉說：「誰讓你們照顧我了，我自己行。」說著她就要起來，可剛一動，疼得她就「哎喲」地叫了一聲。

江華知道靳莉莉要休息了，就對幾個男同學說：「你們先出去吧，人家該休息了。」

永革他們一聽這話就走了出去。江華就在臉盆裏倒了溫水將靳莉莉的腳泡了進去，然後用毛巾將腫了的腿腳擦洗乾淨，再抹上巴永賢拿來的膏藥。

靳莉莉剛來柳泉塢的時候，對江華說話一直不冷不熱，原因很簡單，就是因為江華本是和自己一樣的右派子女，卻在學校裏風光了那麼多年，讓她和其他一些狗崽子們在她的跟前點頭哈腰，而且，永革這樣的高幹子弟也深深愛著江華。她想，為什麼苦難都攤到了我們頭上，好事為什麼總是她。所以，她心裏一直不平衡，想找一個機會好好將江華報復一下，可她今天摔傷後，江華是那樣的無私，那樣的大度，這寬容的胸懷一下子就顯得她有點小肚雞腸了。

她望了一眼外面的雪，雪還是大片大片地下著，她將傷腿放在熱炕上，腿子還是火辣辣的疼痛，可她的心裏卻比以往任何時候都要高興。

第二十五回

隨著春節的臨近，永革他們思念家的心情越來越迫切了。這是柳泉塢大隊下鄉知識青年的第一個春節，還在春節到來的半個多月前，在勞動中，在空閒時，知青們就在一起念叨，要是在家裏，現在該清掃房屋了，該準備買年貨了，媽媽醃製的臘肉太好吃了，媽媽炸得油餅子該我們吃了，也要快準備湯圓了……。

除夕那天，巴生傑從大隊部帶回來厚厚的一摞家信，往各個生產隊分發。他一進巴永賢的家，知青們一擁而上把他這個大隊黨委書記團團圍住，爭先恐後地從他的手中搶過自己的信來。三個男生都拿到了家裏的信，而江華和靳莉莉則沒有收到。江華當時眼圈有點紅，而躺在炕上的靳莉莉則捂著臉大哭了起來，這一哭引得江華也控制不住了自己的情緒。

江華轉過身就往外跑去，她知道媽媽還在牛棚裏，她也聽說張繼東已被公安機關逮捕了。她給媽媽已去了好幾封信，不知媽媽收到了沒有，可媽媽怎麼連一封信也沒有給她回呢？她抱住巴永賢房後的一株老榆樹就哭了起來。昨天晚上，她又夢見了媽媽，媽媽給她做了她最愛吃的年糕。不知為什麼，她剛把年糕放進嘴裏，突然闖進來幾個人給媽媽戴了高帽子，然後把年糕潑在了媽媽的身上。她當時追過去抓住那個人又哭又打，她記得媽媽在夢中清晰的聲音，「江華，媽媽回來再給你做年糕吃。」

江華知道媽媽是這個世界上最愛最疼她的人，媽媽也在時時刻刻盼望著她的來信，也在眼巴巴地希望和自己過上一個溫暖的春節。

永革看江華跑了出去，他也追了出來，見江華哭得很凶，就悄悄地在遠處站著。他想，讓她哭吧，讓她把肚子裏的苦水全倒了出來，也許這樣對她會好一點。

永革手裏拿著爸爸和媽媽給自己的信，心裏痛苦萬分，「爸呀媽呀，你們知不知道兒好想你們啊！什麼時候才能見到你們呀！」

永革本來是很堅強的，不管勞動多麼累，生活多麼艱苦，是從來不說苦和累的。可是，今天他的想家的感情也像火山一樣爆發了出來，心裏也被一種牽腸掛肚的思念之情給扯得疼痛難忍。

江華看到了永革，眼淚汪汪地過來撲到永革的懷裏，哽咽著說：「永革，我想我媽呀！」這麼一說，永革的眼淚也在眼裏打開了轉轉。

永革把懷裏的江華拍了一拍，說：「江華，田種上後我們回一趟家，去看看你媽媽。」

江華抬起頭來，她對永革說：「我還有一個右派分子的爸爸，你不嫌他？」

「家庭出身是不由人選擇的，可是道路是可以自己選擇的。」永革說。

「你不怕我影響了你？」江華盯著永革的眼睛。

「傻瓜，害怕影響我就不來找你。」永革笑著對江華說。

永革的話讓江華非常感動。她發現永革變了，不像以前動不動就罵狗崽子，以為自己是天生的革命闖將。

永革說：「走，我們快回屋給爸爸媽媽去寫信。」

江華就跟著永革往回走去，她想給媽媽寫封信，讓媽媽再把自己的思念轉給張繼東。

她和永革到了院子裏，就聽見靳莉莉的歌聲，這是根據《秋水伊人》改編的《皋蘭山知青歌》：

望斷皋蘭山，不見媽媽的慈顏；更殘漏盡，難耐衣食寒。往日的歡樂，方顯出眼前的孤單；夢魂何處去，空有淚漣漣。幾時才能望見皋蘭山？媽媽呀，幾時才能回到故鄉的家園？那滔滔的黃河，那壯麗的西關什字，依舊是當年的情景。這籬邊的雛菊，空階的落葉，依舊是當年的庭院。只有你的女兒喲，媽媽啊，已陷入絕望的深淵，在忍受著無盡的摧殘。

歌聲感染了大家，悲切的哭聲和歌聲構成了奇特的思鄉交響曲。永革他們忍受住了艱苦的勞動和生活，經歷了水土不服的磨難，但是此時此刻對家鄉對親人的思念卻沒有任何人能夠抵擋得住。

永革知道這首歌是剛從別的大隊傳過來的，它對同學們的思想衝擊太大了，他說：「同學們，我們不能動搖，扎根樹的根已深深地埋了下去，已把我們牢牢地扎在了這裏，讓我們唱些其他的歌吧。」

然而，此時同學們思念家人的感情太切，誰也無心去唱別的歌曲，江華則進了房裏去給媽媽寫信。

江華爬在炕桌上寫了起來：

親愛的媽媽：

您好！

今天是大年三十，我在遙遠的柳泉塢給您寫信，雖然離開您才短短的三個月，可我好像已過了有整整三年光景。我不知道您現在情況怎樣？也不知道我爸爸境況如何？但我每時每刻都在想念著您們，就連晚上我也夢見了您，夢見您親手給我做了湯圓。隨著春節的臨近，我對您們的思念越來越濃，今天我看到同學們收到家信後，我哭了，我再也控制不住了我的感情。我恨不能生出翅膀飛越重重的山川，回到我可愛的家鄉，飛到媽媽您的身邊。

媽媽，這裏因為有永革在，我少了許多的孤單，永革他變了，變得更實在了，他幫我做了很多很多的事情，我也學會了許多農活，懂得了很多事理。我離開您後，我好像突然長大了，我後悔我以前為您做的事太少太少。我在此時此刻只有一個念頭，什麼時候我們一家人才能夠歡聚一堂？

媽媽您要注意您的身體，注意您的安全，我現在才明白了您對我說過的一句話多麼重要，「留得青山在，不怕沒柴燒」。我準備田種過後，就來看您，也去看我爸爸。

此致

革命的敬禮

女兒：江華

江華一邊寫著信，一邊流著眼淚，她不知道這封信媽媽能否收到，可她一定要寫，這種心靈的交流可以讓她暫時忘記苦痛，得到片刻的慰安，她想，媽媽肯定也在給她寫信，只是那些人們不讓她們互相收到信罷了。

江華寫完信，轉過來一看同學們都在那裏寫信。她悄悄地走到永革身後，只見永革也動了感情，寫得那麼認真。她原來認為永革只是一個敢想敢幹的人，沒想到永革也是一個很重感情的男人。

永革發現江華在看他寫信，把信紙掩了起來，說：「信寫完了嗎？」

「寫好了。」

「好長時間不動筆了，連信都不會寫了。」

「怎麼想就怎麼寫，自然就會寫了。」

「我想寫的事太多太多了，可一下筆就不知道寫什麼了。」永革說的是實話，在學校他就不是一個愛學習的學生，加上這幾年來造反、革命，把學的一點文墨全變成豪言壯語了。

江華說：「不要急，以後給你爸和你媽多寫信，越寫就越熟練了。」

「看來我們以後除了參加生產勞動之外，還要多學習文化知識。」永革望著江華說。

「好啊，我也想以後我們成立一個毛澤東思想學習小組，經常進行交流學習。」江華和永革越說越興奮，他們的心裏又升起了一個新的希望。

永革和江華是迎著春風往公社去的。草尖兒從地裏冒了出來，柔柔的，嫩嫩的，綠油油的大地上閃動著各種野花；柳樹兒垂下枝條，翠翠的，綠綠的，輕悠悠地隨風兒一搖一擺地扭動著腰肢。江華望著眼前麥田裏黃綠鮮美的莊稼，心裏就像喝了蜂蜜一樣的甜，他們是要到公社去開會的。田野的清綠爬上了山，因為山高，越往上走這綠就慢慢地淡了。可在山下的花水河邊，到處是一片翠綠，塗抹了色彩的大地將這河山打扮得分外美麗。

江華吸了一口鄉間甜蜜蜜的空氣，感到這裏的一切都是那麼美好。她記得媽媽曾對她說過，古今中外的統治者們，貪得無厭想把一切都攫為己有，但空氣、陽光、雷電、風雨，他們能奪走麼？金錢和權勢，可以用多寡和輕重來測量，唯有空間和大氣無法用常規標準去度量。自由流動的空氣給萬物以生命，在一切生命消亡之後，它仍然漂浮在天地間。江華原來對媽媽的這句話理解不深，經過這段時間在農村插隊鍛鍊，此時當她吸到這新鮮而純淨的空氣，徐徐地吐納之後，她冷眼細觀人世間的榮辱浮華，才慢慢悟出了一點道理，才知道人世間什麼最輕什麼又最重。

「永革，今天全公社知識青年大會不知參加的人多不多？」

「不會少的，全公社三百多個知青，我估計起碼有兩百人要參加。」永革說。

此時的花水河翻著白浪，上下起伏，一個浪頭追著一個浪頭歡快地跳躍著。

江華和永革走一段，跑一段，他們兩個離開河邊往大路興奮地趕去。多少個日子裏，江華再也沒有這麼放鬆過了，心中的石頭壓得她喘不過氣來，可是今日裏，不知是因為天地的秀麗，還是因為和永革自由地在原野上奔跑，總之她感到山也美，水也美，自己好像完全到了另外一個境地。忽然，她看見河下游有許多人，指指劃劃地朝著河裏大叫大嚷：「在那兒，在那兒！」

「看，浮上來了！」一會兒又有人說道：「又沉下去了。」

永革此時也發現了前面突然出現的情況，他馬上意識到，有人落水了。於是，他拉著江華馬上往河邊趕去。來到河邊一看，果然有人在河裏掙扎著，一沉一浮地已沖出了好幾十米遠。

永革一看這樣，二話沒說，邊脫衣服邊對江華說：「江華，給我拿著衣裳，我去救人。」

江華知道永革從小在黃河邊上長大，在澎湃激蕩的黃河裏練就了一身好水性，但她擔心他對這裏的水情不太瞭解，萬一有個三長兩短怎麼辦。於是，她一邊大聲喊道：「永革小心！」一邊緊跟永革往下游跑去。

永革跑到近處，跳到水裏，甩著膀子往河心游去，他游的是踩水加膀子，像一根箭一樣飛快地游到了落水人身邊，他繞到落水人身後，抓住那人的頭髮，倒背著那人，用一條膀子擊打著水就往岸邊游去。只見一個浪頭砸來，永革猛地一下往上一竄，把那人的頭又拉了起來，直往岸邊游去。

到了岸邊，人們紛紛湧了過來。江華和河岸上的人們七手八腳地把落水人拉了上去，這人從頭到腳流著水，頭髮上纏著幾根麥草。這時，永革才看清楚，被他救起的人看起來約莫五十歲左右，穿一身破爛衣服，頭髮鬍子又長又亂，臉上青一快、紫一塊的。這人微睜著眼睛，嘴裏吐出一些水之後喃喃地說：「你為什麼不讓我死，你為什麼不讓我死呀！」他那一雙呆滯的眼睛，木然地望著永革。

永革看這人還能說話，非常高興。尤其這是在公社駐地附近當眾捨己救人，江華也感到非常自豪。

突然，從上游方向跑來七八個背槍的民兵。

「啪！啪！」兩個背著步槍、戴紅袖套的人抓起落水者的衣領就搧起了耳光。這兩個人邊打邊罵：「周學璞，你怎麼沒死呢？爬出來幹啥？」從後邊又過來一個民兵罵道：「你他媽的拿死來嚇唬我們，有種的，再跳下去呀。」說著，這人就將這個周學璞往河裏面推。

永革和江華此時才知道，這人原來就是地主分子周學璞。雖然，大隊書記巴生傑來後曾經給他們介紹過這個人，可這人一直被關押在公社專政組，他們這還是第一次見到這個地主分子。

江華看這人生得濃眉大眼，國字臉，且長得高大結實，不像電影上賊眉鼠眼的地主分子。她於是就覺得有點怪，大隊書記巴生傑小鼻子小眼，瘦肌麻杆，長著一個老鼠樣，而這個地主分子反倒生得這般魁梧高大。

幾個民兵揮拳踢腳打著周學璞，而周學璞則毫無表情，任他們在頭上身上亂踢亂打。一個民兵這時跳起來拿著槍用槍托往周學璞的身上砸去。

永革越看越氣，不管他是什麼人，我救上來的落水者你們憑什麼把我甩在一邊打他。於是，永革走上前去，一把推開正在腳踢拳打周學璞的一個民兵，說：「你們要幹啥？」

一個民兵頭頭走了上來說：「知青兄弟，你不知道，這是個地主分子，我們押著這些牛鬼蛇神在河邊幹活，沒想到他跑著跳下了河。」說完又轉過身來罵道：「你他媽的活得不耐煩了，要死嘛，去吊脖子呀！要是弄得知青兄弟有個一差二五，就該千刀萬剮了！」

這時，後邊一個民兵則拍著永革的肩膀說：「他要自絕於人民，就讓他死去，死了還不如一條狗，把他撈㞎上來幹啥，萬一你有個三長兩短咋辦。」

永革一聽這話，氣「呼」地一下沖上了頭，轉過身，照著這個民兵的臉就狠狠的一拳。

永革在學校時，天天玩啞鈴、練習擊拳摔跤，到了農村，把拳頭整天往樹上碰，這一拳砸下去，一下把這民兵打倒在了地上。

那個民兵只覺天昏地暗鼻子發酸，捂著臉說：「你，你為啥要打我。」

「打了你又咋個。他也是個人嘛，你可以對他批判鬥爭，可也不是你們隨便可以打死的豬。」永革追上去還要打，被江華死死地拉住就是不放手。

看著永革憤怒的樣子，民兵頭頭走了上來說：「知青兄弟，捨己救人是好事，但也要講個階級路線嘛。救人前，你為啥不先問問他的成份呢？你想想看，如果王傑、劉英俊救的是地主分子，他們能成為烈士麼？為了救他，萬一把你淹死了，你不是白白送了一條命嘛。」

幾個民兵過來把周學璞狠狠地踢了一腳，大聲喝道：「走！」

永革此時腦中空空，呆呆地望著他們將周學璞從路上押上離去。

江華說：「永革，我們也走。」

說著，兩個人往公社大步走去。

公社知識青年大會在公社大院裏舉行，這裏來的同學，大多是皋蘭山下的，基本上都認識永革。江華在這裏也見到了很多往日的同學，他們都顯得很興奮。

永革說：「江華，給大家起個歌，我們一塊唱吧。」

江華和同學們都坐在院子的地上，她站起身來給起了個頭之後，大家就唱了起來，唱得還是《毛主席祝你萬壽無疆》。

大會還沒有開，同學們的情緒已經激動了起來，公社書記講完話後，知青代表楊永革就走上台去。永革將綠軍帽檐正了正，然後將一張毛主席畫像貼在牆上，說：「我也沒什麼可說的，讓我們共同舉起手來宣誓。說完，他說一句，台下的人們說一句，給毛主席表起了決心：

毛主席啊，毛主席，

我們永遠聽您老人家的話，
永遠忠於您——毛主席，
泰山壓頂志不移。
生為革命寫新歌，
死為人民譜壯曲！
毛主席指引的道路我走定了！
我們要一輩子在農村生根、發芽、開花、結果，風吹浪打不回頭，天塌地陷志不移！
到農村這個廣闊的天地裏，滾一身泥巴，磨兩手厚繭，曬一臉黑皮，鍊一顆紅心！

知識青年們宣誓完，公社書記讓民兵們把全公社的地富反壞四類分子統統押到了臺上，讓知識青年們認識一下這些階級敵人。

永革和江華聽村裏人說過，文革剛開始的時候，人們一段時間好像瘋了，全公社在十天時間就用鎬頭和鐵鍬打死了三十多個地富反壞分子和他們的家人。有一個過去當過偽保長的一家人全被村裏人打死了，就連他城裏工作的兒子都被誘了來，用石頭給砸死了。江華看到四類分子裏有男的，有女的，有老的，也有年輕的，這些階級敵人個個灰頭灰腦低著頭走了上來。江華一眼就看到了地主分子周學璞。他換了一身黑棉襖，脖子上掛著牌子，此時的臉凍得仍然有些發青。

公社書記說道：「大家看清了吧，這些人人還在，心不死，他們時時妄想著復辟資本主義，我們知識青年一定要擦亮眼睛，不要被敵人的假相所迷惑。你不要看他們今天個個老實巴交，全是假象，他們就像農夫和蛇的故事一樣，你要救了這條毒蛇，遲早要被這毒蛇咬死的。」

永革聽了這話，他覺得公社書記這話好像在說給他聽，他此時的心情很複雜，自己今天的救人行動難道錯了？這些階級敵人真是凍僵了的蛇，緩過氣來就會咬人嗎？

第二十六回

時間過得真快，一轉眼的工夫兩年就過去了。江華和永革是田種上後回城去看家人的。他們扒了輛拖拉機先到了縣上，然後從縣上再坐上火車就往城裏駛去。

上了火車他們擠了個座位坐了下來，這時，才發現他們所在的那節車廂幾乎全是下鄉知識青年。江華和永革剛上車時，因為沒有買票還有些擔心，後來他倆往周圍一問，這車廂的知青原來沒一個人買票的。於是，他們就安心地聊了起來。

「永革，這次回去你爸再會讓你來嗎？」

「他不讓我來，我再偷著跑，腿子長在我的身上，誰也擋不住。」

江華聽到這話很感動，可她又說：「還是和你爸爸媽媽好好談談，楊伯伯是個很通情達理的人，他會理解我們的。」

江華知道，因為現在報紙廣播都在宣傳知識青年上山下鄉，對他們這一代來說，英雄主義是哺育他們成長的搖籃，是不可缺少的精神滋養，所以他們有一種說不出來的驕傲和自豪。她想，縱觀中國歷史，沒有哪一個時代，哪一個社會的人們能像他們這樣，對毛主席這樣崇拜，對英雄這樣崇敬。也沒有哪一個時代能像他們一樣無私地奉獻，渴望通過獻身即為某種神聖目的而死，來達到昇華精神的崇高境界。所以她想，楊伯伯這一代老革命，年輕時不也是為理想而前仆後繼的嘛，他肯定會理解永革的。至於她的家庭出身不好，她已經向黨組織靠攏了，向大隊黨委遞交了入黨申請，而且重活累活自己事事處處搶著幹，所以，入黨是遲早的事。她準備滾一身泥巴，鍊一顆紅心，決心用實際行動改變父輩傳給自己血液裏的那種反動成分和卑賤人格，她想，楊伯伯最後會從她的現實表現中接受她這個兒媳婦的。

永革望著窗外，窗外到處是綠油油的莊稼，遠處的山上也被剛下過的雨洗濯得格外清新。他轉過頭來看了一眼江華，她正用手撫弄著一條髮辮，那彎彎的眉毛，那活潑明亮的眸子，和那調皮的往上翹的小嘴巴，讓他好似重新認識了一遍她。他心想，過去的日子忙忙碌碌，他沒有這麼細心地看過她，原來她竟是這樣的美啊！

永革抓住了江華的手，感覺一股溫暖的電流緩緩流過了他的全身，他看見她也望著他的眼睛。他覺得這股電流在自己身上流淌著，讓他年輕的身體甦醒了。這種電流，乘人不備，突然從朦朧可愛的地方顯現出來，半是現在的天真，半是未來的理想，它像無意中設下的一個陷阱，令他顫抖，已讓他不能自持了。

江華把頭靠在了他的肩上，她閉合上的眼簾輕輕地顫動著。

永革不想打破這種沉寂，他知道愛情不是一顆心去敲打另一顆心，而是兩顆心共同撞擊的火花。就在這時永革見幾個列車員往這邊走了過來，他不由得緊張了起來。

「查票了。」一個男列車員喊道。

「我們這節車廂全是插隊的。」一個知青說道。

「插隊就有理了，就可以不買票了。」男列車員說道。

「我們拿啥買票啊？一個工分一角二分錢，累死累活一年掙不上三個月的口糧，這才回家給爸媽要錢去呢。」另一個知青也笑著給列車員說。

列車員的家裏和親戚朋友中個個都有知青，對知青本身也抱有同情心理。另外，他們早就知道知青是一個也不買票的，所以，吆喝了幾聲就匆匆走了過去。

江華本來聽到要查票，就像做了賊般的小偷一樣忐忑不安，她緊緊地抓住永革的手，沒想到列車員到了他們跟前根本沒有問他們。但是，她的心還是跳個不停，她想，等我哪一天掙了錢，一定要加倍還給國家的。

就在這時，她看見幾個知青手裏提著棒從過道裏跑了過去，緊接著她看見兩夥知青打了起來，霎時間亂棒飛舞，茶缸水杯也互相砸向對方。

永革看到這種情景，忍不住站了起來，他說：「都是出門在外的知青，何必大動干戈。」

一個長得黑胖壯實的知青走了過來說：「你是哪家的和尚，還敢管老子的事情，我可是八輩紅到底的紅五類。」

永革說：「不管你是紅五類、黑五類，火車上還坐著這麼多的工人農民和解放軍，請把你的棒子放下，不要給知青的的臉上抹黑。」

黑胖子說：「狗抓耗子，多管閒事，先教訓教訓這小子。」說著，他舉起木棒就朝永革劈來。

永革往邊上一躲，那棒子一下打在了江華的肩上。只聽江華「哎喲」地叫了一聲。

永革一看這樣，怒從心起，飛起一腳正好踢在了黑胖子的襠裏，待黑胖子弓下腰的一剎那，他奪過木棒又往其他幾個衝過來的人打去。

永革從小習武練拳，此時正好派上了用場，直打得那幾個知青都爬在了地上。

黑胖子站起身來說：「大哥手下留情。」

永革說：「再敢不敢打了？」

「不敢了，不敢了。」黑胖子弓下腰說。

永革剛要去扶江華，黑胖子從袖筒猛地抽出一把明晃晃的匕首直往永革胸部捅來。說時遲，那時快，永革鐵鉗一般的左手一下抓住了黑胖子的手腕，然後用右拳砸在了黑胖子的臉上。

黑胖子頓時眼冒金星，黑的、紅的、酸的、辣的，一股腦兒全噴了出來。他說道：「大哥，饒命！小的不敢了。」說著，和另外幾個知青全跪了下來。

永革說：「起來吧。看你們這個樣子，還敢在火車上聚眾鬧事。」

江華也對幾個跪在地下的人說：「都是響應毛主席號召的插隊知青，大家都是一家人，就坐下說吧。」說著，掏出手絹給黑胖子擦了臉上的血。

黑胖子這時坐在在了永革和江華對面，另外幾個知青趕快掏出煙來給永革點上。

江華看永革吸了一口煙，心想，他怎麼也吸開煙了？

黑胖子說：「大哥，你們在哪兒插隊？」

永革說：「柳泉塢。」

黑胖子說：「我說嘛怎麼這麼面熟，原來大哥和我們一個公社。我們在肖紅坪大隊，和你們只隔著一條河。」

大家一說在同一個公社，一個個馬上都親熱了起來。

黑胖子說：「大哥，我們以後聽你的，只要看得起兄弟，你發個話我們馬上拔刀相助。」

永革說：「我們是知識青年，不管在農村還是在社會上，都要維護我們下鄉知青的形象，別讓人家說我們是一幫土匪。」

黑胖子說：「我叫劉小虎，不知大哥尊姓大名？」

劉小虎他們一聽說是楊永革，都站起來說：「我說是誰呢，原來是我們的楊大哥，你的大名如雷貫耳，可惜我們有眼不識泰山。我們在城裏早聽說過大哥，我也是革幹子弟，我爸是大軍區的司令員。」

永革說：「原來是劉司令的兒子，不怪膽子這麼大，敢在列車上打鬧滋事。」

劉小虎他們幾個聽了都笑了起來，過來輪流給永革遞上煙，海闊天空地大吹特吹了起來。而此時的江華則心情起伏動盪，她感到火車離媽媽越來越近了，就要見到親愛的媽媽了。此時，她又想讓火車開慢一點，她恨不得現在就撲到媽媽的懷裏，可她又害怕見到媽媽那痛苦的身影。她在田恬阿姨的信上已經知道，媽媽從牛棚裏出來後已去了省廣播電臺的五七幹校，在城郊。媽媽她還能像以前那樣給自己包餃子吃嘛？她想，回去後媽媽肯定會問她很多很多農村的事情。她想，她要給媽媽介紹柳泉塢這裏發生的一切，要給媽媽唱一首她最喜愛聽的歌，還要和媽媽睡在一起，就像小時候一樣，去聞媽媽身上那股清馨的奶香。

靳莉莉為了爭取入黨，插隊兩年多來她沒有請過一天假，就是這次張小牛、永革和江華回城，她和劉偉仍然天天出勤上工。靳莉莉和劉偉的目的只有一個，那就是用實際行動改變父母乃至祖輩遺傳給自己血液裏的那種反動成分和卑賤人格。

早晨夜空開始發亮了，星星依然在閃耀，然而，在東方的天邊有了一顆又大又明亮的星星。星星閃耀著白光，這白光慢慢擴大，慢慢地將天幕撕了開來。

生產隊長巴永賢站在場邊，張開大嘴，放開嗓子吼了一聲：「修路了——。」這聲音是那麼洪亮，頓時打破了山村的寂靜，讓家家戶戶的人們從睡夢裏醒了過來，提上鐵鍬，拿上鎬頭往場邊走去。

劉偉也提了一把鎬頭，他要幫靳莉莉扛上鐵鍬。靳莉莉說：「我自己來。」她雖然這麼說，可對劉偉是非常感激的。雖然，他們五個人到柳泉塢第一生產隊後關係都不錯，可靳莉莉感到劉偉事事處處都幫著自己，他對自己有一種特別的感情。可是，靳莉莉不願意接受這種感情。她想，因為媽媽是右派，自己在各方面受到歧視，連個紅衛兵都不讓當，如果再和自己一樣黑的人成了家，狗崽子再生狗崽子，那麼這種日子何時才是個頭呢？所以，她再也不願意找一個和自己同樣黑的剝削階級家庭的子女了。

劉偉沒管靳莉莉的話，將靳莉莉的鐵鍬一塊扛了起來。走在路上，隊裏的社員們對靳莉莉說：「莉莉你可有福啊，找上劉偉這麼壯的一個小夥子，一輩子不愁沒吃沒穿的。」

靳莉莉雖然潑辣爽快，聽到這話，還是臉燒得一下紅到了耳根。

巴永賢的女人春香說：「莉莉人聰敏能幹，人長得和畫上的一樣，我們柳泉塢沒一個人能比得上，找上這麼個姑娘是人家劉偉他娃的福。」

劉偉聽到這話裂開大嘴笑了，他知道這裏的人們憨厚實在，隊裏的這些女人們一直在暗中想把他和靳莉莉往一塊撮合，他也很喜歡這個很有心計的同學的，但他不知道靳莉莉是怎麼想的，可他從靳莉莉的眼光中看出，他對自己不是很滿意的。

靳莉莉從劉偉的手裏接過鐵鍬向前跑去，她打心眼裏是很喜歡劉偉的，這人心實，而且特別能吃苦。來隊上兩年多來，劉偉把隊上的粗活細活樣樣都幹得很熟練，到現在他不僅耕地耙田，擔糞送糧，而且割麥子打穀，一摸上手就幹得滿像回事，就連隊上的木匠活、泥水活也做得不比一般人差。特別是收割麥子，他捧起鐮刀來如一股風，手腳麻利的當地農民也要被他甩下半塊田地，且他麥子割得乾淨俐落，連巴永賢也為此常常誇獎他做活有股狠勁。劉偉幹活，哪樣工分高他就搶著幹哪樣。所以，巴永賢逢人便說：「這娃才是毛主席給我們派來的好知青。」劉偉除了幹活在行，他生活上也同這裏的農民打成了一片，連穿著和說話的口音，也慢慢和這裏的人們一樣了。

靳莉莉把貼著毛主席畫像的木牌插在地頭上，巴水賢領著社員們都走到了毛主席畫像前。

巴永賢說：「先給毛主席早請示。」

社員們於是都舉起了語錄本。

「莉莉，還是你先給大家起個《東方紅》唱唱。」說著，他轉過身對後面的社員說：「跟著莉莉和劉偉唱，不要亂跑調。」

靳莉莉還是甜甜地朝大家笑了一下，這一笑兩個毛茸茸的眼睛就分外的迷人。無怪乎這裏的男人們在背後說，看了人家的莉莉，我們家裏的那個就成了醜八怪了。靳莉莉清了清嗓子，就給起了一聲：「東方紅——，太陽升——。」

這一起，大家就跟著唱了起來。

靳莉莉和劉偉的聲音很大，帶著大家把這首歌唱得很有感情。唱完歌，巴永賢說：「現在大家根據自己的情況向毛主席他老人家早請示，都說出自己心裏的話。偷懶的，耍奸的，還是混工分磨洋工的，你就把自己的思想向毛主席他老人家好好說說，給毛主席把話說得越實在越徹底越好。」

巴永賢這人多少有些文化，不管是學習毛主席著作，還是早請示晚彙報，他都會聯繫實際讓人們時時警覺起來。

他說：「人和畜生一樣，打黑牛，驚黃牛，用不著把鞭子抽到每一個牛的身上，只要你打得準，打得狠，沒有一個牛不撅著屁股往前拉犁的。」他正這麼說著，突然在人群裏發現周學璞也站在裏面舉著語錄本和大家一起向毛主席早請示。

巴永賢望著穿著破棉襖的周學璞說：「你狗日的怎麼站到社員們的夥裏來了，你還把你看成個人了，到地邊上跪著給毛主席請罪去。」

周學璞趕快到地邊上跪了下來。他雙手舉著毛主席語錄，大聲地向毛主席請罪。

周學璞和巴永賢解放前同在村上的學堂裏念書。這學堂本是周學璞父親辦的，它主要收錄村上各家各戶的子弟，裏面有兩個教書先生是從縣城請來的，一個是請來教算術的，另外一個是教格致的，而教國文的就是周學璞的父親。在學堂裏的時候，周學璞和巴永賢坐在一條板凳上關係很好，都是歲數差不多大的同齡人，而且，巴永賢聰敏好學，很受周學璞的父親看重。沒想到風雲突變，解放初期每個村子都要抓出一兩個地主富農來，柳泉塢雖然沒有特別殷實的人家，但筷子裏面不拔出旗杆，不揪出個地主富農，階級鬥爭的蓋子就沒辦法揭開。於是，柳泉塢給周學璞家訂了地主的成分，而且，窮棒子們翻身鬧革命，鬥地主分田地，周學璞的爺爺和奶奶都在那時候被活活打死在了鬥爭會上。然而，柳泉塢必須要有一個鬥爭的靶子，當周學璞的爸爸媽媽在三年災害餓死後，這地主分子的帽子就自然地落在了周學璞的頭上。

而今的周學璞雖然不上四十歲，身體也結實魁梧，可頭髮已經花白，滿臉的皺紋，所以劉偉和靳莉莉剛見他時，以為他已是五十多歲的人了。

靳莉莉看見周學璞，她媽媽的影子一下映現在了她的眼前，雖然她恨媽媽反黨反社會主義，也責怪媽媽影響了她的前途，可不知為什麼她總是忘不了媽媽，尤其過年的那些日子裏，她想到了媽媽每年過年時做的棗泥油餅子，媽媽的音容笑貌每天晚上都會在她的眼前晃動。今日裏她看見周學璞弓著腰，灰白的臉上一對無神的眼睛，她的心不知為什麼又是隱隱地一陣疼痛。

靳莉莉蹲了下去，她突然感到命運怎麼對她這麼不公道呢？為什麼我和同學們都是一樣的人，別人為什麼可以享受天倫之樂，別人為什麼可以將自己的父母引以為豪，而我為什麼一降生到這個世界上，父母親帶給我的只能是歧視、恐懼和悲哀。

劉偉過來問道：「莉莉怎麼了？」

她說：「沒什麼。」她勉強地笑了一下，那笑帶著一點苦澀，她不願意讓人們看到她孤獨、淒涼的一面。

「你的臉色不好。」劉偉望著她說。

「我剛才有點暈，現在好了。」靳莉莉又做出歡快的樣子把鍬拿上跟著巴永賢走了過去。

此時的東面天上已跳出了一個紅彤彤的太陽，太陽伸著血紅的舌頭舔吐著，把半邊天際染成了血紅的一片。

劉偉把土崖上的土刨了下來，幾個社員將土用鐵鍬鏟到架子車上，人們再將土填到一些低窪的地方。這時候，人們看劉偉和靳莉莉這兩個知青瘋狂地幹著活，他們好像兩個火球，一下子把全隊社員的幹勁鼓了起來，人們爭先恐後地鏟土、運土，一條平展展的道路開始向前不斷延伸。

第二十七回

鄒靜早上起來，天上一團巨大的烏雲扭動著身軀，慢慢地在天宇上滾動著，周圍一些散落的雲彩，一會兒變成一條長蛇，一會兒伸出七八條腿又成了一個蜘蛛，一會兒有匯聚成了一個龐然大物向同一個方向移去。然而，大地上一切都無聲無息，令人可怖的寂靜反倒給人們心裏增添了很多沉重。

到了七點鐘，幾個造反派把鄒靜這些下放到五七幹校的牛鬼蛇神叫到房前排成隊，然後讓他們一個一個表態。鄒靜低著頭說道：「我一定老老實實地接受群眾的監督改造，決不亂說亂動……」

這時一個人過來說道：「現在對你們宣布幾條紀律：一、每天早上六點鐘向毛主席請罪。二、上午八點到幹校東房學習，不准遲到。三、下午兩點半前到幹校東房來。四、晚上七點半前到幹校東房來。五、從幹校東房到宿舍，限定走順開水房的馬路，不得亂走。六、不准到任何地方去，如有事出幹校，要先請假。七、回宿舍只准吃飯、睡覺兩件事，不准幹其他活動。八、不准接觸外人，要與外人見面須事先報請幹校領導批准。九、每週星期六寫一周思想彙報和勞動彙報各一份，晚飯前交幹校辦公室。十、收到來信，要先交幹校辦公室檢查，不得自己拆信。以上十條明白了嗎？」

「明白了。」大家異口同聲答道。

「明白了就好，少犯錯誤。今天我們去進城，排好隊，一切行動聽我的指揮。」這人說完就帶他們往城中心趕去。

到了城中心的柏油馬路上，鄒靜看到街的兩邊貼著「無產階級專政萬歲！」「堅決鎮壓反革命！」的大幅標語。樓房的窗戶上此時人們紛紛探出頭來。鄒靜不知道又要發生什麼事情，他們這些幹校學員被排成一個長隊站在馬路邊上。這時，她的心裏忽然有一種隱隱的不安，她驚奇地朝東面方向望去。

站了大約有半個小時，鄒靜突然聽到一陣可怕的警笛聲從遠方傳了過來。接著，她看見一輛輛卡車緩緩往這面行駛，最前面的卡車上架著一挺機關槍，這輛卡車的側面貼著「堅決鎮壓反革命！」的標語，而後面的卡車上面則站著一些荷槍實彈的軍人，他們個個戴著大口罩，手上套著雪白的手套，押著一些背插亡命牌的犯人。

鄒靜看到中間一個車上的亡命牌上寫著「現行反革命右派分子張繼東」，張繼東三個字還用血紅的油漆打了個大叉。這時，她的頭「嗡」地響了一聲之後，突然間一片空白。待她醒過神來時，卡車已走了過去。這時，她的眼淚才湧了出來，嘴裏不斷重複著說道：「他們怎麼會這樣？他們怎麼會這樣？」她不相信這是事實，她只看見卡車還一輛輛地從她的眼前開過，她抱住身邊的一棵槐樹，儘量讓自己的身體挺直。她那張慘白灰色的臉，和陰霾的天空裏的色調一樣，她想，他們為什麼要把這麼一個好人置於死地而後快呢？她知道繼東的為人，她瞭解繼東的思想，他怎麼會是右派？他怎麼能反革命呢？她想起繼東剛才也看到了她，好像張開嘴要對她說什麼，可那個捂著大口罩的軍人，將他的脖子上的細鐵絲猛得一扯，他的臉頓時充滿了血，剎時間變成了豬肝一樣的紫紅。

這時，和鄒靜站在一起的幾個幹校學員望著她的臉，大家都想勸慰她一聲，可是誰也不敢。在這人人自危、個個難保的社會裏，誰也不知道明天將會發生什麼事情。

鄒靜還是挺著身子站著，這時剛才給他們訓話管他們的那個人過來喝道：「槍斃反革命是個大快人心的事，你哭什麼哭！」

「誰哭了！」鄒靜不知哪來的膽量，對著那個人大吼了起來。

那個人看這樣子也沒多說，轉過身就走了過去。

此時的鄒靜真想痛痛快快地大哭一場，可她還是強忍著，她不願意讓人們看到她的眼淚。

她記得前些日子她去看繼東，繼東說他身上不知近來為什麼老生蝨子，於是她就讓繼東將衣裳脫下來。她拿著繼東的衣裳，不看還好，一看真把她還嚇了一跳。只見上面黑壓壓的一層蝨子。她一連去了幾次給繼東送衣裳，可是每次繼東的襯衣和襯褲上都是密密麻麻的蝨子。繼東告訴她，他要死了。她聽到這話就哭了起來。繼東悄悄對她說，人生苦短，譬如朝露。人一呱呱落地，就與死亡相伴，猶如行影相隨。生永遠面對著死，並時時刻刻走向死亡。生是一種責任，死也是一種責任；生是一種意義，死也是一種意義。自古人生誰無死，誰免了！誰逃了！生不一定給人帶來美好和歡樂，當今各種政治運動給多少人以無窮的災難和痛苦。因此，生並不是走向光明，死也不一定走向黑暗和地獄。死在某種意義上是一種解脫，它更光明偉大。這場運動它讓多少無辜的人就這麼含冤死去，給多少人帶來了滅頂之災，給多少家庭帶來了慘痛的悲劇，但受難最大的是我們這個中華民族。現在，無數人的鮮血和生命正在喚醒我們這個偉大的民族，黑暗終會過去的，光明終究會到來的，這樣的日子是不會很長的。他讓她一定要堅強地活下去，好好地照顧好自己和孩子。

繼東對生與死的認識就像昨日的話語，還在她的耳邊迴響，他是不是對這一天早有預感。

天空的烏雲更濃了，它像一座深不可測的山峰，像茫茫無際的海洋，鄒靜感到她好像站在了一條船上，波濤洶湧的大海不斷地向她咆哮。

她好像又聽到了那首古老的情歌，那綿綿的情思從遠方傳了過來：

經線是你的情啊！
緯線是你的魂，
交織出一雙金色的生命！

如果你挨不過苦滋滋的相思，
那就吻一吻它吧！
吻一吻，
它會帶你飛入情人的夢中……

當卡車在走完以後，鄒靜和其他學員們又被帶到了幹校，當她一進入她的房屋，她再也控制不住了自己的感情，她抱住被子就大哭了起來。她緊緊地咬著被頭，不想讓哭聲傳出室外，可是，這樣的結果是她好似發出了一種低沉的嘯叫。

此時鄒靜的心裏翻江倒海，黑浪掀天，浪頭一個接著一個從心底翻滾出來，聚成洶湧的巨浪向外面噴湧而出。淚水攪著她胸中壓抑得很深的苦水慢慢地溢了出來，她說，繼東我對不起你呀，我不該當時給你寫信動員你回國，讓你掉進了這萬劫不復的深淵。他們對你無中生有，憑空捏造罪名的時候，我為了自己的安逸一直在保持著沉默，我太自私了，我太無恥了，我為什麼不能為你分擔一些憂愁，讓你受了這麼大的冤屈。她記得繼東在她生日的時候曾對她說過，一種風，只流浪在一座深谷；一道堤，只護住一灣星河，我的心永遠是你的小屋。只有懂得生活的人，才能領略鮮花的嬌豔。只有懂得愛的人，才能領略到心中的芬芳。祝你生日快樂！

然而，她的愛今天卻走了，她的心上人今日卻化作一朵飄浮的雲離她而去了，他走時穿著她給織得那件毛衣，她此時多麼想隨他而去。她望著窗外烏雲密布的蒼穹，她說，澎湃的雲啊，誰將我激烈的心跳傳達給我遙遠的愛人，讓我來陪伴他孤獨的心靈。

就在這時，她突然聽見門外有人喊她，她用毛巾擦了擦臉，把頭髮用梳子隨便梳理了一下把門打了開來。她看見門外站著永革和江華。不知為什麼，她的鼻子一酸，眼淚又要往外噴湧，然而，她趕快強忍住了自己的情緒，她不願讓孩子們過早地分擔悲傷。

江華看到媽媽的頭髮白了，她撲上來說道：「媽媽——。」

鄒靜把江華一下摟在了懷裏。江華在媽媽的懷裏，伸長脖子，失聲斷氣地抽泣著，眼淚從她那凝滯的眼睛裏像泉水樣的流溢出來。他們剛才也看到了卡車上恐怖的一幕，她還不知道媽媽也看到了。

鄒靜緊緊地抱著江華，她用她的臉頰輕撫著江華柔嫩的臉。她想，江華小的時候她就沒有奶，這孩子當時是用牛奶餵大的，所以，江華身體一直不太好，不似吃了人奶的其他孩子。江華長大後她想彌補孩子先天的不足，但由於自己東奔西跑，使這孩子身體一直得不到補償。就是今天，她也對這孩子一點照顧不上了。

永革說：「阿姨。」

鄒靜放開江華，抓住永革的手說道：「你爸爸媽媽好嗎？」

「他們都好，阿姨。」永革想，鄒阿姨的心裏始終想得是別人，她自己雖然出了牛棚，可在五七幹校仍然沒有自由，可她還時時掛念著別人的安危。

鄒靜和江華都不願提起張繼東，他們都以為對方不知道這件事情儘量隱瞞著。可是，江華從媽媽恍惚的神情中，知道媽媽已經知道了。

鄒靜說：「你們插隊生活苦不苦？勞動累不累？」

「不苦。媽媽我們的生產隊長可好了，我們就住在生產隊長的家裏，每天吃得飽飽的，睡的還是熱炕。我們還給社員們教認字，教唱歌，讓他們學習文化，我們還種了扎根樹，準備把自己的青春獻到農村這片廣闊的土地上。」江華揀一些高興的事對媽媽說，她恨不得一口氣把什麼事情都告訴媽媽。

永革說：「阿姨您放心，有我呢。我會好好照顧江華的。」

鄒靜笑著說道：「有我們的永革在，我有什麼不放心的呢。你們到了農村，人生地不熟，一定要和那裏的農民打成一片，搞好團結。另外，你們還年輕，下去後除了勞動之外，還要好好學習文化知識。」

江華在家時，總嫌媽媽嘮叨，可這時她聽到媽媽的話，心裏特別舒服。她想，媽媽想的可真全啊，她現在自己不斷被批鬥，還想著我們的生活和學習。江華眼眶裏含著淚水說：「媽媽，你要照顧好自己，多為自己想想。」

鄒靜說：「媽媽好著呢。我相信黨和群眾不會冤枉一個好人。」話說到這裏她的眼圈紅了，這是我的真心話嘛？繼東他怎麼被冤枉了，在這次文化大革中誰知道冤枉了多少無辜的好人，再這樣下去全中國冤枉的人何止千千萬萬。

正在這時，門上有人喊道：「鄒靜，上工了。」

鄒靜看天要落雨了從牆上取下一頂草帽，戴在頭上。江華看媽媽戴上草帽，她的心裏又閃過一陣悲哀。

永革說：「鄒阿姨，注意身體。」

門外開始下起了雨，雨點落了下來，閃電亮起了一道紅光，讓人們看清了大雨織成了一張密匝匝的水網。閃電過後，山野已是天昏地暗，朦朧一團，突然，天上又是一聲炸雷，雷聲沉重地、憤怒地滾滾向遠處奔去。

巴永賢看劉偉和靳莉莉每天出勤上工走在前頭，心想，這兩個年輕人弄不好真能成一對鴛鴦呢，若這兩人結合了，就能安心在這裏插隊落戶，這可是隊裏的兩個好勞力啊。我們花大價錢在外面買牛買驢，這兩個不花一分錢的勞力，給隊裏幹了多少苦活累活，這樣的便宜到哪裏去找。於是，他就有意識給這兩個年輕人分派單獨在一起的活兒。隊裏給小麥灌水的時候，巴永賢就讓劉偉和靳莉莉到上游去挖水，水挖下來後，就讓兩人在村外的山坡上去守水。

巴永賢對劉偉說：「你們知青的房裏有鐘錶呢，不誤時間，你和靳莉莉兩個人去挖水，在天亮時讓水到村裏就行了，給你們兩個按隊裏最高工分劃，行不行？」

巴永賢說話從來是板上釘釘子，行也得行，不行也得行，可他還是以商量的口氣對劉偉派活。劉偉年輕氣盛，巴永賢一說行不行，他則說道：「行，保證完成任務，天亮時讓水頭進村。」他笑嘻嘻地望著巴永賢。

巴永賢望著這個身板硬朗、虎頭虎腦的小夥子，咧開大嘴，露出兩個黃燦燦的大板牙，狡黠地對著劉偉笑了一下，然後，從口袋裏摸出裁好的二指寬的報紙，掏出碎煙葉子，熟練地捲了一個煙棒子吸了起來。他每次在公社開會，會上各生產隊的隊長紛紛抱怨知青偷雞摸狗不聽話，可他總是誇獎在他們隊裏來的這五個娃娃。嫋嫋的煙霧升騰在他的頭頂上，他知道這些娃娃們在這裏待的時間雖然不會長，可這些娃娃們的能量大著呢，主要看你怎麼使喚他們了。

第二天早上三點鐘鈴響了，劉偉叫上靳莉莉就往水渠源頭走去。

深夜，整個柳泉塢都在靜靜的睡夢中。風兒不刮了，樹葉不響了，月亮升上來了，夜色變得蒼白而有些發黑。劉偉和靳莉莉扛著鐵鍬沿著一條深溝往上游走去。夜太靜了，靜得他們可以聽見自己的腳步聲。靳莉莉感到這腳步聲就好像在自己的身後，慢慢地朝她靠近，她不時回過頭來往後面看上一眼，人也緊緊地往劉偉身上靠攏。

劉偉聽當地人講，晚上行路最怕的是狼，這狼往往趁人不備時從後面把兩個爪子搭在人的肩上，人一回頭它馬上就會咬往人的喉管。所以，他讓靳莉莉把鐵鍬頭搭在自己的後脖子上。為了壯膽，劉偉在空曠的溝裏把《娜娜之歌》改為《莉莉之歌》唱了起來：

月亮高掛天上，
水仙花正在開放。
抬起你溫柔的臉兒，

向月亮吐露芬芳。
啊，月亮，月亮，
啊，月亮，月亮，
我只能為你放聲歌唱。

我的莉莉呀，
你是我心中的愛！
我的心兒呀，
永遠為你歌唱。
啊，莉莉，莉莉，
啊，莉莉，莉莉，
我只為你歡樂憂傷。
……

劉偉一唱，靳莉莉就咯咯咯地笑了起來，不知為什麼她一下子膽子就大了。他們望著溝裏長著的奇形怪狀的樹木，這些樹好似也回應著他的歌聲，悄悄地向他們這面張望。

唱完這首歌，靳莉莉說：「我倆唱個《知妹知哥》怎麼樣？」

劉偉說：「這不好吧。」

「有什麼好不好的，這兒又沒有人聽見。」說著，她把劉偉的耳朵揪住說：「唱不唱。」

劉偉疼得齜著牙說道：「我唱，我唱。」劉偉別看人憨厚老實，不怎麼愛說話，可天生了一付男低音的嗓子。他唱道：

知哥的屋子空半間，
知哥的門窗缺半扇，
知哥的木床空半邊，
知妹你說可怎麼辦？

靳莉莉聽了這歌，心裏被壓抑的那種大膽一下噴了出來，她一改往日的低眉縮眼，捶了一下劉偉然後也唱道：

羊兒肥不肥問青草，
花兒香不香問蜜蜂，
美麗的知妹有的是，
就怕你害羞不敢找。

劉偉看了一眼靳莉莉，唱道：

你說不敢找，我就找，
面前的知妹就是好！

一根苦藤兩朵花，
知哥知妹是一家。

靳莉莉此時沒了往日的半點羞怯，接著唱道：

知哥知妹心一條，
可惜我們命不好，
等到來世換爸媽，
那時再把朋友交。

劉偉知道靳莉莉把歌詞改了，於是他也順水推舟，改了詞唱道：

生下的骨頭世下的肉，
無法等來新爸媽，
只要知妹心情願，
知哥為你做牛馬。

這些歌他們在城裏時根本不敢唱的，都是資產階級的情調，可到了農村之後，山高皇帝遠，什麼愛情歌曲他們都敢唱了。

唱了這首歌，劉偉已抓住了靳莉莉的手。劉偉說：「莉莉，我們能成為好戰友嗎？如果我能有你這樣的戰友永遠在一起，是會愛你一輩子的。」靳莉莉聽了這個話怔了一下，把手從劉偉的手裏抽了出來。

劉偉說：「你不願意？」

靳莉莉說：「劉偉，我對這事情反覆想過，你的為人沒啥說的，說實話，我也喜歡你，可我們的孩子難道還要讓他們再受我們的罪嗎？多少人的白眼和冷言冷語我受夠了。我們和別人有啥兩樣，憑表現我們比誰差，為什麼他們可以入黨、參軍、提幹，而我們天生下來就要被打入另冊。我不是不願意你，我是怕以後我們的孩子一生下來就成了黑五類，祖祖輩輩都是剝削階級家庭子女。」

靳莉莉越說越激動，把平時積壓在心裏的苦悶全傾吐了出來。

劉偉聽到這話什麼也不說了，他感到靳莉莉說得沒錯，表面上說得多麼好聽，重在個人表現，可是，實際上看得全是家庭出身。公社每次開知識青年代表大會，參加的都是紅五類；一年多來，發展了三批共產黨員，連一個剝削階級家庭子女都沒有。

劉偉看了一眼靳莉莉，然後說：「你準備怎麼辦？」

「我原先還想著找個紅五類，改變一下我的血統，讓孩子以後有個不被人歧視的爸爸。但我現在明白了，如果那樣的話，一個無愛的家庭更會壓得我終身沒有一點歡樂。所以，我決定一輩子不嫁人。」靳莉莉這話說得很冷靜，讓劉偉聽得好像從頭到腳被潑了一盆冷水，心裏涼了半截。

劉偉說：「你不嫁人，我就等著，我要等你一輩子。」

靳莉莉聽到這話眼淚就流了出來，她說：「劉偉，你怎麼這樣傻呀，世上有那麼多好姑娘，你怎麼就認準一棵歪脖子樹要吊死呢。」

「我就是認準了你這棵歪脖子樹。」劉偉一說這話，惹得靳莉莉就笑了起來。

這時，他們已走到了水渠源頭。水渠的水是從上面小河中往過來引的，劉偉把鞋一脫，褲腿往上折了上來。靳莉莉也要脫鞋，劉偉一把將她拉到邊上說：「你站在邊上。」她看見劉偉把河邊一個豁口處的石頭搬開，然後把石頭擋在豁口前面的河中央，取了幾塊石頭一堵，濤濤的水花就跳躍著進了渠道。

劉偉把河水引到渠裏之後，拉上靳莉莉就沿著水渠往下游走去。他們一直跟著水頭，哪些地方水被擋住了，就挖開，哪些渠邊上水溢出來了，就鏟點土，放到渠沿上。在東方發白啟明星跳出東面山頭的那一時刻，他們把水引到了柳泉塢。此時，劉偉和靳莉莉放開嗓子喊道：「水下來了——，水下來了——。」

聽到喊聲，社員們紛紛跑了出來。劉偉和靳莉莉看到這個情景，興奮地都跳了起來。他們還從來沒有這麼開心地放聲大笑過。劉偉看見靳莉莉的眼睛裏閃爍著淚花花，牙齒耀著白光，像個小孩子般的拍著雙手。他也大笑了起來，喘著氣，揮著手。

靳莉莉望著社員們往地裏奔跑而去。那潺潺的渠水揚著水花，一會兒東，一會兒西，在水渠裏嬉笑著，爭先恐後地往麥地裏奔去，而那些青青的麥苗兒個個歡欣鼓舞，舉著臂膀，張大嘴想飽飽地吸上一口甘甜的渠水。

太陽出來了，它像火球一樣撥開飄浮的雲彩，把紅光傾瀉到樹木上、田野裏和整個廣袤的大地。

第二十八回

張小牛在隊上管豬，自從和永革兩人在飼養圈牲口的槽裏拌上藥，藥死了巴生龍的烏克蘭大白豬後，隊上家家戶戶修了豬圈，再沒一個人敢把豬放出門外了。巴永賢想，我喊了多少年的養豬積肥，人們不當一回事，知識青年來到農村後，豬的肥料積下來了不說，再沒一個人敢讓家禽和豬、羊去禍害莊稼了。大家都知道這些知識青年在這裏沒有三親六眷，他們不怕得罪人。於是，巴永賢在地裏的麥子洋芋包穀快成熟時，就又讓永革和張小牛去守青。

到了晚上，月亮慢慢升上來了。柔和的月光落到田野和山坡上，輕輕地悠蕩著，好像水一樣，給大地籠罩了一層流水般的虛幻。

永革和張小牛提著棒，在地邊上蹲一蹲，瞅一瞅，不時還扯著嗓子吼上一兩聲。這時，他們聽見包穀地裏有聲音，永革探頭一看，原來裏面有七八個黑乎乎的東西。永革本想喊，他突然想到了隊裏人說的野豬，於是，他拉著張小牛到地邊上說：「這會不會是野豬？」

張小牛說：「怕什麼怕，我們進去把野豬打走。」

永革聽這裏的人們說過，這些野豬厲害著呢，撒起野來幾個人都抵擋不住，一個晚上可以把一塊地糟蹋的顆粒無收。他把張小牛拉到一邊說：「我們趕快去向隊長報告。」

巴永賢聽到報告思謀了一下說：「野豬一定是在上風口，你們恰好在下風口，所以野豬不知道有人。走，還往你們剛才的地方去。」說著，他提了一把獵槍，帶著大黃就和兩個知青娃娃一塊走出了家門。

巴永賢有一把土槍和一把獵槍，獵槍是打子彈的，他的手裏有了槍，膽子就壯了，邁著大步徑直往前走。

巴永賢雖然已經四十歲的人了，人也長得瘦小，可他爬起山來健步如飛，玉米地就在山坡上，他們一會兒就到了這裏。永革早就知道巴永賢槍打得很好。一次，他看見巴永賢家屋外一個山包上歇著一隻山鷹，正叼著一隻小雞飛了起來，離地面有二三十米高。巴永賢端起土槍向空中「轟」地一下，那鷹就從空中栽了下來。當時永革很是驚歎佩服，可巴永賢卻說：「槍內裝的是鐵沙子，打出去在三四十米開外散佈成一個直徑一兩米的圓，抓住時機打，誰都能打下飛鳥來。」

到了地邊上，巴永賢往玉米地裏瞅了瞅，裏面有七八條野豬正在爭搶著吃生嫩的玉米。巴永賢說：「這野豬你們可千萬不能惹，野豬是怕人的，把它們嚇跑就行了。」說著，他用手電筒亂照，嘴裏大聲吆喝著吼，用火槍在空中放了一兩槍，這時，大黃也在地邊上「汪、汪、汪」地叫了起來，野豬果然就被嚇跑了。

野豬被嚇跑以後，巴永賢就和永革、張小牛睡在了玉米地邊的草棚裏。永革撫摩著巴永賢的獵槍，一會兒抱在懷裏，一會兒又用眼睛瞄著，他太喜歡槍了。

小時候，楊毅經常領著永革到戰士訓練營地去看打靶，在他八歲的時候就已經是百發百中的神槍手了。今日裏他見這槍太想過過打槍的癮了。

到了天快亮的時候，永革看巴永賢打著呼嚕，悄悄提上巴永賢的槍，從巴永賢的口袋裏摸出子彈，拉著張小牛說：「趁隊長還沒醒來，咱倆到山上玩玩槍走。」

永革帶上獵狗大黃，在山上邊搜索邊小聲聊著，已經搜了一座山，還不見一點蹤影，連個野雞兔子都沒見到。

張小牛不耐煩了，焦急地說：「我們趕快回去吧，隊長醒來看我們拿了他的槍，肯定要著急的。」正這麼說著，大黃興奮了起來，「嗚、嗚、嗚」地掙著繫在它脖子上的繩索，鼻子到處嗅著。巴永賢家的這條獵狗，每天被永革他們幾個知青帶上到處亂跑，和他們已經成了分不開的朋友。永革不知大黃發現了什麼獵物，忙打開了獵槍的保險，叫張小牛趕快放狗。張小牛此時心跳得很凶，手忙腳亂地給狗放開繩索。大黃一被放開，「嗖——」地一下就鑽進了前面的灌木叢裏。永革這時心跳得也很厲害，他端著槍朝灌木叢望去，他和張小牛同時看到了一頭足有二百斤重的一頭灰白的野豬。這野豬嘴邊噴著白沫，大黃離它有五六米遠。大黃此時齜著牙背上的毛全豎立了起來，狺狺地狂吠著。

永革的心一下提到了嗓子眼，他瞄準了豬的腦殼。只聽「砰」地一聲，群山回應，槍聲清脆極了。張小牛嚇了一跳，見那野豬偏了一下身子，「呼」地向大黃衝了過去。狗向旁邊一閃，但還是被野豬獠牙挑著了，嗚咽一聲就向後面跑去，野豬咆哮了一聲，緊緊地追了上去。這時，永革反倒冷靜了，他一連「砰、砰、砰」又是幾槍，而且端著槍往前衝去。

此時的張小牛嚇得貼在一棵樹後直打著哆嗦，說：「永革，打中了嗎？」

永革沒有吭聲，他瞄準躺倒的野豬又放了幾槍。張小牛聽見槍聲和狗叫聲越來越遠，後來好像又近了，大約過了十多分鐘，什麼聲音也沒有了。

這時，張小牛突然聽到永革在喊：「打中了，快過來。」張小牛聽到喊聲興奮地跑到永革跟前，只見永革渾身是血，還微微喘著粗氣，但他卻微笑著遞給他了一枝煙。

張小牛問道：「野豬呢？」

永革哆嗦著手點了一根煙，用嘴向土包下面撇了撇，張小牛這才發現土包下面是一條七八米深的溝，一團灰白的東西躺倒在溝裏，地上是一灘紅豔豔的血，大黃正圍著它轉來轉去。

張小牛說：「永革你行啊，怎麼打死的？」

永革告訴張小牛，當獵狗發現野豬時，他也很緊張，怕野豬跑了。因為在灌木叢中，狗和人是跑不過野豬的，視線也不好，不好打槍。後來他發現野豬是在一塊空地上，高興極了，但大黃此時卻擋在了野豬面前，他怕傷了狗，沒開槍。後來找準機會開了一槍，又沒打中要害。野豬受傷後去追大黃，他在後面追著野豬打，共打了八發子彈，都是估摸著打的。野豬可能被打懵了，也不追大黃了，逃到那個土包上又被他擊中了一槍，滾下了溝底。當時他追得急，跑到土包時腳底下一溜也滑下去了。下滑中他看見野豬正躺在溝底喘氣，他想，如果滑下去就必然要落在野豬面前，偏偏這時槍卻出了故障。他扣動板機，槍卻沒響，他一下緊張了，嚇出了一身冷汗。幸好此時野豬因中彈太多，搖了搖身子就動彈不得了，只是躺在那裏嘴邊上流著血，睜著血紅的眼睛盯著他喘著粗氣。他這才放下心來，重新推上子彈，對準野豬頭部又打了一槍，才最後結束了戰鬥。

就在這時，只見巴永賢慌慌張張提著他的老土槍跑了上來，後面還跟著江華。巴永賢是天大亮後發現沒了槍和狗才往山上跑來的，他往山上走時，正好碰見了早上在泉裏挑水的江華。

巴永賢揮著手對永革他們喊：「沒事吧？」

「沒事。」張小牛自豪地說道。

巴永賢看見了永革他們打死的野豬，又是驚，又是喜，又是害怕，他感到這些知青娃娃們真是吃上豹子膽了，這一次碰巧把野豬打死了，萬一打不死野豬，有個三長兩短，他這個生產隊長能負得起這個責任嘛。他一把奪過永革手裏的獵槍說：「這槍你以後不能動，你們知青娃娃誰也不能動。」說著，他抓住永革和張小牛的手，笑著又說：「我打了一輩子的獵，也沒打過這麼大的野豬，還是我們的知青娃娃們厲害。」

江華則撲到永革的懷裏哭出了聲來，她又為永革擔心，又為永革驕傲，她不知道這種擔心何時才是個頭。

永革打死白野豬的消息很快傳遍了整個柳泉塢。巴永賢讓兩個社員把豬抬到場上，按人頭分肉，人們說著笑著像過大年一樣熱鬧了好幾天，公社書記也親自到柳泉塢來看望永革他們。

然而，這件事情卻讓江華對永革越發擔心了，她想，永革從小天不怕，地不怕，但是到了農村，這裏山高皇帝遠，到底不像家裏一樣。

她對永革說道：「永革，我們都大了，以後再不要冒這樣的險行嗎？」

永革說：「沒事。」

「有事就遲了。永革，你為我到了這裏，我就要為你的安全負責，永革你就聽聽我的話吧。」永革看江華說這話時眼裏含著淚水，就像她已經是他的妻子了一樣，於是他就很感動。

這次回家，楊毅的態度更堅決了，差點把他鎖到了家裏。楊毅指著永革的鼻子罵道：「你個沒腦子的貨，她爸爸都被鎮壓了，你還執迷不悟，她會影響你一生的。」

「我看重的是江華，而不是她爸爸，我不管她爸爸怎麼樣，我就是要娶她。」永革和楊毅吵了起來。

田恬說：「你們父子兩個，不見了想呢，見了時嚷呢，有完沒完。」

楊毅再不吭聲了，這年代怎麼和當年在紅軍中的情形一模一樣呀，當年在紅軍的時候，他的幾個戰友就是被自己人拉出去給槍斃了，扣的帽子也是反革命。

田恬知道兒子已經大了，他有自己的主見，她完全支持兒子去追求自己的愛情。因為她知道愛情比什麼都重要，有了愛情沒有克服不了的困難，可她也為兒子的前途暗暗地擔心，反革命家屬的黑鍋將會壓他一輩子，讓他實現不了自己的抱負和理想。

周學璞在柳泉塢算是個大能人了，別看他年紀才三十八歲，可木匠、瓦匠、鐵匠活兒樣樣都會，而且還會劁豬騸驢，平時還給人們看個病打個針，人們就淡化了他地主分子的身份。知識青年到這裏以後，由於這些年輕人階級覺悟高，他們向公社反映，公社就不讓周學璞再給人們看病打針了。以後的日子裏，公社專門培養張小牛做了赤腳醫生。柳泉塢這地方能換點錢的只有燒磚燒瓦。一個農民一生的事業，最大的心願，便是能修起三間大瓦房，可是，柳泉塢只有大隊書記巴生傑和生產隊長巴永賢實現了這個宏願。

柳泉塢做瓦、燒瓦都是照一種原始的方法，憑手工和經驗進行。其中最重要的一道工序就是燒窯，燒窯的師傅被稱為「觀火匠」，一窯瓦的好壞，全靠他們拿火色。周學璞就是全公社數得著的幾個觀火匠之一。然而，周學璞不能亂說亂動，巴永賢就讓他在隊上窯場裏進行監督勞動改造。

巴永賢雖然和周學璞從小在一起上學，可他小時候因為家裏窮，跟著父親幫周家幹活，受盡了周家人的白眼，而且，巴家人因為是民國初年逃荒到這裏落難的，所以，解放前孩子們到一起時，也把他們當成外來戶進行嘲弄。所以，巴永賢和所有的巴姓人家一樣，在骨子裏仇恨周姓人家，不管他們是地主富農，還是貧下中農。解放時，周學璞的爺爺在城裏開著個鋪子，生意很清淡，在當地按剝削量算，周學璞家連個富農都夠不上，然而，這麼大的一個地方怎麼能沒有個地主富農？沒了地主富農怎麼抓階級鬥爭呢？再說，柳泉塢這地方太窮了，周學璞家有騍子有馬，還有三間大瓦房，這就是在往窮人的眼睛裏扎筷子，地主分子的帽子自然就落到了他們的頭上。

巴永賢雖然和周學璞是同學，可他對周家從小積壓下的這種仇恨有時候會莫名其妙地釋放出來。文化大革命剛開始的時候，各個村莊都打死了四類分子，有些人家還被滅了門，可是，柳泉塢卻沒有死人。柳泉塢這地方鬥爭的主要對象就是周學璞。周學璞當時被巴永賢他們吊起來，用浸了水的麻繩抽，用棒子往脊背上打，打得衣裳黏到身上揭都揭不下來。這時候，巴永賢才感到心裏的鬱積的仇恨會慢慢地釋放出來，他才會感到心裏平衡了許多。也就是這個時候，他也才開始起用周學璞為隊裏燒窯。因為，燒窯由於水質、土質、燃料、火候各方面的因素，掌握燒窯火色非常微妙，往往毫釐之差便會將一窯瓦燒成青黃斑駁半生不熟的模樣，雨水一淋就會碎了，在柳泉塢還沒有一個人能頂替周學璞，這樣就讓這個地主分子算是活了下來。

前年巴永賢讓人們學習毛主席著作，他說：「我們貧下中農要踢開地主分子，自己鬧革命。」沒想到一連燒了三窯磚瓦，全部是生窯，最好的一窯磚瓦燒出來也有一半是生的。因此這事便帶上了一些神祕的色彩。柳泉塢點火開窯都要燒紙錢殺雄雞祭祀，求神靈保佑。由於周學璞現今還是一個童身子，沒有沾過女人，也沒有女人會讓他沾，人們就感到很放心，燒窯這事非周學璞不成。

燒窯最累最細的工序是踩紅泥。隊上五個知青，只有張小牛半天下地，半天當赤腳醫生。其他四個人則半天下地勞動，半天和隊上人一起踩紅泥。

紅土在石頭砌成的池子裏泡上兩天，第三天江華和永革把紅泥從池子裏清出來，先粗粗地踩一遍，然後一點一點再細細踩勻，踩黏。兩個池子輪換泡，輪換踩，江華和永革一組，靳莉莉和劉偉一組。

炎炎的烈日，高懸在碧藍的天空。火辣辣的陽光照射到地面上，地面好似著了火，沒人敢抬頭看太陽在哪裏。汗水從江華和永革的頭上流了下來，豆大的汗珠掉在了紅泥中。

哎喲，
哎喲，
踩那個踩呀。
細細地搓呀，
慢慢地踩呀。
哎喲，
哎喲，
踩那個踩呀。

把那個紅泥，
和成個面呀。
……

江華學著這裏人的樣，一面唱，一面腳下用勁，兩個白白的小腳在紅泥上不停地旋轉，像跳著一種優美的舞蹈。

這裏的女人在男人面前是不露出腳來的，江華和靳莉莉踩紅泥，引來了很多人站在邊上看稀罕。江華發現男人們的眼裏閃著綠光，被江華和靳莉莉修長的雙腿饞得吐出了涎水。

江華看到這情景越發踩得歡了，她要用自己的行動打破男尊女卑的舊風俗，用她的幹勁批駁女不如男的偏見。

江華的頭上滴著汗，她用腳擦搓著紅泥，一點一點細細地用腳的側面蹬得紅泥均勻了，變得有黏性了。江華想，柳泉塢這地方自從知識青年來了之後，小小的山村好像吹進來了一股春風，一下子變得活躍了起來。江華他們白天勞動，晚上辦起了夜校，讓社員們學知識，學文化，還教他們唱一些革命歌曲。另外，他們還組織社員們學習毛主席著作。她想起了昨天晚上，巴永賢在大隊學習毛主席著作講用會上，曾經有一段精彩的發言。講用會當時是在《東方紅》的樂曲聲中開幕的，在一陣熱烈的掌聲中，首先走上台講用的就是巴永賢。巴永賢說：「毛主席的書是咱貧下中農的命根子。飯可以一天不吃，水可以一天不喝，可是一天不讀毛主席的書咱就沒法活！每天做飯前，我都要默默地念一下『要節約鬧革命』、『忙時吃幹，閒時吃稀』那兩段最高指示；每天領著社員們挖地時我就背誦『一不怕苦，二不怕死』；走在路上我就大聲背『下定決心，不怕犧牲，排除萬難，去爭取勝利』的教導。有一次我一邊走路一邊背毛主席他老人家的語錄，沒想到一腳踩到岩腳下去了都不知道。幸好半岩上一蘢刺把我掛住了。這時候我的耳邊響起了毛主席的聲音：『我們的同志在困難的時候，要看到光明，要提高我們的勇氣』。於是我就鼓足幹勁，從半岩坎上爬了上來。」巴永賢這段活學活用毛主席著作的講用，當時沒有一個社員敢笑，博得了一陣又一陣的掌聲。而江華他們幾個知識青年，則笑得彎下了腰，直揉著肚子。巴永賢一看這個樣子，頗為得意，大嘴一直咧到了耳根邊。

大隊書記巴生傑主持著會議，他說：「一隊隊長巴永賢講得好，毛主席他老人家是從九天上下凡的神仙，一萬年才有這麼一個，大家聽見了吧，他的話我們在哪裏都可以用上。現在讓知識青年也說上兩句。」

永革走上台把頭髮一揚，然後開始背毛主席語錄：「偉大領袖毛主席教導我們說，『千萬不要忘記階級鬥爭』，『階級鬥爭要年年講，月月講，天天講』，『階級鬥爭一抓就靈』。」然後，他掏出毛主席語錄本念道：「搬起石頭砸自己的腳，這是中國人形容某些蠢人的行為的一句俗話。各國反動派也就是這樣的一批蠢人。他們對於革命人民所作的種種迫害，歸根結柢，只能促進人民的更廣泛更劇烈的革命。難道沙皇和蔣介石對於革命人民的種種迫害，不就是對於偉大的俄國革命和偉大的中國革命起了這樣的促進作用嗎？」念完之後，永革捲起袖子說道：「貧下中農同志們，知識青年戰友們，我們已經有一個星期吃不上糧食了，這是什麼原因呢？就是因為大隊裏有一個走資派，他在破壞毛主席知識青年上山下鄉的指示，他還污蔑我們偉大的領袖毛主席是九天上下凡的神仙，是可忍，孰不可忍，大家想一想，今天的會上有沒有階級鬥爭？有沒有階級敵人？」這一連串的問題把大家問愣了。江華想，巴永賢家裏確實斷了糧，大隊一直拖著不將他們知青的糧食送來，已經有一個星期他們只能從隊裏借糧食吃了，沒想到永革卻在這個會上全給兜了出來。

就在這時，他聽見永革喊道：「今天，就有個傢伙破壞我們的大會，大家答應不答應？」台下的社員們還莫名其妙，自然是雷鳴般的吼聲：「不答應！」永革用手指著巴生傑的鼻子說：「這就是大隊裏的走資本主義道路的當權派。」

這劈頭一棒，打得巴生傑暈頭轉向，不知所措。然而，此時的巴永賢卻在底下暗暗發笑，大隊書記這個位子他圖謀的時間長了，他知道周姓人家根本沾不上邊，而巴姓人家裏，只有整垮巴生傑他才能爬上去。而要將巴生傑放翻，只有憑藉知識青年的力量。

這時，大隊裏各生產隊的知識青年個個精神抖擻，永革說：「巴生傑你聽著，你自以為聰明，打著紅旗反紅旗，以為把對偉大領袖毛主席的刻骨仇恨冠以漂亮的詞句就可以矇騙廣大群眾，但今天的廣大貧下中農和知識青年，是用戰無不勝的毛澤東思想武裝起來的，是會用階級鬥爭的觀點和階級分析的方法來看待一切問題的。毛主席教導我們：『金猴奮起千鈞棒，玉宇澄清萬里埃』，『對敵人的仁慈，就是對人民的殘忍』。現在，不僅要打周學璞這樣的死老虎，而且要打巴生傑這樣的活老虎，現在是對階級敵人實行全面專政的時候了！」

接著，一陣又一陣震耳欲聾的口號聲，劉偉、張小牛還有別的生產隊幾個知青把巴生傑的胳膊扭到了身後，一塊大牌子掛到了他的脖子上。一時間風雲突變，滾滾的急流湧動著強大的風暴刮了過來，人們還沒有完全明白是怎麼一回事，學習毛主席著作經驗交流會就變成了現場批判鬥爭會。

江華這時有點心悸，在鬥爭會上她看到會場上曾經有過短暫的一陣騷動，她看到很多巴姓人用眼睛瞪著他們這些知識青年。然而，他們到底已經成熟了，江華的眼裏一片通紅，眼前的紅泥和天上的紅雲連成了一抹紅彤彤的世界，她想，那些人們瞪著永革，這會不會是一種不祥的預兆，我們是不是在這裏觸動了某些人的神經，她想趕快把這種感覺告訴永革，否則，他們在這裏接受貧下中農的再教育就會遇到意想不到的麻煩。

第二十九回

巴生傑被知識青年們揪出來後，柳泉塢的巴姓人家的很多人並不服氣。他們知道巴生傑這些年在大隊書記的位子上為他們撈了不少的利益，而且這人不怕吃苦，做起農活來也是拿得起放得下的角色。雖然他德性不好，愛搞女人，可這人辦事公道，尤其在沒給知識青年糧食的問題上，他們是支持巴生傑的。他們在下面偷偷議論，荒月裏社員們都沒糧食吃斷了頓，給知青少給了些糧食，有啥大不了的事情，大家都是人，憑啥要讓知識青年吃飽吃好，而讓社員們餓肚皮呢？所以，知識青年們把巴生傑揪出來後，幾戶巴姓人帶頭起哄，鬧著要將這裏的知識青年趕走。

永革他們對巴生傑的反感，不僅僅是為了這次不給糧食，主要是看不慣巴生傑身為一個大隊黨委書記，卻是一個玩弄女人的高手。然而，永革他們對這裏的風俗實在是瞭解的太少太少。他們不知道數百年前的柳泉塢，是個地道的荒野之地。到了明朝初年，朝廷將這裏置為流放地後，才慢慢有了漢人居住。從全國各個地方來的強悍之徒流落在這個地方，數百年來，打冤家的事從來沒有斷過，遠祖的強悍之風也就隨之秉承了下來。

這種強悍野蠻的習俗與封建禮教攪在一起，兩性間便釀出一種驚人的畸型現象：一面是父母之命，媒妁之言的婚約禁錮；一面是對婦女肆無忌憚地渲洩原始的獸性。少女把前來作客的未婚夫送出門會遭到嘲笑；半成年的小叔子卻可以公開與年輕的嫂子翻來按去以作娛樂。地頭休息時，少婦在說笑追打中被拖進偏僻的叢林猥褻不算回事；丈夫要打罵姦夫，旁人會說：「沒出息的東西，有本事你也去搞他的老婆呀。」風氣如此，被姦污的婦女常常不開腔；守貞操者，也只是各自小心而已。知識青年來後，表面上有了些好轉。但是，晚上翻牆頭，白日搞翻姑娘媳婦的事比比皆是，只是人們搞這事的時候都躲著知識青年。所以，要徹底改變這種根深蒂固的陋習，又豈能一蹴而就。巴生傑就是這種風氣加上他手中的權利而肆無忌憚的，他不僅把全大隊的年輕女人玩了個遍，就連女知青們的身上他也開始在打主意。他有一次在大隊部喝上酒，假裝醉了，嘴裏一邊唱著酒歌，一邊就對靳莉莉動手動腳。他拉住靳莉莉的手吐著一口酒氣說：「噫，我們柳泉塢來了狐狸精呢，讓我吃個包子。」說著，他就把一張臭嘴往靳莉莉的臉上湊去。

靳莉莉因為交了入黨申請書，正準備入黨呢，一邊躲一邊笑著說：「巴書記，你咋醉成了這個樣子？」巴生傑說：「出身不由己，道路可選擇，共產黨的大門是敞開的，入黨不入黨，重在你的表現。」他說了這雙關話後，見靳莉莉沒有反應，以為她默許了，便隨手關上了門，便真得動起手來。巴生傑幹這樣的事情多了，好幾個女知青為了入黨都在他這裏脫過褲子，所以他並不把這當作一件有啥大不了的事情。就在這個時候，永革正往大隊部來，從窗子眼裏看見了巴生傑正在靳莉莉的身上動手動腳，不由得怒從心起，一腳踢開門，上去就給了巴生傑一個耳光，打得他眼冒金星。就因為這件事情，雖然永革他們五個人住在巴永賢家裏，每天要消耗不少的原糧，巴生傑卻尋找各種理由不給永革他們撥一粒糧食，弄得巴永賢家整整斷了半個月的頓，也讓永革他們餓了半個月的肚子。可是，自從永革他們揪出巴生傑後，第二天一些人就站在場上罵永革他們是閒吃飯，外來戶，讓他們趕快從柳泉塢滾回去。

沒想到這些人們罵永革他們時，正好讓來這裏看望永革的劉小虎他們撞見了。劉小虎從腰間拔出刀來就要去打這幾個人。永革把劉小虎拉住說：「這是巴生傑族裏的幾個堂兄弟，讓他們罵去。」

劉小虎看到永革他們在這裏挨餓受饑不說還要受這幫人們的窩囊氣，而且這些人竟然這般囂張，同是知青，他是忍不下這口氣的。於是，劉小虎回去後，一下子吆喝來了四五十個知識青年，把大隊的糧食倉庫砸開，把糧食拉到了巴永賢家裏，而且，他手裏提著一根棒，追著去打巴生傑族裏的那幾個愛惹事罵了人的小夥子。

永革過去拉劉小虎，劉小虎說：「大哥，你別管，讓我來教訓這些王八蛋。他媽的太欺侮人了，這些人也不打聽一下我們楊哥是幹什麼的，竟敢在太歲爺的頭上來動土。」

劉小虎他們進去這些人家，把屋上的瓦，家中的傢俱、罎子、鍋、碗、瓢、盆，凡是砸得爛的，都統統給砸了。而巴生傑的幾個堂兄弟一見這個樣子，趕快往山上跑去。

這件事果然鬧大了，不僅公社來了人，而且縣上也派人來進行調查，此時正是全國支持知識青年上山下鄉的節骨眼上，調查的結果是撤銷巴生傑大隊書記的職務，戴壞分子帽子在生產隊監督勞動改造。

柳泉塢發生了迫害知識青年的反革命罪行，讓巴永賢揀了個大便宜，接任了巴生傑的職務，當上了大隊書記，而且，縣上專門給永革他們撥來糧食，並且要求大隊生產隊再不能發生讓知識青年挨餓受凍的事情。

劉小虎他們在柳泉塢這一鬧，震動了整個公社，讓柳泉塢的人們真正知道了知識青年的厲害。過去的日子裏，劉偉、靳莉莉他們個個爭著幹重活，幹累活，而且知識青年還教社員們學知識學文化，可是，這裏的人們總認為知識青年們到這裏來，是吃他們鍋裏的飯來了，所以，當他們餓肚子的時候，就把怨氣全都怪在了知識青年的身上，可自從這件事後，再沒有一個人敢小視這幫娃娃們了。

巴永賢原來只是想借知青的力量把巴生傑的位子奪過來，沒想到這些知青不僅將巴生傑趕下了台，而且還把巴生傑當作壞分子揪了出來，每日裏還和周學璞他們關在一起，讓貧下中農監督改造。巴永賢想，不管怎麼說，巴生傑是我的侄兒子，一個巴字掰不成兩半，我們都是一個先人的後人，而這些知識青年不過是在這裏來的外姓人，說不定哪一天一拍屁股就走了。所以，他表面上站在知識青年一邊，背地裏他則悄悄對巴生傑說：「忍著些，我看這些娃娃們在這裏待不長，三天的熱氣過後，你還是你巴生傑，誰也拿你沒辦法。」

巴生傑望著巴永賢說：「這大隊書記的位子，你坐我坐都在我們巴家人的屁股底下，關鍵是這些娃娃們的氣受不了。」

巴永賢笑著說：「受不了你還不活了？你自己的毛病你自己也清楚，你肯定在那些女知青的身上做了手腳，不然他們不會對你下這樣的毒手。」

巴生傑聽到這話就笑了。他心想，你巴永賢比我好不了多少，前些年在自己的兒媳婦身上都要打主意的人，在這時還教訓開我了。

柳泉塢這地方是個山區，山裏有寶，地裏有金，這裏的人們祖祖輩輩靠山吃山，這山也就成了柳泉塢的金盆盆了。五八年大煉鋼鐵時，全縣的強勞力在山裏安營紮寨，沒白天沒黑夜的燒石頭，把一山的森林燒了個盡光。然而，這地方雨水多，沒過幾年這裏山上山下又是鬱鬱蔥蔥的一片。於是，這裏的人們就在山裏砍柴燒飯，割草掃樹葉燒炕，另外，這裏缺醫少藥，人們就到山裏挖藥材，治病消災。過去的日子裏，人們多是去找周學璞給看病，周學璞開了藥方子，他們就到山裏去採藥。知識青年來後，公社以階級鬥爭為綱，就讓張小牛當了柳泉塢的赤腳醫生。

張小牛沒給人治病時，以為醫生嘛不就是給人屁股上打個針給點藥，有什麼難的，然而，當了一段時間赤腳醫生，他才知道治病救人還有那麼多的渠渠道道，他邊幹邊學，一下子就被這神祕的中醫給迷上了。剛下鄉的時候，巴永賢讓他和永革管豬、管雞，當輪到他在外面查看的時候，他口袋裏就裝上一把雪亮的匕首，若遇到哪家的豬在外面轉悠，他就先給豬抓癢癢，讓豬舒舒服服地躺了下來，然後摸出雪亮的匕首，左手把豬耳朵抹得立起，右手的匕首齊著耳根一鏇，一隻豬耳朵就被鏇了下來。豬割耳朵後，痛得嗷嗷亂叫，在莊裏狂奔亂跳。因為，他每次都是在隊裏的人們下地以後去幹的，而且是一人獨自行動，所以，從來沒有人對他懷疑過。自從他當上赤腳醫生後，加之巴永賢又去大隊當了書記，所以，生產隊裏的豬就管得鬆了，但是，這些豬還認得他。一次，他同本隊的一個社員往山裏去採藥，幾頭豬遠遠地見他來了，就像馬兒見了弼馬瘟一樣，嚇得沒命地逃，可這時的張小牛已改邪歸正，再沒有用豬耳朵下酒吃了，他已迷上了用中藥材給人治病，可是這個社員就感到蹊蹺，對此事產生了懷疑。

張小牛每天從這裏的峽谷往山裏走去，峽谷中淌著清澈的峽水，兩邊都是灌木叢生的山脊，一個比一個高，它們互相交錯，綿延不絕；遠方是同樣的山崖，崖上長著松樹和在崖縫裏倒垂的柏樹。張小牛從裂開的山縫一條小道往上攀去，各種藥材大多都在那人跡罕至的地方。他抓住在石縫中的柳枝或草莖，蹬著石臺階往上攀。剛下過雨的山，草木就像水洗過般的清新，但是山很滑，張小牛不時身體向下滑去，幸虧他手裏將樹枝抓得很緊。

張小牛看見一隻鳥雀落到了山岩上的一抹樹上，它沉浸在陽光裏。鳥雀在陽光的沐浴下，拍擊著翅膀叫得更歡了。鳥雀知道張小牛對它無可奈何，不時地扭動腰肢，把頭搖來晃去，還用嘴巴理順翅膀上的羽毛，睜著黑色的眼睛瞅著往上爬的張小牛。張小牛看見這隻機靈的鳥兒心裏舒暢的多了，山裏清新的空氣，和煦的陽光，加上這麼活潑多情的一隻鳥兒，他高興地幾乎要跳了起來。

張小牛自從當了赤腳醫生之後，他幾乎每天早上都要到山裏採藥，採了藥他馬上又用到社員們的身上，此時，他才感到了一種從來沒有過的一種充實，一種有了成功後的快樂。然而，他的醫療知識太貧乏了，他的醫療技術太欠缺了，於是，他就給媽媽寫信，讓媽媽給他寄來有關醫學方面的書籍和資料，他還去找周學璞，請教一些治病的方法。剛來的時候，因為從小階級鬥爭的教育，他見了這個地主分子就有一種莫名的仇恨，他看周學璞一臉的晦氣，滿臉的皺紋，他想這老傢伙看起來還挺老實，全都是裝的，心裏誰知道有多麼的陰毒殘忍。後來他才知道周學璞各種手藝樣樣精通，還懂得很多的中醫知識，經常還給社員們治病。於是他就開始注意起了這人，而且還有了一種暗暗的敬重。有了這種思想，他在鬥爭會上看到人們搧周學璞的耳光，看到一些人把他吊起來用棒在他脊背上抽打的時候，他反倒有了一種同情和憐憫。

最使他感到氣憤的是，有一個貧下中農的兒子在一次鬥爭會上，不小心把一個五分錢的錢幣卡在了嗓子眼裏，當時，這男孩臉色發青，翻著白眼，氣已出不來了。人們從來沒見過這種陣勢，一下子慌了手腳，而周學璞此時正被這個孩子的父親和幾個社員吊在鬥爭會的樹上抽打著。當時張小牛抱著這男孩急得滿頭大汗，他不知道怎麼做才好，他大聲喊道：「把周學璞趕快放下來。」人們一看這個樣子，於是就不情願地將周學璞放了下來。放下來的周學璞跑過來從張小牛懷裏接過這男孩，他將男孩的頭朝下，從腳上提著，只見那男孩先是臉色變紫，接著嘴裏流出一些白沫，一下把錢幣咯了出來。人們再看時，男孩的臉色由青到白，再由白轉紅，臉色慢慢地舒緩了過來。然而，男孩被救過來後，鬥爭會重新開始了，人們又將地主分子的牌子掛到周學璞的脖子上，將他押到了高臺上。

張小牛當時心想，這些人們簡直是瘋了，沒了一點人性，人家把他的孩子救了，他們還把人家不放過。所以，那天他轉過身就往外面走去，他不願再看到眼前的這種情景。

張小牛爬到山腰，突然順著鳥雀落腳的枝頭，望見對面崖頭上有一株大黃，從大黃的枝葉上看，根據周學璞給他教的經驗，他估計這大黃不小呢。

張小牛看到這株葉子很大的大黃，興奮地向崖上攀去。他將帶來的繩子一頭拴到崖上面一株松樹上，另一頭拴在自己的腰上。手裏抓著樹條，慢慢地往崖邊走去，他用單腿跪在崖邊一叢柳枝上，左手抓著枝條，右手拿著小鋤頭將大黃刨了出來。這是一個形同紅苕，但比紅苕大許多足有三四斤重的一個大黃。張小牛知道，這裏的人們由於在荒月裏把玉米芯子磨了與麵粉拌到一起吃，所以，個個大便不通，而大黃則是通便的很好東西。

張小牛挖了大黃就往山上攀去，此時金色的陽光灑在山上，山上的灌木叢、樹木，以及無數的花朵都綻開了笑臉。天上的雲彩散了開來，清澈的空氣使得山野上各種鳥兒都跳躍歌唱。張小牛躺在一處平坦的草地上，他感到心裏像浸了蜜一般的甜美。他原先把中草藥送給社員們時，不知道煎藥時還有很多學問，他讓社員們拿回家後直接放到罐裏熬，而不事先把藥材洗一洗。可是，周學璞告訴他，中藥熬煎前一定要用清水洗乾淨，還給了他說了一首《煎藥歌》：

花葉輕浮勿久熬，揮發過甚氣味消。
滋補味厚宜久煎，久煎才能療效高。
麻黃吳萸先去沫，再同諸藥合併熬。
烏頭附子宜先煎，謹防中毒是非招！
反畏藥品不同熬，藥性不合沒療效。
阿膠鹿膠宜蒸兑，不可混同諸藥熬。
赤旋蠶砂蒲滑黛，夜明前紅用布包。
辰砂油桂樸硝麝，均宜兑服不宜熬。
煎藥宜用長流水，文武火候適當調。

他記得他給社員治得第一例病是中暑。那天，太陽噴著火沒有一絲兒雲彩，一個社員在割麥子時突然中暑暈倒在了地裏。他去後，趕快將這人抬到蔭涼處，然後給這人解開衣服，讓他喝了一些鹽開水，在頭部敷上浸濕的毛巾。給這人降低體溫後，他將鮮扁豆葉搗成汁然後加了些冷水讓這人喝了下去，沒想到周學璞給他教的這一招還真靈，這人將鮮扁豆葉汁喝下去時間不長，一下子就坐了起來。當時他那個高興啊！一種從來沒有過的成就感讓他興奮不已，他終於可以給人治病了。自從這件事後，他開始在人們的眼裏有了威信，人們有了病就到他的跟前來，他知道他自從給這個社員治了病，他已經得到了這裏的人們對他的信賴。

張小牛把大黃放到背兜裏，他繼續往山上攀登。這架山他已經來了無數次了，除了採藥之外，他和永革、江華、劉偉、靳莉莉還到這裏來砍柴，他們每次砍了柴，用繩子將柴捆起來，然後往山下滾。當柴往下滾時，他就學這裏的人放開嗓子大聲喊：「下來了——，下來了——。」此時，回音在山谷中四處回蕩，好似四面山上都站著人在同時喊叫著，這個時候他的心裏有一種從來沒有過的自豪感，那種激動，那種興奮是無法用語言來表述的。他想，幹什麼事情都有一種樂趣，在哪裏也都會有歡樂，這裏的這麼多新鮮的事，在城裏是根本見不到的，城裏人也是無法體會到農村人的樂趣的。

張小牛看到在泛藍明淨的天空裏飄著繾綣的白雲，猶如有生命的物體，以奇特的流動方式，往前面慢慢移動。他的心裏這時充滿了一種十分崇高的感覺，於是他又義無反顧地往山上爬去。

第三十回

永革和江華利用春耕完休息的空閒，去上鑽天嶺。

太陽懸在天中央，驕陽似火，白雲悠悠。柳泉塢上面的鑽天嶺此時披上了金色的外衣，往日綠油油的近山、遠山，此時金黃中有了一縷紅色，本來是一片墨色剪影的周圍的山峰，剎時間化做了一座有色彩的立體，天幕透出紫藍色的瑩光，美得好似他們來到了瑤池仙界，讓他們忘記了塵世的存在。

鑽天嶺峰腰的寺廟，往日鐘聲悠揚，誦經的聲音好似美妙的音樂，可是自從文化大革命開始後，和尚們已經還俗，在山下開出平展展的一塊塊荒地。

滿山的樹木紅處紅，黃處黃，綠處綠，一片一片的。紅處像燃著熊熊的烈火，綠處似覆蓋了一層大大的綠葉，黃處又像激蕩著滾滾的波濤。山澗裏峽水翻著波浪，奔騰跳躍著白色的浪花。

江華和永革小心翼翼地踏著溪水裏的列石，手牽著手，越過小溪。溪邊是五顏六色奇形怪狀的一片石林。

江華一看，歡喜的跳了起來，好幽雅嫻靜的山野境地。

「咱們到石頭上坐坐？」

石林依山傍水，幾乎是鑲嵌在岩坡上的，被一片樺樹林包得嚴嚴實實。

江華牽了永革的手，走進了石林。

石林裏有石凳石桌和石床，他倆坐在了石床上。江華撲進永革的懷裏，緊緊握著他的手。永革低下頭先吻了她的臉，然後吮著江華的舌頭，這時他倆的心開始「咚、咚、咚」地跳動，兩個渴望已久的心互相拍擊著。

永革的手觸到了江華高高聳起的兩個乳頭，江華的身體抖動了一下，她兩手交叉抱住了永革的脖子，貪婪地在永革的臉上唇上親了起來，一會兒她又將兩隻玉臂摟在了他的腰間。

永革衝動了起來，手忙腳亂地要解開她的褲腰帶。江華猛地抖了一下，抓住了他的手，她說：「我自己來解。」

永革在慌亂中突然被一個光彩如玉的裸體震憾了。江華羞澀地用衣裳蒙住了自己的臉，膽怯的像一隻受了驚嚇的兔子。

他看到了她潔白的玉頸，微微泛紅了酥胸，小兔子般跳動的乳房，柔柔的小腹，和那神祕的角落。

他瘋狂地在她身上嗅了起來。他緊緊地抱住她、吻她、親她，用兩隻手在那嫩滑的肌體上搓摸著。

她閉上了眼睛，臉上流下了兩行淚來。多少個日子裏，她與他心心相印，他們盼著這一天，然而，當這一瞬間就要發生時，她卻驚慌失措，不知如何是好了。

永革開始脫他自己的衣服，男性的征服慾突然讓他不顧一切了。

江華慌了，她突然一把推開永革。

「不！我們不能這樣。」

永革被這尖利的喊聲驚醒了。他說：「怎麼了？」

「我們不能這樣，這樣會懷孕的。永革，聽我的，我們把這最美好的時刻放在洞房花燭夜的那一天好嘛？」

江華捧著永革的臉說道。

永革深深地親了江華一口說：「好，我們都去盼望這美好的一天。」

江華和永革趕快穿好了衣裳，爬上了山的頂峰。江華給永革指了一下對面的山峰，這是兩塊互相對立的兩個石頭。兩塊石頭立在峰頂，一個把另外一個好似要抱在懷裏。

江華靠著永革的臂膀，她說：「永革抱緊我，我怕。」

永革說：「怕什麼。」

「我怕失去你。」

「傻瓜，我不是在你跟前嘛。」

「我沒了爸爸，媽媽在五七幹校還沒有解放，我怕有一天你也離我遠去。」

「不會的，我會永遠在你的身邊。」

「可這世界一會兒風，一會兒雨，誰也不敢保證自己的明天在哪裏。」

永革想，江華是不是因為自己的家庭出身，害怕他有一天會離開她。就說：「江華，你放心，不管世道怎麼變遷，你我的愛永遠不會變的。」

江華苦笑了一下。她突然抱住永革大哭了起來。

「怎麼了？江華。」

「假如我有一天死了，你再會記起我嗎？」

永革一把捂住了江華的嘴，他說：「不要說這話。」

江華笑了，說：「你是不是覺得這話不吉利，可我還是要問，假如有那麼一天，你再會記起我嗎？」

永革說：「永遠也不會有這個假如。」

「那麼真要有這個假如呢？」

「不會的，江華。」永革把她緊緊地抱在懷裏。

江華知道，她若要和永革結合，永革會被她影響一輩子的。所以，她想有一天悄悄地從這個世界上離去，讓自己心愛的人有一個美好的明天。江華的這種想法已在她的腦海裏徘徊很久了，但她對永革的愛不斷地又說服自己，她不知道假如離開了永革，冰冷的世界裏她再能見到誰的笑臉。

江華牽著永革的手慢慢地往山下走去，上山沒注意到的各種各樣的花朵，此時滿山野姹紫嫣紅，開得十分絢麗。

江華想，毛主席的接班人林彪為什麼要投敵叛國自絕於人民呢？他在《五七一工程紀要》中說的歷來的政治運動是個絞肉機，知識青年上山下鄉是變相勞改等等話語，我怎麼聽著也有一定道理呢？可她對她的這種想法不敢給任何人說，包括眼前的永革。她知道師大附中的那些被揪出來的老師，大多數都是他們自己最信賴的朋友和親人們給揭發出來的。她不是害怕有一天永革會揭發她，而是她害怕自己的思想會對永革產生影響。

江華正在這麼想著，永革突然問她，「江華你是怎麼看林彪的？」

江華說：「一個偽裝得很好的反革命，毛主席身邊的一顆定時炸彈。」

「你真是這麼看的嗎？我可不這麼認為。林彪是毛主席身邊的一隻狽，當他們合夥把劉少奇、鄧小平整下去後，這隻狽放在毛主席身邊就有了危險，他在此時不死，你說誰還死呢？但我認為林彪在後期被整、被排擠後清醒了，他看到了毛主席的封建法西斯的本質，尤其林立果他們這個小艦隊是一些已經覺醒了的優秀年輕人。你看《五七一工程紀要》裏說的『黨內長期鬥爭和文化大革命中被排斥和打擊的高級幹部敢怒不敢言。農民生活缺吃少穿。青年知識分子上山下鄉，等於變相勞改。——紅衛兵初期受騙被利用，已經發現充當炮灰，後期被壓制變成了替罪羔羊。機關幹部被精簡，上五七幹校等於變相失業。——工人（特別是青年工人）工資凍結，等於變相受剝削。』這些哪一點不是事實。」永革說道。

江華聽到這話很吃驚，她雖然知道永革他們這些高幹子弟有啥說啥，可她不相信永革會這樣說毛主席。她說：「永革，你的這個思想很危險。」

永革說：「林彪有些話說得不錯，他說毛主席是個懷疑狂，我覺得他對毛主席是最瞭解的。不信你看著，現在在他身邊的周總理，當他批臭林彪以後，下一個輪到的就是周恩來總理了。」

江華站了起來說道：「永革，你的思想太危險了，這話你可不能對任何人說！」

永革拍了拍江華身上的土，說道：「我不會對任何人說的。你媽媽不是說過，獵天者終被天獵，獵地者終被地獵。我敢說毛主席打倒了所有的老革命，他最後也會被人打倒的，除非他死了。」

江華聽了永革的這些話心裏有點害怕，她原來看永革經常和北京的一些高幹子弟來往，她就有過擔心，沒想到他果然受了那些人的影響。此時，她看到山頂的那一對石頭，像兩個相愛的人緊緊擁抱在一起，是那樣的瘋狂，是那樣的甜蜜，可她卻擔心起了永革，她知道永革的膽子太大了，他若堅定了自己的信念，會豁著命一直幹到底的。

知青們的心被攪亂是從大招工開始的。從響應毛主席的號召到農村插隊落戶，種扎根樹，表忠字心，一晃眼的功夫三年時間就匆匆過去了。從剛開始的好奇新鮮到每天機械地重複起床睡覺，出工收工，生活平靜得像一潭死水，許多人慢慢變得麻木了。與永革他們一山之隔在肖紅坪大隊插隊的劉小虎，剛開始到農村來時，一直老老實實在隊上掙工分，從不外出惹事生非，公社首屆知識青年活學活用毛主席著作講用會，頭一個被推薦上臺講用的就是他。但是，劉小虎非常重哥們義氣，自從和永革在火車上相識，幫永革他們砸開了大隊倉庫，把巴生傑從大隊書記的位子上趕下臺後，他的名聲一下子在公社裏大噪了。從此，他被公社領導劃到了調皮搗蛋的行列裏，本來第一次大招工時他是沒希望的，可他爸爸是大軍區的司令員，加之他頭腦靈活，把從家裏帶來的兩瓶茅臺酒送給了公社金書記，於是，在金書記的關照下，他這個紅五類子女很快通過了推薦、政審兩關。他那個興奮呀，一口氣跑到柳泉塢對永革說：「永革，我被招工了。」說這話時他激動地有些發抖。

永革說：「你不是在講用會上說你要扎根一輩子嘛，怎麼才幾年時間你就要溜呀。」

劉小虎把嘴一咧，「嘿嘿嘿」地笑著說：「那是在犯傻呀，修了三年地球我都快成老頭子了，誰能扎一輩子根，那都是說給那些領導們的假話。」

永革說：「我們就要在這裏扎一輩子根，你信不信。」

劉小虎說：「我信，我信。可這一次大招工誰不是託關係，走後門，你到別處看一看，像你們這麼安心勞動的人再有幾個。你我都是高幹子弟，我勸你再別犯傻了，像你這樣的高幹子弟這一次全走完了。」

永革說：「再別說了，什麼時候請客呀？」

「後天你們到我那裏來，我好好招待招待你們。」劉小虎拍著胸脯說道。

「好，一言為定，到時我們為你送行。」永革也笑著說道。

劉小虎所在的肖紅坪大隊比柳泉塢這地方更為偏僻。劉小虎來這裏以前，有個富農的兒子由於家中人在文革剛開始時被隊上的貧下中農打殺死完了，所以，他長期在外偷盜扒竊，有了兩個錢他悄悄回來與隊裏的一個寡婦相戀了，這下可惹惱了這個生產隊的王隊長。因為這寡婦是王隊長的情婦。王隊長心裏想，誰吃這塊肥肉，也不能讓這個富農狗崽子沾了這個便宜。於是，他決定智取這個狗崽子。

這裏由於交通不便，風氣閉塞，隊上多數人連縣城也沒有去過，一年四季除能看上兩場露天電影外，簡直沒有什麼娛樂。因此村裏的年輕人，農閒時愛玩一種叫蛇抱蛋的遊戲。這種遊戲由一個人當蛇，守著一塊大鵝卵石，即所謂的蛋，其餘的人圍成一圈，伺機摸蛋，摸著便算贏；如果摸的人不慎被蛇的身體任何部位碰上，則罰其當蛇。

那年春節，正是文化大革命的高潮時期，農村的運動也搞得如火如荼。按照王隊長事先的布置，那個富農的兒子回來的當天晚上，便約他來玩蛇抱蛋。待他當蛇時，冷不防眾人一擁而上，將其按住，五花大綁在村頭公棚邊的大樹上。然後，全村人對他進行了批判鬥爭。因為這個村解放前太窮，好不容易有了這麼一個鬥爭的對象，全村人個個抹胳膊，動拳頭，紛紛往那個狗崽子身上捶，不一會兒竟將這麼一個鬥爭對象給活活打死了。在這裏山高皇帝遠，又法不治眾，公社認為這是好人打壞人，加上這人成份高，又是絕門絕戶，時間一長就沒人過問了。可是，劉小虎他們這些知識青年來後，非要說這是一件人命案，把王隊長揪出來進行鬥爭批判，這就惹鬧了這裏的王姓人家，可他們一直沒有機會，這時突然聽到劉小虎要走了，他們都說不能就這麼便宜讓這小子走了。

劉小虎回去後就開始準備請客，因為他邀請了十來個知識青年要做客。於是，他約了兩個知青，晚上就去一個比較偏僻的隊上去偷羊。

那天晚上夜色如墨，萬籟無聲，只有暖夜沉默的黑暗將他們團團圍著。他們偷得很順利，三個人把羊拉出來，牽上羊很快就到了他們住的院子裏。

他們是將羊吊死的，然後剝了皮，整整煮了一大鍋，待永革他們來後，他們從鍋裏撈出熱騰騰的羊肉，碗裏倒上酒，幾個人就大嚼大喝了起來。

永革撕了一塊羊肉，問道：「這羊肉是從哪弄來的？」

「大哥，吃到嘴裏就是菜，別管它是哪來的。兄弟我想方設法也要讓你吃上最鮮的羊肉。」劉小虎嘴裏流著油，笑著說道。

江華說：「是不是偷老鄉的？」

「這還用問，他們哪來的錢買這麼一隻肥羊呢。」永革說道。

劉偉說：「你們吃吧，我走了。」說著，他拉著靳莉莉往門外走去。

江華和張小牛說：「我們也走了。」

劉小虎看到人們一個個往門外走去，很不高興，他說：「你們都走吧，我的羊再不乾淨，可肉是紅的，湯是鮮的，骨頭是貧下中農的，比你們要強上一百倍。」

劉小虎這話是一語雙關的。永革聽了後把劉小虎瞪了一眼，他看江華回過頭望了一眼劉小虎，把頭一扭就往外走去。

永革看江華、劉偉、靳莉莉、張小牛幾個人都走了，坐了一會也要走，被劉小虎拉住說：「大哥，你可不能走，你要走可小看兄弟了。」

永革於是就坐了下來，劉小虎端過來一碗酒說：「大哥，我敬你一碗。」

永革接過酒，仰起脖子就喝了下去。

劉小虎說：「這酒你喝著怎麼樣？」

永革伸出舌頭舔了舔嘴唇說：「這酒怎麼這麼香？」

劉小虎在永革耳邊悄悄說：「這是我從家裏拿來的茅臺酒，也是別人送的。我給公社金書記送的酒是我的尿，我在茅臺酒瓶裏尿了尿，等我走了讓這狗日的好好喝吧。」

「你怎麼能這樣，他這次可給你幫了大忙了。」永革說道。

劉小虎說：「這狗日的壞得很啊。你不知道，這次公社推薦的招工名單，他有意識的壓下來遲遲不辦，讓男同學給他送東西，讓女同學親自到他房裏去找他，至到前天才把名單公布了出來，我為了抓住這個機會，到他那裏不知去了多少回呢。」

「可他還是給你辦了呀。」

「不錯，他給我辦了，可我經過這件事情看透了這個傢伙，他把我們知識青年坑害得不淺啊！」劉小虎喝了酒，話聲越來越大了。

「你準備啥時走？」

「明天早上。大哥，你也想辦法走吧。」

「我不走。」

「你不走，你能把地球修圓嗎？別犯傻了，這一次招工你就可以看出，平時話說得多酸溜的人，一個個都拍屁股跑得比兔子還快。」

劉小虎話還沒說完，只聽門「砰」的一聲被踢開了。

永革驚了一下，往門上看去，只見王隊長領著幾個手持木棒的人走了進來。

永革一下站了起來，說：「你們要幹啥？」

「幹啥？」只見王隊長說道。

劉小虎往後退了一步，一下在氈底下掏出了一把打鋼彈的自製手槍，說：「給我滾出去！」

王隊長把衣裳一下扒了開來，露出渾身的腱子肉和胸脯上的黑毛，他說：「狗日的，往這打。」

永革一看這人也不是省油的燈，走上前來說：「王隊長，過去的事就不說了，你大人不記小人過，來把這碗酒喝了，我替劉小虎給你賠個禮。」說著他把碗裏的酒端起給王隊長敬了過去。

王隊長鷹一般的眼睛瞅了一眼劉小虎，他本來就是借教訓劉小虎為這桌酒肉來的，一看永革端來了酒，而且劉小虎手裏也提著槍，也就借坡下驢接過了碗，一口喝了下去。

王隊長是個酒鬼，喝了酒人就軟了，說道：「算了，這娃的事就算了，來喝酒。」

劉小虎心想，來者不善，善者不來，另外，他聽說過王隊長蛇抱蛋的故事，他喝著酒說著話，可他的一隻手一直捏著那把槍。他說：「王隊長，喝。」

永革也一個勁地勸著酒。和王隊長一起來的幾個人都是蹭飯來的，看王隊長喝得高興，也就敞開懷喝了起來。

劉小虎捏了一把永革，永革心領神會，只是將酒抿一下，而不斷地給王隊長敬酒。王隊長貪酒，不一會兒人就醉倒在了炕上，另外幾個人也喝得搖搖晃晃，扶著王隊長就走了出去。

王隊長走後，劉小虎對永革說：「永革，趕快走。等這傢伙醒過來，還不知道要找什麼麻煩呢，到那時想走也走不開了。」

永革說：「你說得也是，你看這狗日的一雙賊眼，我看這人還沒完呢，趁他們都醉了，趕快跑。」

此時，月色如水，輕輕地在山嶺上蕩漾著，山峰、樹林、田塍、屋宇和場上的草垛，蒙上了一層潔白朦朧的輕紗，顯得神祕而蒼白，似乎有一種痛苦和不安。

第三十一回

永革和劉小虎連夜趕到了柳泉塢，睡下時已是雞叫三遍了，還沒睡穩，就聽見巴永賢的大黃叫了起來。

永革想，姓王的這狗日的是不是追著來了。他趕快把劉小虎一把拉了起來，幾個人很快地穿上了衣裳，永革提上巴永賢的獵槍，就跳到了地下，劉偉和張小牛也每人提了一根棒站在了永革跟前。

劉小虎手裏提著他的那把自製手槍，說道：「今天和這幫狗日的拼了。」

這時，大門被敲響了，一個男人的聲音喊著，「巴書記，開門。我是公社的金大年。」

永革一聽是公社的金書記，幾個人懸著的心就放了下來。

巴永賢從北房裏出來往大門走去，開了門握住金書記的手說道：「哎喲，我的金書記，什麼風把你給吹著來了。」

金大年一臉嚴肅，本來就黑的臉這時就更黑了，他說道：「這四位同志是省上來的，他們是專門到這裏來辦理公務的。你們這裏的楊永革是聯動成員，五•一六反革命分子。」說著，他後面的四個人就直奔永革住的東房而來。

這時，江華走上來擋住那四個人說道：「你們把證件拿出來。」

這四個人看眼前這個女知青長得眉目清秀，話語中柔中帶剛，站了下來掏出證件說：「我們是省革委會「五•一六」專政組的，奉中央文革和公安部的指示，來逮捕楊永革的。」

永革此時已從後窗戶跳了出去，他準備翻了牆往外逃的，可一看整個院子已經被公社民兵包圍了。於是，他又折轉了回來，走到院子說：「我是楊永革。」

「請跟我們走一趟。」其中一個人說道。

「你們憑什麼抓知識青年。」劉小虎此時也走了出來。

「我們不是抓知識青年，我們是來逮捕反革命的。」還是那個公安人員說道。

「誰是反革命？」永革挽起袖子就衝了過去。

「你是不是反革命到城裏走一趟，我們是來執行公務的。」說著，四個人前後夾擊，把永革的胳膊擰在了身後，一個人揪住永革的頭髮，另外一個人就把手銬戴到了永革的手腕上。

江華此時瘋了一般地撲了過去，她頭髮蓬亂嘶啞地尖叫著：「不許你們抓知識青年！」

永革把頭一扭說道：「江華，等著我，我會回來的。」

江華撲過去抱住永革，把頭埋進他的懷裏大聲哭了起來。

金大年走了過來說：「江華，我們要相信群眾，相信黨，上級組織不會冤枉一個好人，也決不會放過一個壞人。」

江華聽了金書記的話，用手撫摩著永革的臉哽咽著說：「永革，我會永遠等著你的。」

此時，四個人把永革的頭髮扯著拉到門外一個北京吉普車上，和金書記一起坐上車往大路上一溜煙地走了。

江華看到此情此景，頭一下昏了，心裏像刀割了一般的疼痛，她撲在門前的一棵柳樹上大哭了起來。她的眼淚如泉水般湧了出來，噎得她喘不過氣來。她的心此時好像被掏空了，歲月如煙雲一樣悠悠而去，而分離時永革那對明亮眼睛中的痛苦卻在她的心中留下了揮之不去的陰影。那雙憂鬱的眼睛，純如水晶，亮如明月，深如潭淵，潔如白雪……。

張小牛和靳莉莉把江華扶進了屋裏，江華的眼淚又撲簌簌地流了下來，「嗚嗚嗚」的哭聲如山鳴海嘯。靳莉莉也跟著江華哭了起來，她說：「這世界都成了反革命，再沒個好人了。」

江華聽到這話哭得更凶了。她想，父親張繼東成了反革命被槍斃了，媽媽也成了黑幫走資派，連永革也成了反革命，自己的親人們真的連一個好人也沒有了嗎？她心裏苦啊！多少年的苦水憋在她的心裏，今日裏開始盡情地流淌了。

她記得媽媽曾經說過，階級鬥爭再這樣搞下去，要不了幾年這世界就沒幾個好人了。她剛聽到這個話，心裏驚了一下，媽媽怎麼也說起反動話來了。毛主席不是說「階級鬥爭一抓就靈」嘛，媽媽怎麼與毛主席唱起反調來了。當時她對媽媽說：「媽媽你這是反動思想。」她說話是認真的，媽媽聽了她的話愣了一下，驚詫地望著她。媽媽拉住她的的手說：「江華，總有一天你會揭發我的。」江華搖了搖頭，她含著眼淚撲到了媽媽的懷裏，哽咽著說道：「媽媽——。」

江華此時想起了媽媽的這句話。她從身邊發生的事情明白了，媽媽說得沒錯。聽說楊伯伯又一次被打成了叛徒走資派，現正在隔離審查；田阿姨由於被揪鬥批判受了刺激，現在神志不清了；今日裏永革又被抓走了，她想，為什麼會發生這一系列無法無天的事情呢？關鍵是毛主席發動的文化大革命有軍隊的支持，有輿論的引導，無怪乎林彪的《五七一工程紀要》裏就說，我們的國家成了一個絞肉機，他要把形形色色的人都絞碎。江華想到這裏打了個冷顫，她想，插了幾年隊我怎麼也完全變了。她開始為永革擔心，為媽媽擔心，為這個國家擔心。

江華自從林彪事件以後，她也開始思考一些問題，但很多問題她百思不得其解。於是，她就在毛主席和馬列的書裏找答案，她看了列寧的《國家與革命》，恩格斯的《反杜林論》，但她還是不明白，毛主席為什麼要發動文化大革命。

江華把眼淚擦乾，悄悄地走了出去。劉偉對靳莉莉說：「快把江華跟上，別讓她想不開做出蠢事來。」

靳莉莉和劉偉就悄悄地跟了上去，他們遠遠地看江華走到一個崖坎上坐了下來。靳莉莉說：「她不會往下跳吧。」

「不會的，江華的性格我瞭解，堅強著呢，她不會為這事想不開的。」劉偉抓著靳莉莉的手說道。

靳莉莉聽到這話，醋勁兒犯了，她說：「你就把她瞭解得很，你把我到底瞭解多少啊？」

劉偉說：「我敢保證，江華絕不會自殺。」劉偉在那次往北京長征時，他是真正佩服了這個個子不大的女同學了。別的女同學走了三天就喊著走不動了，可她硬是咬著牙，帶頭一直走進了北京城。當時，他真想過去好好幫幫她，可她的東西就是不給他。那時，她還是紅五類呢，他一個黑五類在她跟前總感到要低三分，可她總是那麼親切地叫著他。她的聲音柔柔的，甜甜的，不管她怎麼說，他都感到渾身是那麼舒服。

劉偉看江華望著對面山上一棵榆樹在發愣，那棵榆樹下面的樹皮被剝了，露出光禿禿的一片，聽隊上人說，那是三年災害時讓人們剝了樹皮給煮著吃了。可這榆樹上面長得很壯，冒出的枝杈挑著一樹的綠葉是那麼的蔥綠。

劉偉小的時候也挨過餓。記得剛上小學時，媽媽用榆樹葉子拌上包穀麵，蒸出來的拌飯真好吃。那時候全國人民都在挨餓，他那時吃菜根子，吃樹葉，吃了一肚子的蛔蟲。記得有一次媽媽給他吃了寶塔糖藥打蛔蟲，一次就打下了上百條，那些蛔蟲挽成了疙瘩，從肛門裏出來後，他虛脫的差點兒暈了過去。

他望著夕陽在金紅色的彩霞中滾動著，眼前的大地被塗抹上了金色的光輝，他看見江華的身上被夕陽的回光染成了一片紫色，遠處樹林黯淡的輪廓已浮現出陰暗神祕的一抹。

先鋒公社農業學大寨的主戰場擺在了光禿禿的乾河灘。這裏是一望無際的荒灘戈壁，除滿河灘大大小小的石頭，和一條乾涸的河流之外，一無所有。在戰鬥打響之前，公社書記金大年在這裏首先召開了批鬥全公社牛鬼蛇神的大會。

早上十點鐘，各大隊的知識青年、基幹民兵，還有貧下中農代表首先陸陸續續坐在各自指定的地點。江華、靳莉莉、劉偉和張小牛他們來得很早，坐在前面的石頭上。江華望著這個臨時搭起的主席臺，周圍是迎風招展的紅旗，台中央是一個戴著紅衛兵袖章的毛主席畫像，會場周圍每三步站著一個背著步槍的武裝民兵。

公社金書記主持會議，他首先宣布：「全體起立！」然後，一個女知青領著喊道：「首先祝願我們最最敬愛的偉大領袖毛主席萬壽無疆！」接著，全場兩千多人一起高聲呼喊「萬壽無疆！萬壽無疆！」

江華想，過去這張照片後面跟著手舉毛主席語錄本的林彪，人們在喊完萬壽無疆後還要大聲喊，「祝願我們的林副主席身體健康！永遠健康！永遠健康！」現在林彪不但沒有身體健康，而且還死了，那麼，毛主席他老人家會萬壽無疆嗎？

江華正這麼想著，聽見金書記說：「坐下。」接著公社民兵營長，一個高大結實的黑臉走了上來。江華一看差點喊出聲來，這不是肖紅坪劉小虎們的王隊長嘛。這位王營長穿著黑棉襖，腰裏紮著一根寬皮帶，手裏提著公社民兵營裏的一把軍刀走了上來。他一上臺，首先大喝一聲：「把牛鬼蛇神們統統押上來！」這時，每兩個民兵押著一個牛鬼蛇神，都是一個姿式，兩條胳膊被擰到後面，兩個民兵一手擰著胳膊，一手揪著牛鬼的頭髮。而牛鬼們則如燕子吸泥，弓著腰，仰著頭，張著嘴巴，瞪著驚恐的眼睛。

江華看著牛鬼們脖子上掛的牌子，大多數是地、富、反、壞四類分子，只有一個右派分子。這唯一的右派是個女的，穿著藍制服，留著短髮頭，戴著一付白邊眼鏡，雖然，她露出痛苦的表情，被兩個五大三粗的民兵像提小雞一樣地押著，可從臉面上看，她長得很文靜。江華早就聽說過，這是個復旦大學中文系畢業的高材生，是從上海一個中學被趕到這裏被貧下中農監督改造的一個語文老師。江華不知什麼原因，見到這個女右派，她非常同情，她不願看到這女教師那副悽楚恐慌的神情，趕快低下頭來。

這時，她突然聽到民兵營長一聲吼：「打倒地主分子周學璞！」江華聽到這喊聲，情不自禁地抬起頭來。她看到周學璞正被兩個大漢往臺上押，周學璞腳下不知什麼東西一擋，往前栽了一下，後面的一個民兵立即吼道：「老實一點！」說著，把他的頭髮猛得往上揪起，另外一個民兵反手就往他臉上抽了一個巴掌。

此時，台下的人們木然地望著牛鬼蛇神們魚貫而入。江華從小讀過東郭先生的故事，所以，她時時提醒自己不要溫良恭儉讓。台下的人們跟著民兵營長喊著口號，口號聲此起彼伏，一浪高過一浪。江華此時又看到了階級鬥爭的刀光劍影，又聽到了人們對階級敵人的口誅筆伐。這時，柳泉塢大隊的婦女主任孟淑花走上台來發言。這是一個中年婦女，她穿著一身青色褲褂，挺著豐滿的胸脯，由於她的奶子特別的大，所以，隊裏的男人們和她打鬧時，都喜歡在她的奶子上摸來摸去。江華對她的印象，主要是從他們剛來時，巴永賢和孟淑花兩個唱著「花兒」把他們從公社接到了柳泉塢。她身不高而結實，臉不媚而風騷。此時，她拿著話筒聲淚俱下，說一會，喊一聲口號，人們就跟著她喊了起來。突然，人們感到不對勁。她說，萬惡的舊社會黑暗的不得了，敞開肚子吃食堂沒幾天，人們就開始吃樹皮，挖草根，把人的筋都餓斷了，我的爸爸、媽媽，還有我的三個娃娃都是那個年間餓死的。還是共產黨毛主席給我們分了自留地，我才把命保下來的。說著說著，她大哭了起來，邊哭邊喊口號：「打倒劉少奇！打倒鄧小平！毛主席萬歲！」

這時，公社書記金大年突然大喝一聲：「停下！」

可孟淑花越說越激動，已經刹不住車了。

金大年說：「把現行反革命分子孟淑花揪出來！」

民兵們愣了一下，然後，跑過去把發言的這個大隊婦女主任的胳膊擰到了身後，一個人在事先準備好的空牌子寫上「現行反革命分子孟淑花」，孟淑花三個黑字上用紅筆各打了一個大叉。

這時的江華的頭腦裏已是一片空白，她知道這個孟淑花文化程度不高，把三年災害時期當成了舊社會，犯了一個致命性的原則錯誤。江華突然感到有些害怕，在這個世界上誰也不能保證自己的今天和明天，說不定什麼時候厄運就會莫名其妙地從天而降。那個叫孟淑花的婦女主任還在哭，她說：「金書記，你怎麼是孫猴子的臉，說變就變，我說的全是實話呀！」

可這時的人們都吊著個呆瓜子臉，木然地望著臺上。金書記說：「你們看階級鬥爭複雜不複雜，尖銳不尖銳，反革命分了竟然敢在光天化日之下惡毒誣衊我們偉大的社會主義。我們批判劉少奇、鄧小平的『三自一包，四大自由』，反革命分子孟淑花竟然在這麼大的會上為它叫好，多虧我們有毛澤東思想的照妖鏡，不然我們又要被反革命分子蒙在鼓裏了。」

金書記還沒說完，就看孟淑花抬起頭來。因為此時，牛鬼蛇神們被押上臺後，每人給戴了一頂早已準備好的高帽子，民兵們都站在台下的兩邊。江華看到孟淑花渾身哆嗦突然取下高帽子，不等人們回過神來，她在臺上跳下，一陣風般地向會場外的石頭河灘跑去。她一邊跑，一邊笑，一邊還揮舞著手裏的高帽子。

幾個民兵提著槍追了過去，河灘裏刮著旋轉的黃塵，讓人睜不開眼睛。孟淑花仍然拍著手笑著往前跑去，幾個民兵往天上放了幾槍，清脆的槍聲傳向遙遠的地方。忽然，孟淑花又哭了起來，她發出嘶啞的聲音喊叫著，從地上揀起石頭向追過來的民兵們打了過去。

一個民兵趁孟淑花不注意從後腰抱住了她，另外幾個人則一擁而上把孟淑花捆了起來。

當孟淑花被重新押入會場時，和剛才在臺上激昂發言的她乾脆判若兩人。她又喊又罵額頭被皮帶抽破了，流著一道鮮紅的血。江華看孟淑花，兩眼呆滯無神，哭一陣笑一陣，兩個民兵死死將她的胳膊扭到身後，牢牢地抓著她，批判的人們還在發言，可人們的注意力都投向了孟淑花，他們紛紛議論著眼前這個突然發了瘋的女人。過了一會孟淑花慢慢平靜了，但仍然眼睛無光，不時地對著人們「嘿嘿嘿」地發笑。

江華知道孟淑花可能受到突然的刺激，精神不正常了。記得孟淑花每次在講用會和大批判會上都是爭著發言的，她批判大隊裏的那些牛鬼蛇神時，挨個兒罵，上至祖宗八輩，下至家人通通都罵。她說，地富反壞的子女和地富反壞一樣，龍生龍，鳳生鳳，老鼠的兒子會打洞，沒有一個好東西。可是她怎麼也不會想到，一個從剛解放到現在當了快二十年的積極分子，打罵了無數牛鬼蛇神的她，霎時間也變成了牛鬼蛇神，而且，突然間竟成了一個誰也不認識的瘋子。

金大年書記看著這個孟淑花把一個嚴肅的會場攪得亂七八糟，背著手站了起來，他剛往前一走，孟淑花看見他又哭喊了起來，她望著金書記打著哆嗦，嘴裏嘟嘟囔囔地不知道說著什麼。

金書記揮了揮手，對民兵營長說：「把孟淑花先押下去。」

孟淑花被押下去後，批判大會又恢復了原樣，仍然有條不紊地進行著，此時的人們又受了一次活生生的教育，他們從眼前的事實感到階級鬥爭確實無處不在，無時不在。

批判發言完後，金大年書記開始總結發言，他首先念了一段毛主席語錄：「社會主義社會是一個相當長的歷史階段。在社會主義這個歷史階段中，還存在著階級、階級矛盾和階級鬥爭，存在著社會主義同資本主義兩條道路的鬥爭，存在著資本主義復辟的危險性。要認識這種鬥爭的長期性和複雜性。要提高警惕。要進行社會主義教育，要正確理解和處理階級矛盾和階級鬥爭問題，正確區別和處理敵我矛盾和人民內部矛盾。不然的話，我們這樣的社會主義國家，就會走向反面，就會變質，就會出現復辟。我們從現在起，必須年年講，月月講，天天講，使我們對這個問題，有比較清醒的認識，有一條馬克思列寧主義的路線。」

金大年的發言每次都是這樣，由毛主席語錄開道，滴水不漏，因為他知道在這裏有這麼多知識青年，而這些知識青年當年都是造反的紅衛兵，天不怕地不怕，自己一個小小的公社書記說不定哪一句話不合適，被這些知青抓住把柄那可不得了。金大年念完毛主席語錄，接著說道：「現在全國都在農業學大寨，我們公社農田基本建設任務，主要就是治理乾河灘。今天，我們進行大批判以階級鬥爭開道，明天，我們就開始打響農田基本建設的第一炮，以後我們還要常年搞下去，直到把我們先鋒公社全部建成大寨田，進入共產主義的天堂社會為止。貧下中農同志們，知識青年戰友們，道路是曲折的，前途是光明的，只要我們發揚一不怕苦，二不怕死的精神，我們就一定能夠取得勝利！」

江華看見金大年書記越講越激動，可她此時的心情卻怎麼也平靜不下來，她望著孟淑花的被揪，被打，被鬥，眼前映現出來的卻是她親愛的媽媽。

第三十二回

周學璞病了。

他半躺半靠在炕上，背後墊著條破麻布口袋，全身又酸又痛，還有些發冷。

他心裏到底不是滋味，因為，今天他親眼看見了自己愛得發狂的一個女人，在他的眼前突然發瘋了。

他沒想到孟淑花會瘋，而且是在他的眼前突然發瘋的。小時候，孟淑花的父親在他家扛長工，孟淑花當時曾跟著他一起走進了村上的學堂。當時，孟淑花的父親堅決不讓女兒去，罵孟淑花不掂量一下自己是半斤嘛還是八兩，可周學璞當時哭著鬧著，說孟淑花不去他也不會去上學的，這下可讓周學璞的家人為難了。周學璞的爺爺說：「那就讓孩子們去吧。」

從此，孟淑花每天就送周學璞去學堂學習，可是學堂裏不讓女孩子進去，於是孟淑花每天就在學堂門上等著，等到周學璞下了課，然後兩個人再雙雙對對走回來。可是，隨著年齡的增大，兩個人慢慢地疏遠了，尤其解放初期，周學璞家是地主，孟淑花家是雇農，兩個階級水火不能相容，一下就讓周學璞再也不敢有非分的想法了。孟淑花後來嫁給了村上的一個貧農，她那時真能生養，不上幾年炕上炕下跑得全是娃娃，可這樣的日子沒幾年，等到三年災害時家裏五六張嘴全都沒了聲息，緊接著這個貧農也在一次上山打柴時被山上的石頭滾下來給砸死了。從此，在柳泉塢有了兩個人最扎眼，周學璞是光棍，孟淑花是寡婦，然而，這兩個階級的壁壘涇渭分明，周學璞只是看著帶兩個娃的孟淑花心裏邊有了一種隱隱的同情。可是，孟淑花通過一次一次的運動，對階級敵人越來越狠，讓周學璞在她身上看不到一點點小時候的影子了。

這是去年夏天的一個下午，周學璞背著柴禾從峽道裏往外走，他看見孟淑花腳下一滑柴和人卡在了兩個石頭空間。周學璞放下柴禾走了過去，當他的手觸到這個小時候與自己手牽著手上學的女人時，他看見孟淑花對他笑了一下。多少年來已沒人對他笑了，孟淑花見了他也像陌路人一樣匆匆而過，他只是在鬥爭會上可以聽到這個女人像數落兒子一樣的嘮嘮叨叨，可他喜歡這種嘮叨，他覺得她的嘮叨和別人不一樣，謾罵中夾帶著一種關切，吵鬧裏有一種女人對男人的甜蜜。記得孟淑花在鬥爭會上曾對他說：「周學璞你把地主階級的福享慣了，啥事都想讓人侍候，衣裳多少年不洗，在人的跟前臭味熏得人噁心，你不會自己動手洗乾淨嘛。」

周學璞聽到這話，回家後趕快將衣裳洗得乾乾淨淨，多少年來他像一條狗一樣的活著，沒有人這麼說過他。他最怕生病，沒病的時候，他還可以湊合著吃，湊合著穿，還能自己填炕打水。可是，病倒在炕上就麻煩多了，自己不但還要爬起來填炕、做飯，還要到生產隊裏勞動生產，若有批判會，還要參加批判鬥爭。他多少次想過死，可是死了幾次也沒死成，他想，老天爺不收我不讓我死，我就活吧。於是，他若有時間就到山裏邊挖草藥。因為，他給人們看好病後，人們就會給他端飯倒水，還會露出真誠的微笑。這種笑容他在平時是看不到的，沒有人把他當個人，包括那些讓他救了命的男男女女。他想，這世界怎麼了？他記得在一次鬥爭會上，他辯解道，舊社會我還是一個學生娃娃，家裏的事都是我爺爺和奶奶操心著呢，如何剝削壓迫的我根本不知道。他說這話的意思很清楚明白，我怎麼能是地主分子呢？巴生傑當時過來就給了他兩個耳光，說道：「你還想翻案呢，你狗日的在你娘的肚子裏時就是個地主，這還用問嗎？老老實實交待，規規矩矩勞動，再不許亂說亂動。」他聽了這話想哭，可早已哭不出來了，歲月的磨折已經讓他飽嘗了世間的酸甜苦辣。他有時候也會想起爸爸媽媽和爺爺奶奶，可爺爺奶奶都在土改時被亂棒打死了，爸爸媽媽又在三年災害時永遠地離開了他。

他知道這都怨爺爺那桀驁不馴的性格，給爺爺戴地主分子帽子時他不服，還拿出國家劃分地主富農的政策與土改工作組的人們爭辯，工作組要沒收家裏的騾馬，爺爺乾脆用砒霜將家中的大小牲畜統統給藥死在了牲口圈裏。幸虧那天周學璞去了村上的學堂，否則他會親眼看見憤怒的村人們用亂棒一頓打死爺爺奶奶的情景。多少年過去了，可他不知為什麼自己受到挫磨時就會想到媽媽。媽媽那雙溫柔的眼睛就像春天的太陽，總會消融他心中的冰霜。村人們說，媽媽是為了讓他和爸爸活下來，把吃的全給了他們，才被餓死的。可是，爸爸也沒活下來，最後還是餓死了，他記得當年爸爸每次都將僅有的一點吃的給了他吃。他有時經常埋怨自己，當時父親已經餓得拄著一根棍去挖野菜了，可那時他每天還鬧著向父親要吃的，他想，是他把父親逼向了絕路，是他吃了父親碗裏的野菜和糊糊，不然的話他堅強的父親是不會餓死的。媽媽死時睜著眼睛，她不明白往日裏那麼好的鄉親，怎麼突然間會對爺爺奶奶下如此的毒手，她也不明白養育過祖祖輩輩這麼肥沃的土地，怎麼突然間會將這些樸實善良的莊稼人統統餓死。

周學璞走了出去，他看見孟淑花赤著腳，頭髮蓬亂著在地上躺著。他往周圍看了看，沒有人，趕快過去把她扶了起來，給她擦了臉上的污垢。眼神迷亂的孟淑花見了周學璞卻眼睛亮了，她一下抓住了他的手，這讓他有點不知所措。他往四周看了看，他害怕人們的閒言碎語。

他說：「我送你回家。」

她聽到這話一下站了起來，跟著他乖乖地就往家中走去。他給她洗了臉，並用她的梳子給她把頭梳得光光溜溜。然而，當他轉過身往外走時，她突然橫在前面伸開胳膊擋住了他的去路，她說：「我要。」

周學璞聽到這話驚得汗一下冒了出來，他不相信孟淑花竟然清醒地對他說了這麼大膽的一句話。多少年的辛酸屈辱他從來沒有這種非分之想，有時晚間生理上突然有這樣的一種需求後，他恨不得用鐮刀把那不要臉的塵根連根剁掉。他猛得將孟淑花推到一邊，瘋了般地逃了出去。

這一驚不得了，讓周學璞嚇出了一身熱汗，身體裏的寒氣統統隨著熱汗從毛孔裏跑了出來，一下子感到身體輕鬆了許多。以後的日子裏他反倒不敢去幫孟淑花了。可是，這以後他隱隱感到孟淑花的瘋病在一天天地好轉，她可以到地裏幹活，可以和他一起在鬥爭會上接受批判。不知為什麼，他也開始洗澡，也經常把自己的衣裳反覆搓洗，不管幹多重多累的活，挨多少打罵，他好像心裏一下清亮了，心裏邊突然有了一個不落的太陽。

發現周學璞發生變化的第一個人是張小牛。張小牛自從當上赤腳醫生以後，經常偷偷地去找周學璞。剛開始他是根本不願意去找這個地主分子的，可在給人治病的過程中，很多病他真是沒了辦法。在這裏，方圓多少里能像周學璞一樣又懂中醫又會西醫的還沒另外一個人。小病小災張小牛還可應付，而遇到了稍微大一點的病，張小牛就沒了辦法。於是，張小牛半夜裏就去找周學璞，不見不知道，一見真讓張小牛驚奇了。這人的醫術確實不一般，張小牛問到哪裏，他給指點到哪裏，而且張小牛白天按照周學璞的方法給人治病，沒有一個治不好的，這就讓張小牛對周學璞佩服得五體投地了。時間一長，張小牛對周學璞的方方面面都瞭解了，他覺得這人心底善良，不像書上寫得地主分子那麼狠毒。他看出周學璞在比常人多出幾倍的勞動之後，還要隨時被拉去批判鬥爭，這人若沒有堅強的體魄和寬廣的胸懷，是活不過來的。張小牛看見，周學璞整天破衣爛衫，見了人就低著頭匆匆過去，可這些日子周學璞突然有了笑臉，而且還把衣裳洗得乾乾淨淨，這就讓張小牛產生了興趣。他發現周學璞見了孟淑花就有些緊張，而且臉紅紅的。雖然兩個四類分子在人前面不敢說話，可孟淑花就愛走到周學璞的身邊。

張小牛有一次在周學璞跟前悄悄問道：「你是不是喜歡上了孟淑花？」

「不——。」周學璞聽到這話臉紅了一下，趕快連連擺手，並且追過來對他悄悄說：「這話千萬不敢說，要是讓別人知道，我們兩個都活不成了。」

周學璞知道他是半斤嘛還是八兩，地主分子哪裏還敢有這種非分的想法，有了這種想法只能在心裏面永遠地裝著。

張小牛說：「別臉紅了，我早看出來了。」

周學璞聽到這話笑了一下，他確實喜歡上了這個人兒，可他知道這不過在白日做夢，是癩蛤蟆想吃天鵝肉，孟淑花要是嫁給他也是往火炕裏跳，能有好過的日子嗎？

傾盆大雨是在半夜裏開始下的。柳泉塢上空先是劃過一道閃電，緊接著發出一聲可怕的、震耳欲聾的炸雷，炸雷一聲連著一聲從人們頭上滾過，房屋震顫，大地也在發抖了。鋸齒形的電光，不時地在天空中跳躍著，映得大地閃爍著微微的白光。接下來大雨下來了，像是在用瓢子往外潑，再往後一會兒工夫雨整個兒倒了下來。

突然下來的大雨沖刷著山嶺，匯聚成一股河流從峽谷中沖了出來，奔騰著，咆哮著，它似一頭噬人的瘋獸狂奔著往柳泉塢而來。巴永賢此時在巷道裏大聲喊叫著，驚醒了的人們紛紛從家裏跑了出來向隊裏的飼養圈跑去，飼養圈在一處山包上，地勢比較高，遇上幾十年不遇的大雨時，人們都是往這裏轉移的。

巴生傑一個手裏抱著一個娃娃，兩個娃娃分在兩邊，都用小手抱著他的頭。到了大隊部門上他突然想，這時人們亂哄哄地往山上跑，大隊部裏肯定有些貴重的東西還沒被拿走。他站在大隊部門上稍微停頓了一下，然後進了大隊部。這裏他太熟悉了，十多年的大隊書記，他幾乎觸摸遍了這裏的每一個角落。過去的日子裏，為了登上這個大隊書記的寶座，他覬覦了不知多少年，然而，好不容易在這裏坐穩屁股，卻被一些知識青年給拉了下來。他一眼看見北房的櫃子上面放著一個箱子，他毫不遲疑地提到手上就往外跑去。一個娃娃這時爬在他的背上用手緊緊地箍著他的脖子，另外一個娃娃在他的左手裏抱著，他一搖一晃地往山包的飼養圈方向跑去。可是，他跑得太慢了，洶湧的浪濤跳躍著一下子沒過了他的腰。這時，天上又響了一聲炸雷，他在驚愕的一瞬間，背上的娃娃一下子掉進了水裏，慌亂中他用手去拉，懷裏抱得娃娃也被一個浪頭捲進了漩渦。他正要往前撲去，一隻大手一把抓住了他，把他從水裏拉了出來。巴生傑剛要大喊，一看原來拉他的人是金大年。巴生傑知道金大年是到柳泉塢下隊蹲點來的，晚上就住在大隊部裏。

金大年把巴生傑往上拉，巴生傑卻瘋了般地掙扎著要往洶湧澎湃的水中衝去，大嘴張著嘶啞著喊道：「我的娃，我的娃呀——！」幾個民兵把他使勁拉到了飼養圈裏，金大年一眼看見了巴生傑手裏的小木箱，他興奮地一下抓住了巴生傑的手。這箱子是金大年帶來的，裏面裝著縣委下發的文件和一套毛主席著作，還有他隨身帶的一塊羅馬手錶。

金大年問：「這是怎麼回事？」巴生傑眼珠子一轉，然後說道：「到了大隊部門前。我想大隊肯定有重要的東西沒拿走，若要被水沖了，就會對國家和人民造成極大的損失，於是，我把它搶救了出來。」

巴生傑望著金大年一下大哭了起來。他的身體在不停地抖動，狼一般的乾嚎似乎不是從喉嚨裏出來，他說：「金書記，我的兩個娃娃被水……沖走了……。」

金大年握著巴生傑的手說：「生傑同志，我代表公社黨委首先向你致敬！你捨小家保大家，保護毛主席著作的先進事蹟，我要向縣上、省上彙報，要在全公社進行宣傳，號召全公社人民向你學習。」

巴生傑望著金大年的臉，渾身抖動得更厲害了，他心想，為了你的幾本毛主席著作，我的兩個娃娃讓水沖走了。可他這話不敢說，他只是一個勁地抖動著，兩個眼睛癡癡地盯著人們一張一合的嘴巴。

果然，巴生傑的這一感人的行動，讓他的命運發生了翻天覆地的變化。第二天，縣上就來人對他進行採訪，接著省上的記者也來詳細瞭解他捨掉孩子，保護毛主席著作和縣上文件的可歌可泣的先進事蹟。省報上接下來對他的事蹟寫成報告文學進行了宣傳報導。縣上則下了文件，號召全體共產黨員對他進行學習。從此，巴生傑過去的問題一風吹了，而且重新恢復了柳泉塢大隊的委書記職務。

巴生傑重新當上大隊書記之後，他總結了前一次被知識青年揪出來的經驗。他想，每一個人都有弱點和把柄可抓，看你會抓不會抓，若是會抓，就是一頭牛也能用牛鼻圈把它降住。自己過去被這些娃娃們趕下臺，說明自己沒有抓住這些知識青年的弱點。

他通過詳細調查，金大年又給他出主意，他心中一下子豁然開朗了。在一次大隊會議上，他突然開始公布大隊裏知識青年的家庭出身。

那天會場靜得出奇，家裏多少有點問題的知青心裏都在打著鼓點。他們想，這巴生傑到底要幹什麼？難道是要清查階級隊伍？知青裏也能挖出個漏網地主分子嗎？他們都垂著頭，就差尋地縫趕快鑽進去了。

「劉偉，壞分子。」

「江華，反革命右派。」

……

張小牛那天坐在第一排，他因為是工人出身，所以他不怕巴生傑來這一套，但他對這一切非常反感，他看見靳莉莉臉紅得發赤，頭上滾下汗珠子，想哭又不敢哭，眼睛直呆呆地盯著地面，不敢抬起頭來。

張小牛用眼睛瞪著巴生傑，只見巴生傑戴著一頂舊藍布帽子，帽檐遮住了眼睛，還在往下念。他突然聽到自己的名字：「張小牛，資本家。」

天哪！這狗日的殺人呢，竟然在光天化日之下血口噴人，他「呼」地一下站了起來，大聲說：「不許你污蔑工人階級子弟。」

「這是公社提供的檔案，你爺爺在舊社會開過鋪子，這是不是資本家？」巴生傑抬起頭來，不慌不忙地對張小牛說道。

張小牛此時感到巴生傑的目光如劍，背後人們的眼神像刀。他說：「那時我們家窮，我爺爺就賣了幾天油茶，他什麼時候開了鋪子？」

「白紙上的黑字，這是你爸爸給黨交心時自己交代出來的。」巴生傑因為現在有公社金書記做後臺，話說得振振有辭，反倒讓張小牛覺得理虧了。

張小牛說：「你把檔案拿來我看。」

巴生傑笑著說：「不要激動嘛，黨的政策是有成分論，不唯成分論，重在政治表現，下去自己到公社去查，不會錯的。」

張小牛知道與巴生傑這個人爭辯是沒有用的，他從大隊部出來，直奔公社而去。到了公社，他見了金書記氣呼呼地說：「金書記，我的家庭出身是工人，公社給大隊的名單上怎麼說我的家庭出身是資本家。」

金大年說：「有這樣的事情嗎？我給你查一下。」說著，他就讓公社的祕書找了了張小牛的檔案，果然，有一份他父親給黨的交心材料另抄本，材料上寫著他爺爺曾經賣過油茶。

「金書記，你看一下這能算資本家嗎？」張小牛說道。

金大年吸著煙說：「你父親也真是，交心時寫什麼你爺爺賣油茶的事情，這不是自己沒事找事嘛。賣油茶就要賺勞動人民的錢，這就是剝削，剝削勞動人民也就是資本家和地主幹的事，他不在農村剝削，算個資本家也不冤枉。」

張小牛聽了這話又好氣又好笑，這算什麼狗屁理論，轉過身把門一甩就走了出去。他知道這是金大年和巴生傑勾在一起導演的一場戲，其目的就是讓知青們個個背上家庭出身的黑鍋，他們能像軟柿子一樣地捏在手裏。

實際上公社已派人到張小牛父親單位進行了瞭解，他父親說他們祖上幾輩都是窮人。可他父親說到爺爺這輩，因為那幾年趕上了好年景，就煮了油茶到鎮上賣，他在進黃河沿木廠當工人以前，也幫著賣過油茶。

張小牛想，爺爺幹嘛圖那幾個臭錢呢，為什麼不當無產者。回到隊裏，張小牛一籌莫展，本來永革被抓走後，隊上就他這麼一個工人階級家庭子女，可一眨眼的工夫他被巴生傑給報復了。巴生傑連赤腳醫生也不讓他當了。張小牛開始變了。他變得孤僻、冷漠、倔強。從早到晚一個人悶頭勞動，晚上早早就睡，見人不打招呼也不說話，有時一連多少天也說不上幾句話，乃至感到舌頭也轉動遲緩了。

江華知道張小牛心裏苦。她來農村後汗水流得不比別人少，淚水卻比別人淌得多，風裏雨裏，泥裏水裏，再累的活兒她也幹。改造思想吧，雙手磨出了大血泡，腿也經常累得一瘸一拐的，有時候連腰幾乎都伸不直了，要用手幫著才能慢慢直過來。

江華找張小牛說：「你應該自信，你是一個工人的兒子，不管他巴生傑、金大年對你怎麼說，要理直氣壯地活著。我們到這裏來，是響應毛主席的號召，是為了接受貧下中農的再教育來的，不是受他金大年、巴生傑折磨來的，挺起腰板，把這件事情我們聯名寫信，向省上反映。」

張小牛聽了江華的話，眼圈紅了，他說：「江華，我對不起你們。沒被這些人污陷以前，我在你們跟前趾高氣揚，瞧不起你們，現在我才真正體會到你們心裏的苦了。」

江華說：「我們馬上寫信向上面反映這件事情，另外，從今天起你繼續好好去給貧下中農治病，不管他巴生傑怎麼說的，你還是和原來一樣，他巴生傑一隻手遮不了天。」

張小牛聽了江華的話笑了，他此時才感到他們應該團結起來，應該勇敢地去面對各種困難和挑戰。

第三十三回

燒窯的活本來是當地社員幹的，可是，劉偉、靳莉莉由於家庭出身不好，他們就搶著要幹這種髒活重活，他們發誓要用自己的實際行動改變自己的命運。到了農村幾年，劉偉從裏到外確實成了一個地地道道的農民。他刮了一個光頭，腰裏還經常紮著一根麻繩，就連說話也和當地農民一樣土的掉了渣。他不僅各樣農活幹得好，而且他有知識有頭腦，遇事喜歡動腦筋，所以說，生產隊裏各種技術活兒有時都讓他領著去幹。

晚上燒窯都是兩個人去燒，巴永賢為了把這兩個人長久地留在隊裏，他就有意識地讓劉偉帶著靳莉莉一塊去燒。

那天派活時巴永賢先是派了活，然後故意擠了一下眼睛，拉著長腔說：「男女搭配，幹活不累。」

劉偉聽了這話笑了一下，回去拿了一件破棉襖就和靳莉莉一起進了窯場。他倆接了白天燒窯兩個人的班，把窯門前清掃了一下，就用鐵叉紮上柴捆子往火道裏面扔。

此時的火道裏嗶剝作響，火蛇吸著道口的風躥進火道。

劉偉一面往火洞裏扔柴，一面將遠處的乾柴捆碼到窯門口。他望了一眼靳莉莉，她的臉龐被火光照耀得紅紅的，像花一樣的燦爛。她的一對略大的黑眼睛，在濃而長的睫毛下活潑地溜轉，含著一點淡淡的憂傷。

「莉莉你坐。」劉偉一說，靳莉莉緊緊地靠著劉偉坐了下來。

劉偉平時說話詼諧幽默，然而此時與靳莉莉坐在一起，他就覺得不會說話了。他頭上冒著汗，渾身不自然，結結巴巴地說：「莉莉，你冷不冷？」說著就將他的棉襖披到了靳莉莉的身上。

靳莉莉打心眼裏是喜歡劉偉的，她覺得劉偉憨直、勤快、心底善良，可劉偉的家庭和自己一樣黑，所以，她不管劉偉在自己跟前表現的多麼殷勤，一直沒有乾乾脆脆地答應過劉偉。

靳莉莉說：「你可以抱一下我嗎？」靳莉莉這話是下意識地說出來的，說出後她自己都感覺到有些吃驚。

劉偉聽到這話有些慌亂，他笨拙的一下把這個在夢中想了多日的人兒攬進了懷裏。

劉偉長了這麼大還從來沒有與女人這麼近距離的接觸過，他渾身開始顫抖，呼吸也急促起來，他一下把那溫柔的唇兒接了上去。呼吸屏住了，外界的一切都向後退去；涼風颼颼地撲面吹來，他倆的心胸充滿了醉意，多麼強烈，多麼新奇，又是多麼的驚心動魄。

劉偉突然把靳莉莉往邊上一推，提起鐵叉往火道裏扔了兩個乾柴捆。然而，今夜刮著倒風，本來是負壓的火道，此時卻不時有火舌要往外冒上幾下。

風在山嶺和村莊之間呼嘯長號，狗吠的聲音漸漸地疏落了下來。劉偉和靳莉莉在窯道裏跑來跑去，把遠處的乾柴捆往近處拉，可他們的心裏是甜蜜的，愛情的喜悅讓他們忘掉了一切痛苦與悲傷。

劉偉說：「莉莉，休息一會吧。」

他拉她一起坐了下來，又是一個深深的吻，她在他的懷裏激動地哭出了聲來，低低地抽泣著。

大約到了晚上一兩點左右，窯門外的風一陣比一陣緊了，吹得周圍的幹枝亂葉在空中上下飛舞了起來。

突然，一團火球從窯口跳了出來。此時，風刮得越來越狂，火球一下將乾柴燃著了，不待劉偉和靳莉莉回過神來，眼前的乾柴「轟」地一聲全都著了起來。劉偉和靳莉莉跳起來拼命用樹枝撲打著火頭，火卻越燒越旺。

接著，火舌掉頭朝山的方向開始跑，一會兒工夫，風助火勢，火如遊蛇一樣朝西面的山上猛烈地燒去。

劉偉站在窯上面一個土坎上喊道：「著火了，著火了，快來救火呀！」

全村的男女老少聽到喊聲紛紛跑了出來。

就在這一會兒，別的生產隊的知識青年也紛紛跑過來了。他們一邊跑，一邊高聲喊著：「下定決心，不怕犧牲，排除萬難，去爭取勝利」，大家此時都有一種使命感，有一股躍躍欲試的衝動，他們大聲吼著：「誰英雄誰好漢，大火裏面比比看！」

在過去的日子裏，知青們只是在報紙上看到過一些英雄，而今天大火就是命令，大火就是召喚，一種爭當英雄的勇氣鼓舞著他們。

巴永賢喊道：「先燒出一條安全火道來。」

於是，人們在村莊周圍先燒出了一條二十米寬的火道。

火道剛剛燒出來，風向突然變了，大火從三面猛撲過來，全大隊的知青和柳泉塢的男女老少眼看都要被大火吞沒了。

巴永賢急得滿頭大汗，大聲喊道：「快撤進火道！」

劉偉、江華、張小牛和社員們剛集中到狹窄的火道裏，烈火就逼近了，火焰竄起一兩丈高，隨火而來的大風卷起滾滾灼浪，荒草、荊條爆燃發出的嗶嗶啪啪的聲音震耳欲聾，四周頓時成了一片火海。

巴永賢看到這種情景大聲喊：「快脫下棉衣蒙住頭，蹲下！」

大火「轟！轟！轟！」地燒著，圍著劉偉他們這一夥人肆虐逞兇。劉偉想，靳莉莉到哪裏去了？可這時人只能蹲著，不敢起來。幾分鐘後大火又掉轉頭如脫僵的野馬向北撲去。

劉偉看到這種情景，趕快站了起來，他大聲地喊：「莉莉——。」然而，沒有一點聲音。不一會兒，跟前不遠處傳來了呼救聲，劉偉趕快和其他人一道飛奔而去。

沒跑多遠，劉偉一下愣住了，在逐漸遠去的火龍映照下，前方焦土上竟然躺著白花花的四五個人。走近一看，啊！這些頭髮已燒光的人仰面朝天，雙臂痙攣在胸前，已經聽不見一絲聲息了。

劉偉剛才那股撲滅大火的強烈激情，一瞬間竟消失得無影無蹤。他看見中間一個人正是靳莉莉，她的姿態他還能辨別出來，她的手裏緊緊捏著她經常喜歡戴的那枚毛主席像章。他急步跨近她，在張小牛的幫助下，把全身只剩下一雙鞋的她馱到背上。

劉偉臉上流著汗，雙手觸到的是又滑又膩的油和剝脫的皮膚，靳莉莉的肌肉已失去柔軟，腫得如橡皮一樣鼓鼓的。劉偉將身子儘量前傾，張小牛托扶著她的背，才勉強使她在他的背上趴住。劉偉繞過大大小小的石頭和土坎，大步向大隊部跑去，那裏有拖拉機，可以把靳莉莉送到公社衛生院。靳莉莉的頭不時碰在劉偉的後腦勺上。隨著劉偉的邁步和顛簸，她的嗓子眼裏不時發出「咕，咕，咕」的痰鳴聲音，嘴角流出的白沫伴著他的汗水一起往下滴。

這時，劉偉突然聽到靳莉莉的喉嚨裏發出了一聲清晰的呼喊，這是她發自肺腑的一聲長啼：「媽媽——。」這微弱的聲音竟是那樣的纏綿，讓周圍人的心都被提了起來。

沒想到這竟是靳莉莉最後的呼喊，到了拖拉機跟前她已完全停止了呼吸。

劉偉輕輕把她放到墊著棉衣的地上，又飛快脫下棉衣、罩褂和絨衣，加上張小牛的棉衣，把赤身露體的靳莉莉蓋得嚴嚴實實。此時，劉偉再也忍不住心中的悲痛，放聲地大哭了起來。他的聲音像牛吼，嗚咽著，全身顫動著，眼淚從他那憂鬱的眼睛裏像泉水一樣流溢出來。淚水流過臉頰，落在那稚嫩的從來沒有剃過的黝黑的鬍鬚裏。

此時的劉偉嘴唇打著顫，臉色變得嚇人，他恨不能用自己的死去換回她美麗的青春。他想，當我第一次見到你的時候，從未想到過你會改變我。然而，當我發現你美好心靈的一剎那間，當我們要為今後的生活和理想共同去奮鬥的時候，你卻走得這樣匆匆。你帶著你的執著，帶著對你媽媽的懺悔，帶著對這瘋狂社會的疑問，戴著毛主席像章就這麼走了。蒼天啊！你怎麼這樣對待一個弱小的人兒，你為什麼要讓她走得那麼默默無聲。

山村的夜說黑一下子就整個兒黑了下來，白天山上的樹，梁上的屋，這時全都朦朦朧朧，像是罩上了一層淡淡的輕紗。勞累了一天的人們，此時都鑽進了被窩，躺在了炕上。風輕輕地吹著，不時可以聽見一兩聲狗的吠叫，這時，村裏的巷道裏走著一架柴山，他是把家中一捆捆的乾柴抱到巷道裏，然後用繩子紮好後背起，他恨不得把自家院子裏的柴禾全部給她送去。

他弓著腰，邁著腳步飛快地往前走去，他到了她的門前，沒敢敲門，而是隔牆扔進了一個土塊，待她開了門，他又將放在門口的柴一捆捆扛了進去。

「你咋背這麼多？」孟淑花說道。此時的她驚嚇的瘋病已慢慢好了，她心疼地拍拍周學璞的膀子。

「別說話，快點搬進去。」周學璞說著又往門上去抱柴。

柴放到了孟淑花的小院裏，周學璞提著繩就要往外走，此時的孟淑花伸開兩手一下擋在了他的眼前。

「你要走，就把你的柴原背回去。」孟淑花說道。自從她在公社發言被揪出之後，她瘋了，病了，當時只有周學璞悄悄把她扶進了家門，給她洗臉，給她餵飯，給她兩個娃娃做了吃的以後才走了出去。自從她的男人死了以後，她的心早已死去，她雖然在大隊當婦女主任時表面上嘻嘻哈哈，可那是她裝的，她的心裏苦啊。可這些日子，沒想到她心裏的火卻讓周學璞給點燃了。她上次就要留周學璞在家喝口水，可他硬是走了。

他說：「不行，我得走，讓人看見不得了。」

她聽到這話就哭了，「我反了什麼革命，誰家那個年月沒餓死人，誰不知道那是真的，不是我那時候偷搓隊裏的生麥子吃，我也早死了。」她說完這話，望了一眼袖著手的周學璞說：「你以後再別來。」

他知道她這是氣話，他們兩個苦命人早已被共同的命運拴到了一起。

他每天背石頭的時候，他看見她也被民兵押著在河灘裏背石頭。

周學璞立在孟淑花的門前，他望了一眼這個現在和自己一樣的階級敵人。那高聳的大奶子還是那麼誘人，瘦削的臉盤上滿臉細細的魚尾紋，鬢角上已經有了白髮，土灰色的臉上一對清秀明亮的眼睛。他記得這女人比他小兩歲，有一次學堂裏一個比他大的同學和他打架，每天在門外等他的她過來從後面死死地抱住了那個同學的腰，讓他騰出手來給了那個同學有力的兩拳，而這個同學就是現今的生產隊長巴永賢。

他想摸一下她的臉，可他一想到頭上的這頂如泰山般的帽子，又低下了頭。他說：「我走了。」

她一下撲到了他的懷裏，像個孩子般親著他的臉。他被這突如其來的女人驚得抖了一下，望著深不可測的天，眼睛裏慢慢地沁出一眶眼淚。不知啥原因他的身體抖得更凶了，眼淚沿著青灰的面頰流了下來。他自從戴了地主分子的帽子以後，從來沒有想過有一個女人，更沒有想過有一個女人親他，愛他，撫摩他。因為，他是一個階級敵人，他只知道這世界的冰冷，從來沒有想過溫暖還會降臨到他的頭上。

他用顫抖的手摸了一下她的臉，把她垂在眼前的頭髮往耳邊扒了一下，說：「我的心肝寶貝香肉肉——。」說著，毅然地轉過身走了出去，他知道他太黑了，他是人們心目中一個十惡不赦猙獰可怖的厲鬼，而她只是被這運動暫時給捲了進去，他不能再給她帶來更大的苦難。

他聽到了她低聲的啜泣，但他沒有回頭，因為他害怕再看到她那雙攝人心魄的眼睛。

周學璞走後，孟淑花關上大門進到灶房裏繼續哭泣。她害怕哭聲驚醒沉睡的兩個孩子，可胸中的苦水已經憋得她快要死去。小時候她陪周學璞上學，她只是個孩子，不知道大人的世界裏有這麼多魑魅魍魎，可是解放後，他們家翻了身，分了土地，她才明白原來他們窮，是因為地主富農剝削了他們的財產，可她總不明白為什麼要給周學璞戴上地主分子的帽子。她知道他解放前還在上學，解放那年他才剛滿十七歲。後來她問巴永賢，巴永賢告訴她，大隊裏要抓階級鬥爭，沒有了地富反壞右這些階級敵人，怎麼才能促生產。抓革命，促生產，抓得就是階級鬥爭。哭聲驚動了兩個孩子，她看見兩個孩子赤條條地從炕上下來，跑到灶房門口瞪著驚奇的眼睛。

孟淑花趕快把兩個孩子哄到了炕上，她躺在被窩裏用兩條胳膊一面擁著一個孩子。她想，為什麼她被打成反革命後村裏只有這麼一個周學璞幫著自己，其他的人則一個個好像見了怪物一樣唯恐躲避不及。難道是因為自己當婦女主任的那些年太張狂了？她有些後悔，自己過去好像一條瘋狗，咬了東家咬西家。文化大革命一開始，她和巴生傑一起，把家家的自留地砍掉一半入了生產隊；農業學大寨時，她又讓大隊裏家家戶戶的女人走出家門，組織娘子軍進行農田基本建設。有一戶社員因為成份是雇農，不願意讓他的老婆參加娘子軍，她領著大隊民兵把那社員捆了起來，戴上高帽子進行批判鬥爭，那社員想不通和他老婆一起喝上農藥一起死在了家裏。孟淑花想，這全是報應啊！

她記得知識青年剛來的那年，三隊有個叫三關成的社員說他女人與隊裏一個小夥子通姦，當時，這事告到大隊部，巴生傑又把這事推給了她。她找來那個小夥子，這小夥子叫拴牢剛開始不說話，後來他死活不承認，說他那個根本起不來，我怎麼能和他老婆幹那事呢。她覺得這話也有道理，於是她說，這好辦，明天晚上我們到大隊部裏驗證。第二天晚上，風輕輕地吹著大地，她和巴生傑早早就坐在大隊部的會議室裏，叫來了那個三關成和他的老婆，然後那個叫拴牢的小夥子也到場了。她說道：「捉姦捉雙，你無憑，他無據，我們不能紅口白牙亂咬人。今天晚上就我們幾個人，拴牢說他那個根本立不起來，你們大家都看著。」說到這裏她喊道：「三關成，讓你老婆脫衣裳，拴牢也脫。立起來了，拴牢再沒說的，明天就到集訓隊去勞動改造，若是立不起來，三關成你狗日的再不許打你老婆，兩個人好好地過日子，若要再動你老婆一指頭，就罰你到集訓隊裏去勞動。」

孟淑花說完望了一下在場的所有的人。只見三關成的老婆先哭了起來，孟淑花大吼一聲：「別哭！要洗冤放大膽子把衣裳脫下。我們新社會的女人就要像個半邊天的樣子。」於是，那女人就將衣裳一件件地脫了下來，光著身子蜷縮在地上。她說：「放大膽子躺到桌子上，讓他上。」這時，只見拴牢也把衣裳脫了下來，赤條條的一絲不掛，不知是因為在眾目睽睽之下，還是他確實陽痿沒了男人的精氣，總之，他在四仰八叉的女人跟前就像一個沒了骨頭的縮頭烏龜。

此時，孟淑花說：「大家都看見了吧，把衣裳穿上。」然後，她指著三關成說：「看見了吧，你不要長個女人的心眼一天懷疑別人，把別人都看成你了，回去後兩個人好好過日子。」說完，幾個人都又說又笑地往家走去。對於這件事，她什麼時候想起就什麼時候後悔，雖然這事圓滿地解決了，可這件事像長了翅膀一樣被人們加油添醋傳遍了整個公社。這一次她被打成現行反革命，其中被別人揭發批判的一條，就是侮辱迫害貧下中農。

她在迷迷糊糊之中進入了一個夢境，她夢見她嫁給了周學璞。周學璞戴著禮帽，騎著一匹棗紅大馬，跟在接她的花轎後面。可花轎到了村裏，不知從哪裏跳出來一隻兇猛的黑狗，追著花轎要咬她。她心裏一驚，就嚇醒了，這時她看見兩個孩子都盯著她的臉，他們是餓了，每天早上他們都會用這種企盼的方式向她要吃的，她趕快跳下炕從板櫃裏摸出一塊玉米餅，掰開來給了一人一半。兩個孩子接上餅都笑了，他們的笑掛在臉上是那麼的燦爛，每當這時候她就有一種幸福感，一種為人之母的驕傲。

第三十四回

江華徹底的變了。

永革被抓之後，剛開始江華好像丟了魂兒一樣，焦慮、不安、煩躁、揪心，她的心隨著永革的離去，整日裏好似在苦水中浸泡，好痛好痛。她在日記中寫道：我為你點燃無數蠟燭，讓縷縷輕煙帶著我的深深祝福與痛苦思念，久久地繚繞在你的心間。她每天上工時一聲不吭，她不想與任何人說話，她開始懷疑這殘酷的現實。想當年，我們跟著毛主席造反，一大批老革命和我們的老師、同學，還有我們的親人都成了我們革命的對象，沒想到革命革到最後革到了我們自己的頭上。永革他心底開闊、善良，他怎麼能是反革命呢？難道正如林彪說的，這是一個絞肉機，它要把好人壞人統統都在這裏絞成碎沫？她想到了媽媽，媽媽對工作兢兢業業，對毛主席共產黨那麼忠誠，這樣的人也被揪了出來，折磨得死去活來。難道真是這世界沒好人了？於是，她開始懷疑文化大革命，開始懷疑毛主席所做的一切。她想，滿清皇帝被推翻了那麼多年，今日裏毛主席又像封建皇帝一樣，讓人們高呼他「萬歲！萬歲！萬萬歲！」毛主席他自己讀了那麼多古書，可他不讓別人讀這些書。他像所有的封建皇帝一樣，打天下時齊心協力，得到天下後就去整死那些與他患難與共的功臣。但她這些想法只是從大腦裏一閃而過，她知道這一切是不能給任何人告訴的。

江華來到了靳莉莉的墳堆前面。這座墳在村東頭的一個向陽的小山坡上，這裏樹木蔥郁，陽光明媚。她每次來都要摘很多鮮花放在墳堆的前面，她又一次爬在墳堆上哭了起來，她說：「莉莉，我們的命怎麼這樣苦呀，我們為什麼一生下來就要被打入另冊，父母輩做得一切，為什麼要讓我們去付出這麼大的代價。」

她坐在墳堆前面的一塊石頭上，她每次來都是這樣靜靜地坐在這裏。她想靳莉莉，想永革，想她的爸爸媽媽，她每次坐在這裏，就會與他們進行心靈與心靈的交流。

她一個人悄悄地說：「過去的日子裏我太不珍惜了，失去後才知道同學戰友的友誼是多麼可貴。」當永革從家裏逃出到了這裏之後，她沒有感到這是多麼幸福的事情，也沒有抓緊時間好好想他愛他，而當這一切突然遠離她而去，她才感到她是多麼地愛他。

靳莉莉的墳周圍用磚圍了起來，前面有一個墓碑，墓碑上面寫著：為有犧牲多壯志，敢叫日月換新天。墳的上面是一朵一朵的小花，這是劉偉用磚一塊一塊雕刻出來的。墳的四周種了六棵松樹，前面用石子鋪了一條小路。她知道他們種這些松樹的原因是因為靳莉莉活的時候經常說，我要像松樹一樣，永保革命的青春。她記得靳莉莉寫好入黨申請後，讓她給幫著修改一下。靳莉莉在入黨申請中寫道：「……我想入黨是為了在黨的培養教育下，跟著毛主席幹一輩子革命，打倒帝、修、反，在地球上消滅人剝削人的制度，使整個人類都得到解放，為共產主義事業奮鬥終生……」然而，她將入黨申請一份份地遞交上去，得到的卻是「繼續接受貧下中農的再教育，徹底脫胎換骨，用自己的實際行動爭取黨對你的進一步考驗！」

江華知道，他們這些黑五類子女是入不了黨的，像靳莉莉這樣把生命都獻到了這裏，難道還不能滿足她的這樣一個心願。當時，他們幾個知青找了大隊書記巴生傑和公社書記金大年，希望公社能夠追任靳莉莉為中國共產黨黨員，然而，得到的答覆是，「她的家庭背景太複雜了，太黑了，沒法滿足她個人的遺願。」

江華的心掉入了冰窟窿，她感到這是一個騙局，黨的階級路線早已判了他們這些黑五類子女政治上的死刑。她記得媽媽說過，不管你走到哪裏，都要努力學習，你的高中幾年搞了文化大革命，沒有好好地學習，下去後一定要把耽誤了的時間補回來，中國不會永遠是這個樣子的。她當時想，毛主席不是說過，知識越多越反動，現在有知識的人都成臭老九了，我再學習這些幹啥？可是，到了農村之後，她越來越感到現在的這種情況長不了，中國肯定有一天會重視文化知識的，媽媽說得是對的。所以，她開始有系統地去學習高中的課程，並且她去讀一些馬列的原著和毛主席的書。她覺得毛主席說得很好，好話都讓他說盡了，可他說得和做得完全兩樣。

她在靳莉莉的墳前往村裏望去，所有的一切盡收眼底，她將巴永賢的家看得清清楚楚，廊簷下掛著包穀，院子裏跑動著雞崽，還有歡快奔跳的大黃。這個地方是她和劉偉選的，她想讓靳莉莉待在他們身邊，每天都能夠看見他們，他們也能與她進行心與心的交流。但在這裏埋靳莉莉的時候，卻頗費周折，首先是巴生傑不同意，後來村裏的人們也紛紛反對，說把死人埋在了他們的頭頂上，全村人要倒大楣的。村裏人的態度讓江華他們很傷心，他們沒有想到這裏的人們竟是這樣絕情，他們找了公社，公社書記金大年親自跑到大隊來做工作，才算平息了這場風波。金大年來做工作，一是上面對知識青年被活活燒死，感到無比震驚，責令公社務必要做好這件事的善後事宜，另外，各地知青紛紛鬧事，已經引起中央的高度重視。金大年害怕這件事造成知識青年與他的對立，這些年輕人天不怕地不怕，弄不好會丟了他的烏紗帽。

江華在靳莉莉的墳上插了一朵藍色的小花，她知道莉莉是很喜歡花的，尤其喜歡藍色的小花。她聽莉莉說過，喜歡藍色的人，心如大海一般的明淨，而且是很重感情的。她想到當年莉莉求她要參加師大附中井岡山紅衛兵戰鬥隊，她當時堅決不同意，她說：「我們這裏又不是招降納叛的黑窩，你媽媽是省上有名的大右派，你又沒有與家庭劃清界限的突出表現，我們怎麼能要你呢？」就因為這句話，靳莉莉回去後把她媽媽拉到了街上，當眾打了她的媽媽。此時，江華的臉上火辣辣的，她覺得這件事的罪魁禍首應該是她，是她的這句話使得莉莉幹了這個大逆不道的蠢事，以至於讓莉莉臨終時也不能原諒自己。她說：「莉莉，你打我吧，是你的江華姐姐年幼無知，讓你做出了悔恨終身的事情。」可她說出此話後，四周沒有人的回應，只有微風輕輕地吹著蕭瑟慘澹的墓碑和周圍的荒草。夕陽漸漸要入山了，它的光線照著山坡上孤零零的墳堆，讓江華的心被揪得更緊了，她真想在這裏好好地再痛哭一場。

江華這時聽見了豬「吱——，吱——」的尖叫聲，她知道這是巴生傑家在宰豬。在這荒月裏，社員們家已快斷頓了，只有巴生傑家才能殺豬吃肉。她從山坡上下來，看見七八個民兵將一條豬放翻在地，這豬直著脖子大喊救命。她的心撲騰地跳了一下，我們這些黑五類在這世界上還不是和豬同樣的命運。她見巴生傑嘴裏咬著明晃晃的一把鋼刀，豬被幾個人五花大綁，巴生傑一把抓住豬嘴，然後用繩子把豬嘴綁緊。她記得在鬥爭會上，人們問周學璞你狗日的一生最害怕的是什麼，周學璞說：「我最害怕殺豬。我聽到豬叫，看見豬被綁著，身體就開始打哆嗦。我經常想，這被殺的豬就是我，我就是這頭快死了的豬。」當時他們聽了這個話就笑，此時她才感到周學璞說的是心裏話，他說出了自己的一種感覺。

只見巴生傑把刀子咬在嘴裏，在手上倒了點涼水，然後把刀抓在手上，猛得朝豬心臟刺去，待他拔出刀子，只見血一下噴了出來。一個女人趕快用臉盆將噴出來的血接到臉盆裏，鮮紅的血冒著熱氣泡，豬的腿子蹬了幾下，很快就沒了氣息，頭耷拉到了一邊。

江華心跳得很厲害，她不敢看了，她忽然想起張繼東也是被槍斃的，自己這個陌生的爸爸死時也是這個樣子嗎？她突然覺得自己確實變了，變得神經質了。過去她見了那些被揪出來的階級敵人眼睛裏就開始冒火，可現在她對這些人不僅不恨，而且心中時時會產生一種憐憫。她想，這是不是自己正如毛主席說的思想已打上了深深的階級烙印。

柳泉塢抓階級鬥爭在全公社搞得最有特色，除了他們的版報辦得生動活潑之外，而且他們的大批判會也搞得非常別緻。晚上下了雪，雪花兒紛紛揚揚，鋪天蓋地，早上起來整個柳泉塢變成了一個銀白色的世界。

張小牛起得早，他打開門走到院子裏，院子裏的雪被腳一踩，發出「咯吱，咯吱」的聲音，大黃在院子裏如一陣風般跑了過來，身體揚起的雪花濺到了他的臉上。大黃搖著尾巴，跳起來舔他的手，他感到心裏是那麼的溫馨。這時，空中只有零星的雪花，到處一片銀白，白色的雪刺得他瞇著眼睛，空氣清新寒冷，他用手搓了一下凍得刺痛的雙頰。這時廊簷下的鴿子跳到雪地上，在被雪覆蓋的草叢裏搜索零星的吃的東西。突然，他聽到巷道裏一陣急促的腳步聲，夾雜著「當、當、當」的敲鑼聲。他趕快跑了出去，他看見了一雙黑手，這是用墨汁塗抹了的兩條胳膊和一雙手。周學璞高舉雙手走著，前面是孟淑花敲鑼開道，後面跟著二三十個形形色色的牛鬼蛇神，他們都頂著高帽子，脖子上掛著在他們名字上打著紅叉的大牌子。在大隊的批判會上，張小牛已經聽到人們對周學璞的批判，說他是劉少奇插在柳泉塢的黑手，沒想到這雙黑手果然出現了，而且是在大雪之後出來的，黑白分明，與周圍潔白如銀的世界形成了鮮明的對比。

張小牛看見周學璞凍得臉色發紫，鼻涕涎水流了下來，不時地打著噴嚏，他的兩隻黑手剛低了一點，後面一個民兵就在他後腦勺上重重地猛擊一巴掌。忽然，一個民兵過去硬要把一雙破鞋掛在孟淑花的脖子上，孟淑花先是用手擋著，突然，她轉過身來，把手中的破鑼一下砸到了那個民兵的頭上。

這下可不得了，那個民兵從路邊撿起一根木棒，他咬著牙，猛得將木棒劈了下來。說時遲，那時快，只見那黑手一下抓住了就要落到孟淑花頭上的那根木棒。黑手被打得彎了下來，上面滲出了血，周學璞疼得「哎喲」地叫了一聲。

那個民兵吼道：「狗日的還要翻天了！」說著他將木棒沒頭沒臉地往周學璞和孟淑花的身上打去。

周學璞抱著頭跪了下來，孟淑花沒有動，只是用眼睛瞪著那個民兵。

那個民兵一看孟淑花不但不躲還把眼睛直視著他。於是，扔掉手中的木棒，一把揪住了孟淑花的頭髮。

這時，在旁邊看了一會兒的巴生傑說：「行了，抓緊時間遊，遊完了還要開批判會呢。」

聽到這話，那個民兵才放開了手。

民兵打周學璞和孟淑花的過程張小牛一直看著，他本想過去將民兵拉開，可他看見巴生傑在邊上站著，緊緊地盯著他，他沒敢動，因為，巴生傑在知識青年會上說過：「有些知識青年屁股坐到了階級敵人一邊，拜地主分子為師學習中醫，這是個階級立場問題，應該引起我們的高度重視。」他知道這話是衝著他說的，所以，他今天沒動，巴生傑今天盯著他，就是要看他的一舉一動，好向公社進行彙報反映。

張小牛想，巴生傑肯定又有什麼大的動作了。他知道巴生傑把毛主席的「階級鬥爭一抓就靈」領會得非常深刻，每次大隊要搞什麼大的事情以前，他都要先搞大批判、大鬥爭，讓那些生產隊裏的大小領導服服帖帖，誰也不敢提出不同的意見，他曾經對知青們說：「鄉裏人都是些核桃，講道理講不通，核桃是砸著吃的。」

周學璞舉著黑手在全大隊山上山下四個生產隊被遊鬥後，直到中午時分才被原押回到了柳泉塢。

周學璞身上到處是血跡和墨汁，臉色發青，渾身打著哆嗦，昏昏沉沉地進入家中。他睡在炕上，他的炕燒得很燙，可他鑽入被窩筒仍然冷得打著擺擺停不下來。這時，孟淑花溜了進來，她一摸周學璞的頭，頭像火炭一樣燙人的手。她先把他的手和臉給洗了，然後熬了薑湯放了紅糖給他灌了進去。

周學璞在迷迷糊糊中聞見了一股奇異的香味，他貪婪地吸了一口，這是一種令他興奮不已的女人身上的馨香。他本能地把她擁在了懷裏，他聽到了女人的啜泣，他驚得一下坐了起來，他看見孟淑花解開棉衣，那堅挺的一對粉紅色的鴿子在他眼前顫顫巍巍。

忽然，她撲上去，抱住周學璞哭了，哭得很傷心。

他的身體還在發抖，他覺得她很美，這是一種健康、樸實、清秀、純潔的美，他一下把她擁到了懷裏。他發現女人是美的，美也是這種善良的女人，只有美與賢慧高尚的品德完全統一，才使美昇華到了一種超然的境界。但他一會兒又將手慢慢鬆了開來，他覺得他是不配擁有這麼美的一個女人的。他是一個地主，一個青面獠牙的階級敵人，他怎麼能害人家一個貧雇農出身的女人呢？

他說：「淑花，你走，你趕快走。」

她說：「你怕了。你一個死了幾回的人了，連死都不怕，還怕什麼？」

她給他把被子蓋在身上，又將碗裏剩下的薑湯全讓他喝了下去。

他躺了下去，抓住她的手說：「淑花，我戴著帽子等於判了死刑的人，你和我不一樣，你出身好，他們把你不能怎麼樣，這陣風過了你還是你，可你和我染上不得了啊，我會連累你一輩子的。」

孟淑花說：「你別說，我自有主張，我活了一把年紀的人了，心裏自有一桿秤，我能掂出人情的分量。」她說著，把他的被角塞了塞，然後，出去給他填了炕，把屋子掃了掃，就去給他做飯。

「淑花，你趕快走。」

「我不走。今天你不吃我的飯，我就不走。」

周學璞看她沒走的樣子，心想，就讓她去做吧，這冰天雪地的也沒人在外面走動。

他想，有女人的日子真好。我這一生若能有這麼個女人該多好啊！可他從來不敢有這種非分的想法，這種想法不是他們這種人應該有的。他知道，在這冰冷的世界上，親戚朋友都與他這個地主分子斷絕了關係，他來去自由，無牽無掛，所以多少次那些人們把他吊在樑上，打得他衣裳沾在身上脫不下來，可是，第二天起來，他照樣吃照樣喝。好在老天爺給了他一個強健的身體，他冷一頓熱一頓，有一頓沒一頓，可是，他的胃從來沒有疼過。要說他不想女人，那是假的，年輕的身體一個人晚上睡在光板子炕上，他真是見了老母豬也覺得是個雙眼皮呢。

周學璞迷迷糊糊地睡著了，他夢見他娶了一個女人。這女人坐著他們家的四輪馬車，頭上頂著一塊紅綢子的方帕。四輪馬車旁邊有張小牛、江華、劉偉，還有那個像天仙一樣美麗的靳莉莉。他坐在新娘子旁邊，悄悄往新娘子望了一眼，原來這嬌羞的新娘子竟是他日思夜想的孟淑花。他聽見孟淑花悠悠地唱著山歌：

哎——，

入山看見藤纏樹，

出山看見樹纏藤；

樹死藤生纏到死，

藤死樹生死也纏。

他聽見這歌聲打了個激靈，他往她跟前靠了靠，他想，這歌聲怎麼這麼好聽，他從來也沒聽過這麼美妙的歌聲。他把紅綢帕拉了拉，只見她雙頰緋紅，耷拉在耳下的墜子閃出彩虹般的各種光芒。

他於是也跟著壓低聲音唱道：

哎——

入山看見藤纏樹，

出山看見樹纏藤；

樹死藤生纏到死，

藤死樹生死也纏。

他想這歌聲怎麼這樣美妙，這是自己嘴裏發出來的嗎？他感覺到一張微微張開的濕潤的嘴唇，貼在了他的嘴唇上，霎時間一股暖流和快感傳遍了他的全身。這時，他看見了霧中的雲雀，林中的金鶯，都鼓起它們的舌簧，和著他們的歌聲唱了起來。綠草茵茵，花紅柳綠，桃花兒聽得落淚，春風兒吹得人醉，縹縹緲緲到處是仙樂般的聲音。

第三十五回

公社推薦江華和張小牛參加考大學，讓江華興奮的一晚上沒有睡著覺。她填好推薦表，在巴生傑的跟前蓋了大隊的章，第二天一大早她就和張小牛一起往公社去送。

這是一個清爽明麗的早晨，陽光灑在大地上一片金色。田野中的麥苗在微風中翻著波浪，像一片綠色的海洋。田野邊有一條小河，河水翻著波浪，打著滾兒向前奔跑，河上有一個用幾根木頭搭起的小橋，江華走在小橋上心兒如一隻歡快的蝴蝶飛了起來。她是全公社唯一讓參加考試的可以教育好的子女。

江華和張小牛跑一會，走一段，她再也沒像今天這麼歡喜過了。自從永革被抓以後，江華覺得飯不香，茶無味，勞動時她整天低著頭不願與任何人說話。可是，這次公社金大年書記親自點名讓她去參加考試。她想，不管以後的考試結果如何，公社領導能夠這麼相信自己，她聽到後還是非常感動的。江華看到路邊的崖坎上有一隻松鼠偷偷地看著她，張小牛見後掏出了懷中的彈弓。

「你要幹什麼？」江華扯了一把張小牛。

張小牛說：「我給你打一隻松鼠。」

江華看著那可愛的小生靈心裏產生了一種憐憫，她想，這松鼠招誰惹誰了，為什麼要欺侮它呢？

江華一把將張小牛的彈弓搶了過來，一揮手將其扔到了路邊的小河裏。

張小牛愣了一下，他沒想到江華竟生起這麼大的氣來了。他感到有點尷尬，故意地將話岔了開來，說道：

「江華，你要考上，準備報什麼專業？」

江華從小媽媽就對她的學習抓得很緊。媽媽說：「好好用功學習，長大後一定要考上大學。」當時她不明白媽媽的用意，只知道好好學習。可是，上了高中以後，一切都變了，過去自己崇拜的老師成了反革命，自己嚮往的大學成了資產階級的搖籃。

江華此時還是有點迷惘，她不知道到底什麼是對什麼是錯。

「中文。」江華連想都沒想，脫口而出。

張小牛沒想到江華竟然說要學中文。他說：「你犯什麼瘋啊，現在人們把寫寫畫畫躲都躲不掉，你怎麼還要往火炕裏跳呢。」

江華笑著說：「我就喜歡文學，不喜歡的東西我就不幹。」說完她又說：「小牛，你準備學什麼專業？」

張小牛想了一下說：「我準備學醫。沒給人治病的時候不知道我知識的淺薄，經過親自治病救人，我才發現我差得遠呢。」

江華想，張小牛說得是心裏話，不參加實踐，人往往不知道學問的深淺，只有自己親自幹了，遇到難題了，才會對事物有個正確的認識。江華此時才感到山鄉的景色真美。路邊的兩山林木鬱鬱蔥蔥，坡上的草地鳥語花香，引來蜜蜂「嗡、嗡、嗡」地叫個不停。天空是這樣的藍，這樣的明，溝裏的溪水潺潺地流著。她說：「小牛，咱倆休息一會吧。」

張小牛聽到這話就躺在了草地上，他此時也想看一看這美麗的景色。草地上有一匹馬在遠處啃著鮮嫩的綠草，它的尾巴不時地趕著落在身上的蚊蠅。

張小牛指著眼前的河灘說：「你看那裏。」

江華順張小牛指的方向看去，河灘邊的石壁上寫著：「獨有英雄驅虎豹，更無豪傑怕熊羆。」石壁下面用石頭砌成一塊塊梯田，梯田一層一層往上延伸而去，是那麼的美麗壯觀。江華去年就在這裏被大隊派來幹了一個多月，沒想到才短短的一年時間，原來滿河灘的石頭，現在已是舊貌換新顏了。

去年春節江華在這河灘裏勞動的時候，公社書記金大年過來問她，「小江，你怎麼不回家？」江華想，我哪有家啊，媽媽至今還在五七幹校，爸爸又被槍斃了，於是她說：「金書記，今年春節我不回去了。」她說這話時眼圈有點紅，她知道她和媽媽已有五個年頭沒在一起過春節了。自從爸爸死後，媽媽受到了牽連，一年四季都在幹校裏勞動改造。

金書記就是因為這件事，在推薦考大學時才堅持讓江華去的。

江華想到這些，心裏浮過一絲不快，剛才的那種雄心和報負此時整個兒化為烏有了。

江華說：「小牛，咱們趕快走吧。」說著，她將張小牛拉起，兩個人徑直往公社跑去。

往公社的路基本上都是山路，一會上，一會下，盤盤旋旋的路走起來很長。可是今日江華和張小牛卻走得很快，四十里的山路沒到中午時分他們已到了公社的大院裏。

一進公社大院，江華一眼就看見了黑裏透紅的金大年。金大年個子不高，可人長得很結實，他一見江華就大聲喊道：「小江，要上大學了，上了大學再回不回來。」

江華聽了這話站了下來，說道：「金書記，我害怕考不上，上了大學我肯定還回來為貧下中農服務，建設我們的新農村。」

金大年說：「回來幹啥。出去了就往高處飛，好好去奔你自己的前程。」

張小牛說：「金書記，我們以後肯定會回來的，決不辜負黨和人民的期望。」

金大年說：「別唱高調了，上了大學就要更好地為人民服務，回不回來沒關係，到哪裏都是建設社會主義。」

江華不知道金大年的話是實話還是假話，因為這人心裏始終自有一本帳，他嘴裏的話一會兒高一會兒低，讓人始終捉摸不透。

金大年繼續說：「回去後好好復習，我給你們的巴生傑說了，給你們兩個放半個月的假，每天把工分照樣給你們劃上。」

江華聽了這話就很感動，她已經有很長時間再沒聽到這種話了。

江華和張小牛從公社大院出來，感到天空更加燦爛美麗，鳥在路邊的樹林裏叫著，她好似在聽著一首首美妙悅耳的歌曲，她被這歡樂的氣氛感染了，張小牛也大聲唱起這些日子在知青中偷偷傳唱的《不知何時返故鄉》：

藍藍的天上白雲在飛翔，
美麗的黃河流過我可愛的故鄉，
我的故鄉。
啊！
彩虹般的鐵橋直沖雲霄，
橫跨黃河，
巍峨的白塔山，
俯視著我可愛的家鄉。

告別了媽媽，
再見吧家鄉，
金色的學生時代已載入青春的史冊，

一去不復返，
啊！
人生的道路多麼曲折，
多麼漫長，
生活的重擔沉重地壓在我的肩上。

當我吻別了你，
心愛的姑娘，
擦乾了眼中的淚，
忘了心中的憂傷。
啊！
心中的人兒我離別了你，
奔向遠方，
愛情的種子灑落在異地他鄉。

迎著太陽出，
伴著月亮歸，
沉重地修理地球，
是我神聖責任無上榮光，

我的命運。
啊！
用我們的雙手修紅地球，
赤遍宇宙，
美好的明天，
相信吧一定會到來。

心愛的姑娘，
你在何方？
野馬似的小夥子把你愛上。
高山啊你彎下腰，
急流啊你閃開道，
讓我細細看上她兩眼，
快快飛到姑娘身旁。

江華被張小牛的歌聲感染了，她也隨著張小牛唱了起來。這首歌是他們最愛唱的一首歌，集中地反映了知青們強烈的思家和想念父母兄弟姐妹的心情，直白地表達了知青們對愛情的渴望和憧憬，反映了知青們對未知的將來無可奈何的心情，也反映了知青們青春的騷動和對美好愛情的嚮往，所以，雖然公社嚴禁唱這種黃色歌曲，可是，這裏的知青們一傳十，十傳百，對這首歌曲都非常喜愛。

江華和張小牛一邊唱，一邊像一陣風般地在大路上奔跑著，這婉轉抒情、催人淚下的歌曲在山谷中與那鳥兒的叫聲彙成了一曲美妙的音樂，讓一束束鮮花，一株株綠樹，和那漫山遍野的嫩草也偷偷地笑了起來。

江華這段時間喜事是一件連著一件，公社將她作為唯一可以教育好的子女推薦報考大學，就在她拼命復習的時候，她突然收到了永革的來信。當她看到永革那狂放不羈的字體時，她的手在顫抖，淚花花在眼眶裏閃動，久久不敢打開。她不知信裏裝的是福還是禍，將信捧在手裏緊緊地貼在自己的胸口上。過了一會兒，當她的心稍微平靜了一點之後，才將信口慢慢打了開來。此時，一股清新的空氣飄了過來，她聞見了永革身上那股雄性的幽香。

江華：

你好嗎？

自從離開你之後，我才體會到了什麼是心與心的相印，情與情的戀思。與你在一起的時候，不知道你在我的生命中是多麼的重要，可是，當我進了看守所，成了反革命犯以後，我才知道你在我生命中的分量。我在陰暗的牢房裏，背著手戴著冰冷的手銬，可是我的心是熱的，我天天在想你，時時在想你，我在回想我們談過理想的綠蔭，拉糞送糧走過的小路，還有我們曾經的親密和爭吵，總之，過去的每時每刻是那麼讓我留戀。此時我才覺得，不管我們有多少矛盾，只要有了你，我就不會孤獨，我也不會彷徨。我始終認為我沒有錯。就因為我有這種自信，還有我對你的愛，所以，他們的鋼鞭和各種刑具，沒有讓我屈服，反倒讓我更清楚地認識了他們的本性，知道今日的祖國是中國歷史上最反動最黑暗的一幕。

由於鄧小平的複出，我父親又一次被解放了，調離地方，任命為軍區司令員。於是，我也於上一個月提前被釋放了出來。現在，我已被徵兵入伍，就在我父親的部隊裏。但是，我不願意始終被一個大傘蔭蔽著，我會在適當的時候離開我父親的部隊，我要自己去闖，自己去幹，走出我自己的一條路來。

江華，你還好嗎？你經常去看伯母嗎？我現在才體會到，一個人一生中親情、友情、愛情是多麼的重要。不要怕影響，大膽地去看你的媽媽，她在這個時候最需要你的理解和關懷。我現在才更加清醒地認識到，多少年來的血統論政策是多麼的陰毒，它是封建社會最大的餘毒，它要讓每個家庭中最親最親的人扼死他們的親人，我們現在應該清醒了，再不能受這個政策的蒙蔽了，好好地去愛我們的爸爸媽媽。

我是個軍人的兒子，今後肯定會是個很好的軍人，希望你從家庭的陰影中走出來，相信你媽媽是這個世界上最好最好的人，這樣你才可以理直氣壯地去生活，去工作，去為革命獻出你的一生。

江華，等著我，待我有了進步以後，我會和你到天安門去，我們就在毛主席接見我們的地方結婚，喝下我們共同的喜酒。

此致

革命的敬禮！

你的戰友：永革

江華讀完信後，淚水已經打濕了信紙，她想，永革在監獄裏的這些日子，遭得其它罪不說，僅就每天打著背銬，這種折磨也就可知他受了多少磨難。他終於從法西斯的監牢裏走了出來！他終於重新獲得自由了！她對一個人被誣陷後失去自由是很有體會的，她對永革曾經說過，沒有失去過自由的人是不會深刻理解裴多菲的詩的。

她輕輕地念著這首詩，她深深地為永革祝福，此時此刻她多麼想去親一下她的永革。可是，她是沒法去的，她只能用實際行動將這次考試考好，爭取上大學，以後更好地為人民服務。

江華望了一下遠方的雲彩，那漂浮不定的雲彩在天空中輕輕地遊蕩著。夕陽此時離山已有一杆子高了，那雲一忽兒紅，一忽兒紫，在雲的周圍是萬道金光，襯托得那雲彩更加飄乎迷離。江華從鄧小平的復出，永革的被釋放中看到了一線曙光，但她還是對前途那麼迷惘，因為，她沒有看到中央的政策有大的變化。媽媽還在五七幹校，還沒有給安排工作，到處仍然是刀光劍影，她根本不清楚這次考試會不會因為政審，再將自己的名字劃掉，因為一次次的招工，一次次被政審刷掉的經歷，讓她在痛苦的煎熬中已經變得成熟了。

江華走出院子，向田野走去，她看見田野裏的麥穗子已長了出來。由於麥苗經過夜來雨水的洗濯，麥穗兒高高地昂著頭，麥葉兒在綠中顯得有點發黑。

風吹過來了，麥苗兒翻著波浪，不斷地向遠方延伸。江華想清醒一下自己的大腦，這些日子公社給大隊打了招呼，她和張小牛都沒上工，專門給了時間進行復習。但是，由於書本放得時間太久了，加上她沒系統學過高中的課程，雖然平時自己一直沒放鬆過學習，但對於中學功課的復習還是覺得非常吃力。

江華望了一眼黑油油的麥子，麥穗兒長得很齊整，有一拃長。她用手撫著麥穗，就像一個母親輕輕摸著她懷裏的孩子，心裏是那樣的安祥。這塊麥地是知青試驗田，從犁地、播種、施肥、澆水，從麥苗兒破土而出，到一天天地長大，這裏有他們流過的無數汗水，而更有他們數不清的歡樂。

江華把她的臉頰貼到了麥穗上，她好像聽到麥苗兒在微微地喘息著。她笑著說：「麥苗兒，你長大了，長得有了鬍子了。」

麥穗兒向她點了點頭，並把麥芒兒往她細嫩的手上和懷裏不斷地觸摸。江華笑了，她笑得那麼甜，她感到渾身是那麼癢癢。

江華想，不到農村來的時候，自己對農村完全是課本上學到的一點感覺，可是到了這裏以後，她覺得這裏和自己原先的認識差距太大了。自己原先認為農村裏到處跑的是鐵牛，到處是一片豐收的景象，可到了這裏以後，有些人家炕上連張蓆子都沒有，一家人只有一床破被子，還有些人家全家人出門時只有一條遮羞的褲子。江華每次回家都要從家裏帶些舊衣舊鞋來，來後把這些東西分給貧下中農，然而，這裏的貧下中農很厚道，從來不白拿他們的東西，把自家裏煮的包穀、洋芋拿來讓他們吃，使他們的心裏總是過意不去。

江華想，多麼勤勞淳樸的農民，多麼肥沃寬廣的土地，為什麼年年農業學大寨，年年在改造山河，山變了，水變了，可農民的日子並沒有根本的好轉，他們為什麼連個肚子都吃不飽呢？江華是個愛死鑽牛角尖的人，她想問個為什麼，可始終找不到答案。她又往包穀地走去，包穀稈上結著包穀，用它的大爪緊緊抓著土地。此時，風吹過來，綠油油的葉子刷拉拉地響。

這塊包穀地也是他們知青的試驗田，他們準備用這兩塊地作為分析隊裏糧食收成的依據。可是，實驗了幾年他們始終找不到一個正確的答案，他們不明白為什麼隊裏這麼多地怎麼上了公糧後，竟然連自己都養活不了呢？

江華他們將試驗田與隊裏的地做過比較，他們發現農民們為了完成隊裏積肥的任務，把黑土曬乾大量地填在茅坑裏，這些黑土從茅坑裏挖出來後黑油油的，看起來很好看，但上到地裏沒有多少肥效。另外，農民們把主要力氣用在了農業學大寨和農田基本建設上，大小便撒到了外面，又在農業上下得力氣少，所以，隊裏的莊稼普遍長得不如他們實驗田裏的。但是，劉偉卻認為主要是農民太自私，成天在生產隊的地裏磨洋工，有些閒空就去務勞自留地，把隊裏的莊稼就沒當自己的莊稼來種。

江華想，她上了大學還要回到農村來，一定要把學到的知識再返送到農村，她要教這裏的孩子，她要幫農民們種田，她要用自己的行動來徹底改變農村的面貌。

第三十六回

中午收了工，天上瓦藍瓦藍的，太陽直射到地上，燒灼得黃土地將一股股熱浪反彈了上來，熱得人們紛紛進入了自己的家中。可是，此時孟淑花卻拐了個彎匆匆鑽入了周學璞的家裏。

周學璞收工後，進到房裏，門背後猛地鑽出了孟淑花。周學璞驚得「啊」地叫了一聲，然後哆哆嗦嗦地問道：「你怎麼──。」話還沒說完，孟淑花神色慌張地將他的嘴一把堵了起來。

周學璞望著孟淑花驚慌的神色問道：「怎麼了？」

「我懷上了。」孟淑花說了這個話反倒平靜了，她望著周學璞的臉。

周學璞聽了這個話又害怕又興奮，果然，兩個人天天擔憂的事情終於發生了。他說：「懷上就生下唄──。」他說了這個話，自己都感到很吃驚。在這個時候，一個地主和一個現行反革命分子到一起，被人們知道兩個階級敵人互相勾結，都要被拉到大隊集訓隊進行批判鬥爭。若要是發現他們兩個人懷了孩子，那可是要被活活打死的事情。

孟淑花說：「我的人，這可怎麼辦啊？」她說這話時，眼淚流了下來。

周學璞一看這個樣子也不知所措了，他知道他們這些人是這個社會專政的對象，這件事情要被人們知道，不但他們活不了，淑花肚子裏的娃娃也會被他們弄死的。他記得文化大革命剛開始的那一年，柳泉塢三天之內就活活打死了三個富農和一個歷史反革命分子。其中一個是個富農的兒子，還在外地工作，被大隊發了電報叫了來，也被人們用亂棒打死在了鬥爭會上。

孟淑花說：「學璞，我們跑吧。」

他說：「到處都是造反的群眾，個個都繃著階級鬥爭的神經，往哪裏跑啊，跑不出這個縣，不到三天就會被抓著回來的。」

「那你說咋辦？就這麼等著死嗎？」孟淑花本想有周學璞在，他肯定是有辦法的，沒想到他也沒了一點主意。

周學璞一拳砸到柱子上，手上剎時流出了血，可他的神情麻木了，他將孟淑花一把摟到了懷裏，用他的茬茬鬍子摩挲著她柔嫩的臉，用舌頭舔著她臉龐上的鹹澀的淚珠，說道：「我的淑花喲——，我倆的命咋這麼苦啊——！」

「跑不掉，我就不活了，我不能讓這娃一生下來就是個黑娃娃。」孟淑花此時已哭成了個淚人兒。她想，就是把這個孩子生下來，孩子一到這個世界上，也是個狗崽子，也過不上一天的好日子。

「你不活，我再活在這個世界上幹啥？」周學璞望著孟淑花的臉說道。

孟淑花有了不活的想法，她反倒什麼也不顧了。她抱住周學璞，往他的臉上瘋狂地親了起來。她說：「學璞，我一輩子能遇上你，也是我的造化，我也滿足了。」

周學璞笑了。他平時沒有仔細地去瞧她，可今天他覺得她笑起來那張臉竟是那麼燦爛。這是一張紅撲撲的臉，面部輪廓很美，她的眼神中始終有一種憂鬱，可也流露出抑制不住的熱情和火焰。

他從櫃子裏取出了藥老鼠的藥，這種藥毒性很強，他曾經為隊裏藥死了無數偷吃糧食的禍害。沒想到他一個對人們沒多大影響的人，社會竟逼得他不得不走向絕路。他早就準備著這一天，他把藥放到碗裏，從缸裏用瓢舀了水。

孟淑花的眼圈紅了，眼淚又流了下來。

周學璞說：「淑花，今天是我們大喜的日子，我們應該笑，你把房子好好拾掇一下，我們今天就結婚，我們一家三口到另外一個世界裏好好過個沒愁腸的日子。」

孟淑花被周學璞勾起了記憶，她想起了他倆小的時候，一起玩騎大馬娶新娘子的遊戲。她是新娘，他是新郎，其他的孩子們擁著他倆走進了洞房。可那一天，周學璞的父親卻將他一頓臭罵，說他不安心學習，與一個下三爛的女娃搞得什麼把戲。可他不讓父親罵淑花，他與他父親第一次頂了嘴，他說：「淑花咋了，她家就是窮一點，你罵人家做啥呢。」然而，從此以後他父親再不讓孟淑花去陪他上學了。

孟淑花用紅紙剪了個大大的囍字，他端端正正地貼在了毛主席像的下面。他倆緊緊地擁在一起。她將她的含羞的舌尖吐了出來，他貪婪地一下吸了進去，他吮著那撩撥人心的信子，嘴裏喃喃地說：「我的尕親親心肝喲——。」

孟淑花閉著眼睛，她的兩個圓鼓鼓的奶子緊緊頂著周學璞的臉，她從來沒有這麼幸福過，她的臉頰上流下了激動的熱淚。多少個日子裏，她不敢恨，不敢愛，他們像豬狗一樣地活著，任人打，任人罵，她的心已經像流盡了血的一塊皺抹布，可今天她又活了，她的心「砰、砰、砰」地跳動著，是那樣的歡快，是那樣的甜蜜，她好像又回到了花蕾綻放的那一美妙的時刻。

她記得小時候陪周學璞去上學，每次當周學璞進了教室以後，她就到教室外面等著，不時地朝教室裏偷偷瞅上一眼。她當時多麼也想進去聽老師講課呀，可她是女人，女孩子是不能與男娃們一起學習的。

有一次，周學璞放學後她與他一起往家走，一個比他們高出一個頭的青年男子擋住了他們的去路，他們馬上意識到遇上了打劫的人了。那個青年男子搜他們的口袋，還把周學璞的書包扔到了路邊的一條小河裏。這時，只見孟淑花突然一頭朝那個青年男子的肚子上撞去，由於來得太突然，而且青年男子後邊就是小河，青年男子退了兩步一下掉進了湍急的小河之中，待那氣急敗壞的青年男子從河水中爬出來，他倆早已跑得遠遠的，躲在樹後面朝河邊悄悄偷看著。

周學璞從櫃子裏取出一床繡花錦被，這是他媽媽活的時候親手縫的，他一直捨不得蓋。他在炕上鋪了一塊雪白的羊毛氈，然後將被子展開放在了炕上。

他倆上了炕，他親手為她解開了衣裳。他們從來沒有這麼大膽過，也從來沒有這麼開心過，他想，原來死亡並不可怕，人不怕死了，反倒脫開了多少累贅。

她的心開始跳動，她就像一個初入洞房的姑娘，在羞怯中企盼著為她揭去那臉上的面紗。他們的眼前幻化出了一片歌聲，四條腿緊緊地扭在一起，他們在歌聲的旋律中盡情地舞蹈。他們像旋風一般的打轉，像荷花一樣的綻放，像駿馬一樣的奔弛，像蛟龍一樣的騰躍，兩個人瘋狂地擁抱在一起。

「嘭、嘭、嘭，嘭、嘭、嘭——」大門被砸得山響，外邊的人們瘋狂了般敲擊著，如山崩海嘯，周學璞和孟淑花知道這是人們發現他們沒有上工，追到這裏來了。

「別怕！」

「誰個怕了？」

他們倆互相鼓勵著。

周學璞和孟淑花端起桌子上的藥水，他倆你一口，我一口，把那一碗水喝了個盡光，然後，兩個人緊緊地又抱在了一起。他們此時才感到原來人什麼也不怕了，反倒是那樣的輕鬆。這時，他們又聽到了那首柔情纏綿的民歌：

入山看見藤纏樹，
出山看見樹纏藤；

樹死藤生纏到死，
藤死樹生死也纏。

待到人們砸開門進來時，他們被眼前的一幕驚呆了。昏暗的屋裏點著蠟燭，毛主席像下面貼著囍字，一床錦被蓋在兩個赤裸裸緊緊擁抱在一起的人身上，他們已沒有了呼吸，也沒有了痛苦，而是和他們的孩子一起去了另外一個世界。

張小牛和江華在國家關於選拔有兩年以上實踐經驗的優秀工農兵入學，由貧下中農評議和大隊推薦，又經過公社文化考試的初選，被公社推薦後，參加了設在縣東方紅中學考點的考試。雖然，這兩天天氣格外炎熱，可是，江華卻答得非常的平靜，數學、語文、理化試卷發給她以後，每門試卷她都只用了一個小時，就全部寫得整整齊齊地交了上去。

江華在學校時學習就很好，小學、初中的課程，她幾乎門門都是五分。另外，自從父親張繼東問題的影響，她一夜之間從天上掉到了地下，為了排解胸中的苦悶，她除了讀文、史、哲的書以外，把初高中的數理化也認真地自學了一遍。雖然她沒有很好地上過高中的課，農村中勞動也很繁忙，但由於她從沒放鬆過學習，所以，通過這段時間的復習，當她拿到考卷後，覺得這題太簡單了。她想，這麼簡單的題，怎麼能拉開距離，於是她擔心人人都考了好成績，她這個狗崽子還能被錄取嗎？可是，出了考場，張小牛卻說他沒答好，三門課程加起來也上不了一百分。

果然，在焦急的等待中成績下來了，江華三門成績加起來兩百八十八分，是全地區的第一名，而張小牛總共只有九十六分。

劉偉對江華說：「江華，你真棒！為我們下鄉知青爭光了。」

江華笑了，她笑得那麼燦爛，她安慰張小牛說：「小牛，沒關係，今年考不上繼續復習，爭取明年再考。」她又對劉偉說：「劉偉，我勸你也把書本拿起來，抓緊復習，明年你也報名去考，我們都要上大學，有了知識我們就像插上了翅膀，才能更好地為人民服務。」

此時的江華多麼高興啊，她想趕快飛入大學的殿堂，向老師們好好請教學習。通過這多年在農村實踐勞動以後，她越來越感到自己各方面的知識太淺薄了，她空有虛名根本算不上一個知識青年。

江華在升入中學時，就非常渴望將來能考入一個名牌大學。媽媽當時問她，「你準備以後考哪所大學？」她當時毫不猶豫地說：「我要考北大或清華，我要到毛主席身邊去讀書。」媽媽聽了江華的話笑了，媽媽知道女兒以後肯定能考上北大或清華，因為，女兒的學習是她一天一天看著往前進步的。

就在江華天天盼著錄取通知的一天，她突然在大隊部看見報紙上全文轉載的《遼寧日報》上的一篇文章，標題是《一份發人深省的答卷》，在報紙的編者按中說道，這種文化考察，就是要把無產階級寄予希望的青年卡在門外，使修正主義有希望，無產階級無希望，是高考制度的復辟，是對教育革命的反動，是資產階級向無產階級的反撲。

江華的臉一陣紅一陣白，她認真地看了這篇文章。原來這是一個在靠近渤海灣的海望公社廠子溝大隊插隊落戶的一個叫張鐵生的知識青年，在當生產隊長時被推薦去考大學，在考最後一場理化考試時，寫了這樣一封信的。

江華看了這封信，心裏有一種隱隱的不安，她覺得這是一個信號，這次高考肯定要出現一個大的轉折，她於是又將這封信詳細看了一遍又一遍，她輕輕地念著張鐵生的信。

江華的預感果然時間不長就得到了驗證。由於張小牛的家庭出身經過調查核實為工人，張小牛被蘭州醫學院醫療系錄取了，而幾乎滿分的江華則沒被錄取，且連一點回音也沒有，根本聽不到半點音訊。

江華的心又一次從天上掉到了地下，她想哭，可是早已沒了眼淚，她於是給媽媽寫了一封信。

江華從小到大每次受了委屈，她都是給媽媽先說，媽媽安慰她後，她才會感到心裏是無比的舒暢。她在信中寫道：

親愛的媽媽：

您好！

給您沒有寫信已有一個多月了，我考完試後，我是想有個結果了再給您說的，所以，一直沒有給您去信，望您諒解。

這次考試，我的成績是全地區第一名，可是，由於爸爸的問題，最終結果仍然是沒有一點消息。這些日子來，我的情緒一直不好，我感到心好痛好痛。

我始終想不通，黨的政策是有成份論不唯成份論，重在政治表現。可是，實際上情況根本不是這麼一回事情，入黨、招工、參軍到這次大學考試，對我們這些家庭出身不好的子女不過是做了個樣子，具體執行時處處搞得都是血統論。

媽媽，我已經對現時徹底絕望了，我知道對我來說只有一條路，那就是自學。我做了一個詳細的自學計畫，我準備利用業餘時間首先自學大學課程。媽媽您能為我找一些大學課本嗎？如果您能找到，請給我儘快寄來，並請您為我買些馬克思、恩格斯和列寧的原著，我現在太迷惘了，我的思想經常在否定、肯定中不斷地反覆，我希望在他們的書中找到答案。

媽媽，您一定要注意身體，留得青山在，不怕沒柴燒。我多麼想天天陪在您的身邊，可是，我們知青要請假，必須要得到公社的批准，而公社逢年過節給我們的假日，也只有短短的十天，路上來去的時間除掉，我每次在您的身邊好好待不上三天。

媽媽，在上學的那些日子裏，我經常惹您生氣，到了農村後我才知道自己是多麼的自私，多麼的無知，我才知道這世界上只有媽媽您是最好最好的。

媽媽，您每次來信都問到我和永革的婚事，我和永革已經商量好了，先讓他建功立業。永革到部隊時間不長，黨正在考驗他，還是讓他再摔磨滾打幾年吧，等他有了進步，我們準備去到北京天安門前宣誓結婚。媽媽，最後讓我親一下您。

您的女兒：江華
一九七三年八月十日

江華寫完信就往張小牛房裏走去，她看見劉偉正為張小牛釘著木箱。

張小牛見江華走了進來，感到很不自然，他考得成績只有江華的三分之一，可他被錄取了，而江華卻被排除在了大學門檻之外。他跑到縣上去說，讓江華頂他去上大學，縣上招生的領導將他狠狠地臭罵了一頓，說他喪失了基本的階級立場，若這樣就取消他的入學資格。

江華說：「小牛，去後給姐姐多來信。」

張小牛像個小弟弟一樣站在江華的面前說：「江華姐，你以後也給我多來信，經常罵我，不然我可能會忘了這裏的貧下中農。」

「傻小牛，我為啥要罵你呢，我們永遠是好朋友，衣裳破了就給我郵來，我給你縫。」江華說得是心裏話，大隊裏男知青的衣褲破了都來找江華，江華每次都給他們一針一線地縫好，洗乾淨，然後讓他們高高興興地穿在身上。

江華把張小牛的衣裳一件件拿出來，整整齊齊地疊好，放到箱子裏。

張小牛看著江華為他裝衣裳，收拾東西，他眼圈紅了，他說：「江華姐，這學我不上了，我要在這裏陪你，你什麼時候走，我和你一起走。」

江華說：「小牛，不許說傻話，你這次上了大學，和我們上了大學一個樣，是我們知識青年的驕傲。你不但要上，而且一定要學好，掌握了本領好好為人民服務。」

張小牛點了點頭，他像一個孩子撲到了江華的懷裏，抽噎著喘不過氣來，說：「江華姐，我聽你的。」

這時，天上過來了一片烏黑的雲朵，江華拍了拍張小牛的膀子，她知道天又要下雨了。

第三十七回

柳泉塢大隊之所以樣樣事兒都能走在各大隊的前面，主要是大隊書記巴生傑將階級鬥爭這根棍子舞得好，可是自從周學璞和孟淑花兩個階級敵人同時自殺之後，巴生傑好像上山打獵沒了野物，下海網魚沒了魚兒，他的心裏真不是個滋味。就在這個時候毛主席的最高指示又下來了，「天下大亂，達到天下大治。過七八年又來一次。牛鬼蛇神自己跳出來。他們為自己的階級本性所決定，非跳出來不可。」最高指示下來之後，公社革委會讓各大隊集中對階級敵人進行一次全面的打擊，可是，柳泉塢最反動的牛鬼蛇神死了，剩下的幾個富農都是些十扁擔打不出一個屁的人兒，鬥爭這樣的死老虎對群眾起不到一點震懾作用。這時，巴生傑想到了一個人，這人就是巴永賢，可巴永賢是自己的本家叔叔，骨頭斷了肉連著，和自己分不開呀。但他馬上想到了毛主席他老人家說過的一句話，不能那樣溫良恭儉讓。巴永賢雖然是自己的叔叔，可是這叔叔時時覬覦著自己大隊書記的位子，弄不好哪一天自己又會被這位叔叔取而代之的。

這是一個雨天，雨下得天崩地裂、雷鳴電閃，搖撼著柳泉塢。這樣的雨天本是莊稼人好不容易盼來的休息天，可是，大隊部的鐘聲卻響了，小喇叭裏傳來了巴生傑的聲音，全大隊的男女社員和知識青年，趕快到大隊部裏來開會，一個也不能少。

人們聽到這聲音誰也不敢放慢腳步，頭上雖然響著一個又一個驚天動地的炸雷，地上淌著積聚在一起的嘩嘩雨水，可人們不敢放慢腳步，一個個急匆匆趟著水踏著泥濘的小巷來到了大隊部。

人們的頭上身上流著水，找個地方坐了下來，個個心裏忐忑不安，不知道又要發生什麼事情了。人們看大隊部裏民兵們個個荷槍實彈站在周圍，巴生傑端端正正地坐在主席臺上。巴生傑本來就生著一張又長又窄的豬腰子臉，加上有一對老鼠般的眼睛，此時一臉嚴肅，就帶著十分的殺氣，人們一看都將頭低了下去。

巴生傑說：「把反革命分子巴永賢押上來！」他的這話雖然說的不大，可非常沉悶，讓人聽了毛骨悚然。人們知道這人狠著呢，大隊裏有一個中農社員，因為和巴生傑頂了嘴，荒月裏沒了糧，一家人餓得刮榆樹皮子吃，他就是讓隊上不給這家人借一顆糧食，結果一家六口人，一個荒月過去就餓死了三個人。

坐在前面的巴永賢突然被人按著頭戴上了一頂一米多長的高帽子，幾個民兵將他的兩隻胳膊擰到身後，將他押到了人們的前面。他的頭髮被人揪起，臉揚著，嘴巴就顯得格外的大。這時，一個粗啞的聲音領著人們喊起了口號：

打倒劉少奇！

打倒林彪！

打倒巴永賢！

人們木然地將拳頭舉起，跟著粗啞的聲音喊起了口號。人們想，這年頭一會兒風一會兒雨，昨日裏紅得發紫的林副主席轉眼之間也成了反革命，巴永賢被揪出來也就沒有什麼大驚小怪的。

接下來巴生傑宣布巴永賢的反革命罪行，人們高呼著口號：「巴永賢不投降就叫他滅亡！」

粗啞的聲音又吼了起來，「巴永賢你先讀毛主席著作《南京政府向何處去》和《敦促杜聿明投降書》，老老實實地坦白交待！」

巴永賢於是戰戰兢兢地讀了起來，他不明白自己怎麼成了「南京政府」，自己怎麼會成了「杜聿明」這樣的壞蛋。

江華知道巴生傑揪出巴永賢的目的是要分化打壓知識青年。知識青年們住在巴永賢的家裏，使得巴永賢在柳泉塢成了不可小視的一個人物，無形中對巴生傑的權力形成了極大的威脅。揪出巴永賢，知識青年就會從他家裏搬出來，這樣一來就不會有任何人敢於挑戰他的這個權力了。

江華看見巴永賢大嘴一張一合，瘦黃的臉上一對大板牙，把毛主席的文章念得抑揚頓挫。她知道，在柳泉塢除了周學璞就數巴永賢的文化程度高一點，而且這人確實對他們這些外來的知青不錯。

巴永賢一邊念毛主席的兩篇文章，一邊進行自我批判，這時口號又喊了起來：

打倒劉少奇！

打倒林彪！

打倒孔老二！

打倒巴永賢！

巴生傑說：「你還把你說成個人了，你說一下你怎麼拉攏知識青年的，你是怎樣撈稻草進行反革命活動的。」

巴永賢哭喪著臉說：「我沒有反革命呀？我只是看這些城裏娃娃們到鄉裏來確實不容易，只是把他們照顧得好一點。」

「放屁！給我跪下。」巴生傑大喝一聲。

巴永賢把頭昂了起來，他想你這個大隊書記的位子我也坐過，我一個大輩子還怕你了？他是瞧不起巴生傑的。幾個民兵過來將他的頭髮拽住，其中一個民兵在他的腿上猛擊一棒，他一下跪在了地上。

江華聽到巴永賢疼得「哎呀」叫了一聲，這一聲尖利的叫喊讓她好像看到了巴永賢在去年河灘裏漚麻的一幕。當時全隊男女社員都站在水裏將麻用石頭壓到水裏，江華當時來了月經，她是不能下水的，可她站在外面總覺得有人用眼睛盯著她，於是，她也將鞋脫了下來，準備下水，可她的一舉一動早已進了巴永賢的眼睛。只聽巴永賢說：「女知青們就不下水了。」此時的女知青只有江華一個人，江華知道巴永賢的話是對她說的，當時她心裏暖暖的，感激地望了這個生產隊長一眼。

江華站了起來，她環視了一下四周，大聲說：「巴書記，巴隊長怎麼成了反革命了？對他的錯誤我們可以批判鬥爭，但隨隨便便說他是反革命，我不同意。」

巴生傑心想，在柳泉塢我就是真理，多少年來誰黑誰白都是我說了算，今日裏還有你說的嘴。他知道自從兩個娃娃讓水沖走後，有金書記支持，在這裏就是天王老子他也不怕。

巴生傑說：「你一個右派狗崽子有啥說話的權力，好好接受貧下中農的再教育。」

這話不聽見還好，一聽見這話江華的火氣一下被點了起來。她說：「巴生傑你能代表貧下中農嗎？像你這樣專搞打擊報復的人，才是真正的反革命。」

劉偉和別的生產隊的知青，一看巴生傑竟然說出了這麼惡毒的話來，上來就將巴生傑的桌子掀翻在了地上，提著棒就要打巴生傑。

巴生傑喊了一聲民兵隊長，民兵隊長領著民兵把槍口對準了在臺上的劉偉幾個知青。

這時，只見巴永賢從地上掙扎著爬了起來，大聲喊道：「巴書記，讓民兵把槍放下，你要惹禍的！」

巴永賢的一聲喊叫，讓巴生傑和民兵們突然清醒了過來。

巴生傑說：「把槍放下。」

幾個民兵聽到喊聲才把槍放了下來。

劉偉對知青們說：「走，我們找金書記去，看他巴生傑還無法無天了。」說著，江華、劉偉和眾知青紛紛走了出去。

此時外面大雨滂沱，鞭撻著，迸射著，淹沒著這裏的一切。黑暗籠罩著柳泉塢，雨斜射著，形成一堵斜密的雨牆。

江華、劉偉和其他幾個知青第二天等雨停後把此事向公社金書記進行了彙報，金書記表面上對他們熱情接待，並讓祕書做了詳細的記錄。可是，雷聲大，雨點小，他只是讓巴生傑把揪巴永賢的事暫時擱置起來，緩和了一下矛盾，而對江華和劉偉則進行了嚴厲的批評。

金大年說：「你們兩個都出身於剝削階級家庭，不應該和貧下中農鬧對立。」

金大年話還沒說完，江華接了過去，她說：「金書記，話不能這麼說，不是我們和貧下中農鬧對立，我們與貧下中農關係很好。只是巴生傑這種隨便打罵貧下中農的作風，我們看不慣，而且，巴永賢根本就不是現行反革命，請公社領導詳細進行調查。」

江華從小口才就好，幾句話就把金大年說得閉口無言。金大年氣得用手指著她，嘴裏說：「江華，你太不像話了，公社對你怎麼樣？我對你怎麼樣？你怎麼這麼不講道理呢。」

公社分到大隊一個招工名額，當時人們想，劉偉和江華帶頭告了大隊書記巴生傑，與巴生傑成了死對頭，這名額肯定是別的知青的了，他們兩個肯定是沒希望的。可是，巴生傑卻不是這麼想的，他想，江華和劉偉這兩個老知青，在知青中有一定的威望，一呼百應，說不定什麼時候這兩人還要煽動其他知青與自己鬧，不如先將這兩人打發走算了，免得以後再讓自己生氣。

這天，天上下著小雨，江華和劉偉正在實驗田裏撒化肥，兩人一隻手端著臉盆，另一隻手從臉盆裏抓上化肥往地裏撒去。地裏的麥苗綠油油的，風一吹麥地裏綠浪翻滾。這時，巴生傑走了過來。巴生傑蹲在麥地邊上，眨著一對老鼠眼，長長的豬腰子臉上沒有一點表情。江華和劉偉裝著沒有看見他，他們不願意在這個時候巴結討好他，反倒讓這個人把他們看扁了。

巴生傑的臉上流著雨水，他用牙齒咬著半截麥稈，衝著江華笑了一下。

江華看他笑，把濕頭髮抿了一下，也就陪著他一笑，她知道她的笑很彆扭，也很難看。她說：「哦，是巴書記呀。」

巴生傑說：「你倆先過來一下。」

江華和劉偉就端著化肥往巴生傑跟前走了過去。

巴生傑說：「上面下來了一個招工名額，我思謀來思謀去，還是你倆人最合適，一是你們勞動表現好，二是你們兩個在這裏插隊的時間最長，讓你倆人去，別人誰也沒話說。」說到這裏，他拿出羊角巴煙斗，挖了一鍋子煙，用草繩一點，吸了起來。吸了幾口，他又猛地一吹，把煙鍋子在鞋幫上磕了磕，然後抬起頭來問道：「你倆人誰去？」

「讓劉偉去。」江華說完，端上化肥又要走。

「我不去。我說過，我要陪她一輩子的。」劉偉紅著臉說道，他說的她就是靳莉莉。

江華折轉身走了過來，她對劉偉說：「劉偉，招工這對你我是一次難得的機會，不管你到了哪裏，只要你心裏有她，你可以隨時來看她的。好男兒志在四方。」

「江華，你去。我是男的，機會比你多。」

「再別推了，現在的招工憑的是誰的門子大。你先走，我媽媽已被三結合了，我以後走比你容易。」自從鄧小平任國務院副總理後，江華的媽媽又在省廣播電臺被結合到了三結合的班子裏，劉偉聽江華對他說過。

巴生傑說：「誰去？」

「劉偉。」江華說得斬釘截鐵。

「那就這麼定了。」巴生傑說著拿出一張表，接著說：「把表填好，明天中午以前交到公社。」

巴生傑說完，就一搖一晃地走了開來。

劉偉拿著這張表，不知是喜還是憂，無盡頭的勞動鍛鍊已讓他厭煩了，多少個日子裏他就盼著這一天，和他們一起插隊來的同學，除了他和江華之外，已陸陸續續走完了。然而，他走後，就讓自己心愛的莉莉一個人待在這裏嗎？

江華說：「不要猶豫了，填好表，我陪你一同送去。」

劉偉的眼圈紅了，他說：「江華，你怎麼這麼好啊！你太好了，反倒讓我感到自己太自私，心裏不安了。」

「不說這個話了，趕快填表吧。」江華說著就拉劉偉往家中走去。

此時的劉偉感慨萬千，父親在大鳴大放的時候，由於給廠裏領導提了意見，五七年反右派時被打成了壞分子。父親告訴他，當時廠裏的知識分子被劃為右派，而他們這些在大鳴大放中提了意見的工人，後來都成了壞分子。父親被打成壞分子後，工資被降為僅發生活費，母親被逼著退了職，一家人的生活一下子沒了著落。這幾年他在農村插隊，別的同學經常可以回到城裏取點吃的，或家裏給寄來錢和糧票，可他不但得不到家裏的資助，而且還省出點口糧要寄到家裏，幫助爸媽拉扯弟弟和妹妹，所以，他打心裏確實希望早點參加工作，但他怎麼能夠忍心將莉莉扔在這裏，讓江華一個人在這裏無休無止地勞動鍛鍊，他卻一個人溜之大吉呢？

「江華，你去吧，我不去了。」劉偉說道。

「什麼？你不去了。我剛才給你不是說了嘛，我以後比你容易走。」江華說道。

「江華，你不瞭解我的心情，我捨不得丟下莉莉呀！」劉偉眼眶裏轉著淚花說道。

「你說什麼？劉偉。我原先把你當成個堂堂的男子漢，從這句話來看，你不如一個女人。劉偉，多少人在看我們的笑話，多少人在盯著我們，為了給我們剝削階級家庭子女爭口氣，為了給靳莉莉爭口氣，你也應該走，好男兒志在四方，幹出個模樣讓世人看看，我們這些狗崽子比誰差了。」江華越說越激動，她的嘴在發抖，臉色發青，她真想過去揪住劉偉的胸脯好好問問你是不是個男人。

劉偉看江華生氣了，結結巴巴地說道：「我——。」

「不要我、我、我的了，我問你去還是不去，不去的話我把這表交給巴生傑，讓他再安排個人，你也從此再別認我這個同學了。」江華說道。

「江華，你別這樣，我去還不行嘛。」劉偉看了一眼江華，苦笑著說道。

「這就對了，趕快填表，填好後咱倆一塊去交。」江華聽到這話笑了，她多麼希望劉偉有個好工作，因為她感到這世界太不公平了。三天打魚兩天曬網的人，一個個憑關係走後門都招工參軍走了，而劉偉年年在隊裏掙工分最多，莊稼活兒幹得連這裏的社員也為他伸著大拇指頭，就因為他父親是個壞分子，插隊這麼多年了，還在這裏接受貧下中農的再教育。她想，那些在臺上的領導和革委會的頭頭們話說得多麼好聽，可他們的子女屁股還沒坐穩，一個個都被抽到了最好的單位工作。

劉偉在江華的協助下，很快就填好了表，然後在大隊簽了意見蓋了章，當天就交到了公社。

由於這次招的是煤礦工人，面視了劉偉之後，身體檢查完，招工的人就要將劉偉他們一塊帶走。

劉偉要走的前一天下午，他朝山上墳地爬去。墳地裏風兒吹動著荒草，夕陽慢慢往山下墜落，西邊的天上好似亂七八糟地塗抹了一層血紅，它讓靳莉莉的墳前更顯出一片蕭索淒涼。他坐在墳前一塊石頭上，撫摩著墳頭上的一朵小藍花，他說：「莉莉，我要走了，我要成為工人階級了。」

沒有人的回答，只有風兒在輕輕地訴說。

「莉莉，我會經常看你來的，待我在那邊安定之後，我準備把你也接過去，讓我們永遠在一起，你同意嗎？」

還是沒有人的回答。

此時，天慢慢地暗了下來，到處籠罩著一片灰色，並且有了夜幕將要降臨的一種寂靜。

劉偉身體伏在墳堆上，他想聽聽莉莉那清脆爽朗的話語，和那銀鈴般的笑聲。

可是等了那麼久，他只感到微風挾著野草與麥稈的香味，把墳堆周圍的莊稼吹得漣波蕩漾。

他記得有天晚上，他和莉莉吃完飯到這裏散步，他們就坐在這個山坡上。那晚風也是這麼吹著，樹葉被風吹著嘩啦啦地響，劉偉朝四周看了看，覺得靜靜的夜裏到處都暗藏著殺機。然而，莉莉當時卻說：「我想靜靜地躺在這裏。」他當時聽了這話並沒有在意，可現在想起來，他覺得冥冥之中好像早已有了一個預言和暗示，自己當時怎麼沒有一點感覺。

第三十八回

江華是接到永革的信後往北京趕的，他們把一生中最神聖的婚姻，約在了毛主席曾經接見過他們的天安門城樓下面。

江華坐在火車上往窗外望去，春風吹拂著綠油油的田野，親吻著披上了綠裝的山山嶺嶺，萬木復甦，春暖大地。這時候她看到，牆壁上，樓房頂，遠遠近近都有偉大領袖毛主席的語錄，車站上到處張貼著大字報和標語口號。她看到一面牆上用紅油漆寫著「深挖洞，廣積糧，不稱霸」。另外一面牆上寫著「你們要關心國家大事，要把無產階級文化大革命進行到底！」

她看到後面這條毛主席語錄後，當年在天安門城樓上被毛主席接見的情景又浮現在了她的眼前。時間過得真是快呀，一眨眼的功夫已經快十年了，她已經從一個年幼無知的少女長成一個亭亭玉立的大姑娘了。

「我們要見毛主席——，我們要見毛主席——。」當年那一聲聲此起彼伏激動人心的呼喊，好似又清晰地回蕩在自己耳邊。

她想起了永革，是永革當時把她抱起，她才看到了毛主席那胖大臃腫的身影。但是，自從林彪事件以後，她好似從夢中突然驚醒，多少年來我們被一種無形的力量牽引著做了那麼多蠢事，可我們一直懵懵懂懂。

江華想，多少個日子裏，永革天天進入自己的夢中，他的一顰一笑，一舉一動，怎麼那麼清晰。她知道她的心裏只有永革，永革是她的魂，是她的命，她無時無刻都在掛牽著永革，她在漫長的煎熬中才體會到痛苦中最高尚的、最強烈的和最動人的乃是愛情的痛苦。

她想起了那次他們進了山，她和永革單獨待在石林裏。永革把她擁在了懷裏，粗重地開始喘息，他說：「江華，我想要你。」當時她聽到這話，打了個激靈，她的渾身開始顫抖，她一下抱住永革的脖頸瘋狂地親了起來，她多麼想在肉體上和心靈上得到最大的安慰。但是，當永革急不可耐的那一瞬間，她將永革輕輕地推了開來。她用手摸著永革黑油油的頭髮說道：「把這美妙的時刻留在偉大的北京。」

那天她哭了，她一聲聲地呼喚著媽媽，她好像一夜之間變得成熟了起來，因為，她已經朦朦朧朧感覺到了一個女性從少女到女人變遷的契機。

火車飛速地往前奔跑，窗外的一切那麼明朗。從雲的縫隙裏，陽光細密地灑在遼闊的原野上，她感到在這平靜裏，在他們這一代人的身上，已開始醞釀一種新的力量。

江華看到天上有一隻鷹在盤旋。在柳泉塢的時候這種鷹在盤旋，就預示著有一種突如其來的行動，但火車很快地過去了，她已經看不到將要發生的一切。

江華記得小時候媽媽和田恬阿姨在一起，經常望著她和永革說，我們的永革和江華長大了真是天生的一對。所以，那時候她每次到田恬阿姨家去，就有一種成了他們家一個成員的感覺。她無拘無束，在永革家吃飯、午休，和永革一起學習。永革同樣到了她們家裏，也隨便吃喝，和她一起玩耍。兩個家裏的大人，小時候就是這樣呵護著她和永革，讓她的心裏始終把永革當作自己的兄弟和親密的朋友，可現在他們馬上就要成婚了，他們將要成為革命的伴侶了。

火車飛快地往北京方向開去，可江華總覺得它走得太慢了。自從永革從柳泉塢被抓走以後，她一直再沒有見過永革，雖然他們一直書信來往，但她總想早日見到永革的容顏。他還是那麼高大魁梧嗎？他嘴邊上黑黑的茸毛可能早已成了硬茬茬的鬍鬚？他記得永革小時候就是院子裏的娃娃頭，腰上經常挎著他爸爸給他用木頭削成的手槍，他說他長大後要和他爸爸一樣領上千軍萬馬去到戰場打仗。永革果然和他說得一樣，到了兵營，扛上了大槍，她想，他本人可能比照片上的他還要英俊瀟灑。

江華從上衣口袋裏掏出了永革的照片，這是一張四寸的黑白照片，照片上的永革穿著一身軍裝，帽子上面有一顆閃閃的紅五角星，兩道黑黑的眉毛下面一對雙眼皮眼睛，顯出他桀驁不馴的性格。

江華把這張照片貼在自己的胸口上，嘴裏默默地念叨著，山河隔不斷你我萬里的信箋，時空止不住你我彼此的呼喚。思念像一條流不盡的江河，思念像一片溫柔的流雲，思念像一朵幽香陣陣的鮮花，思念像一曲餘音嫋嫋的簫音。一個美好的記憶，那就是我們共同走過的戰鬥歷程，它在我心中永駐，從此，我不再害怕人世間的任何風風雨雨和溝溝坎坎。

江華知道自己太想太想永革了，她記得她和永革念過的一首小詩：當我第一次看見你的眼睛／／我便想起了天邊那顆星星／／今天／／天邊出現了那顆星星／／而我卻久已不見你的眼睛。一讀到這首詩，她就會想起永革，這種對他的思念怎麼這麼讓人心疼。小時候，她不放心他去和別人打架；學校裏，她不放心他在武鬥中衝鋒陷陣；今日裏，她又不放心他去揮戈上馬。她想，女人為什麼總是對男人放心不下，把心全部放在他的身上，難道他將是自己永遠的牽掛？

江華想到這裏一個人笑了，她記得媽媽曾經說過她，小小年紀這也操心，那也操心，將來肯定是個操不完心的女人。

這時候她聽到火車的廣播裏開始播誦《紅旗》雜誌第四期程越的文章〈一個復辟資本主義的總綱——《論全黨全國各項工作的總綱》剖析〉。她心裏想，敬愛的周總理剛剛去世，他們怎麼又把矛頭對準了鄧小平副總理。可她不敢說，她只是默默地聽著，靜靜地想著，想當年她就喊過「打倒鄧小平！」可不知為什麼她覺得當年的她太幼稚可笑，鄧小平副總理這幾年重新工作後，確實做了大量的工作，讓各地生產有了新的起色，為什麼一夜之間又將他貶損得一無是處呢？

那是時間剛踏入一九七六年的一天，她剛往地裏拉完糞回到院子裏，突然她聽到了一陣哀樂，哀樂之後播音員報導了一個驚人的消息，周恩來總理去世了！她當時不敢相信自己的耳朵，而當確認這是千真萬確的事實之後，她再也控制不住了自己的感情。她哭了，眼淚從她的眼眶裏噴湧而出，她低微地自言自語地說道：「敬愛的周總理，你怎麼就這麼匆匆走了呀！」她幾乎語不成聲，眼淚、鼻涕和口水，被她用手絹擦著，她的聲音越哭越大，那些長期積壓的火山爆發了，這裏流出來的有對媽媽的思念，有對永革的掛牽，也有對爸爸的一種懺悔，這些感情又與對周總理的愛戴之情完全纏繞在了一起。她「嗚，嗚，嗚——」的聲音，從壓抑的嗓子眼裏擠了出來，像母狼的吼叫。她記得她那天沒有吃飯菜，隨後的幾天她好像沒了魂兒一樣。

她在柳泉塢時就在知青中聽說到，江青這些人早就想置周總理於死地了。有一個知青戰友曾在後面悄悄說江青長了個豬嘴，被人揭發後立馬被打成了現行反革命。江華想，這世界怎麼成了這樣，連周總理他們都不放過，連周總理他們都要打倒，他們這些人到底想幹什麼？

江華在火車上接了點開水，她一口饃饃，一口開水地吃了起來。自從上了火車，她頓頓都是這樣，這饃饃還是巴永賢的女人給她臨走時裝上的。

她此時不願意想起敬愛的周總理，想起這位偉人她就有一種抑制不住的悲傷。她小小的時候，媽媽就給她講了很多很多關於周總理的故事，所以，她的腦海裏周總理就是中國，中國也就是周總理。可是周總理卻去世了，他走得竟那麼匆匆，她不知道沒了周總理的中國將走向何方？

江華正這麼想著，忽然一個人說道，馬上就要到北京了。

這時，車廂廣播裏唱起了「大海航行靠舵手，萬物生長靠太陽，……」的歌聲，歌聲宛轉悠揚，節奏鏗鏘有力，讓剛才勾起的不快，一下子煙消雲散了。

江華又往窗外望去，窗外人們伸長脖子朝她望著，她的心開始跳動，她往人群中找去，她不知永革在哪裏，她想，永革這時候肯定在車站上等候著她，他們馬上就要見面了。

一下火車，江華一眼就看見了永革，永革穿著嶄新的綠軍裝，胸前戴著一個碟子般大的毛主席像章。江華哭了，她飛快地跑了過去，撲到永革的懷裏她的淚水就像泉水般地湧了出來。

永革將江華緊緊地摟在懷裏，用他的臉撫摩著江華紅潤的臉龐。千言萬語，綿綿相思，此時化為他們互相的愛撫和擁抱，他們彼此吻著對方，江華哽咽著已說不出話來，雖然天上有雨，他們好像完全忘了這世界的存在。在他們跟前人圍得越來越多，一個個在他們周圍指指點點，悄悄地說：「這兩個年輕人怎麼一點也不知道羞恥。」車站上一個工作人員把他們拉了開來，厲聲喝道：「公共場所請講究文明，不要在這裏耍流氓。」

永革此時才醒悟過來，抬起頭來衝著那個人說：「誰耍流氓了？我們已經結婚了。」

「結婚了到家裏親熱去。還是解放軍呢，不要狡辯，趕快走吧。」那個工作人員對他們說道。

永革知道穿上軍裝與江華在一起太扎眼，於是他趕快換上了便衣，買了一把雨傘。他們在細雨中發現人們正三三兩兩往人民英雄紀念碑走去，這裏有捧著花圈一個人去的，也有領著孩子一家人去的，還有一男一女結伴而去的，人們都是去悼念敬愛的周恩來總理。

他們順著人群也往人民英雄紀念碑走去。這天，黑雲壓得很低，淅淅瀝瀝的雨不停地下著，一股沉悶的空氣籠罩著整個大地。他倆撐著雨傘手拉著手來到了銘刻著「人民英雄永垂不朽」的紀念碑下面。他們是到這裏隨便轉著來的，沒想到這裏雲壓得更低，天顯得更暗，天黑沉沉的像要整個兒壓了下來。人們都披著雨衣，打著雨傘，空氣顯得格外的沉悶。許多人自發地在紀念碑的周圍站著，他們都在冒雨守衛著悼念周總理的花圈。這時他倆看到，有一個直徑兩尺多的大白花輓帶上面寫著：「天堂笑看千萬後來人，鬼獄哭煞幾隻燭正昏」的對聯。江華和永革仔細端詳著這個大白花，他們忽然看到一個人又將一首詩貼在了大白花的旁邊。這個人說這首詩不知是誰寫的，昨天已被人撕去了，他又抄了一份供大家來看。江華輕輕念著這首詩「欲悲聞鬼叫，我哭豺狼笑。灑淚祭雄傑，揚眉劍出鞘。」江華是很喜歡詩詞的，她從這首詩裏看出了人們的壓抑和憤怒。江華看著這成百上千的花圈，好像看到千萬人胸中的怒火在這裏熊熊地燃燒著，她的心情再也不能平靜了，她對永革說：「永革，明天是清明節，我們也給周總理送一個花圈吧。」

永革早想說這話了，他望著江華堅毅的眼睛說：「我們現在就去寫，明天早上送來。」

第二天一早，天安門廣場上人更多了，成千上萬悼念周總理的花圈源源不斷地送到了紀念碑的下面，廣場周圍的松樹上掛滿了白花，人民英雄紀念碑被層層疊放的花圈所圍繞，整個廣場人山人海，水泄不通。花圈上、樹幹上、紀念碑圍欄上貼滿了各種詩抄和小字報，人們以此宣洩長期被壓抑的不滿情緒。江華和永革將手指刺破在花圈的白紙條上寫著：「敬愛的周總理，頭可斷，血可流，誓死保衛您的決心永不丟！」下面的落款是：兩個老紅衛兵和老知青。

江華望著雄偉的人民英雄紀念碑，就像看到了周恩來總理高大的光輝形象一樣。花圈落著花圈，誓言壓著誓言，千萬個花圈圍繞在刻著「人民英雄永垂不朽」幾個金光閃閃大字紀念碑的周圍，在巍然聳立的紀念碑下面，安放著周總理的巨幅畫像，畫像下面是一條用大朵白花裝飾著的黑布大型橫幅，上面寫著「民族英魂」四個大字，再下面是一條黑底白字的巨幅：「我們日日夜夜想念敬愛的周總理！」

這時，他們突然聽到，天安門廣場所有的高音喇叭都在開始廣播通告：

「近幾天來……極少數別有用心的壞人利用清明節，蓄意製造政治事件……妄圖扭轉批判那個不肯改悔的走資派的修正主義路線、反擊右傾翻案風的大方向。我們要認清這一政治事件的反動性，戳穿他們的陰謀詭計，提高警惕，不要上當……今天，在天安門廣場有壞人進行破壞搗亂，進行反革命破壞活動，革命群眾應立即離開廣場，不要受他們的蒙蔽。」

江華和永革看到一些人開始走了，但他們沒有動，他們此時已完全融入到了對周總理的悲痛和對張春橋、江青等人的憤慨之中。這時，他們聽到一些人大聲喊：「我們悼念周總理有什麼錯！」

忽然，他們在紀念碑的北側又看到了一首《告別》的詩篇，上面寫道：

我多想，多想生出凌雲的翅膀——
飛上九霄，把您的忠魂探望；
再聽聽您那深情的教導，
再看看您那慈祥的目光。

我多願，多願是那月裏的吳剛，
把最醇的美酒，為您捧上……
但我只有悲痛的歌聲，
能向那九霄輕颺；
我只有這哀悼的詩詞，
能在您的靈前獻上。
……

還有那些暗藏的敵人，

那些陰影下的豺狼，
您生時，他們用無恥的謊言把您誹謗，
用晦澀的暗箭把您中傷；
聽到您的名字，
他們咬牙切齒；
挨到您的巨棠，
他們渾身冰涼……
如今，您去世了，
他們掩飾不住地欣喜若狂。

人前，
他們擠出兩滴鱷魚的眼淚，
背後，您的遺骨未冷，
他們就在舞蹈歌唱！
他們認為，
用他們傲慢的冷酷，
能夠壓低您的聲望；
用他們下賤的歡樂，
能夠侮辱人民的悲傷！

但是，這些無恥的敗類呵，
對人民永遠是錯誤地估量。

看呵，
人民深沉的悲痛，
化作奔騰的力量。
對著他們的醜臉，
打了一記響亮的耳光！
他們發抖了，
他們藏匿了，
他們躲進陰溝的深處，
還不甘心失敗，
又編些更惡毒的謊言，
又耍出更陰險的花樣……

江華和永革已完全將安危置之度外了，他們又看到在紀念碑南面的松樹林裏的一長排用大字報那樣大小的紙寫的詩文。這天，黃昏來得很快，沉悶的空氣中迸發著一個個火星，但人們互相鼓勵著，都不願早早離開這裏。

就在這時，一篇《第十一次路線鬥爭大事記》出現在了紀念碑西南角的漢白玉欄杆上。《大事記》寫道：

一、七四年一月，江青扭轉批林批孔運動的大方向，企圖把鬥爭矛頭對準我們敬愛的周總理。

二、七四年十二月，江青背著中央接見外國傳記記者，誣蠛中央領導同志，並企圖在四屆人大爭當總理。

三、七五年一月，毛主席識破了江青的野心，……召開了四屆人大，鄧小平同志重新回到了中央工作，取得了鬥爭的初步勝利，全國人民歡欣鼓舞。

四、七五年七月，毛主席嚴厲地批評了江青，停止其在中央的工作。在周總理養病期間，中央的工作由鄧小平同志主持，鬥爭取得了決定性的勝利，全國人民大快人心。

五、最近的所謂反右傾鬥爭，是一小撮野心家的垂死的翻案活動。他們已經成了不得中國大多數人心的過街老鼠。

當人們發現了這篇戰鬥檄文時，小字報前圍滿了密密匝匝的人群，天安門廣場上又掀起了入夜的一次新的高潮。江華接過一個年輕人手中的《大事記》的傳單，跳到臺子上給周圍看不見這篇小字報的人們大聲念了起來。她用她平時的所思所想，與這篇文章結合起來對人們說道：「自秦始皇統一六國以來，中國這塊土地上封建集權專制體制一直延續到了今天，雖然孫中山推翻了一個滿清王朝，但專制體制並沒有結束，專制者還變換著花樣對中國人民進行著最殘酷的封建法西斯統治。……」她的聲音是那樣的悠揚動聽，她的情緒向四處蔓延流淌，人們手挽著手唱起了《國際歌》。

這時，突然外面一群手提棍棒的人衝了過來，他們高聲喊著：「抓反革命！不要讓跑了，抓反革命！」廣場的高音喇叭裏，也同時喊道：「堅決鎮壓反革命！」

永革一看情形不對，拉著江華就跑，喇叭裏和廣場上喊聲震天，只見亂棒揮舞，一個人被木棒在頭上猛擊著爬倒在了地上。永革折轉身將江華拉上往邊上樹孔中間跑去，可是剛跑了幾步，他們就被跑動的人們分了開來，江華的頭上被猛擊一棒，她一頭栽倒在了地板上。這時她的身上被拳、腳、棍、棒猛踢猛打了起來，因為，她早已被便衣盯了梢，幾個人過來把光著腳的她扔進了早已停在旁邊的警車上。

江華是在昏眩中被拉到城外一個看守所的。她醒來才發現，這間房子裏關的都是在天安門廣場上抓來的女人。女人們都被打著背銬，個個頭破血流，橫七豎八地躺在地上，有幾個女人在哭，還有幾個女人在不斷地呻吟著。

江華感到她的頭昏沉沉地抬不起來，翻一下身就感到全身的疼痛，但她的思維還是異常的清晰，她知道她是被抓到了這裏。

她沒有哭，她爬到一個大聲哭喊的女人身邊，把臉貼在了那個女人的臉上。她對門外站崗的人喊道：「快來救人！」

只見門外一個看守所管教鐵青著臉，指著她厲聲喝道：「喊什麼喊，早知道疼的就不要反革命。」

江華繼續大聲叫喊：「快來救人！我們要喝水。」

這時門被打了開來，一個人一手拿著一個瓷缸子，另一隻手拿著一個熱水瓶。

江華貼著牆慢慢站了起來。她說：「趕快來救人，這幾個人快不行了。」

那個人把缸子裏的水讓躺在地下的一個女人喝，嘴裏說：「哭什麼哭，反黨反社會主義還有理了，死了活該！」

江華說：「你看我們都戴著背銬，怎麼喝呀，先給她們嘴裏倒點吧。」

外面一個戴著紅袖章的女管教說：「給這些反革命水幹什麼，你慈悲他們，他們慈悲過誰？」

那人說：「讓他們喝點水，交待問題時好交待呀。」

外面的女人說：「你知道東郭先生和狼的故事嗎？」

那個人笑了一下，把水放到地下就走了出去。

江華對身下一片血跡的女人說：「爬過來舔著喝點吧。」

女人看了看她，問道：「你叫啥？」

她說：「我叫江華，插隊知青。」

「我叫李潔。」李潔靠著江華的肩膀苦笑了一下。

江華看這李潔的臉，有一處淤積了血的青色，可她笑起來顯得很溫和。她又對其他幾個女人說：「都過來喝點吧。」

地上躺的幾個女人哭了起來，她們怎麼也不會想到由於自己的正義感和悲憤，那些工人糾察隊會用亂棒把她們打倒，而且會給她們戴上背銬，將她們扔到這冰涼的地下室裏。

江華沒有哭，因為多年艱苦的插隊生活已經磨煉出了她堅強的性格。她聽見幾個女人尖利的叫聲和撕心裂肺的哭喊，她只是平靜地看了她們一眼。她不知道永革跑出去了沒有。她記得永革當時拉著她跑，她的後腦勺上重重地挨了一擊之後，她就什麼也不知道了。

李潔支起身子喊道：「大家不要哭了，我們沒有錯，他們憑什麼要抓我們。」

江華聽見李潔大聲喊，她沒有吭聲。她知道這裏的看守，根本不瞭解當時的情況，全是在執行上面人的指使。她們被這些人抓進來，是沒有什麼理由給他們講的，他們只看報紙上的宣傳，根本不會聽這裏所有人的訴說。再說自己在人民英雄紀念碑前，就是講了反對江青張春橋和同情鄧小平的話，這一點她永遠不會否認。

江華此時才知道地上躺的這些女人都來自祖國的四面八方，這裏有軍人，有幹部，有工人，也有教師，還有知識青年，但她們都是清一色的女人。

地下室裏的女人們聽了李潔的喊叫，果然不哭了，她們過來爬下，把嘴搭在缸子邊上開始喝水。江華想，這李潔傷得最重，可她沒有呻喚一聲，而是用她的行動鼓勵著周圍的人們，於是她用敬佩的目光朝李潔望了一眼。

「你也喝點。」

李潔望著她笑了笑，她也朝李潔擠了一下眼睛。李潔兩手背在後面，側著身子爬下也喝了幾口，江華此時才發現李潔長得和靳莉莉有點像，而且李潔笑時的那個神態就活脫脫一個靳莉莉的翻版到了自己的眼前。

第三十九回

永革是聽到擴音器裏廣播吳德的講話和《三大紀律，八項注意》後，才大聲喊著讓江華快走的。可是，已經來不及了。這時，天安門廣場上所有的燈全部熄滅了，一會兒工夫忽地又全部打了開來，廣場上剎時一片通明。永革跑上前一把拉上江華趕快往外跑去，他看到戴著大簷帽穿著警服的警察和戴著紅袖章的工人糾察隊員掄著皮帶、棍棒衝在前面，追打著四散奔逃的人們，在慌亂中一個人將他猛地撞了一下，將他和江華分了開來。一個揮舞著棍棒的糾察隊員朝他追了過來，他迅速地跳過一道土坎，朝一個沒有人的黑暗處跑去。

他跑出了很遠才停了下來，他往後面看了看沒有人朝這面追來。他想，江華到哪裏去了？自己只顧自己跑，怎麼把江華給弄丟了？他想按原路往回去找，可這時廣播裏高喊著：「堅決鎮壓反革命！無產階級專政萬歲！」這恐怖的聲浪向四面蔓延開來，令人心悸，他忽然看到，幾個手持大棒的人追趕著一個人又往他這面跑了過來，他趕快躲進了一條小巷。

他想跑過去尋找江華把她拉出來，可這時天安門廣場到處是警察和手裏提著皮帶和木棍的工人糾察隊員。幾個糾察隊員這時喊叫著，掄著木棍往一個人頭上和身上瘋狂地打去。

永革看再也沒法往紀念碑跟前去了，於是他拖著疲憊的身子趕快鑽進夜幕之中，慢慢往旅社方向跑去。

他實在想不通，人民悼念自己的總理，有什麼罪？他們到底犯了什麼王法？為什麼還要動用警察、工人糾察隊員對人民進行這麼殘酷的鎮壓。他心裏開始不安，他後悔當時為什麼那麼慌張，竟然將心愛的人扔到了那些虎豹豺狼的手裏，自己跑了出來。

永革第二天早上又往天安門廣場走去，這天人很少，只有幾個人匆匆從這裏走過。他看到紀念碑旁邊還有很多殘留的沒有沖刷乾淨的血跡，這些血跡已變成了黑紫的顏色，但江華那嬌弱的身影早已不知去了何方。

永革在紀念碑周圍轉來轉去，他想大聲去喊：「江華，江華——，你在哪裏？」可是，幾個人盯著他走了過來，他知道這是一些便衣。於是，他不敢久留，趕快離了開來。

永革在焦急的等待中看到了四月六日的《人民日報》。報紙的頭版頭條登載了一篇《牢牢掌握鬥爭大方向》的社論，再一次將毛主席不久前說的話「翻案不得人心」以黑體字標了出來。緊接著他又在廣播裏聽到了一篇《天安門廣場的反革命政治事件》的文章，和中共中央四月七日作出的兩個決議。一個是中共中央關於華國鋒任中共中央第一副主席、國務院總理的決議，另一個是中共中央關於撤銷鄧小平黨內外一切職務的決議。廣播裏說，這幾天來極少數別有用心的壞人利用清明節，蓄意製造事件，妄圖扭轉批判那個不肯改悔的走資派的修正主義路線和反擊右傾翻案風的大方向。鄧小平是中國的納吉，這次天安門廣場事件是中國的匈牙利事件。

永革聽到這裏非常震驚，他不知道什麼是匈牙利事件，誰又是納吉。可是，咄咄逼人的殺氣裏他已經感到了一種可怕的聲音，他痛苦地說道：「我的江華她在哪裏？我要我的江華——。」

永革坐不住了，但他不敢貿然地再去找了，因為到處都在搜查，到處都在抓反革命。他相信他和江華沒有錯，他默默地保佑她能夠平安，他知道江青這些人不會有什麼好下場的，真理終會戰勝邪惡的。

永革託人去問了公安局，去找了北京父親的戰友，他們都說現在沒法去找，待這股風頭過了再說。他不知江華現在是死是活。可他想，我必須去找她，江華肯定被關在哪裏了，不然她會到旅社來找他的，她不會就這樣突然杳無音信了。他想，老天爺你是不是瞎了眼睛？這世道怎麼是非顛倒，好惡不分，老天爺你為什麼不放過她一個弱小的女人。就在永革又要去找江華的時候，幾個人到旅社來瞭解他了，他知道必須趕快走，再不走他們就要對他下手了。

永革坐了返回部隊的列車，他望了望天，天空烏雲密布，他知道又要下雨了。他往遠處望去，黑雲扭在一起，翻滾著，蠕動著，到處是沉悶和壓抑。人們面無表情地走在列車的過道裏，互相都有一種高度戒備的心理。他不知道這次與江華的別離，是短暫還是永遠，可他的心裏總有一種隱隱的疼痛。他和江華是為了圓他們過去的一個夙願，到北京來結婚的，沒想到這人生中最幸福的時刻，一隻黑手卻硬將他們分了開來。他想，江華說得對，自秦始皇統一六國以來，中國人民一直生活在一種專制集權的統治下，這種專制集權統治壓抑著人性，制約著個人的聰明才智和發展。他也從十年文化大革命中看出，如果這種封建法西斯專制集權統治不變，中國人民只會生活在謊言和欺騙當中。專制者今天之所以為所欲為，因為他們掌握著強大的軍隊；強權者能夠橫行霸道，是他們控制著輿論工具，他們可以蒙蔽住人們的眼睛。這次悼念周總理就可以看出，他們顛倒黑白，混淆是非，人們都被引導著去相信謊言，明明是人們自發地對周總理的悼念，他們卻硬要說成是反革命暴亂。

永革是輕易不流眼淚的，可今天淚水卻盈滿了他的雙眼。與江華短短的幾天別離，每時每刻都讓他的心如刀子一樣割著，讓他的心被思念扯得疼痛。他的嘴上全是血痂，他陷入了深深的自責之中。他罵自己是個懦夫，是個軟蛋，是個自私鬼，只顧自己逃跑，卻把心愛的人丟在了那幫野獸的手裏。他此時默默地說道，當時我就是被打死，也應該守衛在她的身邊，不應該腿比兔子還快跑了出來。然而，事情已經這樣了，他相信江華會對那些人說明真實情況的，她的口才非常好，而且她讀了很多馬列的書，她心淨如玉，她怎麼會是反革命呢？她反對的是那些打著馬列旗號，披著紅色外衣，鑽進共產黨內殘害忠良的奸臣賊子。

他想，父親自從被解放以後，他也隨後被從看守所裏放了出來，父親讓他參了軍，入了黨，而且，時間不長，他已經當上了連長。但他不願意一直在父親的光環下進步，他要憑自己的奮鬥走向成功。他多麼希望能上一次戰場，讓他親手去殺敵人，建功立業，成為一個真正的男子漢。

父親對他說，你和江華的事情我可以不管，但我提醒你，江華的父親張繼東的陰魂會纏繞你一輩子的。他相信父親的話，但他不能因為老一輩人的問題，而影響他和江華的感情，他與江華的愛情是任何力量也動搖不了的。

媽媽支持他和江華的婚姻。媽媽說，江華是個好孩子，這孩子是我一直看著她長大的。一個男人一生中有兩件大事要處理好，這就是事業和愛情。一輩子有了一個好女人，這比什麼都重要。生活苦，她可以與你共渡風雨；生活甜，她可以為你排憂解難。找上江華這樣的女孩子，是你的富啊，你要珍惜，要好好地愛她。

爸爸和媽媽的話，永革把它牢牢地記在了心裏，但此時此刻的他仍然被一種牽腸掛肚的思念纏繞著，他無法平靜了自己的心情。

這時，列車的廣播裏放出了一首激昂澎湃的歌曲：

無產階級文化大革命，
嗨！
就是好，
就是好呀，
就是好，
就是好！
馬列主義大普及，
上層建築紅旗飄，
革命大字報，
嗨！

烈火遍地燒，
勝利凱歌沖雲霄，
七億人民團結戰鬥，
紅色江山牢又牢。
……

永革過去聽到這首歌他就有一種衝動，可現在他聽到這首歌卻是那樣的煩躁，那樣的不安，他真想過去把那個喇叭扯下來像踩尿壺一樣踩個稀巴爛。

江華她們在地下室裏被關了二十多天後一個星期一的早上，北京的天氣還很清冷，早上起來，江華洗完臉，剛吃了點東西，就被一個女警察叫了出去。

她是坐著一輛警車到另外一個地方去的，她往窗外看了一眼，天很藍，沒有一絲雲彩，血色的陽光從窗子縫隙裏鑽了進來，扎得人眼睛有些刺痛。

她被帶進了一間小屋，小屋裏有一張桌子，審問她的三個人就坐在上邊。她一進門就發現這個小屋怎麼這麼黑，這樣髒，四個牆頂角上還掛著蜘蛛網。她說：「我要上廁所。」

「屎尿怎麼那麼多。」

江華望了一眼這個女警察。她說：「你是不是女人？」江華這些日子被審訊拷打，不知為什麼例假提前來了。血流了很多，可她的兩隻手被銬在後面，她沒辦法收拾。

那個女警察聽到這話，把她一把搡到牆角。

江華大聲說：「放開我的手，我要上廁所。」
「呸！你還有理了。」女警察往她臉上唾了一口唾沫，把她往隔壁廁所搡去。
「放開我的手。」江華猛得抬起頭，大吼了一聲。
女警察不情願地打開了她的背銬。
她擦了擦身上的血，血水已滲透了她的內褲，上完廁所她又被女警察押到剛才的那個房間。
「坐在這裏。」上首坐的一個人給她指了一下地中間放的一個木頭板凳。
她笑了笑，走過去坐了下來，望著周圍一張張嚴肅的臉，這樣的場面她見過的多了。
「你那天念的就是這篇反革命文章嗎？」
「你說得是《第十一次路線鬥爭大事記》嘛，這怎麼成了反革命文章。當時人們看不見，是我念的。」江華說道。
「你知道這篇文章的反革命性質嗎？它直接把矛頭指向黨中央毛主席，指向社會主義，指向無產階級專政。」
「這都是記錄的這幾年發生的事實，你們不要上綱上線。」江華雖然頭部仍然有些暈，可她思路很清晰。
「你當時念這篇文章時散佈了什麼反革命言論？」
「我講得是中國人民需要民主自由。我們社會主義本應擁有世界上產量最豐富的民主，擁有人類數額最多的人道，擁有誰也動搖不了的人權。毛主席抗戰結束後到了重慶早就對全國人民做過民主自由的承諾。可一些人把民主自由要拱手讓給資本主義，說平等博愛自由是資產階級的東西，說民主和自由是西方的資產階級思想和體制，這完全是對社會主義的曲解，是對馬克思主義的反動。」江華把平時的所思所想一股腦兒全說了出來。
「住嘴！你這是十足的反革命言論。」
「你吼什麼吼，你聽清楚我這是反革命言論嗎？我是說我們共產黨內已經混入了野心家和反革命，他們要把我們的國家引向反動。」江華這幾年讀了大量馬列的書，她將自己的所思所想整個兒說了出來。
「你這是十足的反革命宣言。」
「真的嗎？」
「趕快交待，你是出於什麼動機炮製這個反革命宣言的？」
「我沒這個水平。」
「說，後臺。後臺是誰？」
「馬克思，恩格斯。」
「胡說！你這是戲弄無產階級專政機關。」
「你們是無產階級專政機關嗎？怎麼連馬克思恩格斯的話都不知道呢？」江華平靜地說道。
問江華的這個人看他們不知不覺進了江華的套子，轉了個話題又問道：「你為什麼在天安門演說中國處在崩潰的邊緣？這不是明目張膽地否定社會主義？是不是為反革命復辟製造上臺的輿論準備？」
「沒有。我不認為我這是反革命宣傳。你別看現在報紙上天天是形勢大好，實際情況你比我清楚。我們現在工資開不出去，連食鹽也得憑票供應，工業完不成計畫，全靠報紙和廣播吹牛過日子，產品質量低劣，全國重大惡性事故層出不窮，到處停產停工，城市裏的人們每月二十天吃玉米渣子，農村的農民一年裏有多半年在餓著肚子，有些人家一家人只有一條褲子。你說這不是到了崩潰邊緣，難道是繁榮景象嗎？你別吼，你今天中午回去也得喝包穀麵做的糊糊湯，要不你弄一袋白麵來，算你有本事。」
「你說什麼我們光靠報紙廣播吹牛過日子？」
「我們的報紙沒有一天不是形勢大好的，三年災害餓死了那麼多人，也是形勢一天比一天大好，而且越來越好。我說錯了嗎？」

「你胡說！你不要擴大三年自然災害的事實。我們有不足的地方，比起舊社會我們要強千倍萬倍。你承認不承認？」

「不是自然災害，而是人為災害。我沒說社會主義不好，我是說中央有那麼幾個人，一會借『評法批儒』、『批周公』要打倒周總理，一會搞『反擊右傾翻案風』要打倒鄧小平；其目的就是要建立他們封建獨裁的法西斯專政。」

「你指的中央那幾個人是誰？」

「王洪文、張春橋、江青、姚文元。」

「你說的這幾個人都是黨的領導，你反他們就是反黨、反社會主義、反人民，你知道嗎？」

「他們既代表不了黨，也代表不了人民，更不是社會主義。」

「你不怕殺頭。」

江華聽到這話愣了一下，可她此時已完全豁出去了，她平靜地說：「怕。但與其這樣苟活在人世上，還不如死了還能喚醒別人，也算做了一次貢獻。」

「死不改悔。」

「我沒錯，幹什麼要改悔呢？」江華說完這話閉上了眼睛，她是將一切置之度外了。

審理到這個時候，審判的人感覺到再沒有必要浪費口舌了，他說：「畫上押，帶下去。」

江華在記錄本上簽了字，按了手印就被押了下去。

江華說了這些話，反倒坦然了。

江華被送到地下室後，白天勞動，晚上學習毛主席語錄，天天還要對著毛主席畫像把自己罵個狗血噴頭。剛開始她表面上罵自己，實際上她指桑罵槐，罵這些為虎作倀的管教。因為，她認為她沒有錯，可是看守所的所長李凱告訴她，她如果膽敢與無產階級專政作對，將會是死路一條。她聽到這話，就將手指咬出血，然後，在她的白襯衣上寫了紅豔豔的四個大字：「還我自由」。她將白襯衣紮在了頭上，讓四個血字在她眉宇的上方赫然醒目。李凱還從來沒見過這麼頑固不化的反革命分子，剛開始他讓獄警去打她，讓獄警將血字從她的頭上扯了下來，可沒過半天人們看到四個血字又到了她的頭上。李凱一看這樣，咬著牙齒說道：「還反天了！我看我有沒有辦法，是你的脖子硬，還是無產階級的拳頭硬。」李凱長著一個粗短身材，圓而禿的腦袋，眼睛雖然小了點，可裏面發著一種陰冷的凶光，他知道對付這種死不改悔的反革命，來硬的沒用，最好的辦法就是在精神和肉體上將其徹底擊垮。於是，他就讓獄警不給江華吃麵食，而是，給每天勞動回來的江華吃別人剩下的菜湯湯。果然，吃不上糧食的江華一個禮拜下來頭昏眼花走起路來就打開了擺擺。李潔見江華這個樣子就說：「江華，別那麼固執了，越王勾踐還臥薪嚐膽呢，你不要與這些人面動物較勁了，要學會保護自己，從這裏熬著出去就是我們的勝利，也只有從這裏出去才能洗刷我們的冤屈。你和這些人講理，根本講不通，在這裏就是死成百上千的犯人他們也不會有人心疼。」

江華聽到這話沒有吭聲，她是抱著必勝的決心和對媽媽永革的思念這樣做的，她知道黑暗遮不住光明，謬誤騙不了真理，一個民主自由的中國終會屹立在世界的東方。可是，就在她最痛苦的時候，她突然隱隱地感到這世界要發生變化了。

江華想，如果釋放她們出去，她第一件事就是要去找她的媽媽和永革。

江華望瞭望鐵窗外碧藍的天空，她看到有兩隻麻雀從鐵絲網牆上飛過來落到了對面的房檐上跳來跳去。她看到這個情景永革的影子就到了她的眼前。她想，這兩個麻雀真幸福呀，它們無拘無束，自由自在地生活在這個世界上。她又將匈牙利詩人裴多菲的詩念了起來：

生命誠可貴，
愛情價更高；
若為自由故，
二者皆可拋。

多麼好的詩啊，過去她將這首詩讀過多少遍，但從來也沒有今天般的感覺。她想，我們這個社會如果能夠給人們以自由民主的空氣，大家相親相愛那該多好啊，為什麼要互相的爭鬥，為什麼要人為地製造階級鬥爭，將對方視為仇敵。她看到兩個麻雀叫得那麼的歡樂，她說：「永革，你在哪裏？我好想好想你啊！」她說了這個話眼淚就流了下來。她已經有一個月沒見永革了，也沒有見過媽媽了，她想，一個人在自由的時候，在和親人們在一起的時候，怎麼也不知道珍惜這些感情，但一旦失去自由，失去這美好的時光，竟是這般的痛苦和憂傷。

她知道媽媽有胃病，經常胃痛，可媽媽長期關在牛棚裏，又在五七幹校裏勞動改造了那麼多年，吃不好，睡不好，還要隨時隨地挨鬥挨批。她想，苦難的歲月已使媽媽落下了那麼多病，她多麼想儘快回到媽媽身邊，為媽媽做菜做飯，讓媽媽吃上她親手做的雞蛋麵片子，穿上她親手給洗的衣裳。她後悔到農村插隊後，她為了爭取表現，為了洗刷她狗崽子的黑鍋，一年四季在農村勞動，沒有很好地去照顧媽媽，而現在她又到了這裏，給媽媽連杯開水也沒法去倒。

當一頂現行反革命的帽子扣到她頭上的時候，她感到那樣的委屈，那樣的憤怒。她當時是懷著對周總理無比熱愛的心情到紀念碑前去的，想到江青之流把國家搞成了這個樣子，她是發自內心地在那裏發表了演講。可她現在已經想通了，她變得成熟了。她想，為什麼一個人竟然能把整個國家掀得底朝天，幾個人又能將那麼多國家領導人打翻在地，黑白顛倒，是非混淆，讓全國人民一直生活在封建法西斯的專制當中，關鍵是軍隊和輿論工具被少數人掌握著。權力無限的膨脹。他們有了軍隊和輿論工具，可以信口雌黃。他們不是說，槍桿子、筆桿子，革命需要這兩桿子嘛。

江華覺得她變了，她變得看透了一切。她突然發現槍桿子和筆桿子太重要了，也太可怕了，這兩杆子若是到了魔鬼的手裏，無產階級專政就會變為封建法西斯專政，魔鬼們既可以對人民進行血腥的鎮壓，又可以肆意強姦民意，一切真理和謬誤在他們的面前都變成了欺騙愚弄人民的工具。看來，一個國家不能讓某一個人或某一個集團掌握軍隊和輿論工具，軍隊和輿論工具應該屬於人民，應該屬於國家。

江華想到這裏，她感到自己現在已對這種體制產生了懷疑。難道這一切的一切都是我們這個體制的原因？為什麼國家沒有辦法對胡作非為的人進行監督，為什麼中國人民會被長期的蹂躪。江華進了看守所，她通過和這裏的姐妹們交談，通過自己深入地思考，她好像忽然明白了很多道理。

第四十回

毛澤東去世後不久，王洪文、張春橋、姚文元在中南海懷仁堂被華國鋒、葉劍英、李先念等密切配合，以其迅雷不及掩耳之勢拘留了，同時隔離了江青、毛遠新、遲群、謝靜宜等人。當這幾個人被抓的消息傳到鄒靜的耳朵裏的時候，她哭了，她哭得聲淚俱下。她說：「我們終於解放了！」這短短的七個字裏凝聚了她多少辛酸苦辣，凝聚了我們中華民族的多少苦難和悲傷。那天晚上她失眠了。她想，文化大革命整整十年，混淆了敵我，破壞了民主和法制，十年來使中國的國民經濟基本上癱瘓，使無數幹部和知識分子受到了殘酷的迫害和鎮壓。但是，上述的災害僅僅是流而不是源，是現象而不是本質。本質的問題，文化大革命最大的災害是對人性，對自由的剝奪。然而，多少年來自由是中國最犯忌的字眼之一，一提起它，人們總會想到洪水猛獸之類，專制者們害怕它，歪曲它，貶損它，可是，自由在人們心裏生長著，它像一朵豔麗的花朵在人們心裏點起了生活的希望。鄒靜自言自語地說。她知道自有人類以來，有希望的人類，有希望的民族，用生命追求思維和表達的自由，這是任何人也無法抗拒的天性。

鄒靜在文化大革命寒冬過去後，她才知道在我們生存的這塊土地上竟然有那麼多人失去思維和表達的自由，這裏有失去了人格自由的劉少奇、賀龍、彭德懷、鄧拓、老舍、傅雷等等，她看見這些冤魂兒排著方陣走過，壓在她的心上，希冀響亮的雷聲。她的心肝兒江華就是為了中華民族的民主和自由，時至今日還被關在共產黨的監牢裏。

永革和鄒靜開始四處奔跑，他們要求給江華平反，可是，「左」的空氣仍然瀰漫在中國的大地上，過去的體制沒有變，過去的思想體系仍然禁錮著人們的靈魂，當政者百般阻撓他們，他們不承認四・五運動是錯誤的。於是，永革和鄒靜到處大聲疾呼，可這些人竟然不讓他們見一見他們心愛的人兒。

永革憤怒了，他到北京去找中央領導告狀，他把江華的事情寫成小字報貼到大街小巷。可是，人們仍然沉默著，中國人已經被專制者們打造成了逆來順受的羔羊，上面對他的答覆是：四・五運動還沒有平反，我們也沒有辦法。他對那些人說，「四人幫」打倒了，反對「四人幫」的人為什麼還不給平反。那些人告訴他，四・五運動的反革命性質是毛主席親自定性的，誰將這個案也翻不了，這個案是永遠也翻不了的鐵案。

永革聽了這話走了出來，他感到「四人幫」雖然被打倒了，可是，從思想到體制一切都和過去完全一個樣，事事處處仍然籠罩著毛澤東的陰影。可是，經歷了文化大革命的他並沒有氣餒，他相信江華是正確的，四・五運動是正確的，被烏雲遮住了的太陽終究會放出光明。

鄒靜對永革說：「我們給華國鋒主席寫封信，『四人幫』被打倒了，為什麼還不讓我們與江華見面。」

永革此時也感到非常迷惑，「四人幫」打倒了這麼長時間了，為什麼在很多方面仍然還和原先一模一樣，像江華這樣成千上萬的愛國青年為什麼還被關在我們社會主義祖國的監獄裏。他記得文化大革命剛開始的時候，他們寫大字報批判語文朱老師給他們宣揚資產階級修正主義思想。主要批判的是朱老師給他們講過一個《克雷洛夫寓言》，一隻狐狸看見牛的卵子垂在肚皮下面晃來晃去，好像快要掉下來了，於是就很有耐心地跟在牛後面，整天等那對卵子掉下來，以便美餐一頓。結果，那卵子雖然只有一點皮連在肚皮上，卻始終不曾掉下來，最後可憐的狐狸就餓倒了。永革此時覺得這個寓言竟是那麼的形象，多少年的事實告訴他中國人太善良了，對統治者抱得希望太不切實際了。此時他才明白對誰都不能抱太大的希望，等待只能錯失良機。

永革說：「鄒阿姨，我看給華主席寫信也不起作用，華主席的講話和過去的沒有什麼兩樣。」

「不起作用我們也要寫。」鄒靜說著就坐了下來，她拿出了紙和筆。

敬愛的華主席：

我的女兒名叫江華，她是一個參加四・五運動，被打成現行反革命的下鄉知識青年。

在那個白色恐怖的年代裏，我的女兒在去北京天安門廣場結婚時，參加了當時悼念周恩來總理的四・五運動。在那裏她懷著對周總理無比熱愛的感情，懷著對「四人幫」禍國殃民的刻骨仇恨，在人民英雄紀念碑前發表了演講，但是，她和天安門前的革命群眾卻遭到了「四人幫」及其爪牙們的殘酷鎮壓，至今仍然關在我們自己的一所監獄裏。

我作為江華的母親，我非常瞭解我的女兒。她生在新中國，長在紅旗下，從小就熱愛黨，熱愛人民，熱愛我們偉大的社會主義祖國。然而，她被抓進監獄以後，我們已經有一年多沒見面了。今天，全國人民在憤怒控訴「四人幫」的反革命罪行，大家都憋著勁要為四個現代化努力奮鬥，然而，時至今日我們母女倆還不能相見。我找了有關部門，也找了中央的一些領導，但仍然互相推諉，不給解決。我在萬般無奈之下，只有給您寫信了。我想讓您給我一個明確的答覆，我的女兒是不是反革命？我與我女兒有沒有見面的權利？

此致

革命的敬禮！

一個四・五運動在押犯的母親：鄒靜

一九七七年十月八日

鄒靜寫完信對永革說：「把信發出去，我們等著。」

她已經有多次的希望和失望，她感到中國的事情辦起來怎麼那樣困難。她此時才知道，江華她們被抓的第二天，為了徹底鎮壓天安門廣場的反革命暴亂，「四人幫」指示公安局要側重偵察線索，找到地下司令部。他們還準備更大的事件發生，組織了三萬名民兵集中在天安門廣場武裝待命，派出部隊九個營在市區內隨時機動。其後，天安門廣場繼續戒嚴，二十多輛清潔車和灑水車忙個不停，不斷沖刷地上和牆上的血跡。很長一段時間，中山公園和勞動人民文化宮大門緊閉著，門外放著大木牌，「因修理內部，暫停開放。」她想，歷史的發展怎麼有著驚人的相似之處，過去當她讀魯迅先生的《紀念劉和珍君》時，她看到魯迅先生懷著悲痛憤慨的感情，悼念烈士，駁斥流言，揭露反動政府屠殺愛國青年的罪行，但是，今天「四人幫」打倒了，人們還不敢公開譴責四．五鎮壓，這倒底是為什麼？如果這樣，誰能擔保日後再不重新上演這些悲劇呢？她念著魯迅文章中的一段話：慘像，已使我目不忍視了；流言，尤使我耳不忍聞。我還有什麼話可說呢？我懂得衰亡民族之所以默無聲息的緣由了。沉默呵，沉默呵！不在沉默中爆發，就在沉默中滅亡。

鄒靜的胸中湧動著一團火，她默默地說道：「我們多災多難的民族何時才能完全獲得解放，這個被封建專制者統治了兩千多年的人民，什麼時候才能獲得真正的民主自由。」

永革望著鄒阿姨，鄒阿姨才四十多歲，這個年紀的人正是奮發有為的年齡，可她已是滿頭白髮，過早的坎坷和打擊讓她的臉上布滿了歲月的滄桑。

但是，永革他們的要求，很快就被駁了回來。理由是江華這些當年在天安門廣場鬧事的人們，反革命活動事實確鑿，鐵證如山，而且有當年毛主席的指示。

然而，天安門事件此時遲遲不予平反，加上永革將這件事情各處張貼，鬧得沸沸揚揚，已經激起了人們的憤怒，全國各個地方人們自發貼出了聲援永革，要求給天安門事件平反的呼聲。

於是，永革直接找到黨中央和國務院。當時全國上下大揭大批「四人幫」，黨和國家有一部分領導人也希望在中國這塊大地上能有個實事求是的好樣子，能給人民一種真正揚眉吐氣解放思想的新氣象。所以，國務院認真地答覆協助處理他們的事情，說這一切都是「四人幫」造成的，國家會儘快給他們一個滿意的答覆，會將顛倒了的事實再給他們顛倒過來。永革把這種話聽的多了，但是，他還是看到了希望，雖然歷盡波折，但不管怎麼說，他們總算有人答應要給解決了，而且政府部門對這件事情也非常重視。

可是，永革卻如熱鍋上的螞蟻一樣，他知道江華此時多麼需要在心靈和肉體上儘早地出獄後治療，耽誤一天，他的心上人，就會在心靈和肉體上多受一天痛苦和折磨。

永革的心裏仍然充滿著憤怒，但一次次的碰壁讓他逐漸成熟了，他只有耐心地等待。他記得自從江華被抓以後，他也被隔離審查，好在那時父親已被解放了，由於父親的關係他很快也就被放了出來。但是，江華從此與他們斷絕了聯繫，以後他們多方打聽卻仍然杳無音信了。此時，他才感到，痛苦中最高尚的，最強烈的和最動人的，乃是愛情的痛苦。每當在四・五的這一天和江華的生日，他就會點燃很多的蠟燭。他讓蠟燭熊熊地燃燒著，這裏有他的痛苦，有他的悲傷，更有他對這些專制者們的深仇大恨，他說，讓蠟燭的縷縷輕煙帶著我的深深祝福與苦苦思戀，久久地繚繞在你的心間。

他記得他和江華在一起時，江華喜歡念泰戈爾的一首詩，這是她媽媽小時候教給她的：

不停的是使天空愁倦的淋漓的雨。
可憐的是無告的人！可憐的是無家的遊子！
狂嘯的風在嗚咽與歎息中死去。
它在無路的田野中追逐著什麼飛影呢？
黑夜像盲人眼睛一般地絕望。

可憐的是無告的人！可憐的是無家的遊子！
波浪在消失在無涯的黑暗裏的河中倡狂。
雷在咆哮，電光在閃動它的牙齒。
星光死去。
可憐的是無告的人！可憐的是無家的遊子。

春天姍姍來遲了。在早春的日子裏，當四周一切都發出閃光而逐漸崩裂的時候，通過融解的冰山的濃重的水氣，已經聞得出溫暖的土地的氣息了。褐色的土地上已長出了新綠，它一天比一天新鮮，一天比一天在慢慢地長大。中國人民多麼慶幸，粉碎了「四人幫」的專制獨裁，中國人已看到了民主、自由的曙光。

永革想，生命屬於我們自己，任何人無權代表我們。我們為民主、自由而存於這個世界上，而不是因此而證明強權的暴虐。中國人的生命和世界所有角落人的生命一樣，都是具有尊嚴的，都是有價值的，都是受到社會尊重和保護的。世界上一切的偉大，都是因為有人的生命輝映才顯得偉大燦爛。

永革此時已經看到了光明，他不斷地給中央寫信，一次次奔走為江華和為四•五運動呼號。他想，他在幹著一件偉大而光榮的事情，他不僅僅是為了江華，而是為了整個中華民族的振興強大和民主自由。

永革找到了關押江華的看守所所在的省委，省委的領導接見了他，說馬上按中央精神給以解決。他聽到這話，心裏激動萬分，江華要自由了，人民要自由了，中國人民付出了這麼大的代價，終於看到了東方冉冉升起的太陽。

然而，此時此刻他無論如何也想不到，原來關押江華的看守所正準備告訴他一個驚天的消息，江華她們在逮捕後的一九七六年已被祕密槍決了。當時判決如下：

江華，女，二十七歲，現行反革命分子，思想反動，罪大惡極，不殺不足以平民憤，處以死刑，不得上訴，立即執行。

那是一九七六年一個八點整的早晨，在《東方紅》的樂曲聲中，十五名行刑隊員，頭戴大口罩，眼戴墨鏡，遮得嚴嚴實實地將死刑犯江華等現行反革命分子綁赴刑場。

雨，淅淅瀝瀝地下著，黑沉沉的烏雲壓得越來越低，整個世界好似完全窒息了。一輛卡車前方架著機槍，車上是一個個被五花大綁的現行反革命犯。人們無聲地湧向街頭，人頭密如黑石，壘滿大街小巷，卡車緩緩過後人們只有輕輕地嗚咽，誰也不敢哭出聲來。

沒有一個人敢靠近這些押著死刑犯的卡車，也沒有一個人離開自己站的地方。卡車離城後，人們仍舊驚恐地站立在原來的地方不願離去。

江華胸前掛著打著紅叉的牌子，脖子後面插著亡命牌，她的喉嚨被細鐵絲死死地勒住，雙手反綁在身後。她被重新戴上手銬的一剎那間，她的眼裏淚水曾經流了出來，嘴裏默默地說：「媽媽，永革，我好想好想你們啊！」她不知道媽媽和永革現在怎麼樣？她默默地在心裏對永革說，在人生艱辛的跋涉中，我多麼想我們能化作兩盞明燈，互相照耀，互相溫暖。永革你為什麼還不來呀！我多麼想見上你最後一眼，我多麼想聽到你的聲音。

她的跟前行刑隊員戴的白色手套有些刺眼，她看見後面也有幾個和自己一樣的女犯，背後插著亡命牌子。她此時多麼想唱歐仁．鮑迪爾的《國際歌》，然而，細鐵絲勒得她連氣都喘不過來。她知道爸爸張繼東也是這麼死的，此時她才感到爸爸沒有錯，他也是和她一樣被專制者們殺害的。她看了一眼押著她的這些年輕軍人，這是自己曾經崇敬的解放軍嗎？可怕呀！軍隊被某些法西斯所利用是多麼的可怕呀！她想，林彪說，政權就是鎮壓之權。多麼精闢的理論，這些年來在中國這片土地上不知有多少無辜的人被自己的政府所殺害。想到這裏她心裏感到無比內疚，她誤解了爸爸，她冤枉了爸爸。她想，她要和爸爸見面了，她要鄭重地對爸爸說一聲：「爸爸，女兒錯怪您了！」此時，她看見路邊的牆上用紅油漆寫著：

偉大的領袖、偉大的統帥、偉大的舵手毛主席萬歲！
毛主席的革命路線勝利萬歲！
偉大的毛澤東思想萬歲！

……

她想，中國人喊了幾千年的萬歲，可他們的思想被禁錮，生命被踐踏，這樣的日子什麼時候才是個盡頭呢？皇權依舊，毛澤東現在是中國最大的無冕皇帝。媽媽是一個共產黨員，她和千千萬萬個共產黨員一樣，飽受了文化大革命的折磨和苦難，這說明我們民族的民主與自由，與黨的民主與自由是息息相關的，因為，共產黨是執政黨，只有執政黨自己具有了人類的科學與民主，它才能帶領中國人民走向光明與希望。這時，成千上萬的人們站立在雨中，他們的頭上流著水；暴雨如注，雷聲在天上炸開，轟隆隆的讓人心悸，但人們仍然冒著雨默默地看著她們。

此時，卡車上的江華看見了一個個不相識的人們，但她說不出話來。她朝他們點了點頭，算做最後的告別。江華突然聽到在遙遠的地方一個女人還在聲嘶力竭地歌唱，這首歌她過去唱過，這些年來人們就是唱著這首歌在無法無天，她感到今日裏這聲音怎麼那樣恐怖，那麼令人毛骨悚然：

金色的太陽升起在東方光芒萬丈，
東風萬里鮮花開放紅旗像大海洋。
偉大的導師英明的領袖敬愛的毛主席，
革命人民心中的太陽心中的紅太陽。

萬歲毛主席萬歲毛主席！

萬歲萬歲萬歲萬歲萬萬歲！

萬歲萬歲毛主席！

他們的死刑執行，是在戒備森嚴的紅山根下面一處山谷窪地。紅山根在黃河南面的山下。這裏的山是紅的，被雨水沖刷的溝坎縱橫交錯，槍斃人的地方就選在一處溝彎裏。溝彎裏的土像被鮮血浸潤了般的鮮紅，上面稀稀拉拉長著一些蒿草。

一個男犯拒絕下跪，把頭高高昂起，一顆子彈一下擊碎了他的膝蓋，他一下趴在了地上，他抬起頭來望著遠方，掙扎著說：「媽媽，兒子沒給您老人家丟臉。日後您會為有這樣一個兒子而感到驕傲的。」

下面一個是自己走過去跪下的男犯，這也是一個現行反革命，他回頭看了一眼行刑隊的人員。

他們都是被槍口抵著腦勺開槍擊斃的，驗屍官走過來又給他們每個人補了三槍，打爛了他們的心臟。

然後，拖進一個用挖掘機開出的大坑裏，用推土機將他們的屍體掩埋了。

江華的喉嚨始終有一隻戴著白手套的手扯著一根細細的鐵絲，當行刑隊的一個彪形大漢把她往大坑邊推拉的時候，她用眼睛狠狠地瞪了那個人一眼。她的心裏閃過一個念頭：「媽媽永別了！永革永別了！」

此時天空突然一個霹靂，炸雷滾動著挾著狂風遮天蔽日，天空霎時一片黑暗，在混沌的天空中充滿著野獸的咆哮。行刑隊的一個彪形大漢愣了一下，然後在她的腿彎裏狠狠一腳讓她跪了下來，可她掙扎著往上挺直了腰板。

「媽媽永別了！永革永別了！」這念頭在她心裏還沒走完，近距離的射擊使她的腦漿和鮮血一下噴了出來，她沒有掙扎，連顫動也沒有，一頭栽進了早就給她挖好的土坑裏。這時，整個天空炸雷響了，天崩地裂般的雷聲從天上滾過，鋸齒形的電光劃開了天空，猛烈地擊打著這壓抑、沉悶的世界……

語言文學類　PG1051　目擊中國08

血戀
——文革愛情故事

作　　者 / 趙　旭
責任編輯 / 劉　璞
圖文排版 / 楊家齊
封面設計 / 秦禎翊

發 行 人 / 宋政坤
法律顧問 / 毛國樑　律師
印製出版 / 秀威資訊科技股份有限公司
114台北市內湖區瑞光路76巷65號1樓
電話：+886-2-2796-3638　傳真：+886-2-2796-1377
http://www.showwe.com.tw
劃撥帳號 / 19563868　戶名：秀威資訊科技股份有限公司
讀者服務信箱：service@showwe.com.tw
展售門市 / 國家書店（松江門市）
104台北市中山區松江路209號1樓
電話：+886-2-2518-0207　傳真：+886-2-2518-0778
網路訂購 / 秀威網路書店：http://www.bodbooks.com.tw
國家網路書店：http://www.govbooks.com.tw
圖書經銷 / 紅螞蟻圖書有限公司
台北市114內湖區舊宗路2段121巷19號（紅螞蟻資訊大樓）
電話：+886-2-2795-3656　傳真：+886-2-2795-4100

2013年9月　BOD一版
定價：520元

國家圖書館出版品預行編目

血戀 : 文革愛情故事 / 趙旭著. -- 一版. -- 臺北市 : 秀威資訊科技, 2013. 09
面 ; 公分. -- (語言文學類 ; PG1051)
BOD版
ISBN 978-986-326-162-9(平裝)

857.7　　102015870

讀者回函卡

感謝您購買本書，為提升服務品質，請填妥以下資料，將讀者回函卡直接寄回或傳真本公司，收到您的寶貴意見後，我們會收藏記錄及檢討，謝謝！
如您需要了解本公司最新出版書目、購書優惠或企劃活動，歡迎您上網查詢或下載相關資料：http:// www.showwe.com.tw

您購買的書名：________________________________

出生日期：________年________月________日

學歷：□高中（含）以下　□大專　□研究所（含）以上

職業：□製造業　□金融業　□資訊業　□軍警　□傳播業　□自由業
　　　□服務業　□公務員　□教職　□學生　□家管　□其它_____

購書地點：□網路書店　□實體書店　□書展　□郵購　□贈閱　□其他

您從何得知本書的消息？

□網路書店　□實體書店　□網路搜尋　□電子報　□書訊　□雜誌
□傳播媒體　□親友推薦　□網站推薦　□部落格　□其他__________

您對本書的評價：（請填代號　1.非常滿意　2.滿意　3.尚可　4.再改進）

封面設計____　版面編排____　內容____　文／譯筆____　價格____

讀完書後您覺得：

□很有收穫　□有收穫　□收穫不多　□沒收穫

對我們的建議：________________________________

____

____

____